U0066365

漢宮賦
下
納蘭採桑

目次

上冊

下冊

三十五·妊娠

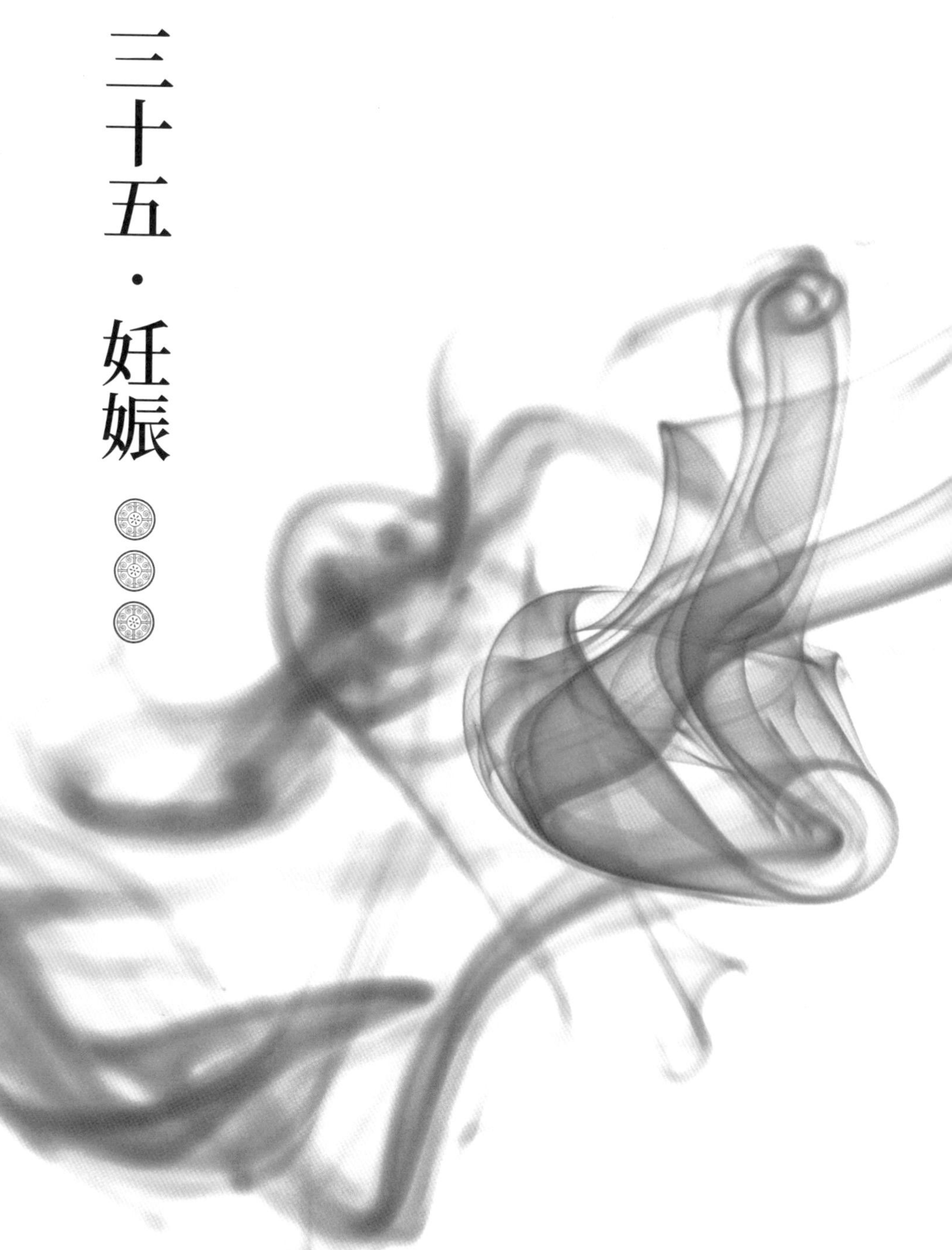

霍光離開椒房殿時，腳步虛浮，如履雲水。

他做夢也想不到，劉弗陵竟然不孕！當年漢武帝在位時，太醫令就診斷出來了，但望子成龍心切的鉤弋夫人竟不顧後果，重金厚祿買通太醫令，接著又買通太醫丞以及相關侍奉劉弗陵的御醫，打算來個瞞天過海，如此煞費苦心，就是爲了能夠讓劉弗陵一步登天！

這女人簡直瘋了！

然而令霍光吃驚的還不只這一點，劉弗陵的厥心痛已越來越嚴重，藥石無靈，只要稍受刺激，就會暈厥不起，不能視朝，因此皇帝動了禪位的念頭，但要由誰來繼承大統，卻仍在斟酌當中。

根據霍光的直覺，皇帝是屬意劉病已來繼位的，不過他對劉病已這個繼位人選卻有點不太滿意。劉病已爲人深不可測，心思不好捉摸，自己能否完全將他像掌控劉弗陵那樣操之在手，仍是未知，再聽說劉病已已有元配夫人，且和女兒霍成君已不相往來，倘若劉病已登基，那麼皇后之位哪還輪得到霍成君？霍家的女人若不能當皇后，爲皇帝誕下龍嗣，那麼霍家在朝廷上的地位恐怕是岌岌可危了。

霍光是賢臣、能臣、忠臣，也是權臣，更是謀臣，出於私心，霍光是不樂意見到劉病已繼承大統的。

那麼除了劉病已，還有其他合適人選嗎？同爲武帝的皇子，也是劉弗陵唯一尚在人世的兄長，那就是廣陵王劉胥。廣陵王好勇鬥狠，好逸惡勞，是個只適合比拚蠻力的匹夫，這樣的人不適合治理江山，且當年武帝就對廣陵王頗有微詞，因此從沒把他視爲儲君人選。更重要的一點是廣陵王的同胞手足——燕王劉旦與鄂邑蓋長公主，皆與自己有嫌隙，最後他們的死，也與自己脫不了干係，若是廣陵王繼位，第一個肯定要和霍家秋後算帳了。

廣陵王顯然不是個善主兒，那麼孝武皇帝的孫子——昌邑王劉賀呢？霍光想到劉賀，思緒忽然飛到孝武皇帝駕崩前。當年武帝不僅把年幼的劉弗陵託付給自己，更囑咐自己要好好善待李夫人的後人。

假若能扶持劉賀上位，是不是就此完成孝武皇帝的請託了？孝武皇帝對自己有提攜之恩，也有眷顧之情，因此霍光才會把自己的大半生全都奉獻給朝廷，不僅是爲了匡扶大漢江山，同時也是默默地守護著武帝的遺命。

劉賀此人，他從旁觀察，雖有一點貪婪，一點性急，但他腦子裡想些什麼，全都呈現在臉上，這種人反而比劉病已還要更好控制。最重要的一點是劉賀雖姬妾如雲，但王后之位仍空懸，加上他有意與霍家締結姻親，若女兒霍成君嫁給劉賀，那自己扶持劉賀登基，女兒不就是皇后了嗎？女兒若能生下嫡子，霍家地位不就能繼續穩固下去了嗎？

霍光默默盤算著，在劉病已與劉賀之間，內心的天平悄悄沉向劉賀那一方。

若劉弗陵眞的打算立劉病已爲下一任皇帝，那麼身爲朝廷肱骨、社稷棟樑的他，是堅決反對到底了！

此刻霍光的私慾無限膨脹，吞噬他整個人，淹過整座未央宮。

霍光回府後，立卽把霍成君叫來書房。

雁魚青銅燈火光幽微。霍成君看著抿著唇不發一語的霍光，心頭有些惴惴，難道父親知道我和哥哥對許平君幹的好事？若是如此，爲何獨獨叫我前來，而不連哥哥一併叫上？

沉肅的氛圍像座大山壓得她難以呼吸，正五內俱焦，霍光終於開口打破沉默：「妳覺得劉賀這人如何？」

霍成君一怔，「父親何出此言？」

「劉賀說親，我還沒答允，想知道妳的想法。」

「女兒心裡已有別人了。」

「妳還忘不了劉病已嗎？」

霍成君聽到這名字，心抽搐一下，給他來個默認。

「我不知道妳和陽武侯之間出了什麼事，但人家現在已有元配，妳還對他癡心妄想什麼？」

霍成君咬牙道：「卽便他娶了別人，也阻止不了我想要得到他的決心。」

「但他的心也不會在妳這裡。」

「我不在乎，要我眼睜睜地看著他和別人百年好合，鴛鴦雙棲，我做不到，我非要把這潭水攪得混濁汙穢不可。」

霍光駭然盯著她，果然這一點遺傳到她的母親，母女倆都有著烈火般的執念。他長嘆一聲，勸道：「陽武侯心中無妳，卽使妳得到他，也只是跟一具沒有靈魂的軀殼度日，有意思嗎？苦海無涯，並無舟子可渡人，除了自渡，他人愛莫能助。」

霍成君淡笑，「我不在乎，哪怕最後滄浪覆舟，我也無悔。」

「成君。」霍光目光如炬，凝眸於她，「倘若父親要妳嫁給劉賀呢？」

霍成君大驚，像要了她的命似的尖叫：「我不。」

霍光冷冷地道：「身爲霍家女，就由不得妳說不。」

霍成君心下一陣氣苦，「你太霸道了，隨便就要把我嫁人，一點也不替我著想。」

「我霸道？」霍光聲音尖厲，「好，妳立刻給我滾出家門，就當我沒有妳這麼一個不爭氣的女兒！」

霍成君從未見過霍光如此疾言厲色的樣子，嚇得眼淚奪眶，急忙跪下，「女兒說錯話了，父親息怒。」

霍光脾氣來得快，去得也快，見霍成君落淚，心中頗爲懊悔，放軟了語氣，「妳是我最疼愛的女兒，我自然凡事都設身處地爲妳著想，妳的姊姊們，我都沒有像疼妳一樣去疼她們。」

「女兒知道。」

「地上涼，別跪了。」

霍成君起身一把抹去眼淚，冷靜下來，心想父親此舉必有深意，於是道：「劉賀說親，我都看見了，父親當下沒答允他，現在爲什麼忽然要我嫁給他？」

「眼下時機尚未成熟，我不能告訴妳，但妳相信，我做的一切，都是爲了妳的將來打算。」

霍成君不滿他先是要自己嫁給劉賀，然後又故弄玄虛，忍不住悻悻道：「爲了我的將來？難不成是要我像如歌一樣做皇后？」

霍光目光閃爍，就像案上簇簇跳動的火焰，一時不吭聲。

霍成君察覺出父親的異樣，試探道：「我聽說今天陛下昏倒了，難道龍體危急？您要我嫁給劉賀，兩者之間是不是有所關聯？」

霍光正色道：「我也不瞞妳，相信妳懂得權衡輕重，能識大體，我告訴妳實情後，妳可得守口如瓶，連妳母親都不能透露。」於是將劉弗陵不孕、患病、欲禪位一事娓娓道來。

霍成君驚得瞪大雙眸，久久說不出一句話。

霍光講完後，只覺得身心俱疲，道：「妳身爲霍家女，享受霍家給予的榮華富貴，就應該爲霍家的來日做打算。父親屬意劉賀繼承大統，不是沒有經過深思熟慮的。妳就風風光光嫁過去吧，總之有利無弊，妳回房後仔細思量，可別嫁得不甘不願，讓劉賀察覺出來了。好啦，父親乏了，妳出去吧！」

霍成君又是震驚，又是無奈，只能退出霍光書房。

她恍恍惚惚走在廊上，抬頭看著廓黑幽深的夜空。

今天的月缺了左半邊，在浮雲裡若隱若顯，月光似攪渾的一潭水，靜靜流瀉在簷脊上。

霍成君看得分明，簷脊的形狀像隻鳥，欲飛上天，卻又暮氣沉沉。

風中微有涼意，心內驟生悵惘。

她望著月，想起自己對命運的無從選擇，雙眸浮起一痕瀲灩。

人已歿，京兆尹再查下去，兩人膝下唯有幼子，竟在事發後不久被人投井而死，也就沒什麼可查的了。陽武侯夫人被綁架一事鬧開後，次日許夫人匆匆過來，見女兒抱膝呆坐榻上，憔悴如花敗的模樣，不禁悲從中來，抱著許平君嚶嚶抽泣，少不得責備劉病已照料不周，不堪託付，「你是怎麼答應我的？我好端端的一個女兒交到你手裡，如何竟成了這樣子？背上鞭痕縱橫交錯，一塊完好的肌膚都沒有，平君何曾受過這種罪喲！」

「是我對她不住。」劉病已低低地道。

「母親莫怪次卿，他受的苦，不比我少。」這時一直怔忡不語的許平君才終於低低啟口，聲音乾澀如枯葉簌簌。

許夫人一邊倒水給她，一邊哽咽道：「珠珠啊，母親不走了，就陪在妳身邊，看妳這麼削瘦，母親可難受死了。」

許平君聽見母親喚她小名，頓時像孩子似的哇了一聲哭了出來，可憐兮兮地道：「母親，我想吃您做的雕胡飯。」

許夫人抹淚笑道：「做，現在就做，妳想吃什麼，母親都給妳做。」說完橫了劉病已一眼，急急往廚房去了。

寢室內只剩夫妻倆，一時靜得只聞簾捲西風的聲響，劉病已緩緩趨前，坐在她身側，道：「該上藥了。」

許平君點點頭，任他褪去自己衣衫，將清涼的藥膏抹在那一道道鞭傷上，漸漸感到他手指顫抖，復又一滴淚落在背上，有溫度似的，一下子灼燙了她的心。

「次卿，我不疼，莫哭了。」許平君平靜地笑。

劉病已忍住鼻酸，「可是我疼，是我不好。」

許平君穿好衣衫，對他故作輕鬆地一笑，「別自責了，哎，明明挨打的人是我，怎麼反而是我要來安慰你。再說，都只是皮肉傷，姑姑的藥很靈的，一抹上去，什麼感覺都沒有。」

劉病已心痛更甚，伸手擁她，輕喊：「君兒。」

「我走出來了，所以，你也一定要好起來。」許平君臉埋在他胸前，聲音悶悶地傳來。

「好。」

許平君淘氣一笑，「拉鉤鉤。」

「嗯。」

忽聽咕咕聲響，許平君臉一紅，拍拍腹部道：「好餓。」

劉病已笑了，「雕胡飯估計沒那麼快好，要不先吃點別的？」

許平君點點頭，「好，先胡亂塞點東西吧，免得一會兒母親的雕胡飯嚥不下。」

忽聽一人笑道：「現在可由不得妳胡亂吃東西。」

許平君看著姍姍而來的楚笙，奇道：「為什麼？」

楚笙笑道：「那日事後我給妳診脈，卻一直找不到適當時機告知，妳有喜了。」

許平君和劉病已聞言均是一呆，劉病已顫聲道：「當眞？」

「此事還有假？」楚笙嗔目，隨即望向許平君，「三個月了，妳自個兒都沒知覺嗎？」

許平君搖搖頭，仍是一臉懵然如墜夢中。

楚笙道：「孩子眞頑強，挺過……」見劉病已乍驚乍喜，目有霽色，終究不忍往下說去。

「君兒。」劉病已將妻子抱住，內心的陰霾轉瞬無痕，少頃又覺得自己太過用力，怕傷了妻子腹中胎兒，喃喃地道：「我要做父親了。」

「夫君。」似有微雨落入許平君眸中，像哄孩子似的道：「我們都要堅強。」

劉弗陵病勢加重，宮中太醫已束手無策，只能下詔延請天下名醫，次日，劉病已帶著楚笙和東閭琳進宮，面對昏厥不醒的皇帝，楚笙提議在腦後施以針灸。

一時殿內人聲俱寂，唯聞雪花飄，風鈴動，玉漏滴。

腦後下針，太醫無一人敢如此治療，少頃太醫令道：「腦後穴位非同小可，輕則失明，重則喪命，請楚島主慎重考慮。」

楚笙道：「這種症況非我首次面臨，亦有過替患者腦後施針的經驗，從無失手，若無十成把握，也不敢妄下言論。」

太醫令訥訥地想說些什麼，卻終究不吭聲。

劉病已目光投向一臉憂色的皇后和霍光，淡淡開口：「事關重大，一切還請皇后和大將軍定奪。」

如歌望向霍光，「大將軍對針灸一事可有異議？」

霍光拱手道：「為免延誤治療時機，請皇后立即下令為陛下針灸。」

如歌當即道：「請醫者入內，即刻施針治療。」

楚笙和東閭琳領命，步入臥室，如歌、霍光隨後，劉病已和太醫們候在門外。

寢室內時光彷彿凝固了，所有人都保持著靜止的姿勢，唯有楚笙施針的動作，和東閭琳從旁的輔助。

初冬雪沫簌簌而落，當最後一針拔出時，劉弗陵清醒了。

「陛下。」如歌未語淚先流。

金賞扶皇帝起身，讓他靠在藍田玉枕上。劉弗陵環目四顧，腦子漸漸清醒，問道：「現在是什麼時辰？」

如歌道：「回陛下，午時一刻。」

劉弗陵道：「朕有些餓了，想吃鹿肉芋白羹。」

如歌喜道：「陛下好胃口，妾足感欣慰。」當下命侍人準備鹿肉芋白羹，還多備了幾道皇帝素日愛吃的佳餚。

劉弗陵看著楚笙、東閭琳二人，笑道：「二位良醫乃杏林聖手，賞千金。」

楚笙和東閭琳立即拜謝。

「楚島主不必多禮。」如歌滿懷希望，「陛下心疾能否根治？」

楚笙道：「厥心痛藥石無救，小醫能做的，只是防止其惡化。」

「島主可願留在宮中，專爲陛下治病，做本朝之義姁？」

楚笙行禮，「謝皇后垂青，只是小醫閑散慣了，實非做官的料，但請皇后放心，小醫回去即擬一篇治病良方，太醫照著用藥，也是一樣的。」

如歌嘆道：「如此有勞楚島主了。」

「楚島主醫術精湛，敢問可有治不孕的良方？」一旁默不作聲的霍光忽然開口。

此言一出，劉弗陵瞬間臉色蒼白，少頃嘴角噙起一絲苦笑，當自己病篤昏厥不醒須召集天下良醫時，這祕密就再也瞞不過霍光了。

楚笙道：「不孕的根源主要還是在陛下的頑疾上，小醫尚且一試，只是要先讓皇后和大將軍知曉，治療不孕，小醫並無十足把握。」

霍光神色難看，少頃，道：「妳盡力吧，只是陛下不孕，還請妳莫要洩漏隻字。」

「諾。」

劉弗陵懶懶閉目，「朕想清靜一下，除了皇后，餘人都先退下吧。」

待霍光等人領命退出，劉弗陵才道：「如歌，妳受驚了。」神情既憐且愛。

如歌拭去淚痕，「我險些以爲再也見不到陛下了。」

劉弗陵眼簾低垂，輕輕地道：「我夢見母親了，她在夢中向我招手，就在我一步步向她邁進時，楚女醫的針把我喚了回來。現在想來，唯有後怕，要是我當眞一病不起，深宮寂寂，長夜漫漫，妳可怎麼辦？」

如歌柔聲道：「陛下休說這不祥之語，有楚女醫，定能使陛下龍體康健，無病無災。妾也會到宗廟祈福，以求吾皇福澤綿長，萬壽無疆。」

「人之一世，草木一秋，哪能眞的萬壽無疆？」劉弗陵不禁失笑，目光幽幽，「我這病怏怏的身子，本就不該坐在這位子上，方才大將軍還存了一絲僥倖，只有我自己知曉，這輩子我是絕對不可能有孩子的。我唯有養好身體，方能心如明鏡，擇定國脈，綿延這千秋萬世。」

如歌走過去支起窗格，笑道：「初冬飄雪，可見祥瑞，陛下能如願的。」

漫天細雪寂靜落下，星星點點，如碎玉瓊瑤。

出未央宮，上了侯府馬車，劉病已方笑道：「東閭師兄，已出宮門，你可以放鬆了。」

東閭琳笑道：「還是楚島主穩若泰山，方才針針扎入龍體，我緊張得直冒冷汗。」

「你們辛苦了。」劉病已笑容一斂，「師兄，我有事請教。」

「你說。」

「莫師姊的暗器功夫，有何獨到之處？」

東閭琳一怔，「墨家暗器，除了莫師妹，天下已無人習得，其獨到之處在於發針時無聲無息，而針體細如汗毛，配合著施針者的功力，刺入人體，就像蚊蟲叮咬一般。秦孝文王登基三天後暴斃，死因不明，就是中了墨家暗器。」

劉病已聽到這裡，心中有股朦朧的警覺。

「墨家暗器若練得爐火純青，那麼銀針射入人體，表面上是看不出傷口的，也幾乎使受害者無任何痛感，以莫師妹的造詣，確實可做到如此地步。發一針入人體經脈，受害者就剩三個月壽命；發兩針，兩個月；發三針，一個月。除非剖開遺體，否則絕對找不出原因，最後只能被當成猝死了結，由於受害者不會當場斃命，所以若要歸結於『暗殺』，根本毫無根據。」

劉病已和楚笙面面相覷，相顧駭然。

「怎麼忽然問起這個？」東閭琳好奇地問。

劉病已勉強一笑，「沒什麼。」掀開帷幕，望著窗外密密匝匝的雪花，幸喜莫鳶已去，否則劉賀十之八九是要利用墨家暗器弒君了。

然而一回府，便收到梅影疏傳書——莫鳶回宮了。

原來劉賀與先王后嚴氏之女劉持轡得了怪病，終日高燒不退，胡言亂語，睡不安寢，幾乎去了半條命，延請名醫未果，便不得不寄託方士了。一時間各地自稱能通曉天地鬼神、驅得疑難邪症的能人異士齊赴昌邑，自然也就傳到莫鳶耳裡。莫鳶在後宮與誰都冷冷地不親近，唯獨對這糰子般的小人兒極爲喜愛，一聽劉持轡命在旦夕，立即星夜返回，這一來正中劉賀下懷，不免被灌了幾盞迷湯，便答允暫時留下，直到劉持轡身子大安，再做打算。

劉病已心中升起一股不安，當斷不斷，反受其亂，若莫鳶不夠堅定，與劉賀破鏡重圓，禁不住他的戳咕，行那逆天之舉……

若眞如此，未央宮守衛森嚴，比昌邑王宮還要滴水不漏，且宮院千迴百繞，殿閣重重，在無人帶領下，必會迷路，那麼莫師姊當眞有辦法不被人撞見又全身而退嗎？

或是，劉賀下手的地點，根本就不打算在宮中？

楚笙從他手中接過字條，嘆道：「劉賀是她的紅塵劫數，有些事既已注定，就沒有轉圜餘地。」

「知我者謂我心憂，不知我者謂我何求。我只有一句話問姑姑，劉賀體內的毒，何時發作？」

「按照一點一滴積累的量，興許還要半年。」

「螳螂捕蟬，黃雀在後，曾經我一度覺得小梅下毒的行徑，頗違君子之道，此刻方知，有的人心智已失，根本用不著正面較量。」

楚笙淡笑，「我們可不是君子，是女子，就是孔夫子所說的，唯女子與小人難養也的女子。」

三十六・劉爽

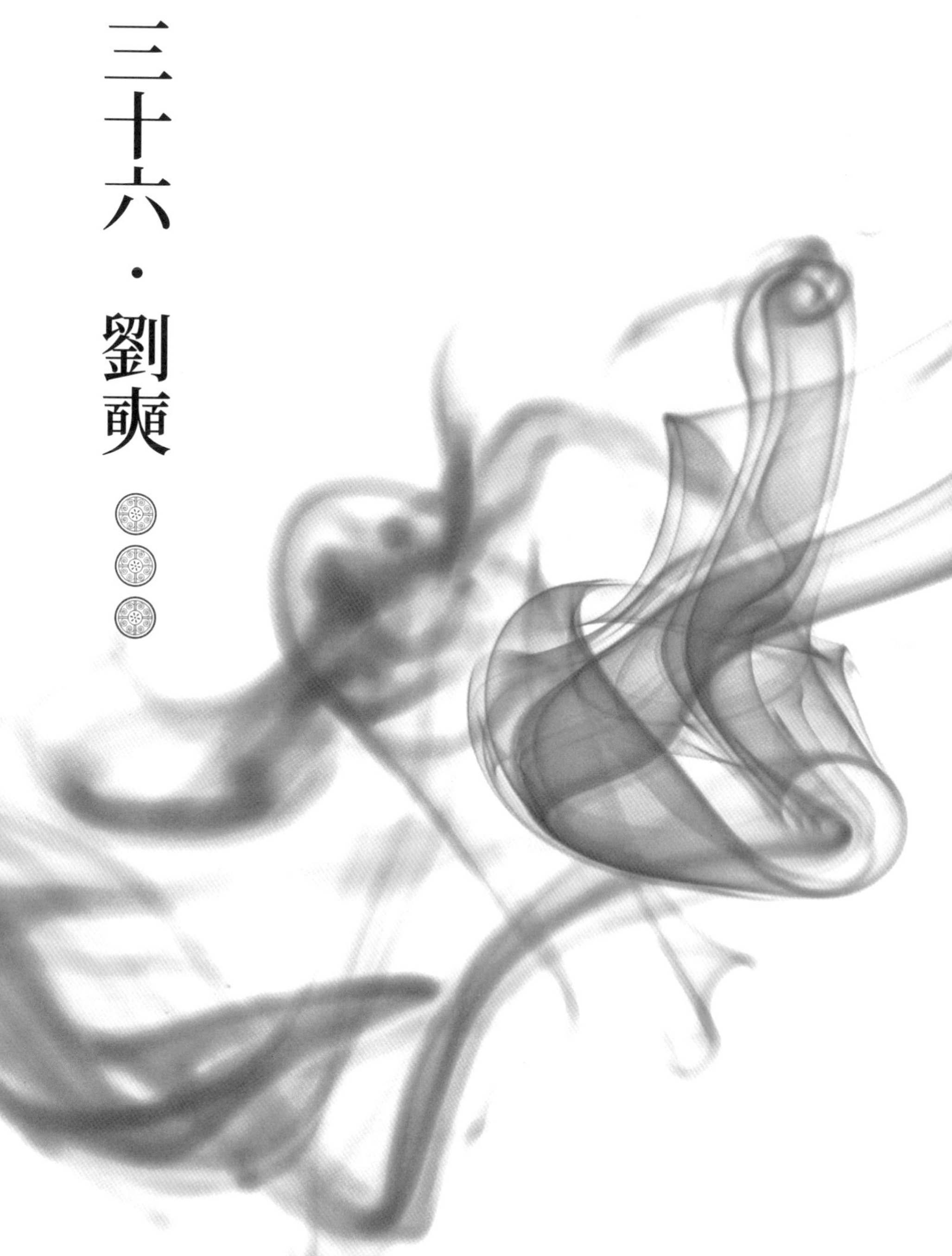

由於劉弗陵龍體抱恙，攸關社稷，是以只能暫緩對烏孫的出兵，但漢朝對盟國烏孫卻也不能袖手旁觀，於是在霍光主持庭議後，漢朝決定祕密派遣一批間諜，潛入匈奴軍中，專門暗中從事破壞行動，如燒毀軍糧、馬糧下藥等等，以拖延匈奴對烏孫的步步進逼。

這批間諜都是訓練有素的菁英，動起手來掠火疾風，若是不幸被匈奴發覺，也有辦法逃脫。

太醫令按照楚笙的方子爲劉弗陵調製藥浴，讓他每日浸泡半個時辰，藥汁從孔竅、穴道裡滲入，幾日後，劉弗陵恢復元氣，已能主持旦日朝賀。

之後劉弗陵在溫室殿設宴，款待幾名近支宗親與重臣，並特許其家眷參與其中，圖個熱鬧氣氛。

溫室殿明燭高照，案上華樽瓊漿，伶人且歌且舞。

劉弗陵與如歌坐在北面主案。劉病已、劉賀、劉胥、霍光等人依次坐東，其家眷坐西。

此刻樂工演奏著漢高祖劉邦的〈大風歌〉，衆舞姬裙袂飄舞，踏著奔放豪情的舞步。

劉弗陵輕輕擊著玉箸，吟道：「大風起兮雲飛揚，威加海內兮歸故鄉，安得猛士兮守四方？」

奏一段，舞一段，歌一段，終又夾進了百戲表演。衆人推杯換盞，言笑晏晏，一派鼎沸。

劉弗陵今日心緒頗佳，端起玉爵，道：「諸位同乾此爵。」

衆人舉爵回敬，如歌低聲勸道：「陛下龍體初癒，少喝爲妙。」

劉弗陵低聲道：「我這裡面裝的是白水。」

如歌一聽，不禁解頤，湊近他耳邊道：「你先是主持朝賀，接著又設此宮宴，是不是要讓他們認爲你身子已無大礙，好平息那些對你不利的流言？」

「知我者，如歌也。」

果然那些聽聞皇帝病弱的宗室們，見皇帝主持完繁複的朝賀大典後，又在溫室殿設宴，此刻神清氣朗，談吐平穩，舉止不紊，酒漿一爵接一爵，哪裡像病入膏肓的樣子？

席間劉賀起身，向劉弗陵遙遙一拱手，「臣有一事求陛下恩准。」

劉弗陵道：「何事？」

劉賀瞄了眼坐在左面的霍成君，「臣與霍大將軍的小女公子情投意合，已有白首之約，懇請陛下為臣賜婚，以為無上之光。」

劉病已一怔，見霍光也起身，拱手道：「陛下，昌邑王人才出眾，性情溫厚，正是小女的良配，臣代小女求陛下玉成恩典。」

劉弗陵正要說話，劉胥搶著道：「昌邑王，我記得你的妃嬪都多過天上的星星了，要是再迎一個進門，怕你身子吃不消啊。」

眾人聞言都是哈哈大笑。劉賀臉上閃過一絲尷尬，真想拿果物塞住這渾人的嘴。

劉弗陵忍住笑意，「廣陵王快人快語，只為解頤，休要認真。」

劉賀道：「陛下，臣雖有幾位妃嬪，但王后之位空懸，只待有德行相配、才貌雙全的女子，替臣主持後宮。霍姑娘外知祭祀，內掌婦學，嫻雅淑慎，頗有關雎之德，可堪為吾家佳婦。」

如歌隱隱覺得事有蹊蹺，怎麼自己從來沒聽說小姨情定劉賀？外祖父從來不做沒有利益的打算，即使是親生子女的婚事，也能被當成一筆政治交易，自己的母親當年不也是這樣才嫁給上官安的嗎？在外祖父眼裡，從來就只有權勢利益，任何摯情大義都不值一提，外祖父要將小姨嫁給劉賀，難道竟是與江山社稷有關？

劉弗陵道：「天賜良緣，可喜可賀，這門親事朕准了，特賜昌邑王虎噬羊紋金鎖片一對，霍氏嵌綠松石鳥紋金鎖片一對。」

劉賀與霍成君雙雙出席謝恩，殿內登時響起一片賀喜聲。

劉病已冷眼旁觀至此，心中醒悟，看來霍光知道陛下不孕後，便打算仿效孝文故事，扶持劉賀上位了。

霍成君起身入席時，橫了劉病已一眼，想要從他臉上找到一絲介意的神色，但見劉病已淺斟慢酌，談笑自若，又見劉賀一臉春風，整個酒宴喜樂無限，唯有她一人飲恨吞聲，格格不入。

她再也無法在殿內多待一刻，於是藉口說身子不適，轉身匆匆離去。

賜婚一事落定，不知是誰提起了一年一度的上林苑皇家春獵。

劉賀笑道：「陛下，臣記得去歲春獵，陛下獵得黃鹿十頭、獐子五頭、虎豹熊各三頭、大雁兩頭，可謂大豐收。臣騎射不精，敗在您手下，今年要單獨與您比試，看是誰勝誰負了。」

劉弗陵笑道：「昌邑王好記性，看來你這回志在必得啊。」

劉賀笑道：「臣爲了皇家春獵，日日天沒亮便起來練習騎射，如今不敢說有十成火候，九成倒是有的，若不是陛下去歲百步穿楊的馬背英姿令臣心嚮往之，臣哪裡來的意志勤練不惰。」

劉弗陵道：「好極！今年春獵，朕與你手下見眞章。」

劉病已聽到這裡，心中閃過一個不祥的念頭，這個念頭隨卽泥牛入海，杳然無蹤。他酒喝得多了，有點頭暈腦脹，這時無論如何苦思，就是捕捉不到任何脈絡。

談到皇家春獵，衆人都是興致高昂，席間笑語如縷，和樂融融。

忽有一名小黃門匆匆來報——昌邑王妃摔下陛階，頭破血流。

劉賀臉色大變，立卽望向女眷席，梅影疏已不在座席上。

霍成君匆匆離席，沿著迴廊慢慢踱步，給風一撲，胸中怨氣這才半消。

她此刻既心寒又齒冷，還以爲劉病已尚有一絲餘情，沒想到自己眼看都要成爲昌邑王后了，他竟毫不在意，轉眼又想到劉賀，雖然他也是容貌無雙的美男子，且身分和自己又般配，但想到自己竟淪爲政治利益下的犧牲品，委實心有不甘。

她憤憤地走著，忽見前面一人白衣飄飄，憑欄玉立，綠鬢朱顏，風姿綽約，正是梅影疏。

梅影疏在溫室殿待得悶了，於是出來透透氣，見霍成君氣沖沖地走來，便故意露出一抹輕慢的笑容，斜睨著她。

霍成君正當不快，這時見她故作姿態，只覺得格外刺眼，又想起她當日的刻薄冷淡，更是有氣，冷冷地道：「以後咱們就是一家子了，總要知道怎麼稱呼妳，也好親近不是？」

梅影疏仰首看著天際晚雲，少頃才輕笑，「我叫梅影疏，妳可以叫我小梅，大家都這麼叫我的。」

霍成君大怒，「放肆，什麼妳啊妳的，方才陛下已准婚，我就是昌邑王后。妳只不過是婢妾之流，何以這般不知禮儀，有如化外之民！」

梅影疏嘴角上揚，慵懶一笑，「婚禮未成，妳就這麼迫不及待想要大顯威風嗎？」

霍成君氣得險些暈厥，自她出生以來一直被人捧在手心上，何曾受過這種冷嘲，當下衝上前去，便要賞梅影疏一記耳光。

「姑娘冷靜。」一旁采薇急忙拽住她。

霍成君正氣頭上，哪聽得進一句勸？用力一掙，采薇登時摔倒在地。

梅影疏不等她這巴掌搧來，拽住她的手腕，笑道：「說不贏別人，就想動手嗎？妳這德行也配當王后！市井潑婦還差不多呢。」

霍成君越是用力掙脫，就越是掙不開她的箝制，怒道：「妳……妳太無禮了。」她從小成長環境太過順遂，絲毫沒有應變這等情況的能力，此刻除了結結巴巴地說「妳」，竟是一點辦法也沒有。

梅影疏立即鬆開手掌。霍成君方才用力過度，對方忽然鬆手，害她險些摔跤。

梅影疏慢攏青絲，笑道：「少陪了。」轉身便走。

霍成君氣得渾身哆嗦，喝道：「站住。」

梅影疏恍若不聞，邁步走下陛階。

霍成君頓時失去理智，追了過去，扯住她的胳膊，「妳個賤婢，我今日非要讓妳知曉什麼是尊卑有序！」

梅影疏忽然輕輕一笑，悄聲道：「妳再嚷得大聲一點，最好把所有人都吸引過來，等會兒妳就要成爲眾所周知的妒婦了。」

霍成君一怔，「什麼？」

梅影疏笑得更加神祕了，低聲道：「霍大將軍的小女公子剛蒙聖上賜婚，尚未風光出嫁，就和昌邑王妃爭風吃醋，最後狠心殘害，如此無德，豈配做王后！」

霍成君尚未醒悟過來，只見梅影疏忽然淚色潸潸，悽惶地道：「姊姊，這兒危險，有話好講。」

霍成君不料她說笑就笑，說哭就哭，正錯愕間，梅影疏忽然掙開自己的手，接著奮不顧身往階下一躍。

「啊——」梅影疏發出一聲慘厲的尖叫，那一瞬幾乎都要劃破耳膜。

霍成君目瞪口呆，看著她一路滾落陛階，最後委頓在地，額頭汩汩血流。她暈厥前深深地看著自己，那雙狡媚的眸子浮起勝利的笑意。

霍成君這才知道自己被人算計了，一時懵了，喃喃地道：「不是我，不是我害的……」但自己方才的確與她起了爭執，她也在一番拉扯下墜落陛階，若說自己沒推她，是她爲了陷害自己而跳下去的，簡直不會有人相信。

她忽然想到什麼似的，扭過頭，用力握著采薇的手，激動道：「妳也在場，妳說，我沒推她，是她自己摔下去的，對不對？」

采薇也懵了，當時她正處於視線死角，自家姑娘究竟有沒有推人，她還眞不清楚。

霍成君看她這木愣愣的樣子，氣不打一處來，揚手搧了她一耳光，「吃啞藥了嗎？我問妳話呢。」

宮人聽到尖叫聲，登時都湧了過來，很快溫室殿也得到了消息。

劉賀幾乎是用飛的趕了過來，抱起頭破血流的梅影疏，急紅了眼，「太醫，太醫，快來人——」

宴上的人全都蜂擁而來，彼此交頭接耳，竊竊私語。

昌邑王妃額上的鮮血，侍女頰上的掌印，各種異樣的目光齊刷刷地投向霍成君，令她簡直百口莫辯，只能由采薇攙著離開現場。

梅影疏昏迷了數個時辰，似乎在黑暗中看到一盞熒熒孤燈，然後燈光越來越亮，終於淸醒過來。

劉賀握住她的手，喜道：「上蒼庇佑，妳終於醒了。」聲音透著濃濃的疲憊，顯然害怕梅影疏就此不醒。

梅影疏只覺得頭暈目眩，無力地開口：「渴。」

劉賀攙起她，拿了一個軟枕讓她靠著，又親自倒了一盞溫水，奉至她唇邊。

梅影疏甚是焦渴，飲得太急，不小心嗆著了。劉賀立即撫著她背，又掏出錦帕擦拭她嘴邊的水漬，舉止呵護，從來就只對她一人罷了。

劉賀愛憐地看著她額上滲血的白布，柔聲道：「妳額頭受傷，血流不止，幸好太醫及時爲妳止血，否則我只怕要與妳天人永隔了。」

梅影疏眼神一片迷惘，「我怎麼會摔下陛階？」

「妳全都沒印象了嗎？霍成君跟妳起了爭執，結果那賤人一怒之下，就把妳推了下去。」

梅影疏按著頭，表情痛苦，「我完全想不起來了。我只記得霍姑娘發了一頓脾氣，然後接下來發生什麼事，我就不清楚了。」

劉賀恨恨地道：「想不起來就別想了，霍成君那賤人膽敢傷妳，總有一日我會讓她付出應得的代價。」

「霍成君是你一步登天的踏腳石，你別爲了我去得罪她，眼看她就要成爲你的王后了……」梅影疏壓低聲音道：「將來你登基，你必要爲她許以鳳位，一起垂範天下，不然霍大將軍那兒肯定無法交代。」

劉賀悻悻地道：「好吧，我就暫且忍耐一下，等皇帝山陵崩了，霍光扶我上位，我成爲大漢天子後，我要幹什麼就幹什麼，誰還能左右我？到時誰登堂入室，母儀天下，只有我說了算。」

「朝堂不比封國，不可任性妄爲。」

劉賀不以爲然，「那是因爲朝堂上都是霍光的親信，我若登基，頭一件事就是要剪除霍光的羽翼。至於霍成君，陛下才剛賜婚，她就做出這等不仁之事，這女人要想做皇后，除非從我屍體上踩過。」

「你就不怕人家說你忘恩負義？」

劉賀冷笑，「狡兔死，走狗烹。飛鳥盡，良弓長。若論忘恩負義，誰及得上咱們高祖皇帝？」

梅影疏惶然道：「阿賀，你實話告訴我，皇帝那兒，你打算怎麼對付？爲什麼你方才這麼順口地說出『山陵崩』的大逆字眼？」

劉賀笑道：「比如對弈，我有一步好棋，這枚棋子亮出來，皇帝氣數就盡了。」

「難道你說的是莫鳶？」

「不錯，否則我爲什麼千方百計要留住她？妳以爲我眞的心繫於她？哈，她有什麼地方值得我念念不忘？要不是她還有利用價值，你以爲我有那個耐性和她軟磨硬泡？」

梅影疏奇道：「你如何認爲她會爲你留下？」

說到這個，劉賀忍不住得意洋洋，「妳見過魚離了水還能活嗎？她出走那段時日，就跟涸澤魚沒什麼兩樣，只消哄她幾句，立個誓言，溫存一番，這女子的心防就瓦解了。如今魚在砧上，歡情如火，水已鼎沸，只待活烹，對付情場生手，我可從來沒有失手過。」

梅影疏最不耐煩他這樣故弄玄虛，忍氣道：「好吧，回歸正題，你究竟想做什麼？」

劉賀正要回答，忽聽有人來通報，說是霍光來了，正在堂上候著。

劉賀道：「霍光必是為了霍成君傷人一事而來，我先出去應付，妳好好歇息。」在她臉頰上深深一吻，隨即離去。

梅影疏的自導自演，讓劉賀對霍成君深惡痛絕，讓霍光顏面盡失，也讓霍成君形象大傷。從來皇宮便是是非之地，宮人嚼舌間不免加油添醋，很快地霍成君就被塑造成一位兇悍專橫、心狠手辣的妒婦。

霍成君何曾受過這種委屈？整日砸東摔西，大發雷霆，除了哭泣就是暴怒，大怒大悲最易傷身，忽有一日她著了涼，又不肯安分吃藥，就這麼病懨懨地臥在榻上，簡直與等死沒什麼區別，婚事只能延遲。

元平元年，劉弗陵的身體就在這新的一年奇蹟似的好了起來，那些心口上的不適之症就像冬日的最後一場雪，消融得乾乾淨淨。

一陣和煦的風，把春日的韶光吹向了大地。陽武侯府院子裡海棠如錦，桃李成蔭，正是令人犯睏的午後，內室裡，陡然響起一聲宏亮的嬰兒啼哭

「生了，平君生了個兒子。」許夫人抱著襁褓嬰兒，從內室快步出來，臉上樂開了花。

堂上頓時響起一片賀喜之聲。

許夫人見劉病已兀自發愣，笑道：「平君是福星啊，頭胎就給你生兒子。」

劉病已回過神來，霽然色喜，「我做父親了。」顫顫地從許夫人手裡接過襁褓，只覺得很輕，很軟，小貓兒似的，當那皺巴巴、紅彤彤的小臉偎著自己心口時，他竟有一股想哭的衝動。

這是他第一個兒子——劉奭。

「奭兒，奭兒，我的小奭兒。母親看你這張小臉蛋兒，就像蘋果似的，眞想咬一口呢。」

「好了嗎？該換我抱了吧？」

「你方才不是抱過了？」

「妳好意思說我，我抱一會兒就被妳搶走了。」

寢室內，劉病已和許平君爲了抱劉奭，正你一言我一語拌起嘴來。

這情形自劉奭出生後，每日都會固定上演。

「妳看奭兒一雙圓滾滾的眼睛一直盯著我，他這是想要我抱呢！」劉病已戳了戳劉奭粉嫩的臉頰，輕聲道：「奭兒，給父親抱，來！」

許平君愛憐地凝視著劉奭，少頃才依依不捨地將他移到劉病已的臂彎。

劉奭忽然小嘴一扁，哇的一聲，哭了起來，慌得劉病已登時手足無措，難得咋咋呼呼地道：「怎麼了？他怎麼哭了？」

許平君淡定地道：「肚子餓了吧。」

劉病已鬆了一口氣，「原來是肚子餓了，我還以爲他哪兒不舒服呢！」

「你啊，總愛自己嚇自己。」許平君忍俊不禁，對白芷道：「抱奭兒去乳母那兒。」

「諾。」白芷接過襁褓，緩步離去。

劉病已柔聲道：「爲了奭兒，妳辛苦了。」

許平君笑道：「正因爲是我們的孩子，再怎麼辛苦都是值得的。」

「妳還在月子裡，別太勞累，把補湯喝一喝就趕緊躺著歇息吧！」

許平君露出反胃的表情，吐舌道：「補湯，又是補湯，我看到補湯就作嘔。」

「爲了妳的身子，還是得乖乖喝下。」

許平君俏皮一笑，「要不你餵我！」

「好好好，妳啊，眞是給我寵壞了。」劉病已將陶碗端來，掀開蓋子，舀了一勺湯，輕輕吹涼，送入妻子嘴裡。

許平君很享受這種被呵護的感覺，不多時就把補湯喝完了。

「快睡。」劉病已替她掖好被，等她熟睡後，便悄步掩門而去。

楚笙早已候在廊下，見了他，揚了揚手中字條，道：「如你所料，莫鳶最終留下了。」

劉病已面無表情，「知道了。」

「小梅想套出劉賀的手段，卻總是被他含糊過去，你覺得，劉賀會選在何時動手？」

劉病已望著風中一抹浮雲，良久，才道：「皇室春獵。」

「如何肯定？」

「劉賀必是要在狩獵途中對陛下下手，那時陛下身邊只帶少數隨從，根本無法防範莫師姊無懈可擊的輕功！莫師姊若得手，也能藉林遮木掩的地勢逃之夭夭，天時、地利、人和，絕對錯不了！」

「當眞瘋魔了。」

劉病已嘆道：「春獵三日，我會盡量長伴陛下身邊，只盼我的判斷有誤，莫師姊最終沒出現。」

惠風拂來，落花簌簌，如急雨，如飄雪，如飛絮，似乎這般落法，剎那間便會一樹花盡，繁華夢散。

春獵這日，車轔轔，馬蕭蕭，天子車隊是象牙車，玉飾馬，霓旌搖動，雲旗揮舞，前有獸皮裝飾的車輛，後有導遊之車隨從，一隊宮車迤邐，浩浩蕩蕩前往上林苑。

上林苑在長安西，本秦之舊苑，漢武帝擴建之，南傍終南山，北濱渭水，周圍三百里，內有離宮七十所。

劉弗陵一向重親情，以往春獵，都是把近支宗室召回來，圖個熱鬧。

正是春光明媚，芳菲無垠，一派生機，他心情頗佳，與如歌沿途走馬觀花，論古述今，比在宮裡還要健談。

這時所有人都是輕鬆自在的，唯獨劉病已全神戒備，絲毫沒有逸樂之心，唯恐莫鳶喬裝打扮，混入內侍、宮女的隊伍中，然而一眼望去，卻不見莫鳶身影，心中隱隱抱著一絲希望，只盼是自己多慮了。

抵達上林苑，先是觀看一場演武，衆將士在鼓聲中依著鼓點列陣來去衝鋒，頗爲振奮人心，用過飧食後各自方便，次日清晨才開始爲期三日的春獵。

劉病已心不在焉，他心中有個朦朧的警覺，似乎莫鳶早已潛伏在上林苑的某個角落裡，藏器於身，伺機而動，只要有個風吹草動，就會撞響他心中警鐘。他愣忡不安，枕戈待旦，聽更漏暗度，看蘭燼凋落，直至露冷月殘，星斗微茫，竟目不交睫，徹夜未眠。

這一夜過得比平常都還要漫長。

曙色未明，劉弗陵、劉胥、劉賀等宗室均身著皮弁等騎射之服，牽黃擎蒼。劉弗陵見劉病已神情肅穆，笑道：「這兒是上林苑，不是未央宮，只有弓馬，沒有奏章，陽武侯自在一點。」

「讓陛下見笑了。」

「朕要和昌邑王行獵，你自個兒方便吧！」

劉病已忙道：「臣哪兒都不去，只願侍奉御駕，執鞭持轡，就近效勞。」

劉弗陵啞然失笑，「跟著朕幹嘛？難道是第一次參與行獵，見到這麼大的排場，所以覺得緊張？」

「倒也不是。」

「不是就好。對了，聽說你跟廣陵王約了射箭，怎麼都天明了，卻還沒見到他人影？」

劉病已愕然道：「臣何時跟廣陵王約了射箭？」

劉弗陵奇道：「朕也是聽金賞說的，難道朕的消息有誤？」

說話間劉胥昂首闊步走了過來，一雙虎目直直地盯著劉病已，渾忘了向劉弗陵行禮。

三十七・暗算

劉病已看著他，一股不好的預感油然而生。

劉胥用力拽住劉病已的胳膊，笑道：「你放話說要跟我比賽射箭，我正琢磨著你究竟跑哪兒去了，原來躲在陛下這兒。別磨蹭了，這就跟我走吧！」

劉病已急了，「我何時說要跟您比賽射箭？」

劉胥瞪眼道：「不是你親口說的嗎？你口出狂言，說什麼三兩下功夫就能讓我拋弓棄箭，甘拜下風，眞是好狂的口氣！來來來，嘴上功夫不算數，咱們手下見眞章。」

劉病已登時醒悟，原來是有人在背後搗鬼，目的就是要支開自己，正要分辯，只聽劉弗陵微笑道：「陽武侯第一次參與春獵，就自個兒盡興吧！飨宴設於宜春苑，遲到要罰酒。」

劉病已心中叫苦連天，無奈劉胥猿臂虎軀，力大如牛，被他箝制宛如鐵箍，在這種情況下，以前學過的騰挪縱躍的功夫全都派不上用場，不一會兒就被他像獵物般拖著走，眼睜睜看著劉弗陵的身影越來越模糊。

「你究竟要帶我去哪？」劉病已給人的形象是沉靜如水，此刻難得氣急敗壞。

「靶場。」

也許察覺出方才口氣太差，劉病已定了定神，道：「要我跟您去靶場，行，但絕不是此刻，我有急事在身！」

「少囉嗦，現在許多人都聚在靶場，目的就是爲了觀賽。你若現在不去，還比什麼？」

「我從未說過要和您比試。」

「所有人都知道你要和我比試，就你不知道，這說得過去嗎？」

「就當我輸了，我不比了還不成？快放開我，我有急事。」

「這怎麼行？我才不吃這一套，總之你乖乖和我去靶場，不分個上下就不許離開。」

劉病已無奈。說話間二人已到了靶場。

靶場占地遼闊，正中心矗立著十座小箭靶，北面是弓箭庫和馬廄。

靶場眾人見劉胥和劉病已到來，都是歡聲雷動，吆喝若狂。在此之前，他們已打賭下注，自然了，劉胥勇猛過人，弓馬了得，賭劉胥贏的人明顯占多數。

劉病已被他拽得手麻不已，無奈道：「我人已到靶場，您可放開我了。」

劉胥哈哈大笑，鬆開他，「這倒也是，要是你在眾目睽睽之下不戰而逃，只是把臉往地上踩罷了。」

「我有急事不得耽誤，快說如何比試。」

劉胥不禁好奇，「你從方才就一直說自己有急事，真是奇怪，這裡又不是朝堂，究竟有什麼事火燒眉毛？」

「總之請您快一點。」

劉胥絲毫沒察覺到他的不耐，哈哈一笑，「規則簡單，看到前方的馬廄和弓箭庫了沒有？」

劉病已強壓不耐，「看到了。」

「你我各挑良馬，擇弓箭，然後騎馬圍繞靶場，朝中心十座靶子射箭，若十箭都能正中靶心，就算贏。」

「行，您先挑。」

劉胥道：「這是自然，長幼有序，當然由我先挑。」大步朝馬廄走去，劉病已跟在他身後。

劉胥吹著口哨，慢悠悠地挑著一把硬弓、一匹駿馬，劉病已老大不耐，忍不住連聲催促。

好不容易劉胥選好中意的弓馬，在眾人前呼後擁下，一躍上馬，馬鞭一揮，疾馳向前，彎弓搭箭，朗聲道：「射藝之本，在於力神合一，常引而不發，直練至視靶中鵠心其大如盤、其近在鼻，方可引弓滿射。」

嗤的一聲，長箭帶著尖利的呼嘯，射中第一座箭靶靶心，箭靶受力不住，轟然倒地，激起一片塵土。

那箭靶極小，小到就像獵場中的兔子一樣隱約，射中靶心，如射兔眼，爲軍中神射所使，且距劉胥有一百八十步之遠，又於快馬疾行中射出，代表射手要具有開二十石強弓的力量，和極佳的目力。

衆人鼓掌若狂，大聲喝采。劉胥馬不停蹄，又跟著射出第二箭。

「一箭中的！廣陵王了得！」

靶場上塵土翻揚，衆人不禁瞇起雙眼，只見劉胥一連射出四枝響箭。每箭都挾著他拔山倒海的臂力，不偏不倚中了靶心。

四周喝采連連。他有意賣弄，彎弓搭箭的姿勢開始花樣百出，每一箭看似縹緲虛無，變幻莫測，到最後竟都能穩穩射出，不多時靶場上十座箭靶靶心都插滿箭矢，倒成一片。

劉胥下馬，圍觀衆人一窩蜂地湧上前去，滿嘴奉承。劉胥聽在耳裡，如飲醇釀，四肢飄飄，整個人像要飛上天去了。

此時幾家歡樂幾家愁，那些賭劉病已會贏的人不約而同地看向他，心忖廣陵王勝券在握，最多劉病已也只能拚成平手，要是一個不慎射偏了靶心，那可就輸得一塌糊塗了。想到這裡，無不後悔把賭金押在劉病已身上。

內侍上前換上新的箭靶，輪到劉病已了，劉胥笑吟吟地看著他，道：「該你了，你弓箭選好了，還有馬呢，看你是要烏騅，還是駃騠，不急不急，你慢慢挑，我有的是閒暇等你。」

劉病已笑了，「何必騎馬？我的輕功追風逐電，馬力難及，看仔細了。」話音方落，立卽足不沾地向前疾走。

衆人眼前一花，似乎看到劉病已飛身向前，一陣破風聲後，五枝箭矢掠過天際，正中靶心。

衆人正駭然間，只見他銜枚疾走，箭矢連發，剩下的五枝箭靶瞬間紮滿，忽聽他聲音遙遙傳來，「少陪了，我先走一步。」循聲望去，劉病已卻是站在靶場兩丈外的一株松樹上，話音方落，他已消失無蹤。

起步、射箭、發話、離去，整個動作一氣呵成，不過彈指光景。

劉胥驚得目瞪口呆，眾人相顧駭然，靶場登時靜如深谷。

再看十座箭靶，靶心上也是紮滿箭矢。這場比試表面上不分軒輊，但在眾人心中，卻是誰技高一籌呢？

劉病已離開靶場後，逢人問起皇帝下落，得知皇帝和劉賀在上林苑東行獵，心急如焚，當下深吸一口氣，往東直奔而去。

他足不停歇地疾走近一刻，縱身躍上樹巔，極目眺望，只見一隊人馬迤邐於山澗旁，於是急趨而去。

劉弗陵揚弓拉弦，全神貫注，朝著一頭正在低頭飲水的野豬射出一箭。冷不防一陣枝搖葉動，劉病已從天而降，箭鏃從他身旁劃過，若他再偏近一寸，當下便有血濺之禍。

那頭野豬受到驚嚇，登時竄逃。

劉弗陵見突然有人出現，唬了一跳，險些從馬上栽落，開口要喊：「護駕。」待看清來人是劉病已，嘴巴已經洞開，那個「護」字卡在舌間，看起來十分滑稽。

劉病已這番疲於奔命，此刻髮絲鬆散，鬢邊還帶著枝葉，臉上不知沾到什麼，灰撲撲一片。

他兀自氣喘吁吁，跪地就是一口官腔，「臣驚擾聖駕，罪該萬死，請陛下責罰。」

劉弗陵本來惱他嚇走獵物，這時見他形容狼狽，只覺得好笑，「起來吧，你怎麼跑來了？」

劉病已起身，調勻呼吸，整理頭髮，恭敬道：「臣與廣陵王比試完畢，想隨陛下一同行獵，於是魯莽了。」

劉弗陵大感興趣，「誰勝了？」

「廣陵王騎射了得，輕輕鬆鬆地便射中十座箭靶，臣費了好大的功夫，才勉強和廣陵王持平。」

「你能和他不分軒輊，也不算差，過來和朕一同行獵。金賞，把你的坐騎給陽武侯。」

劉病已一來，劉賀登時被晾在一旁。他冷冷地看著眼前這一幕，且不說劉病已貿然出現，光是他驚走皇帝獵物，換作旁人早就挨罰了，可劉弗陵不但一聲責備也沒有，就連心情也絲毫不受影響，足見劉弗陵的寵信。

劉弗陵心情甚好，在馬上有說有笑，一會兒說要派人將捕獲的獵物趁著新鮮拿到高祖廟獻祭，一會兒說要命庖人炙燒野味，一會兒又說要將獵獲的白虎剝下皮毛賞給親近重臣。

劉賀在一旁諾諾附和。劉病已卻一句也聽不進去，整路安安靜靜，留心身旁的風吹草動。

他心中晃過無數個念頭，也不知莫鳶來過了沒有？以莫鳶出神入化的輕功，要蒙過這十幾名扈從的雙眼何等容易。

他被那囉嗦不已的劉胥拖了一頓飯工夫，加上找劉弗陵也折騰不少，兩邊時間疊在一起，也足夠莫鳶往返了。

他挨近金賞身旁，低聲問道：「我還沒來之前，可有什麼騷動？」

金賞笑道：「騷動是沒有，倒是陽武侯一陣風似的突然現身，事先沒半點徵兆，可把我嚇了一跳，還以爲是刺客呢！」

劉病已一聽，微微鬆了一口氣。

金賞心細，見劉病已神色凝重，回想他方才的話，心知有異，立卽斂住笑容，低聲道：「敢問陽武侯，可是出了什麼事？」

劉病已眞是有口難言，此事畢竟無證據，又牽一髮而動全身，若據實以告，必鬧得沸反盈天，當下只能四兩撥千金帶過，「春天是獸類發情的季節，常躁動不安，就怕有些猛獸發起狠來，連弓箭都不怕。」

金賞笑道：「陽武侯不必擔心，陛下精通騎射，箭無虛發，不信你看。」

話一說完，便見一枝箭矢破風而出，射中盤桓在雲間的一頭灰鷹。灰鷹無聲墜地，箭鏃穿過牠的雙眼。衆人驚嘆連連，高呼：「陛下神勇。」

劉病已這才知道原來劉弗陵體弱多病，但騎射算是皇族裡出類拔萃的，又聽金賞悵然道：「我看陛下此刻滿足的模樣，少不得多言了。其實陛下不喜歡待在宮裡，陛下最渴望做個平凡的山野村夫，陌上採桑，把酒東籬，一枕清風明月，雖無錦繡膏粱，卻也樂在其中。可是，這些願望，不是遙不可及，就是像『淋池』那樣，一觸擊碎。」

淋池是劉弗陵登基不久後命人修建的一座方圓幾百米的池塘，池裡栽滿一種名爲「低光荷」的荷花，其葉寬大，十里飄香。亦有「倒生菱」，因池底的泥是紫色的，又稱「紫泥菱」。年幼的劉弗陵很喜歡淋池，常與宮女盪舟於藕花深處，金甌撈月，採菱高歌。霍光知道後，立即勸諫皇帝不得沉湎於安樂，於是淋池荒廢，藕花凋零，最後淋池被塡平，皇帝爲此消沉了好長一段時日。

「陛下是不是一直很不快樂？」劉病已問。

「您看出來了？」

「現在我眼前的陛下，和在未央宮裡見到的不一樣。」劉病已望向馬背上的劉弗陵，目光有一瞬的悲憫，「陛下的笑，是從心裡漫延出來的，陛下眼裡有光。」

金賞笑了笑，問道：「不知陽武侯這一生中最快樂的時光是在什麼時候？」

劉病已呆了一瞬，並不說話。他自幼飽經憂患，嘗盡人情蕭瑟，心智比同齡人還要滄桑許多，屬於孩童時期最簡單最純粹的快樂，從來沒有在他心上留下痕跡。

良久，才聽見金賞悠悠的嗓音響起，如與山風和鳴，「或許侯爺想不起來了，正如趙太后給陛下的快樂，也是久遠得彷彿前塵舊夢。」

即便瓊樓玉宇，卻也是高處不勝寒，劉弗陵的童年早在母親被賜死的那一刻就已結束。

那一年，他八歲。

一行人越向林深處，地勢越是陡峭，有些路根本無法行走，四下怪石嶙峋，荊棘密布，草高及膝，劉弗陵於是下令掉頭。

行獵一下午，回到宜春苑，這中間風平浪靜，什麼可疑人物也沒有。

劉弗陵、劉病已、劉賀三人加起來的獵物，堆得像一座小丘那麼高。

當日晚宴，便以獵物爲炙，宴席設於宜春苑庭中，周遭秀石疊嶂，流水潺湲，綺花爭妍，嘉樹蔥蘢，正是賞月的絕佳地方，大群人圍成圓圈，中心一個青銅鑊正滾著肉湯，數名庖人炙燒山豬、鹿、羊等野食，香氣四溢，令人饞蟲直動。

王公貴冑大口吃肉，大口飲酒，宮燈高耀，風管聲和，在這樣的氛圍中，每個人都放下了心上的包袱，一派融洽。

劉賀正飲著一罈竹葉酒，一名隨從忽然走來，在他耳邊嘀咕幾句。劉賀臉色微變，擱下酒罈，款款起身，藉口更衣，隨即提著一只薄綢燈籠往苑外一處坡上桃林走去。

桃紅滿林，如美人勻了紅妝。他沐著簌簌花雨，越走越深，這時已不聞絲竹聲，唯有春蟬啷啷，鳥語森森。

莫鳶在桃林深處等他多時了，一聽見熟悉的腳步聲，急忙撲入他懷中，全身簌簌顫抖，哽咽道：「大王。」

劉賀沉著臉，推開她，斥道：「妳怎麼還待在這個是非之地？若被人發現，神仙也救不了妳。」

莫鳶有些失落，她傾慕的男人不是先安撫她的情緒，而是責備她爲何不遠走，心裡嵌了刺，卻也不敢對劉賀假以辭色，不敢像梅影疏那樣說話含稜帶角又無所顧忌。

「對不起，是我太害怕了，只要看你一眼我就安心了，一會兒我就走，走得遠遠的。」她的聲音顫抖又嗚咽。

劉賀不悅地道：「妳都動手了，還怕什麼？」

莫鳶被他勾起驚恐的回憶，忽然激動地抓住劉賀的胳膊，「我又殺人了，而且對方不是尋常人，是大漢朝堂堂天子！」

劉賀當下一個衝動就想賞她一巴掌，好讓她管緊嘴巴，「這麼大的事，妳還大聲嚷嚷，要是給人聽見，妳我人頭落地都算輕的了。」

「我一人做事一人當，若是東窗事發，我絕不連累你。」

劉賀心中翻了個白眼，蠢婦，妳是我的女人，若事發，哪是妳一人能承擔的？他強忍不悅，問道：「發了幾針？」

莫鳶一聽，恐怖的回憶如浪潮兜頭兜面地打了過來，「兩針！待要發第三針時，皇后就發現了！」

劉賀大驚，「皇后發現了？」

莫鳶顫聲道：「那時他們泛舟於太液池，扈從極少，皇后是從水面倒影瞥見我的，不過她以爲我是……我是鬼。之後她說給陛下聽，陛下還笑她看走了眼，把自己的倒影當作鬼。」

劉賀吁了一口氣，「總算有驚無險，妳發了兩針，那麼，他活不過三個月。」

莫鳶再也克制不住內心的惶恐，抱著頭道：「我……我究竟在幹什麼？我學武功，就是為了殺人嗎？師父知道了，一定會很痛心，很失望。」

「妳做也做了，還嘮叨這些幹什麼？」劉賀一臉不耐，見莫鳶表情既錯愕又受傷，這才意識到自己口氣太差，連忙柔聲道：「妳對我的付出，我都會銘刻在心，我不會忘記妳對我的情義，等我來日登基，我就封妳為婕妤，讓妳住進昭陽殿。」

他目光柔和如蠶絲，緊緊地纏住她，「妳知道昭陽殿是什麼地方嗎？是我祖母住過的，代表著萬千眷寵無上尊榮。鳶，這是妳應得的。」

一聲「鳶」撫平了莫鳶心上的摺痕，她低聲道：「名分不重要，只要讓我長伴夫君左右，我便知足了。」

劉賀心下冷嗤，這女人雖然心高氣傲，但只要一句好話，就能立刻把她收得服服貼貼，見她磨蹭不走，便敦促道：「別多言了，此地不宜久留，妳快走，等我消息。」

莫鳶頷首，依依地望了他一會兒，便要離去。

便在這一刻，忽聽坡後濃蔭間窣的一響。

「什麼人？」劉賀心提到了嗓子眼。

那人洩了行蹤，拔腿就跑，才邁出兩步，就被莫鳶拎了起來。

劉賀將燈籠往前一照，當即認出此人，訝然道：「王丞相！」

原來王訢在宴上吃得多了，有些積食難消，便獨自到桃林隨興走動，他喝了點酒，暈暈乎乎的，不慎絆了一跤，腦勺撞到石頭，當即暈了過去。由於他暈倒的位置是在一片濃蔭處，又著深色衣裳，而莫鳶心神慌亂，短了警覺，一時竟沒發現。

王訢昏迷不久便醒來，剛好從二人口中聽到這驚天動地的祕密。

他越聽越害怕，酒意全消，全身劇烈顫抖，也就是這細微之聲，驚動了二人。他被莫鳶如抓小雞似的拎在半空，又重重地拋擲在地，一把老骨頭都要散了，知道自己一腳已踏進棺材，對方非殺人滅口不可。

在這節骨眼，他只嚇得心膽俱裂，本能地替自己尋求活路，當即跪倒，「我什麼都沒聽見，昌邑王饒命。」

劉賀怕他大聲呼救，沉聲道：「先點了他啞穴。」

莫鳶飛足在他頸上一踢，王訢當即發不出聲音。

劉賀來回踱步，煩躁不已，眼中寒意森森，「一不做二不休，乾脆殺了。」

王訢一聽，嚇得面無人色，無奈發不出聲音，只能拚命磕頭。

莫鳶倒退一步，顫聲道：「我已害得陛下命不久長，現在又要殺當朝丞相。我……我不敢，我下不了手。大王，饒他一命。」

劉賀斥道：「無知婦人，妳此刻不殺他，就是要了我的命。妳從前殺了我不少侍從，現在多一個又何妨？」

莫鳶見他發怒，只能怯怯地道：「好好好，我殺，我殺。」

「慢著。」

莫鳶眼睛一亮，「大王要開恩？」

劉賀冷冷地道：「擊暈他，再拋到昆明池，弄得像失足落水而死。我在這兒耽擱太久，怕人起疑，王訢就交給妳，我要回去了。」

莫鳶怯怯地喊了聲：「大王。」

劉賀頭也不回，像沒見過她這個人似的，逕自揚長而去。

他不在的時候，山豬已烤得皮脆肉嫩，正滴著肉汁，弄得柴火明滅不定，劈啪作響。

這位庖人有一半的胡人血統，在塞外居住多年，炙出來的肉完全是道地的塞外風味，不管是什麼肉品，都能夠精確掌控火候，再以少許鹽巴、薄酒和西域傳進來的胡椒調味，很快就征服了所有人的味蕾。

此時庖人正拿小刀欲爲帝后分割腿肉，劉弗陵輕輕揮手，道：「不必了。」徒手抓肉，當下大快朵頤起來。

這一幕令在場衆人大開眼界，不約而同地停下手邊動作，看著劉弗陵用嘴撕肉，大口咀嚼，滿手油膩，隨意往身上抹去。

衆人突然豪氣盈胸，享受美食就該不怕燙手，不怕油膩，何況這裡又不是皇宮，何必再受禮儀約束！平時極爲注重形象的文人這時紛紛拋下匕匙，學起劉弗陵豪邁又痛快的吃法，取笑彼此的吃相。同樣的食物，在無拘無束的狀態下嚐起來更鮮美了。

如歌和霍光、霍禹坐在一起飲酒談笑。霍家只來了霍光父子，霍成君抱病，霍夫人在家陪著悶悶不樂的女兒。

如歌看著霍禹，隨口一問：「舅舅怎麼沒帶月夫人一起來，月夫人生完孩子後身子可好？」

霍禹一邊喝酒，一邊叨叨絮絮，「女人嫁進夫家，就該相夫教子，出來拋頭露面做什麼？我叫她在家裡專心陪孩子，不必跟前跟後了。」

劉病已聽到這一句，心想寒月出身西域，秉性自由，哪裡肯窩在家裡？這回春獵大臣們可以攜家帶眷，她卻不得參與，心中不知該有多氣苦多無奈。

如歌和劉病已心有同感，道：「整日待在家裡，多沉悶。你要對月夫人貼心一點，得空就帶她到處遊玩。」

霍禹笑道：「等妳生了孩子就知道了，生完孩子啊，一門心思全都耗在孩子身上了，哪有餘力到處玩樂。」

如歌俏臉一紅，避開這個敏感話題，笑道：「不知盈兒長得像誰？」

「自然是像我，不過這孩子先天不足，體弱多病，是個藥罐子，可惜了。」

如歌訝然道：「盈兒又病了？」

「什麼叫又病了？小女娃就沒好起來過，因早產，身子格外羸弱，尤其見不得風，最近這幾日藥喝了就吐，半條命都沒了。」

劉病已聽到這一句，心頭有氣，你唯一的女兒病成這樣，你還有興致在這兒飲酒作樂？

如歌和劉病已是同樣的心思，又問：「究竟是什麼病遷延不癒？」

「攜寒風邪，化熱犯肺，脈數，高熱，氣促，痰黃稠，又伴驚厥抽搐。」

如歌一聽，立卽喚來大長秋[註1]，道：「傳我令，讓宮裡精擅小方脈科的太醫都過去大將軍府。」

大長秋聞言，躬身去了。

「盈兒的身體一直是淳于衍負責的，淳于衍精通兒科婦科，她看不好，其他太醫也未必有用，不過是白白折騰。」霍禹心中不滿，忍不住開始喋喋不休地數落起來：「哼，都怪她母親，一個好好的孩子，也能照顧成這樣，一半奶水一半藥……」

劉病已越聽越氣憤，索性換個座席，抱著酒罈正要起身，忽聽如歌緊張兮兮地道：「外祖父，舅舅，你們知道嗎？我昨晚看到鬼了。」

劉病已到底是少年人，聽到鬼神，哪有不好奇的？於是凝神傾聽。

霍禹奇道：「鬼？在哪兒？」

如歌神情惶恐，「太液池，我昨晚和陛下一起泛舟，從池面倒影忽然看見一個長髮女鬼從天而降，我嚇了一跳，回過頭去，那女鬼隨卽消失不見。之後我說給陛下聽，陛下根本不信，還笑我看走了眼。」

註1：大長秋負責宣達皇后旨意，管理宮中事宜，爲皇后近侍官首領，多由宦官充任。

三十八・棋局

劉病已聽到這裡，全身一震，手一鬆，酒罈墜地，碎成兩半。

霎時周圍的人全都看了過來，他渾沒意識到自己打碎酒罈，成了目光焦點，彷彿失了魂，呆呆地看著如歌，內心波濤洶湧，「那女鬼長什麼模樣？」

如歌道：「原來陽武侯也感興趣。」

劉病已顫聲道：「怎……怎生模樣？」

「我沒看清楚。那女鬼來去無蹤，如浮光掠影。啊，我想起來了，我記得她腰間懸著一口劍。」

劉病已登時腦袋發暈，呼吸艱難，莫師姊劍不離身。

霍禹笑道：「哪有鬼還帶劍的？妳肯定眼花了。」

如歌道：「我真沒看走眼，舅舅和陛下一樣都不信我。外祖父，您信我對不對？」

劉病已耳邊嗡嗡作響，皇后說些什麼，已是幾不可聞。

他想得不錯，莫鳶果然在春獵期間下手了，當時甚至有人在背後造謠，使得自己被劉胥拖去靶場，耽擱不少時辰。

這樣一來，他自然更加深信劉弗陵會在行獵途中遭遇偷襲，不料最終竟發現自己徹底被誤導，莫鳶早在這之前就動手了！倘若皇后沒從池面上瞥見莫鳶的倒影，只怕自己還搞不清究竟莫鳶來了沒有！

懊惱、自責、憤怒在胸口翻湧，煩悶難當，便起身，一腳深一腳淺地離開座席，行至一株柳樹旁，只覺一陣噁心，終是忍不住彎腰大吐起來。

一個似笑非笑的聲音倏地響起：「陽武侯喝多了，不妨回去歇息，反正，這裡也沒你的事了。」

劉病已深吸口氣，努力平復胸臆間的噁心感，望了過去。月光下，劉賀反剪雙手，翩立風中。

二人目光相對，眼裡暗湧著一種只有對方才讀得懂的情緒。

劉病已嘴唇微動，滿腔憤恨就要爆發於一瞬，最終還是理智戰勝一切，道：「不礙事。」逕直回到自己的座席，望向劉弗陵，眸中淚光一點一點凝聚，腦海只有一個念頭，陛下的壽命，最多只剩三個月。

此時人人酒足飯飽，卻是不甘無聊，開始想些餘興節目，於是便有人跳出來提議比武，登時獲得全場贊同。

有些保守的老臣覺得在帝后前舞刀弄劍實在不妥，正要出言反對，忽聽劉弗陵道：「以武會友，點到為止，莫傷和氣。」

眾人聽到皇帝欣然同意，都是歡聲雷動，幾個好賭之人見機不可失，開始七嘴八舌商量賭錢。

金賞命人搬來一套木劍。

一切布置完畢，金賞高聲道：「哪位自告奮勇，要出來進行第一場比試？」

霍禹率先站出，挑了一把木劍，朗聲道：「霍禹不才，誰來賜教？」

劉胥越眾而出，笑道：「我來。」

「廣陵王用什麼武器？」

「我向來赤手空拳，沒有使劍的習慣。」

「廣陵王既是空手，那麼我也不占你便宜，你先請吧。」

劉胥嘿嘿一笑，揮舞雙拳，向他攻去。霍禹見劉胥雙拳舞得密不透風，毫無破綻，於是騰身而起，改從他防禦最弱的頭頂刺去，劍去到一半，劉胥大喝一聲，倒退一步，避開他凌空一擊。霍禹撲個空，劍尖點地，猱身而上，直直撲向劉胥。劉胥身子一矮，躲開這一擊，隨即雙臂伸出，轉守為攻，拳頭蘊力，袖風急吐，將霍禹籠罩在攻擊範圍中。

劉病已觀戰片刻，便知霍禹轉眼必敗。果不其然，劉胥一出手便勢如破竹，形勢對霍禹極為不利。雖然霍禹學的是上乘劍法，但他的學藝生涯幾乎可說是三天打魚兩天曬網，哪能拿來和劉胥有條有序的拳法匹敵？偏偏霍禹還認爲劉胥只是匹夫之勇，只要避開其鋒，從他拳腳中找出破綻就能一招制敵。

霍禹一開始臨敵心態就不正確，因此現在左支右絀，狼狽不堪。

十回合過去後，劉胥左腿一勾，將霍禹絆倒，左手奪去他的木劍，折成兩半。霍禹趁這機會，一個懶驢打滾，借力要站起，不料後路早已被劉胥封住，跟著一股勁風襲來，劉胥的拳頭已抵在他的胸前。

霍禹登時敗下陣來。

劉胥一向視禮儀如糞土，打敗對手，從不說「承讓」之類的客套話。這時雙手叉腰欣賞著霍禹的狼狽相，道：「你輸了。」

霍禹滿臉通紅，起身拍拍衣上塵土，道：「廣陵王力大如牛，佩服。」這話自是暗諷，說完轉身入席。

金賞高聲道：「第一場比試，廣陵王勝。」

劉胥親從隨即大聲歡呼。

金賞問：「第二場由誰出來比試？」

劉賀道：「我來。」以衣不曳地的姿態飄然出場，挑了一把木劍。

金賞問道：「哪位貴人要和昌邑王比試？」

劉賀笑道：「不必問了，寡人已經想到要和誰比試了。」說著又另外取了一把木劍，暗施巧勁，將木劍彈出，只見木劍在空中劃出一道完美的弧線，不偏不倚地落在劉病已面前。

劉病已看著天外飛來的木劍，神情如故。

劉賀微笑道：「陽武侯接劍。」

劉病已緩緩起身，彎腰拾起木劍，「病已身子不適，王叔還是另擇高人吧。」袖風鼓動，木劍如長虹般射了回去。

劉賀伸手接住木劍，篤定一笑，「先別推諉，你一定會跟我比試的。」說著又將木劍拋了回去。

劉病已聽他話中有話，覺得奇怪，正想開口問：「什麼意思？」轉念又想劉賀心術不正，理他無益，接住木劍後就返回座席，將木劍擱在一旁，打算來個事不關己。

金賞見氣氛有些尷尬，便對劉賀道：「要不讓其他人來和您比武？」

劉賀道：「寡人誰也不要，就和陽武侯！」又笑咪咪地對劉病已道：「你瞧我這招使得如何？」語畢舞起劍來，月光下，毫無質感的木劍竟被他舞得如一泓秋水，一連兩個精湛的劍招，配合著超塵脫俗的姿態，竟如九天謫仙。

劉病已臉色大變，一下子起身，翻倒食案，眼裡驚愕掩都掩不住，只因劉賀一連展開的兩路劍招，全出自明月閣，且使得分毫不差，爐火純青。

一旁霍禹也是一臉疑惑，奇道：「怎麼劉賀竟會使明月閣劍法？」

劉病已正驚駭間，忽聽劉賀長嘯一聲，嘯聲未落，人如疾雷般持劍刺了過來。

劉病已想知道他把明月閣劍法學到何種程度，連忙提起木劍，側身一讓，以迴風拂柳的姿態攻向他背心。

劉賀折腰閃避，木劍由下往上一挑，化去他這一擊的巧勁，隨即向劉病已腰間削去。

二人劍來劍往，轉眼間拆了一百多招，身姿均是飄逸如仙。

霍禹越看越驚奇，「舅舅何時收劉賀做徒弟，怎麼我竟不曉得？難道我要叫昌邑王『師弟』？」

劉病已卻是越看越驚怒，眼中幾乎要飄出火花，劉賀會使明月閣劍法，想也知道是莫鳶教的，這女子自甘爲奴，爲了男人，竟屈從苟合到這個地步，簡直藥石罔救！師父若知道自己苦心孤詣創下的劍法被莫鳶私授給外人，不知該有多痛心疾首！

劉病已這麼一分神，又加上驚怒交迸，正是犯了高手對決中的大忌，很快就被劉賀逮到空隙，占了上風。劉賀一連幾下猛攻，絲毫不給他喘息的餘地，本來雙方不分軒輊，這時情勢急轉而下，劉病已窮於應付，被打得節節敗退。

又過了二十回合，劉賀一劍刺向他胸口，劉病已顧不得閃避，打算鋌而走險，木劍倏忽遞出，也刺向他胸口。

一旁武官都知道劉病已這是玉石俱焚的打法！勝負就看這兩劍，誰的劍去得快，誰就是贏家。眾人看得目不轉睛，紛紛起身，渾忘了喝采。劉病已出劍還是遲了劉賀一瞬，就在劉病已的劍離劉賀胸前僅半寸時，劉賀的劍已抵住他的胸口。第二場比試，劉賀勝，應該說，險勝。

劉賀拱手笑道：「承讓了。」

劉病已面如死灰，轉身便走。

金賞揚聲道：「第二場比試，昌邑王勝。」

劉病已忽然回頭，雲淡風輕地瞅了劉賀一眼，「你的劍法使得爐火純青，看來莫師姊教得十分上心。」

劉賀得意勁兒又犯了，乜眼笑道：「要不是時間來不及，我還能學一手墨家暗器呢！」

劉病已一聽，胸口一陣氣血上湧，幾欲嘔血。他怒極反笑，淡淡地道：「人心不足蛇吞象，世事難防螳捕蟬。」一說完，再也不想與他多費唇舌，邁步便走。

他走了兩步，突然停下，身子隨即直挺挺地向後倒下，一雙眼睜得大大的，大到像要把整個夜空都裝入他的眼裡。

他心中只有一個念頭。好倦，我什麼都不想管了，我只想好好地睡上一覺……

衆人都是一呆。

劉病已來到上林苑後可說是身心飽受煎熬，從被劉胥拖去靶場後又忙著在山裡找尋出獵中的劉弗陵，到得知劉弗陵中了暗算，又在對決中發現莫鳶向外人私授劍法。這中間歷經大急大悲大驚大怒，每一種情緒對身體都是大傷，卻又只能極度壓抑。比武結束後突然覺得全身的力氣一絲一絲地被抽了去，一股倦意從骨髓裡漫出，眼前景象時而清晰時而模糊，意識漸漸渙散，最後閉上雙眼，人事不知了。

金賞離劉病已最近，忙彎身抱起他，一摸到他的肌膚，立即叫道：「陽武侯發高燒了，太醫！」

原來劉病已從昨夜起便著了涼，只是一直苦苦撐著，就像一根緊繃的弦，到了極處就會斷裂。

衆人目光都落在劉賀身上，霎時議論紛紛。

「陽武侯早已說了身體不適，昌邑王身爲長輩，還硬要他上場比試，可不是趁人之危？」

「即便昌邑王贏了，卻也是勝之不武。」

「若陽武侯無恙，那麼我看就不會敗下陣來了。」

「陽武侯抱恙，昌邑王險勝，可見陽武侯劍術造詣不低，這場比試原本就是昌邑王撿了便宜。」

劉賀明顯感受到來自四面的責怪目光，本來得意洋洋，現在既驚怒又羞愧。他好不容易贏了比試，結果劉病已卻立刻高燒暈厥，這不擺明讓人覺得自己是因爲對方身體不適才僥倖得勝的嗎？

劉賀簡直快要氣炸了！

「陛下……陛下……」

細雨濕流光，天地萬物在一瞬間化作昏黃，那是一簾舊夢褪去浮華的顏色，劉弗陵靜靜地站在一個空曠渺遠的地方，眼裡有迷路人的茫然。

「是陽武侯啊。」劉弗陵凝眸而望，淡淡一笑，「漢室江山太沉重了，我大約是扛不住了。」

「陛下。」

「我累了。」

突然間，劉弗陵痛苦不堪地攢著心口，鮮血沿著唇角蜿蜒而下，滴滴答答，似在一地綻出了一朵朵悽豔的紅花。

劉病已倏地清醒，擁被坐起，原來是一宿驚夢。

藥瓶被架在爐火上，淅淅瀝瀝，如風雨嗚咽，依稀憶起方才昏睡時有清苦的藥汁汩汩灌入嘴裡，此刻高熱散去，胸臆舒暢，凝眸望去，已是薄日臨窗。

一旁守著他的金安上見他醒了，忙道：「來人。」便有宮女上前服侍洗漱。

「請陽武侯飲下藥湯。」金安上奉上藥碗，見他將藥湯汩汩飲盡，又道：「陽武侯醒了，我這就去告訴陛下，省得陛下一心牽掛。」

「金侍中。」劉病已想起方才的夢境，心頭餘悸猶存，便喊住他，「我和你一道去。」

拂曉時下過一場微雨，剛剛綻放的梨花被打落一地，瑩瑩白白，如美人淚。他們在雨水中踏過零落一地的梨花，帛履都染上了淡淡香塵，見前方林蔭間鋪了錦席，劉弗陵和霍光正在對弈。

金安上怕劉病已在風中站太久，便道：「陽武侯玉體才剛恢復，不如先回房內，免得受風。」

劉病已搖搖頭。

他神色悽惶，金安上不禁多瞧一眼，心中只是納悶。

不知劉弗陵和霍光說了些什麼，霍光臉色不豫，而劉弗陵背對著二人，看不到表情。

「大將軍來很久了嗎？」劉病已問。

「霍大將軍是卯時來的，此刻已過一個多時辰了。他一來，便請陛下屏退所有人，看來不是單純商討立丞相一事。」

劉病已愕然道：「丞相怎麼了？」

「丞相在昨夜失蹤了，結果今早在太液池裡被發現了，看來是不勝酒力，失足落水，所以，春獵將提前結束。」

劉病已略一思忖，「王丞相一死，我想大將軍必定是要提拔楊敞接任了。」忽見霍光起身，向皇帝行禮後，往自己方向走來。

劉病已朝他一躬。

霍光道：「陽武侯身子可好？」

「多謝大將軍關心，我已經好多了。」

「得空過來府上喝酒，上回欠的，還記得嗎？」

劉病已一怔。

霍光笑道：「瞧陽武侯這記性，上回老夫說要請你喝酒，結果打了霍禹一頓，這酒就欠到今日了。最近府裡的廚娘釀出十幾罈菊花酒，味道醇厚，帶有一股雅致清香，你一定會喜歡，還請陽武侯得空過來一趟。」

劉病已拱手道：「大將軍如此盛情，病已恭敬不如從命。」

霍光道：「我有嘉賓，維風及雨。老夫先行一步，就不耽誤陽武侯面君。」說著大步流星而去，出了御苑，一名侍從立即上前，在他耳邊嘀咕幾句。

霍光蹙眉道：「怎麼會發生這種事？霍禹知道嗎？」

「公子得知後，已先回府。」

「王訢溺斃，現在又偏偏發生這種事。」霍光頓了半晌，「告訴劉賀，霍府有喪，婚事再往後一延。」

霍光離去後，劉弗陵仍坐在亭內，默默看著棋枰，陷入沉思。

金安上和劉病已趨前行禮。劉弗陵正出神，一時沒注意到他們。

棋局仍未下完，黑子大占優勢，白子左支右絀。金安上知道皇帝向來執白子，霍光罷棋離去，大約是要讓皇帝深思著如何轉敗爲勝。

劉弗陵斂目垂眉，蹙眉苦思，突然異想天開，將一枚白子放在被黑子全面包抄之處，對白子來說看似絕路，卻是扭轉乾坤之舉，又凝神觀看良久，棋局頓時有所變化，本來白子已無勝算，現在孤注一擲，白子又能與黑子重新周旋。

劉弗陵喃喃地道：「以退爲進，才能平衡朝局，這就是霍大將軍想要告訴我的嗎？可若我不答允呢？我不答允，難道你就要像黑子一樣把我逼入死局嗎？舜逼堯讓位，禹逼舜讓位，伊尹放太甲，周公挾成王，大將軍你眞狠啊……」

一瞥眼，見到劉病已，愁容盡消，起身道：「陽武侯看來氣色不錯，春寒料峭，出來怎不多添一件衣物？安上，去將我的那件白狐輕裘拿過來。」

金安上一應去了。

劉弗陵靜靜地瞅著劉病已，道：「一會兒和我去個地方。」

「諾。」

少頃金安上捧著一件白狐輕裘過來，劉弗陵親手接過，披在劉病已身上，將襟口上的纓穗打成一個小結，笑道：「願車馬衣輕裘，與朋友共，敝之而無憾。這件輕裘是我去年春獵獵獲一隻白狐後命人製成的，穿沒幾次，就送給你吧！一會兒去的那個地方風會很大，穿上這個就不覺得涼了。」

劉病已心中感動，深深一躬，「臣謝陛下厚愛。」

一駕玉輅轔轔駛出上林苑。劉弗陵在車上專心看奏章，看了片刻，忽覺身側劉病已沒了動靜，抬頭一看，不禁啞然失笑，他竟抱著竹簡睡著了。

原來劉病已方才喝了藥，此刻藥力發作，車上又晃晃悠悠的，不覺便沉沉入睡。

直到抵達目的地，沒了顛簸感，劉病已才清醒過來，但見劉弗陵目不轉睛地看著自己，不由得極爲尷尬，皇帝都沒睡著，反而自己在一旁呼呼大睡，也不知睡了多久，訕訕地道：「陛下，臣失禮了，您如何不叫醒臣？」

劉弗陵溫和地道：「你身子尚未痊癒，我本不該帶你來這兒的，但丞相薨逝，後事未果，春獵提前結束，下一次出來不知是何時了。」

劉病已奇道：「究竟是什麼地方？」

劉弗陵笑道：「甘泉宮。」

甘泉宮建於長安城以南三百里的甘泉山之巔，是他年年巡幸的避暑之地，也是……

閉目，腦海裡沉澱的那抹記憶歷歷浮現，他隱在幕後，睜著一雙淚眼不敢吱聲，殿內，母親脫簪散髮，悽悽惶惶地喊著他的名字。最終，母親被強行拖走，囚禁於甘泉掖庭獄中，他向父親求情，可最終得到的，卻是鐵面君王冷冰冰的斥退，和母親難以瞑目的遺容。

諷刺的是，爲了緬懷母親，父親建了通靈台。而此刻，他們就站在通靈台上。

劉弗陵一如往常地登上通靈台祈福，每回煩躁不安時，只要來這裡靜靜待上片刻，聆聽青鳥長鳴，沐著習習山風，便覺心凝神釋。

一片靜穆中，劉弗陵幽幽啟口：「天下，是可以用心擁有的，心若開闊了，天下就是你的。」

劉病已道：「陛下是天子，自然擁有廣闊無比的胸襟。」

劉弗陵淡淡一笑，「走，我帶你去看一看漢朝天下。」

下了通靈台，坐上一輛小車，莫約半個時辰後停下，眼前是一座門，門後是一望無際的石階，去地百餘丈，高聳入雲中。

上肩輿，登高台。

「通天台，顧名思義。」劉弗陵目光悵然，伸手向天，「這裡曾是孝武皇帝夢想羽化登仙的地方，離天最近，可其實，高處不勝寒，這就是帝王。」

極目窮處，雲渺霧深，他於風中孑然獨立，一如劉病已昨夜的夢境。

「陛下。」劉病已一陣心悸。

「七國之亂後，先帝便設了一隊暗衛，叫作玄羽衛，屬天子私有，遇國家動盪，臣工造反，玄羽衛可近身保護天子，即便霍光權勢薰天，也不知道這股力量的存在。」

劉病已心怦怦直跳，「陛下，如此隱密之事，何以說與臣知？」

劉弗陵微笑，「古人云：『冬有雷電，夏有霜雪，然而寒暑之勢不易，小變不足以妨大節。』你記住了，若是秉承天命，誰都奪不走你的王者光環。」

劉病已怔然不語，任由他挽著自己的手走到通天台南側。

彼時天高雲淡，玉宇無塵，三百里開外，猶如海市蜃樓般浮現一座城市，縱橫交錯的街道，鱗次櫛比的屋宇。

那是長安。

劉弗陵伸手，一攬繁華。

山風拂來，衣衫獵獵作響，正當劉病已感到這靜默有些漫長時，他輕啟口：「先帝末年治安動盪，冤獄屢興，民不堪命，若非霍光和金日磾盡心輔佐，帝國之舟便不能平穩過渡，也就不會有如今這一幅繁華盛世。」

「臣斗膽一問，在陛下心中，究竟霍大將軍是賢臣還是權臣？」

劉弗陵笑了，「我也說不上來，有時候我氣得想一劍刺死他，但念及他往日的功勞，我也懶得去和他計較了。大部分的時間裡，我實在是心灰意冷，覺得這個皇帝當得未免也太窩囊。」

「陛下不是窩囊而是寬仁，倘若換成先帝，十個霍光也不夠殺，在先帝那個時代，哪個臣子敢這般弄權干政。」

劉弗陵嘆道：「你說我寬仁，其實有時候是無奈多過一切，現在朝堂上都是霍光的親信，我雖為君，很多事卻都身不由己，對此我實在厭倦不已。」

「大將軍對陛下來說也許不是親臣，但對百姓來說卻是個好官。臣認為朝堂上有三類官，其一視民如己，枵腹從公；其二圖名謀利，縱有私心，卻不會害人；其三爭權奪利，罔顧道義，為利是視。臣淺見，大將軍三者兼具，不是絕對的忠，但也說不上大奸，行事固然存私，卻不禍國殃民。所謂日中則昃，月盈則虧，一個人權力到達巔峰，也難逃大限，臣相信陛下也明白這個道理。」

劉弗陵溫和一笑，「你很有慧根，我和你說這麼多，就是要你明白一點。一身之難，不足以塡溝壑。一忍之勇，可以育山川，隱忍、壓抑、謀定、後動，是你接下來必須面臨的。」

劉病已一呆，覺得好似有什麼大事將要脫口而出。

三十九・禪讓

忽聽雨聲瀟瀟，站上高台，雨水竟是下在自己足下，四周雲深霧鎖，一時有種如臨仙境的錯覺。

劉弗陵道：「倘若我不是皇帝，而是一介平民。我眞想雲遊天下，北看大漠孤煙、長河落日；南看小橋流水、煙雨荷塘。病已，你知道我這一生中最渴望什麼嗎？」

他第一次喊他「病已」，令劉病已胸口一熱，卽便是爲他刎頸也是無悔。

劉弗陵喃喃地道：「就像現在站在這兒一樣，身後沒有繁冗的皇帝儀仗，也沒有那些條條框框的束縛，只想著做一回陶朱公，一壺薄酒一簑煙雨，糞土人間萬戶侯。可我從小就生活在皇宮這座牢籠中，被重重宮規束縛，無數雙眼睛緊盯著我，使我快要喘不過氣。先帝對我很嚴厲，而母親是我唯一可以撒嬌依賴的對象，在母親的懷裡我才能夠做回眞正的孩子，才有所謂的童年。直到我被立爲太子，那天，我躲在珠簾後，看著母親跪在先帝面前，花鈿委地，不斷磕求先帝饒命，先帝卻毫不留情地下了死令。她像個罪人似的被小黃門拖了出去，一邊哭，一邊悽悽惶惶地喊著我的名字，當時我因爲太害怕，躲著不敢現身，也不敢哭出聲音。那是我最後一次見到她，母親死後，我不敢放聲大哭，只能半夜躲在被窩裡掉淚。這樣的日子，一直持續到現在，我還是常常夢見母親，只是母親已經化作一個模糊的身影，站在很遠很遠的地方，無論我怎麼呼喚她，她都不說話，十幾年過去了，母親臨死前那一聲聲哽咽破碎的呼喚，竟成了我深宵夢迴耳邊揮之不去的魔障。」

劉病已不勝唏噓，「臣第一次見陛下時，就覺得陛下似乎很不快樂，常人嚮往天家富貴，卻不知無情莫過帝王，先是君臣，才論父子，天倫之樂，遙不可及。」

「是啊，天下有多少人爭得頭破血流，想擠進皇宮，爬上我這個位子，以爲皇帝能呼風喚雨，無所不能。其實有幾個皇帝能夠眞正隨心所欲？治國者若行事只憑一己好惡，那國家很快就會走向末路。夏桀暴虐荒淫，而有商湯之起兵；殷紂重刑辟，嗜炮烙，而有武王之革命。我大漢歷來最隨心所欲的皇帝，我認爲非先帝莫屬，雖然在他治理下漢朝國力達到鼎盛，但由於窮奢極欲，繁刑重斂，信惑神怪，巡遊無度，晚年時卻也弄得民生疲敝，怨聲載道，盜賊四起，而頒下罪己詔，向天下萬民反省自己的過失。其實，我也該頒下罪己詔，向黎庶懺悔自省。」

劉病已心跳加速，「陛下要懺悔什麼？」

劉弗陵嘆道：「我沒有那個能力，也沒有那個資格繼續待在皇位上。我在十三歲的時候便知道自己身子太弱，不能生育，太醫令勸我放寬心，多靜養，才能再多活幾年，霍光如今也知道我的身體狀況了。霍光來找我下棋，向我試探繼位人選，我沒有正面回答。他雖沒有明示，但我知道他屬意昌邑王劉賀。他透過棋局向我施壓，就是希望我能夠順他的意，下詔書把皇位傳給劉賀，如此一來他的小女兒便是皇后了。有了椒房之重，霍家的勢力更如日中天。我許多事都能夠妥協，唯獨這一點，我絕對不能點頭。劉賀行跡不正，驕奢淫逸，絕不能繼承大統。」

劉病已聽到這裡，已預知皇帝下一句要說什麼，果然聽見他道：「病已，我想把這座江山交給你，你可有信心做個好皇帝？」

劉病已心一震，怔征地看著皇帝，嘴唇微張，忘了回答。

金賞輕咳一聲，劉病已才跪倒在地，顫聲道：「臣……叩謝陛下大恩。」

劉弗陵輕輕扶起他，「欲戴王冠，必承其重，霍光在朝堂內根深脈廣，非朝夕就能拔除，你一定要學會隱忍、壓抑、謀定、後動。我相信自己的眼光，你一定會是個好皇帝。」

劉病已努力調節話聲的平穩，「臣必不負陛下厚望。」

劉弗陵望著遠方，悠悠地道：「我回長安後便會下禪位詔書，此後我就不想再待在宮裡了，我想找個清淨的地方，做個平凡人，過我最嚮往的生活。」

劉病已心想皇帝不知自己能活著的時日所剩無幾，還渴望反璞歸真，投身林泉，想到這裡，不由得心頭一酸，又念及陛下對自己的好，突然零淚如雨，道：「陛下，請受臣三叩首。」於是咚咚咚地開始磕頭，其一是感念皇帝的恩德，其二是爲了莫爲犯下的罪惡，其三是因爲自己有太多事不能向皇帝傾吐，心中有愧。

叩完，劉病已額頭殷紅一片。

劉弗陵道：「你登基後，玄羽衛就歸你掌控了，我會將玄羽令交給你，除了傷天害理之事，任何指令都能對玄羽衛下達。」

「臣銘刻在心。」

「起來吧。」劉弗陵笑得輕鬆，「以後，除了皇后，嗯，到時她就是皇太后了，你就再也不用向誰行大禮了。」

劉病已起身，哽咽道：「陛下……皇叔祖……」

「嗯？」

劉病已遲疑一下，面色微赧，「我能否抱抱你？」

劉弗陵一怔，微笑點頭。劉病已伸臂抱他。

劉弗陵雖覺得他這個舉動有點莫名其妙，卻也感到無比親切，廣陵王雖是自己親兄弟，卻也不會有這麼親暱的舉動，金氏兄弟是臣子，更不敢僭越。他心中一陣溫暖，任由他默默地抱著自己。

劉病已心中不知是喜多還是悲多，喜的是自己辛苦跋涉，終於走到這一天，從飽嚐冷暖的沒落宗室到離皇位只有一步之遙；悲的是劉弗陵的生命之火將要燃燒殆盡，最長不過三月，然而他卻懵然不知，還一心渴望著濠上之樂。

心想劉弗陵活到二十一歲，大半的時光都在鬱鬱寡歡中度過，好不容易能卸下重重枷鎖，生命卻也到了盡頭，好不容易從波雲詭譎的皇宮中解脫，卻又立即要墜入另一個永恆的黑暗深淵……

想到這裡，不勝悲憫，不再多說一句，他知道再說下去，也是哽咽。

金氏兄弟看著相擁的二人，心中也是又悲又喜，轉身拭去眼角淚水。

長安城，風雨如晦。

霍禹從上林苑疾馳返回霍府，顧不得擦乾身體，一路橫衝直撞往寢居而去。

咿呀一聲，房門打開，室內只有一盞孤燈亮著，熒熒燭火迎風搖曳，明滅不定。

寒月坐在錦榻上，對他視而不見，一邊哼歌，一邊搖著懷中嬰兒。

霍禹慢慢走近，看著這匪夷所思的一幕，遲疑道：「盈兒她……」

寒月抬頭，臉上還掛著慈愛的微笑，食指抵在唇上，噓了一聲，「小聲點，我好不容易才把盈兒哄睡的。」說罷又繼續哼歌。

霍禹被寒月弄得滿腹疑惑，趨前一步，用那種像要看入骨髓似的目光凝視著她懷裡的女嬰。

「盈兒好乖，好好睡啊，母親疼妳。」寒月絮絮呢喃。

霍禹盯著女嬰，漸漸看出一絲異狀，一股寒意逼上心頭。「妳別唱了，盈兒她再也聽不到了。」

寒月不理他，繼續哼歌，身子卻微微一顫。

「別再唱了。」霍禹聽得心煩意亂。

「春獵好玩嗎？」寒月驀地一哂。

霍禹向來最受不了冷嘲熱諷，但他此時實在懶得和她計較了，「淳于衍不是說盈兒只要扎幾針便會好轉嗎？」

「盈兒非足月生，先天不足，本就羸弱，能撐到今日，淳于女醫算是盡力了。」

霍禹怔了片刻，突然悲號一聲，伸手要抱女嬰。

寒月身子一閃，不讓他抱，陰森森地道：「你有什麼資格抱盈兒？」

霍禹雙眼佈滿血絲，「妳這話什麼意思？」

寒月冷冷地道：「自打盈兒出生，你對她付出多少關心？盈兒生病時，你餵過她一次藥嗎？盈兒高燒不退，你照樣去跑馬行獵，把盈兒丟給我。你捫心自問，你究竟有什麼資格做盈兒父親？」

「照顧孩子是女人的本分，妳沒把盈兒照顧好，已是難辭其咎，我沒拿妳開刀問罪已是寬容，妳還這般咄咄逼人！把盈兒給我！」

寒月飛身而起，退開兩步，和他保持距離，凜然道：「盈兒是我的孩子，我不給你！滾出去，給我滾出去！」

霍禹怒道：「正是我竟日慣得妳皮輕骨賤，不知尊卑，忘了這府邸的主子是誰嗎？」踢開擋在二人之間的薰爐，提步追了過去。

二人登時展開輕功，在房裡追來逐去，乒乒乓乓響聲不絕，房內所有器物都被掀落在地。

寒月抱著嬰兒終究不便，加上她產後體弱，不堪疾走，不一會就被霍禹追上。霍禹一把搶過她懷裡的嬰兒，又將她用力推在床上，但見寒月一雙眼仍是冷冰冰地看著自己，彷彿看著一件死物。

他急怒攻心，揚手搧了她兩記耳光，「打脊奴，敢這般目無尊卑！果然是缺少王化的西域女子。」

一瞬間，寒月雙眼瞪得更大了，似乎不敢相信霍禹會動手打人，滾燙的淚水灼燒著臉頰汩汩滑落。

霍禹方才一時衝動，見她落淚，登時感到後悔，但又拉不下臉道歉，見寒月忽然呵呵地笑了起來，她披散一頭青絲，臉上珠淚瑩瑩，嘴角卻是笑意盎然，燭光搖曳下，看起來詭異莫名。

「妳笑什麼？」霍禹瞧得心頭發毛。

寒月笑得聲嘶力竭，彷彿笑不夠似的，喘氣道：「可笑，我突然覺得自己真是可笑……」

霍禹怔怔地瞅著她，「瘋了，妳簡直瘋魔了！」

寒月斂住笑容，「我竟是如此識人不清，糊塗至極，倘若時光能倒流，我必不負劉病已！」

霍禹一聽，臉都青了，「妳終究說出妳的真心話了！可惜啊可惜，人家已有夫人，早就忘了當初與妳的海誓山盟了！」

寒月頹然不語，霍禹這句話錐心已極，將她身上的力氣一絲一絲抽了去，彷彿處於數九寒天中，每一寸肌膚都泛起慄慄寒意。

霍禹是何時離開的並不清楚，她無力地伏在冰冷的榻上，看著空蕩蕩的室內，眼淚決堤，徹骨的悔意漫延心頭。

她不勝哀戚，泣不成聲，忽然不知哪裡生出的力氣，仰天大叫：「霍禹，盈兒是你害死的！若不是你做了那種天理難容之事，怎麼會報應在盈兒身上！」

一道烈雷驟然劃過長空，炫光映著她的面容，淒厲如怨魂。

劉賀回到長安時，雨勢漸緩，天空停雲靄靄，教人心裡發沉。

他心繫梅影疏，顧不得侍從舉簦，匆匆躍下馬車，踏了零落一地的槐花，往梅影疏臥居直奔而去。每回春獵，劉賀都帶著她，但自打她摔落石階撞傷頭，就一直犯頭疼，劉賀只能把她留在府裡。

雨珠順著腰檐滴落，彷彿一重晶瑩流動的珠簾，叮咚悅耳。

廊廡間，梅影疏身穿蠶絲禪衣，外罩輕柔的袿衣，披著墨染般的秀髮，獨自端坐在蒲蓆上，默默凝視著水霧縹緲的暮色。

她喜歡黃昏，更喜歡下雨，此刻聆聽著雨打芭蕉，讓她沉浸在一種自傷自憐的情緒中。

劉賀這幾天不在長安，她曾去妙音坊見了楚笙。

楚笙看著她額上的淡淡傷疤，道：「我都聽說了，妳這招使得妙。」

梅影疏將玉盞裡的清茶一飲而盡，道：「這點小傷，換來劉賀對霍成君深惡痛絕，我覺得十分值得。我倒怕劉賀對她太好，讓她整顆心都飛過來了，看來劉賀是打算登基後，就一腳把霍成君踹下去，然後迅速拔除霍光的羽翼。劉賀還以為治理朝堂就像治理他的封國那樣容易，人人都像中尉王吉、郎中令龔遂、國相安樂一樣好擺布。光這一點，我就能預見劉賀淒涼的下場。」

「劉賀最近身體有什麼變化嗎？」

「自見無尾白狗的幻象後，便亂夢雜沓，夜不安寢。」

「快了。」

「究竟何時會毒發癲狂？」

「我估算差不多就在這一個月了。」

梅影疏神色平靜，「終於。」

「還有一事，要妳費心。」

「姑姑客氣了。」

楚笙一按機扣，內側一面牆隆隆移動，露出一個狹長的空間，一個灰衣老者向隅蜷曲，披頭散髮，神情頹唐。

梅影疏靜靜地問：「他是？」

「江充。」

梅影疏驚訝，「江充？江充不是死了嗎？」

楚笙冷笑一聲，將江充如何以人皮面具混跡於長安，又如何作爲許家蒼頭，連累許平君受辱一事娓娓道來。

梅影疏聽到最後，一直不動聲色的面上這才有了一絲驚痛，恨恨地道：「禍害遺千年。」

楚笙道：「這廝知道自己害了平君，痛悔得無以復加，神智已瀕臨崩潰，就差當頭一棒，知道怎麼做了吧？這人就交給妳了。」語畢緩步去了。

暮色搖曳著翠竹，在重重簾幕上漾起斑斑光點，如流螢翩躚。

梅影疏逆著光，走進狹室，冷冷地俯視著江充，道：「你犯下這麼多惡事，怎麼還敢抬頭挺胸地活著？你如何不去死？」

江充被她的身影籠罩，整個人顯得渺如螻蟻，這段時日，他被楚笙以藥物控制，眼前無時無刻都會浮現巫蠱冤魂，更無一晚好覺，簡直痛不欲生。偏偏他又不敢自盡，只能苟延殘喘至今，此刻聽梅影疏說得直白，突然感到一陣刺骨的愧悔。

他身子瑟瑟發顫，摀面道：「我知道我對不住劉病已，對不住平君，可他……可他沒殺我，我能怎麼辦？我……我自盡也換不回那麼多條人命。」

「原來是貪生怕死。」

「我不是怕死，而是陽武侯不殺我，我也希望能死在他的手上，這樣才能化解我此生的罪孽。」江充像被撕開心中的舊創，醜陋不堪的創口暴露在人前，更加體無完膚，「但是陽武侯下不了手，我又能怎麼辦呢？」

梅影疏冷冷地道：「爲了平君，他當然下不了手，否則你這種人就算死了千回，也消除不了他心中的恨。」

江充登時像個手足無措的孩子，顫聲道：「所以……所以妳要我如何？是他不殺我，非我不想贖罪啊……」

梅影疏目光犀利，「他不殺你，難道你不會爲他去死嗎？」

這句話擲地有聲，江充登時怔住。

「陽武侯若動手，那他和平君之間，豈不有了裂痕？若你自己心甘情願爲陽武侯赴死，那我相信，一切都會導回正軌。你要知道，十七年前衛太子那一劍，早該令你下幽冥九泉，你活著，本身就是個負罪。」

江充迷惘地道：「我該……怎麼做？」

梅影疏道：「長安最近將有大事發生，你靜靜地待在這兒，有什麼事，就找桃夭，桃夭是妙音坊的二老闆。勸你一句，千萬別跑，這兒是妙音坊，你跑不了的，若被逮著，楚島主有千百種藥令你求死不得。我走了，之後，我會讓桃夭給你消息，看你要死得重如泰山，還是輕如鴻毛，全憑你一念。」說罷，再也不願與此人多費唇舌，甩袖而去。

回到郡國官邸，雨一絲一絲飄了下來。

廊上觀雨，思緒紛紛，沒聽到劉賀已經喊了她好幾聲。

「小梅，小梅——」

聲音穿過耳膜，她才回過神來，抬頭，目光疏離，神色寡淡。

他穿過一天風雨，款款而來，鬢角掛著雨珠，唇角含笑，眼波溫柔，昏黃的雨線把他的面容染成懷舊的顏色，一個恍惚，似望見故人。他身後靜靜佇立著一名女子，長眸凝視，一臉深情。

雨幕重重，廊上三人紋絲不動。

劉賀其實已經站在她身旁很久了，只是梅影疏憂思怔忡，一時不察。他凝視著梅影疏精緻的側顏，不禁觸動柔腸，「小梅，仔細著了風寒，我們進屋去。」

梅影疏茫然點頭，她坐得兩腿痠麻，站都站不穩。劉賀乾脆抱起她，鼻子順便在她頰上磨蹭一下。

她心中頹然一嘆，彩雲易散琉璃脆，好時光總不長久。這幾天劉賀不在，她過得輕鬆自在，想幹嘛就幹嘛，反正不會有人留意她。

一瞥眼，見莫鳶扶著廊柱，玉容蒼白，梅影疏心念一動，道：「莫鳶等你許久了，你先去看看她，我還要在這兒多待一會兒。」

劉賀蹙眉道：「妳怎麼老是把我往外推？她對我來說就像雞肋一樣，食之無味，棄之可惜，我好幾天沒見到妳，現在就要與妳親熱。」

梅影疏嬌嗔道：「你不是帶了個美婢一道去春獵嗎？別說你這幾日守身如玉。」

「眞沒有，爲了把精力全部獻給妳，這幾天我是茶飯不思，難受得緊。小梅，從今而後我只疼妳，再也不會有其他人橫在我們之間了。」

「卽便你不要莫鳶，後面還有個霍成君呢！」

劉賀聽到霍成君，頓時心頭一冷，慾望盡消，咬牙切齒道：「我跟她，沒戲，現在丞相死了，霍光的孫女也死了，估計婚事又要延遲了。」說到這裡，壓低聲音道：「皇帝估計在這一個月內就會駕崩，我們先返回昌邑做準備，皇帝一死，霍光會扶持我上位，等我登基後，我要把昌邑國的臣子全都加官賜爵，到時候朝廷都是我的人，誰還能管得動我？霍成君想做皇后，做她的春秋大夢！」

梅影疏胸中翻起一陣驚滔駭浪，臉上不動聲色，「倘若皇帝留有遺詔呢？」

劉賀嘿嘿一笑，臉上盡是小人得志的神采，意味深長地道：「奉詔的人不在了，還能如何？國不可一日無君。」

梅影疏心頭一跳，「什麼意思？你要幹什麼？」

劉賀突然沉默，俯下臉深深地凝視著她，那目光像是要洞穿她的內心似的，「國家大事，與婦人何干？妳爲什麼這般好奇？」

梅影疏一顆心狂跳不已，生怕劉賀起疑，正想找話塘塞過去，只聽劉賀哈哈一笑，道：「說來話長，妳聽多了，怕妳又開始頭痛。小梅，我等不及了，趕緊進屋去。」

梅影疏暗吁一口氣，劉賀急匆匆地進屋，隨卽掩上房門。

莫鳶看到這裡，牙一咬，快步離去，杏木廊柱上留下五個深深的指印，簌簌地飄下木屑，宛如她玉碎的心。

當劉賀情眞意切地喊出「小梅」兩個字的時候，莫鳶就明白自己在劉賀內心的分量是遠不如梅影疏了，可她還天眞地以爲至少還有分毫之地，沒想到，萬萬沒想到，自己的存在竟是如此不堪！

四十・國喪

春獵生變，劉弗陵提前返回未央宮。

王訢薨後，遺體運回丞相府，劉弗陵親去弔祭，賜下棺木、冥器、葬地，直到王訢靈柩從丞相府移至私宅才告個段落。

春獵結束，劉弗陵又忙了王訢的喪事，已是疲累不堪，正要午寢，忽想到一事，當即前往椒房殿。

如歌正在插花，見了皇帝盈盈一禮。

劉弗陵笑道：「夫妻同心，鬧這虛文做什麼？」

「這時候陛下不是應該在午寢嗎？」

劉弗陵看著兩側。如歌會意，使了個眼色，一陣衣袂作響，殿內諸人立卽魚貫退出。

「我有件開心的事要告訴妳。」劉弗陵像個雀躍的孩子。

如歌這才發覺他和往常不太一樣，以往他在宮裡總是神色鬱鬱，目光黯淡，這時整個人神采飛揚，彷彿此刻還是上林苑縱馬遊獵、把酒臨風的他。

恍惚間，似有一縷廣袤的氣息飄了過來，腳下是茸茸青草，遠處是黛黛青山，宛宛流雲，天色明朗宜人，而她的夫君正噙著一抹飛揚的笑容，踏著輕快跳脫的步伐而來……

「什麼事令你這麼開心？」如歌也染上他的喜悅。

劉弗陵握住她的雙手，眸心似有一星熒火，映得他略顯蒼白的面色熠熠生輝，「妳想不想隨我歸隱山林？」

如歌一怔，旋卽了然，笑道：「看來你已決定繼位人選了。」

「是，因爲是他，我完全能夠寬心，無所牽掛地離開朝堂，隱居山林，安安靜靜地度過我想要的人生。」

「宜言飲酒，與子偕老。琴瑟在御，莫不靜好。如歌願隨夫君一道。」

「卽便再無妝金佩玉，食甘飲醪，妳也願隨我一道？」

如歌輕嗔道：「草衣木食，勝過肥馬輕裘，既是夫妻同心，夫君又何必多此一問。」

劉弗陵不禁動容，「好，我回宣室殿就立卽下詔，傳位給陽武侯。」等不及似的，快步離開椒房殿。

御輦才剛停下，劉弗陵就急匆匆地入了宣室殿。金安上在他身後氣喘吁吁地道：「陛下，慢點。」

劉弗陵卻是一步也緩不下來。他終於等到這一刻，只要親筆下詔，從此他就能飛向夢裡流連的那片淨土；只要蓋上璽印，他就是自由之身，再也不用受困在冰冷的宮牆裡。

他壓抑不住內心的亢奮狂喜，越走越快，最後幾乎是用跑的，彷彿小時候的他奔向母親的懷抱。

金安上急吼吼地道：「陛下，仔細摔倒，臣擔罪不起啊。」

劉弗陵徑直奔入寢室，坐在案邊，屏退所有宮人，只留下金安上一人。

金安上一邊調勻呼吸，一邊服侍筆墨。

案上一盞雁足燈搖曳著明滅不定的燭火。

劉弗陵看著案上一方絹帛，正要下筆時，心口忽然一陣劇痛，呼吸霎時艱難無比，他緊緊攥著胸前衣衫，五官因痛楚而皺成一團。

金安上急道：「陛下怎麼了？」正要高呼「太醫」，卻被劉弗陵攔住話頭。

「別宣。」

金安上急道：「陛下，您的臉色好難看，要不明天再寫詔書吧！您都累了一天了。」

劉弗陵慘然一笑，勉強擠出一句完整的話：「朕……朕又不是第一次發病，你緊張些什麼？等朕寫完詔書再去歇息。」

金安上道：「那陛下先吃藥吧！」從玉瓶裡倒出藥丸，慌忙中手一滑，玉瓶脫落，無數顆藥丸滴溜溜滾了一地。

霎那間，金安上心頭掠過一絲不祥。他怔了一瞬，下意識地抬頭看著皇帝，卻只見寢室內燭光搖曳的陰影將皇帝的身形完全吞噬。

劉弗陵的聲音突然變得十分暗啞，像是喉嚨堵了什麼，寥寥幾個字費盡千辛萬苦才能說出口，「藥……藥……朕好難受……」

金安上只嚇得魂飛魄散，雖然劉弗陵不是頭一次發病，但此時他的模樣，卻和平常完全不一樣，情急下，連忙抓起一把救命藥丸塞入劉弗陵口中。

可是藥丸吃下去似乎沒效，劉弗陵發出破碎的呻吟，隨即撲倒在地，撞翻案几，雙眼上吊，全身痙攣，然而他的手卻緊緊握著兔毫筆，像握住一絲命脈。

金安上哭了出來，叫道：「來人，快把太醫令找來！」

金安上跪下哭道：「陛下龍體要緊，這時候別管詔書了。陛下撐著點，太醫令馬上就來了。」

「詔書……朕還沒寫詔書……」劉弗陵的聲音像被大霧籠罩。

劉弗陵氣若游絲，「朕……朕好難受，朕是不是要死了，朕還沒下詔……」有團黑霧從四隅慢慢侵蝕他的視覺，不知從哪裡生出的力氣，雙手亂舞亂揮，想要驅散如煙似霧的黑暗。

突然間他的肉體與痛楚分離了，力氣從他身上一點一點散了去，全身暖洋洋、輕飄飄的，如沐惠風，如履流雲，前所未有的平安喜樂占據他整個身心。

然而他卻覺得無比恐怖，無比驚慌！

耳邊眾人的哭叫聲越來越模糊，越來越渺遠，好似與自己隔絕。他努力想要找回神智，但是神智也一點一點化入無邊無際的黑暗汪洋裡。

「弗陵，我兒……」

恍惚間，母親的身影翩然而來，面容慈祥，向他招手。

「我們母子終究能夠團聚了。」

「母親……」

雁足燈燭火吞吐，驟然熄滅，案上素帛飄然落地。

一室俱靜。

太醫令慌忙趕到，俯身察看，呆了片刻，才沉痛地搖了搖頭。

衆人伏地慟哭。

「陛下駕崩——」金安上猛地發出一聲撕心裂肺的哭號。

劉病已返回侯府時，卻不見許平君，問了才知，許廣漢休沐，妻子便抱著劉奭回了娘家。

當宮中噩耗傳到他耳邊時，他整個人驚呆了，僵立不動。楚堯叫他不聞，推了他一把，險些將他推倒。

未幾，他回過神來，大叫：「怎麼會這樣？不可能，這不可能——」向廊上奔去，迎面撞見東閭琳。

東閭琳見他形容癲狂，不若素日沉穩有致，微微一怔，正要相詢。劉病已猛地摁住他的肩膀，紅著眼道：「師兄，你不是說中了墨家暗器之人壽命長則三月，短則一個月嗎？爲什麼陛下竟熬不了幾日就死了？爲什麼？」

東閭琳倏地面無人色，顫聲道：「你……你說誰死了？」

劉病已眼中幾乎要滲出血來，仍緊咬著那一句：「你不是說最短一個月嗎？爲什麼？爲什麼會這樣？」

東閭琳呆了半晌，勉強冷靜下來，「若中暗器之人本身患有心疾，那自然會加速他的死期。」

劉病已忽然安靜下來，全身脫力，雙手鬆開東閭琳的肩膀，踉蹌倒退數步。

東閭琳急問：「陛下中了墨家暗器？你確定？難道……難道是莫師妹下的手？」

劉病已只見他嘴唇微動，神情慌張，卻聽不見他說什麼，就連楚堯在身後扶住自己搖搖晃晃的身軀都恍然不覺。

劉病已腳步不由得一滯。

他忽然感到一陣心慌，好似只要進了這道門，就要面對劉弗陵的死，真正接受他已離開人世。

他卯足全力一路狂奔，掠火疾風似的，兩側景物倏然而過，眼前只見巍峨聳立的北宮門。

劉病已忽然一聲悲號：「我要進宮——」顧不得自己一身燕居服，衝出侯府，向皇宮直直奔去。

便在此時，身後一人陰惻惻地道：「陽武侯，借一步說話。」

劉病已回頭一看，是個中年男子，勉強鎮定心神，道：「閣下何人？」

那人拿出一物，「我是何人不重要，重要的是陽武侯認不認得此物？」

劉病已一看，登時勃然變色，顫聲道：「這……這是……」

竟是身毒國寶鏡，他親手繫在劉奭臂上的！

男子道：「既然陽武侯認出此物，這就跟我走吧。」

劉病已咬牙切齒，「你們將她母子怎麼了？」

男子皮笑肉不笑，「去了不就知道了？」

劉病已一怔，回頭瞅一眼宮門，眼中有著一絲猶豫。

男子冷笑，「都說妻子如衣服，丟了就丟了，難道也不顧惜自己的嫡長子？小兒最是脆弱，要是一不小心，有個什麼折損，半死不活的，豈不抱憾終生。」

劉病已急怒攻心，「你……」

男子不耐煩了，「陽武侯隨我來。」

劉病已一咬牙，隨著男子上了一輛馬車，才剛上車，就被隱在車內的人當頭一擊，眼前一黑，登時暈了過去。

他醒來後，發現自己躺在一個幽暗狹長的洞穴裡，手腳均戴著鐐銬。許平君抱著劉奭，坐在他身邊，見他醒來，哽咽道：「你終於醒來了，我……我快嚇死了。」

劉病已呆了片刻，似乎還沒完全醒神，按著隱隱抽疼的腦勺，昏迷前發生的事行雲流水般掠過腦海，目光落在妻兒身上，急切道：「妳們沒事吧？」

「沒事。」許平君一臉戒備地望向洞口，「沒想到他們竟買通了武叔，我帶奭兒回娘家，馬車才剛出侯府，就被他們劫來這兒，一切有條不紊，看來蓄謀已久。」

武叔是侯府的車夫，劉病已恨恨道：「我素日待他不薄，他老母親重病，我還給了他一筆救命錢，沒想到他竟倒戈背主，禍起蕭牆，就算凌剮了他也猶不解恨。」

許平君嘆道：「以怨報德，人性哪裡禁得起考驗。」

劉病已冷靜下來，「如今皇帝駕崩，這些人極可能是劉賀的手下，為的就是不讓我出現在長安，阻撓他登基。」

一個陰森森的聲音忽然飄了進來：「知道得太多，未必是件好事。」洞口走進數人，將迤邐而入的陽光遮住，洞裡暗得令人心怵。

劉病已瞬間起身，牽動沉重的鐐銬，發出一陣令人心煩意亂的聲響。他像頭被侵犯到地盤的野獸般全身透出凝重的防備，一瞬也不瞬地盯住緩緩迫近的敵人。

進入洞內有四人，雖然逆著光，面容被陰影侵蝕，但劉病已還是認出他們便是在酒肆裡大罵莫鳶為「賤人」的劉賀親從。

那陰森森的聲音又道：「你既然知道我等的來歷，就好好待在這兒，不要做困獸之鬥，否則，嘿……」雙眼向許平君母子一瞟，臉上透出不懷好意的神色。

劉病已大怒。「你敢？」

「陽武侯似乎還沒搞清楚形勢，你如今手銬腳鐐，難道還能翻上天去？只要你乖乖配合，等大王……不，陛下在長安順利登基後，就會放你回去。」

劉病已冷笑，「用這種卑汙手段坐上皇位，他以為他能坐得穩嗎？」

「至少陛下是坐上皇位了，而你連自己的命運都無法掌握，惶惶然若喪家之犬，成者為王敗者寇，誰在意手段光明還是卑汙。」

「還沒到最後關頭，別把話說得太滿，誰勝誰負，尚且未知。」

「陽武侯可真會自娛娛人，卻不知落難鳳凰不如雞嗎？」

一陣大笑，一夥人便轉身離去，洞內又恢復稀微的光明。

劉病已頹然坐倒，凝神分析眼下情勢，不知道大行皇帝有沒有留下遺詔，劉賀把自己幽禁在此，就是為了不讓自己出現在長安，就算留有遺詔，自己也不能奉詔。國不可一日無君，又有權臣霍光支持，皇位對劉賀來說已如探囊取物。

劉病已想到這裡，緊緊握住拳頭，又往深裡尋思，為何劉賀不趁現在殺了自己以絕後患？是了，必不想爽爽快快了結自己，要先施加一番零碎折磨，再隨便謅個理由，貶為庶民，以彰顯他至高無上的權力。

劉病已心中暗暗起誓，若能逃過此劫，必讓劉賀痛悔今生為人！

未央宮前殿放置著大行皇帝的梓宮，如歌不知哭暈了幾回，她不敢相信前一刻劉弗陵還在椒房殿和她笑談未來，下一刻就猝死在宣室殿裡。

棺柩外套著金槨，棺槨的蓋子都還沒有蓋上，她的夫君此刻正躺在棺柩內，棺槨周圍擱著上百斤的冰塊。夏日炎炎，冰塊在熱氣中氤氳，劉弗陵包裹著金縷玉衣的屍身就躺在這片茫茫霧氣之中。

她死死地守在他身旁，不吃不喝，不言不語，臉上啼痕依稀，雙眸空茫如荒漠，手臂像樹根似的緊緊抱著梓宮，無論別人怎麼扳都扳不動。

由於劉弗陵並沒有留下遺詔，故霍光召集群臣，在承明殿商議繼承社稷之事。

霍光當然只是表面文章，他心中已有合適人選，因此有人提及要孝武皇帝之子、大行皇帝之兄、廣陵王劉胥繼承大統，霍光的親信紛紛跳出來反對。

「廣陵王曾被孝武皇帝所不喜，認爲他好勇鬥狠，不是繼承大統的材料，既然孝武皇帝當時不立廣陵王，現下又何以匡扶社稷？」

「廣陵王品行不佳，衆所皆知，豈能作爲一國的表率、道德的化身？」

正當霍光的親信洋洋灑灑地數落起廣陵王，這時被霍光提拔爲丞相的楊敞說道：「周太王廢太伯立王季，文王捨伯邑考立武王，唯在所宜，雖廢長立少可也。廣陵王不可以承宗嗣。」

他以周朝周太王和周文王爲例，旨在廢長立幼，結論是廣陵王不適合繼承宗嗣。

霍光一聽，眼中流露出讚許。

到這節骨眼上，明眼人一看都知道這一切均是霍光的親信套好招的，這一搭一唱，又加上楊敞一錘定音，眞是配合得天衣無縫。霍光既不青睞劉胥，那肯定心中已有最佳人選，只是不曉得他屬意何人。

接著又有人跳出來道：「既然廣陵王不合適，那麼該由誰繼承大統？」

此言一出，群臣又開始鼓譟起來，由於武帝的子輩中只剩下廣陵王劉胥，劉胥已被撇除，那就只能從孝武皇帝的孫輩中選起了。

這時楊敞又開口了：「昌邑王生在孔孟之鄉，齊魯大地，自幼飽讀詩書，寬厚持重，百事勤勉，必能以大行皇帝治國政策為繼，興我漢室江山。」

此言一出，霍光的一眾親信紛紛附和，各種利於劉賀的言論此起彼落，口水幾乎要將整個承明殿淹沒。

廷議至此，群臣決定推舉昌邑王繼任皇位。

霍光當即以如歌的名義下詔，命大鴻臚少府史樂成、宗正劉德、光祿大夫邴吉、中郎將利漢前往昌邑王的郡國官邸頒詔。

留在昌邑王邸的劉賀侍從早就盼著這一刻，一得到皇后璽書，星夜火速前往昌邑國宣詔。

詔書傳到昌邑國時已是深夜，劉賀早已有所準備，次日拂曉便率著昌邑國郎中令龔遂、國相安樂、中尉王吉、僕役壽成、八子梅影疏以及一干侍從，浩浩蕩蕩地從昌邑國出發。只半日就行了一百三十五里，途中侍從的馬一匹累死過一匹。劉賀此刻可謂是春風得意馬蹄疾，哪管累死幾匹馬！

王吉見劉賀一臉張揚，忍不住勸道：「奔喪期間，大王應表現出哀傷哭泣的樣子，以表君臣之禮、叔姪之孝。」

劉賀反問：「我心裡頭快活，怎麼哭得出來？」

王吉只覺胸口一緊，呆呆地說不出話來，連忙去找龔遂商議。

龔遂以明經為官，侍奉劉賀多年，為人剛正不阿，大義凜然，從前劉賀行止不端，都是由龔遂當面勸諫。

龔遂聽到王吉所言，眉頭一蹙，「此事交由我。」

經過弘農時，梅影疏忽然頭痛發作，劉賀便命人停車，遞了顆止疼藥讓她服下。她服藥後神思恍惚，倚著車壁不久後就沉沉睡去。

劉賀輕輕撫著她的臉頰，又從臉頰一路撫到鎖骨，忽然動了綺念，偏偏梅影疏睡得正沉。他急不可耐，掀開車帷，探出腦袋左顧右盼，見不遠處一戶院落似有一女子正在採桑，衣袖滑落，露出粉嫩的藕臂。

他胸中的慾火燃得更旺盛了，顧不得長安派來的使者就在一旁，急命侍從將那女子強擄而來。侍從領命，倒也不便光明正大地將女子擄來，心生一計，當下把那女子裝入箱籠，送入劉賀的車上。

那女子本來驚慌失措，但一見劉賀玉面，頓時春心蕩漾，全身像化去骨頭似的。劉賀遺傳到祖母李夫人傾國傾城的面容，十個女子見到劉賀，倒有九個傾心相許，這擄來的女子當然也不例外。

女子羞答答地垂下螓首，不敢直視劉賀火熱的目光。劉賀的手就在她裙底下游移，她也不抗拒，唇邊飄出一聲銷魂蝕骨的嚶嚀。

馬車內的淫聲浪語，終究逃不過有心人士的雙耳。抵達湖縣時，長安使者前去質問安樂：「大行皇帝駕崩，朝廷急須昌邑王前去主喪繼位，但昌邑王卻在奔喪期間，強擄民女，尋歡作樂。你身爲昌邑國國相，是如何輔佐昌邑王的？」

安樂一聽，大驚失色。他是個無爲而治的國相，此時一點主意也沒有，連忙去找龔遂。龔遂也是一驚，心想大行皇帝才剛駕崩，舉國服喪，人人都不得行男女燕好之事，更何況劉賀又是皇嗣的繼承人？在進京途中挾女淫樂，實屬不孝，此事傳到長安，不知會招來什麼禍患。

龔遂一顆心快要跳出嗓子眼，連忙向劉賀詢問，不料劉賀來個抵死不認。龔遂沒辦法，又見那長安使者目光如炬，一直往自己的方向投來，只能道：「大王，如不給使者一個交代，事情恐怕難以善了。」

劉賀滿不在乎，「依你看怎麼辦？」

「既然大王沒有做，那麼便只能將罪責推到侍從身上，一切都是侍從故意毀損大王名譽，請大王立即下令將始作俑者押送到長安城法辦。」

「准。」

劉賀與弘農女子的荒唐事，昏沉中的梅影疏自然不知情。將近灞上時，她又犯起頭疼，疼痛感像是萬千根細針不斷刺著腦門，她難受得抱緊腦袋，幾乎便要暈去。

劉賀心急如焚，又拿出止疼藥讓她服下。梅影疏服藥後，伏在劉賀膝上，一時尚未睡沉。

壽成忽在馬車外道：「大王，能否移駕說話？」

劉賀聽他口吻，知道有要緊事，但梅影疏伏在膝上，不便將她移開，便道：「進來說。」

壽成遲疑一下，還是掀帳入車，壓低聲音道：「大王，陽武侯夫婦已被擒住，就幽禁在桃林高地西面的一處山洞中。」

「很好。」劉賀忽然心念一動，「陽武侯夫人生兒子了？」

「是。」

「剛生產後的婦人，豐乳肥臀，別有一番風韻。」

「大王難道是想要了她？」

「普天之下，莫非王土。寡人即將成為大漢天子，這天下有什麼不是寡人的囊中物？等寡人入宮後，你叫親衛們把許平君移至……移至哪？啊，先把她挪至長門宮。孝武皇帝的第一任皇后陳阿嬌就是死在長門宮裡，估計那裡是荒煙蔓草，罕有人跡。嗯，藏在那裡最為妥當。」

壽成答應了。

「出去吧！」

梅影疏雖然雙目緊閉，卻將二人的對話聽得一淸二楚，暗中攢緊拳頭，漸漸藥力擴散，腦海一絲暈沉，便酣然睡去。

驕陽如焰，灞河奔流不息，正如劉賀前程，風光似錦。

大鴻臚史樂成在灞上迎接，天子法駕金根車徐徐駛來。

灞上皇旗獵獵，儀仗赫赫，金根車映著驕陽閃閃發光，人立如戟，氣勢如虹。

雙方人馬互行大禮，一番寒暄後，奉車都尉金賞將金根車駛到劉賀面前。

金根車，天子專乘，奪目霸氣，就連頭頂上的金陽也爲之遜色。一時間，劉賀胸中頗有大風起兮雲飛揚的得意！

四十一・新帝

史樂成恭敬地請劉賀上輿，不料劉賀蹙起眉頭，道：「壽成——」

壽成道：「大王有何吩咐？」

劉賀揚眉道：「你來駕輿。」

此言一出，史樂成、金賞都是臉色大變，就連壽成、龔遂、安樂、王吉也是大驚失色。天子法駕，向來由奉車都尉掌駕，劉賀卻要一名小小僕從駕輿，豈不把奉車都尉的顏面往地上踩！

龔遂、安樂、王吉登時跪倒在地，異口同聲道：「大王不可。」

劉賀對三人瞧也不瞧，不耐煩地又丟下一句：「就要壽成，少囉嗦。」隨即便鑽入車裡。

壽成一陣發怔，感到頭皮發麻，向史樂成投以一記無措的眼神。史樂成無奈地點點頭。

金賞只能忿忿地下車，看著壽成坐上他的位置，拿起他方才握住而殘有餘溫的轡策。

龔遂、安樂、王吉都是一身冷汗，這時劉賀懶洋洋的聲音又飄了過來，「龔遂來做驂乘。」

龔遂只能硬著頭皮，坐上金根車。一行人向長安浩浩蕩蕩而去。

將近廣明東都門時，龔遂道：「大王前來奔喪，應面露哀傷。此乃進城的第一道門，按照禮儀，奔喪望見國門應哭。」

劉賀此刻正意氣風發，笑都來不及了，哪哭得出來？不耐地道：「我咽喉痛，哭不出。」

龔遂知道劉賀又在找藉口，無奈地嘆了口氣，到了內城門，龔遂又忍不住唸叨：「大王應哭，老臣求您了。」

劉賀心頭火起，「內城門跟外郭門有何區別？既然方才沒哭，現在哭什麼勁兒？」

龔遂一口氣噎住，良久吐不出一個字來，猛然察覺此刻的劉賀正春風得意，根本聽不進勸諫。

駛至東門時，龔遂又不死心地道：「昌邑王的弔喪帳就設在東門闕樓外馳道的北面，未至帳所之前，有南北方向的人行道，距此僅數步之遙。按照喪儀，大王應下車，面向宮門的西面伏地，哭到盡哀為止。」

劉賀掩住雙耳，來個不理不睬。

龔遂心焦如焚，又不能強逼他哭，用如喪考妣的語氣道：「大王，此刻城內無數雙眼睛都緊盯著您，您若是再不哭，恐怕會招來禍患啊！」

劉賀橫了他一眼，見他一臉乞求哀懇，終於妥協了。「罷罷罷，就依你，不就是哭嗎？」匆匆下車，匍匐在地，放聲大哭。

他似乎有點刻意做給那囉嗦不已的龔遂看，不僅哭，更是痛哭如儀，心想你開口閉口都是禮儀，迂腐無比，這下你該滿意了吧！

闕下早已聚集無數百姓，聽見劉賀真真切切的悲號，當下心有戚戚，想到大行皇帝生前愛民如子，卻英年早逝，令人惋惜，登時也跟著望西唏噓。

未央宮前殿氣氛凝肅，似乎連風也靜止了，如歌一身素服，和一衆朝臣早已在這片死寂中等候多時了。如歌木然望著殿外，眼裡乾涸，早已哭不出來。劉賀一到，代表大行皇帝就要入土，從此成為她的春閨夢裡人。她想到這裡，突然一陣暈眩，身後的長御眼疾手快，連忙一把扶住，道：「皇后可得撐著。」

如歌幽幽凝視著梓宮，喃喃地道：「倘若陵哥哥留下遺詔，如今主持喪儀的人絕不會是劉賀。」心忖眼下該出現的人都在，卻唯獨不見劉病已，聽說他在大行皇帝駕崩後便已失蹤，此事當真巧得離奇，連她這個深宮婦人都起了疑心。

只是大行皇帝駕崩，劉賀前來主喪，之後還有繁瑣的喪儀和登基大典，人人均矚目著這兩件事，誰也不會額外留意劉病已的去向。

細雨紛紛，這葬花天氣裡，如歌憂思百轉，忽然被一聲肝腸寸斷的哭號打斷心思，向殿外玉階望去，只見劉賀一身斬縗喪服，一邊啜泣，一邊踉蹌上殿，悲悲切切，群臣都被他一絲不苟的禮儀哭法給攝住。

給劉賀這麼一哭，群臣也跟著聲淚俱下，大殿登時哭聲震天。

如歌漠然地盯著劉賀，身為女子，有種天生的敏銳直覺，也許是知道大行皇帝根本沒有把他當成繼位人選，是以她對劉賀懷著一股偏見，當下只覺得劉賀十分虛偽。

昌邑王來了，陵哥哥生前的悲歡榮辱，終將化作一抔冰冷的黃土。

元平元年六月，劉賀作為劉弗陵的嗣子，受皇帝璽綬，襲天子尊號，成為西漢第七任皇帝。尊如歌為皇太后，尊劉弗陵諡號為「昭」，依《諡法解》，「聖聞周達」曰昭，是為孝昭皇帝。

劉弗陵靈柩出殯，葬於長安城西北七十里的平陵，由劉賀主持葬禮。葬禮結束，在未央宮前殿舉行劉賀的登基大典。

劉賀頭戴十二旒冕冠，身穿繡著日月星辰十二紋章的冕服，坐在金鑾寶座上，接受文武百官的朝拜。一聲震耳欲聾的「吾皇萬歲萬歲萬萬歲——」

這下劉賀終究夙願以償，榮登大寶了。他居高臨下睥睨著稽首下拜的文武百官，頭頂垂下的十二旒珠也遮不住他一臉的飛揚得意。

未央宮前殿的喧囂聲遙遙傳到後宮，如歌此刻正從椒房殿遷至未央宮東面的長樂宮，這一去，便徹底切斷她與劉弗陵將近十年的所有回憶。

她回眸深深地望著椒房殿一眼，殿內草木依舊，而今空庭寂寞，曾經紅蘇帳裡的溫柔繾綣、夜話衷腸，也只能化作心湖上最後一抹漣漪。

她佇立凝眸半晌，竟無語凝噎，在長御攙扶下緩緩走出這個承載著少女春情與思婦閨怨的地方。

椒房殿登時一片淒淸，不過孝昭皇帝生前已爲劉賀和霍成君賜婚，椒房殿未來的主人大家都心照不宣，很快又會重拾昔日的榮光。

新帝登基，首先要做的就是論功行賞、追封功臣。劉賀首先就應封賞扶持他上位的霍光，再來是史樂成、邴吉等人。

不過劉賀登基後，顯然不打算封賞功臣，也渾然不提在三十六天孝期結束後迎娶霍成君爲后之事。龔遂和王吉感受到朝堂上不尋常的氣氛，龔遂當卽引用漢初呂氏外戚族滅後，開國名臣陳平和周勃迎當時身爲代國藩王的孝文皇帝劉恆登基，孝文皇帝立卽對擁護他做皇帝的大臣封官進爵，穩定人心，劉恆也因此開啟了漢朝史上著名的「文景之治」。

劉賀左耳進右耳出，無論二人怎麼苦口相勸，都來個置之不理。

霍光表面上也像個沒事人似的，絕口不提這兩件事。君臣間看似和睦，私下其實已暗流潛伏，只待一陣風，就會掀起百丈洪濤。

梅影疏入宮後，就住進椒房殿東面的昭陽殿，雖尚未正式冊封，不過光看昭陽殿的規模，也知道梅影疏前途無量，來日位分只高不低。

不過對梅影疏來說，羅綺千箱，不過一暖，富貴、位分、榮華，都宛如過眼雲煙，僅是從小小的金絲籠換到另一個更寬敞的金絲籠罷了。

然而劉賀和霍光之間的檯面矛盾，就發生在今日。

劉賀在昌邑國向來不喜歡身後跟著長長的人龍，總是和他們玩起追逐遊戲，想盡辦法甩脫他們。此時做了皇帝，儀仗自然冗長，回頭一望，烏泱泱的一群人，說不出的礙眼。

他此刻只想與梅影疏閒步獨處，於是命宮人離得遠遠的，誰也不許上前打攪。

二人並肩走在滄池邊，劉賀滔滔不絕地說著當皇帝後的種種風光，梅影疏有一句沒一句地聽著，望著一池碧水中的翠荇香菱、芰荷紅影，只是發呆。這般悠閒的時光也維持不久，便遇上霍夫人和霍成君。

霍夫人因女兒即將成爲椒房殿的新主人，今日便興高采烈地拉著霍成君前去椒房殿，以前是如歌坐在上首，現在換自己女兒登上皇后寶座，眞是說不出的飛揚得意。霍成君和她相較之下，倒是顯得極爲意興闌珊。這門婚事，對她來說只是一場政治聯姻，而她不過是利益下的犧牲品。

雙方在滄池邊不期而遇。

霍夫人看見未來的女婿——成爲九五之尊，龍袍加身，威儀四射的劉賀，更加壓抑不住內心的狂喜，連忙拉著霍成君上前行禮。

「叩見陛下。」

不料劉賀視若無睹，逕自和梅影疏交耳私語，指點花木，令霍夫人母女十分尷尬。

梅影疏提醒道：「陛下，博陸侯夫人和霍姑娘還行著禮呢！」

劉賀這段期間時常目睹梅影疏犯頭疼，對霍成君是恨得咬牙，這時看見霍成君，心中隱隱有氣，故作驚訝地咦了一聲，道：「妳們何時來的呀？朕一時沒注意到，眞是失禮。妳們這是要上哪兒去？是不是要去覲見皇太后啊？朕每日都要向皇太后晨省，要不妳們等朕散完步，再和妳們一道前往長樂宮吧。」

霍夫人和霍成君都是惱在心裡，方才劉賀的視線明明就有所停留，這句話根本就是意在激怒對方，且劉賀也不趕緊下令「平身」，這般顧左右而言他，明顯是意欲羞辱。

梅影疏心生一計，一抹狡黠的神采從眼中漾開，道：「陛下，趕緊讓她們平身吧！宮人都瞧著呢，也得給點顏面才是。」

劉賀嘖了一聲。「妳呀！就是這般仁心，也不想想霍成君之前怎麼對待妳的。」

「往事如雲浮煙過，何必擱在心上？我現在不也好好的。」

劉賀不屑地睃了霍夫人母女一眼，「聽到沒？別跪了。」

霍成君氣得幾欲背過氣去，霍夫人則是一臉無措，道：「謝陛下。」

梅影疏款款走到霍成君面前，握著她的手，殷切道：「姊姊，上回是妹妹不對，妹妹不該對您無禮，還望您能不計前嫌，原宥妹妹的魯莽。咱們日後還要以姊妹相稱，一起服侍陛下，妹妹只盼能與姊姊和平共處。」

這番話情理兼顧，任誰聽了都覺得梅影疏以退為和，頗為大度，只有霍成君聽在耳裡，像刮骨利刃，分外刺耳，頓時新仇舊恨都一股腦兒湧了上來，甩開她的手，尖叫道：「上回明明是妳自摔，企圖栽贓於我，現下又唱哪一齣戲？和平共處？痴人作夢！」

梅影疏像被勾起恐怖的回憶，神情流露出一絲驚恐，撫著心口哆嗦不已，「姊姊仔細氣壞了玉體，妹妹知道錯了，妹妹日後絕不會跟您分寵，陛下全是您一人的，妹妹離得遠遠的便是。」

霍成君氣得渾身哆嗦，她縱有城府，但比起梅影疏，那段位可差得遠了，顫巍巍地指著她，千辛萬苦才說出一句完整的話：「妳……我何時說過這種話？分明是妳蓄意汙衊！荒唐，眞是荒唐！」

梅影疏見她聲色俱厲，驚得倒退數步，聲淚俱下，「為何姊姊總是這般曲解我？我……」突然抱住腦袋，神情痛苦已極。

劉賀一把扶住她，見她珠淚垂腮，眸光楚楚，只恨不得代她受苦，「又頭疼了嗎？」

「我頭好疼，藥……藥呢？」

劉賀急忙從懷裡摸出玉瓶，倒出兩粒藥丸餵她服下。

梅影疏服藥不久，神情漸漸舒緩，甜甜地道：「阿賀，我沒事了，別擔心我，也別跟姊姊嘔氣，總之，都是我不好。」

劉賀聽到這聲甜絲絲的「阿賀」，心中柔情百轉，更是心疼她受苦，「沒事，即使天崩了，也有我爲妳撐著。」立即吩咐素馨將梅影疏攙回朝陽殿歇息。

梅影疏姍姍走了兩步，驀地回眸，在劉賀看不見的角度裡，衝著霍成君狡黠一笑。

霍成君果然成功被激怒，嚷道：「假的，都是假的！那女人先是故意自摔，把髒水往我身上潑，現下又故作頭疼來博取同情！陛下，你難道看不出她的刻意虛僞嗎？」

劉賀安靜地看著她，和她暴跳如雷的模樣形成強烈的對比。少頃，冷冷地吐出一句：「縱是件器物，也有其價值用處，妳是什麼東西，竟敢對朕的愛妃品頭論足？安心不要這一嘴牙了嗎？」

霍成君大聲道：「我是你的皇后。」

「朕還沒下旨冊封，妳什麼都不是。」

「先帝已爲我們賜婚，我就是你名正言順的妻子，就是大漢朝的皇后。」

劉賀瞇著雙眼，眼中透出兩簇厲芒，「倘若朕不認呢？」

霍成君急怒攻心，忍不住衝口道：「別忘了你的皇位是靠誰得來的！怎麼，現下坐上龍椅了，就要過河拆橋了？」

劉賀聽到這裡，當下胳膊高高揚起，一個衝動便要賞她一記耳光。忽然間，眼前一陣模糊一陣清晰，一時放大一時縮小，整個天地都在旋轉。他怔了片刻，胳膊停在半空中，呈現一個古怪的姿勢。

霍成君以爲他不敢打，口氣更加猖狂，「若非我父親，這張龍椅還輪不到你來坐！你以爲你是誰……」

無論霍成君怎麼呶呶不休，劉賀都再也聽不見了。他視覺恢復後，只見一個青面獠牙的怪物張牙舞爪地朝自己撲來，一臉猙獰，像是要追魂奪命似的。劉賀一時驚慌，伸出胳膊一陣亂揮，緊跟著似乎聽到一聲尖呼，那青面怪物驟地消失，滄池碧波蕩漾，霍成君不知去向，霍夫人正伏在滄池邊大聲呼救。

「成君，成君，我的女兒啊！來人，快來人啊——」

霍成君被劉賀推入滄池，雖然及時獲救，卻引起軒然大波。

宣室殿後閣。龔遂又開始在劉賀耳邊嘮叨，「陛下，霍成君是您未來的皇后，也是將來大漢朝的國母，您現下為了一個小小的嬪御，將霍成君推入池裡，霍大將軍那兒該如何交代？不僅如此，您一直都不追封功臣，已經引起朝廷眾臣不滿了……」

龔遂嘴巴像機弩似的停不下來，劉賀卻一個字也聽不進去，他腦海湧現兩個疑惑，何以眼前竟會浮現幻象？何以竟對推霍成君入池一事毫無印象？

龔遂平時勸諫劉賀，他不是翻臉反駁就是故意掩耳不理，從來不會如此刻這般呆若木雞。龔遂一時也有些慌了，道：「陛下，陛下，您怎麼了？」

劉賀喃喃地道：「龔遂，若說朕完全不知道發生什麼事，你信不信？」

龔遂一怔，「陛下這話是什麼意思？」

劉賀目不轉睛地盯著他，訥訥地道：「朕對滄池邊發生的事，全然沒有印象，朕根本不記得自己推過霍成君。」

龔遂狐疑地看了他一眼，但見劉賀一臉認真，不似作偽的樣子，便也慌了，「陛下記不得了嗎？」

劉賀用力點頭，「真的，朕當真沒騙你，朕完全不知道自己幹了什麼事。朕那一瞬間只看到前面有個青面獠牙的怪物，然後……然後發生什麼事朕就不清楚了。」

「那就趕緊宣太醫過來診脈。」

劉賀臉色一變，「去去去，宣什麼太醫？朕又不是病了。」

「那不然陛下眼前怎麼會出現怪物？」

「應該是朕太累了。對對對，沒錯，一定是朕太累了。朕穩穩地睡上一覺就好了。嗯，朕現在就去睡。」

正當他準備命人服侍就寢時，壽成入殿道：「陛下，大司馬大將軍霍光求見。」

「朕乏了，不見。」

龔遂道：「陛下，該來的總是要來的，既然霍大將軍主動求見，說明正是爲了霍姑娘落水一事而來。這時候您不見他，不是會讓人以爲您犯錯心虛嗎？您就見見他再睡也無妨啊！」

劉賀想了一下，道：「好吧。」

不一會霍光大步入殿，向劉賀行了君臣之禮。龔遂隨即退出殿外。

劉賀道：「大將軍應是爲了成君落水一事而來的，朕實話告訴你，成君落水，只是一場偶發意外，朕沒有想過要她的性命。」

「陛下言重了，當時滄池邊這麼多人，卽便有人落水，也不至於會送命，何來陛下要成君性命之說？」

劉賀奇道：「那不然你來幹什麼？」

「如今宮裡都在傳陛下欲立梅氏爲后，臣認爲這一切都是無稽之談，不值一哂，但陛下總要給朝臣們一個交代，方能安定人心，維護陛下形象。」

霍光這句話說得漂亮，像是眞心替皇帝設想，其實是在試探劉賀的心意，卻又不直接坦露自己的私心。劉賀如何聽不出來？但他眼下已是至高無上的皇帝，要風得風，要雨得雨，根本懶得敷衍霍光，冷冷地道：「倘若朕眞的打算立梅氏爲后呢？」

霍光沒想到劉賀竟然會這麼直截了當地就表達出自己的心思，心中微微有氣，臉上卻波瀾不興，反問：「那麼先帝的賜婚不算數了嗎？」

劉賀也反問：「如今這天下是先帝作主還是朕做主？是一個死人說了算，還是朕說了算？」

這句話實在是極爲不敬。霍光一口氣登時噎在胸口，啞口無言。半晌，才勉強順過一口氣，道：「既然陛下這麼有主見，那事事便由陛下一人做主就是了，還需要老臣們做什麼？」

這句話其實是以退爲進，拿出朝廷重臣們悄悄向劉賀施壓，希望劉賀能有所醒悟，謹愼行事，不可任性妄爲，不料早已被皇帝這頂高帽沖昏頭的劉賀一聽，立卽毫不掩飾地道：「大將軍爲國事操勞多年，是要好好歇息了，明日就不用上朝了。哦對了，倘若還有其他人想在家靜養，可以隨時來告訴朕。如沒別的事，大將軍就出去吧！朕要去睡覺了。」

霍光勉強沉住氣。「老臣告退。」行禮後大步退出宣室殿。

果然第二日霍光就稱病不朝。

霍成君落水後就得了風寒，病懨懨地斜倚在榻上。栾薇一邊餵她服藥，一邊嘀咕：「陛下也太無情了，怎麼能這樣對待姑娘呢？一登上皇位，就翻臉不認人。」

霍成君將湯藥徐徐飲畢，栾薇立卽奉上一盒果脯，讓她消除口裡的苦味。

霍成君冷笑道：「劉賀還以爲長安是他的昌邑國，可以讓他獨斷獨行，沒個規矩，先是推我落水，後又氣走父親，如此以怨報德，衆叛親離也是遲早的事。我倒要看看，他是如何穩坐皇位！」

忽聽霍光道：「一針見血。」

「父親。」

「好點了嗎？」

霍成君道：「多謝父親關心，成君好多了。」橫了采薇一眼，采薇立即知趣地掩門退出。

「妳有什麼話要說？」

霍成君神色鄭重。「父親，女兒問您，劉病已的失蹤，是否與劉賀有關？」

「我不能肯定，但先帝驟逝，陽武侯立即失蹤，也不能排除有人刻意而爲。這個劉賀，似乎瞞著我一些事，我先前倒是太小覷他了。」

霍成君銀牙暗咬，「請父親派人去尋。生要見人，死要見屍。」

「陽武侯府早已派人去尋了，若說陽武侯眞是被人藏了起來，豈能這麼輕易就被人尋著？」

「父親，眼下劉賀已經跟我們倒戈相向了，您可得想個法子，否則他先是推女兒落水，之後還不知會幹出什麼荒唐事。」

「他如今已是天子，且不像孝昭皇帝那樣好控制，我一時三刻又能想什麼法子？」

霍成君意味深沉地道：「父親大概是忘了，您還有皇太后這個外孫女啊！」

霍光登時豁然開朗，「妳的意思是？」

「父親這幾天就暫時閉門不出，且看劉賀還能荒唐到什麼地步，我就不信皇太后能坐視不管！」

四十二・亂政

劉賀見霍光稱病不朝，心胸大快，開始迫不及待地展現皇帝至高無上的權力，儘管龔遂、王吉勸諫再三，劉賀依然我行我素，置之不理。

他先是把自己帶進長安的兩百多名昌邑國舊人全部封賞一遍，還將諸侯王、列侯、二千石官員的綬帶賜給昌邑國郎官，更將皇宮庫房裡的金飾刀劍珠寶隨意賞賜給自己的僕從。

再來，他不事先與朝臣們商量，就將昌邑國國相安樂提拔為建章宮衛尉，和霍光的兩名女婿范明友、鄧廣漢分庭抗禮，之後又以九賓大禮迎見自己的姊夫——昌邑關內侯。按《周禮》，九賓為公、侯、伯、子、男、孤、卿、大夫、士，非國之大禮、國之重臣不能使用。因此劉賀用九賓大禮迎接姊夫昌邑關內侯，是有違祖規的。

不只如此，劉賀又從昌邑國召來打鼓雜耍歌藝團入宮演出，終日與昌邑國舊人在宣室殿裡尋歡作樂，朝喧弦管，暮列笙琶，紙醉金迷，奢靡無度。

龔遂事後得知，急得火燒眉毛，心想大喪期間禁止飲酒鳴樂，若是傳了出去，必釀大禍，當下連忙趕到宣室殿，只見一室杯盤狼藉，不少昌邑國舊人橫七豎八地躺在地上呼呼大睡，劉賀已不見人影。

龔遂找來壽成一問，壽成向來最怕龔遂，目光閃爍，支支吾吾答不上話。龔遂心中油然生起一股顫慄，連忙繞過壽成，往劉賀寢居而去。

他尚未走到劉賀寢居，便聽見一聲女子啜泣夾著男子喘息，當下一顆心直直地沉入谷底，分明窗牖緊閉，卻沒來由地感到一陣陰風慘澹。

他勉強鎮定心神，向壽成顫聲道：「裡……裡面是誰？」

壽成都快哭了出來，「是……是一個名叫周陽蒙的宮人。」

「我怎麼從沒聽說過陛下身邊這宮人。」

壽成囁嚅道：「是……是從前服侍過孝昭皇……」

龔遂一聽，一瞬間心跳停止，幾乎快要暈去，喃喃地道：「孝昭皇帝的宮人……孝昭皇帝的宮人……」突然衝入寢居，只見劉賀正伏在一名衣衫不整的女子身上，連忙跪了下來，重重磕頭，聲淚俱下，「陛下，您這麼做是穢亂後宮，會招來禍患的啊！」

劉賀被他這麼一哭，突然停了下來，一臉茫然看著身下的女子，好似根本不認識她。

周陽蒙好不容易逮到機會，連忙抓起衣物，嗚嗚咽咽地裹著身子衝了出去。

一室死寂。

良久，劉賀的聲音才輕輕響起，像是剛睡醒似的，「朕在做什麼？」

龔遂一怔，抬起頭來，只見劉賀雙眼發直，好似魂遊太虛。他還以爲劉賀第一句話會先斥責自已莽撞擅闖，或是又來個不理不睬，繼續爲所欲爲，不料劉賀竟然又是一副不知所措的樣子，就像他推霍成君落水那一日一樣茫然不已。

龔遂這下也緊張起來了。「陛下莫非又看到幻象了？」

劉賀驚慌道：「小梅呢？小梅在哪？」

龔遂聽得雲山霧罩。

壽成忙道：「方才陛下將周陽氏誤認成梅八子了。」

劉賀一呆，他酒量極好，即使喝糊塗了，也絕不會把別人認成梅影疏，叫道：「不可能，不可能，朕怎麼可能把她誤認爲小梅？」

壽成道：「陛下一直口口聲聲地喊著梅八子，陛下難道記不清了嗎？」

劉賀又是一呆，潛心思索，腦袋卻是一片空白，彷彿方才的風流事不是發生在自己身上。他滿口只嚷著：

「不可能，不可能……」

龔遂和壽成看到他茫然失智的樣子，都是面面相覷，一臉狐疑。

劉賀勉強鎮定心神。「壽成，去告訴掖庭令，這件事誰要是膽敢洩漏出去，腰斬處置──」

哪知張賀聽到這消息，驚懼交加，竟突發胸痹，心痛如絞，猝死在掖庭官署。

雖然劉賀嚴令不准洩漏此事，但梅影疏還是聽到風聲了。她嘴角噙起一絲勝利的冷笑，劉賀的癲狂症開始發作了，好戲才正要開始呢！

果然劉賀接下來又做出一連串荒唐事，首先駕車在北宮、桂宮往來飛馳，驚得宮女內侍四下逃竄；再來給上官皇太后晨省時，竟滿口昏言悖語，惹得皇太后勃然大怒，立即將劉賀趕出宮中，命他永遠不用來晨省昏定。

最後劉賀在朝堂上提起立梅影疏爲后，招到群臣反對，他突然發起狂來，像一隻瘋狗似的衝到下方，緊緊扼住一名反對最大聲的臣子的咽喉，將他往死裡送。那臣子受了驚嚇，一連數日都抱病不朝。

龔遂和王吉急得頭髮都白了，劉賀根本聽不進勸。二人無奈之下，只能去找被任命爲建章宮衛尉的安樂，希望他能夠出面據理力諫。安樂素來無爲而治，二人會找上他，基本上已算山窮水盡了。

安樂早已對劉賀種種離經叛道的行爲感到憂心忡忡，卻也無可奈何，當下道：「從前在昌邑國，是你們在陛下面前說得上話，如今你們都一籌莫展了，我又能有什麼作爲？」

龔遂和王吉又去找梅影疏，希望她能勸得動劉賀。梅影疏猜到二人的來意，乾脆來個閉門不見。她對劉賀的胡天胡地一直冷眼旁觀，只因她一顆心全繫在許平君的安危上。

自從梅影疏在進京途中意外聽到劉賀與壽成的對話，得知劉病已一家三口被擒，她便已擬出一套解救計劃──先救出許平君母子，再設法搭救劉病已，以免顧此失彼。

首先梅影疏悄悄疏通劉賀安置在宮中的幾名親衛，一旦許平君被遷入長門宮，就立卽知會她一聲。之前莫鳶幾次欲殺親衛，都是梅影疏從中調解，才使親衛們得以保全性命與尊嚴，是以親衛們對她均有好感。梅影疏私下拜託這件事，親衛們都不疑有他，爽快答應。

這一日她得知許平君已被親衛們祕密送入長門宮，只怕劉賀知道後會對許平君不利，只想儘快將許平君送出長安這是非之地。

雲髻輕裁慢攏，長眉遠山含黛，朱唇嬌豔欲滴，一身劉賀最愛的春水羅翠色繡梅枝素紗禪衣，梅影疏打扮得極爲冶豔嫵媚，帶著劉賀最愛喝的酒來到宣室殿，向劉賀盈盈一禮。她極少主動來找劉賀，劉賀不禁受寵若驚，連忙攙住她，道：「妳今天怎麼打扮得這麼漂亮？」

梅影疏攬住他的腰，含慍帶怨道：「難道平常我的打扮，就不入你的眼嗎？」

劉賀輕輕捏著她的鼻子，「我不是這個意思，妳啊，總是想到別處去。」

梅影疏黛眉含煙，媚視著他，「妾想到許久沒跳舞給陛下看了，特來娛君，就怕荒疏了，惹得陛下嫌棄。」

劉賀一聽，登時想起幾年前在昌邑國柳心坊，梅影疏就是跳著一支楚舞，使得自己一見鍾情，於是欣然道：「妳這麼一提，我倒是想起妳許久沒跳楚舞了。快，快跳給我看。」

當下樂人擊筑高歌，梅影疏翹袖折腰，婆娑曼舞。

劉賀一邊飲酒，一邊欣賞梅影疏的舞姿，只見她長袖繾綣，羽衣飄忽，體若水蛇，腰若約素，薄紗下的動人胴體若隱若顯，笑靨醉人，秋波流動。

他登時慾火焚身，猛地抛下酒壺，一把將梅影疏扛起，急匆匆地入了內室，將她按在榻上，才剛要脫衣，猛地一陣天旋地轉，眼前一黑，當卽沉沉睡去。

梅影疏連忙將他平放在榻上，低聲道：「我在你酒裡下了藥，你好好睡上一覺。」

劉賀睡著後，她立卽去找天子符節。她跟隨劉賀多年，知道劉賀收藏重要物件的習慣，是以很快地就取得符節，當下匆匆出宮，趕往長安城東面往顧成廟路上的長門宮。

長門宮位處偏僻，荒煙蔓草，自廢后陳阿嬌在此鬱鬱而終後，就無人再涉足此處。

長門宮外駐守著不少親衛，一見梅影疏，都是一怔，問道：「梅八子何以來此？」

梅影疏拿出符節，「許平君是我的結拜姊妹，有著這層關係，是以陛下讓我來哄她入宮，否則由你們送進宮，她一路上吵吵鬧鬧，還不知要惹出多少風波。」

親衛們聽到這兒，均想如今許平君產後不久，體態豐盈，果然逃不過被染指的命運，劉賀也眞是艷福不淺，娥皇女英，坐享齊人之福，何等銷魂？當下一人道：「梅八子請吧。」就放她進去。

夕陽如血，吞噬整座長門宮，四下荒草萋萋，廢石壘壘，偶爾幾隻寒鴉撲稜著翅膀，悲鳴聲如泣如訴。

許平君抱著熟睡的劉奭，一動也不動地坐在角落，聽到腳步聲，還以爲是親衛，驚恐地抬起頭來。

梅影疏心疼不已，輕輕喊道：「平君。」

許平君忽然聽到這聲呼喚，微微一呆，抬起頭來，見到梅影疏，雙眼亮起一星火花，隨卽黯淡無光，淡淡地道：「妳來做什麼？」

梅影疏走上前去，深深地注視著她，但見她一臉戒備，好似防範賊盜，心一緊，低聲道：「我來帶妳離開。」

許平君冷冷地道：「帶我去哪？劉賀的身邊嗎？」她聽見梅影疏和親衛的對話，又心忖自己被擒是劉賀的唆使，便對她起了戒備。

梅影疏低聲道：「事態緊急，我沒工夫解釋，聽我說，我已經安排好了，妳離開長門宮後，就會有人來接妳，妳仔細躲好，我會再設法救陽武侯出來。」

許平君一臉狐疑地打量著她。梅影疏知道她不相信自己，握住她的雙手，道：「妳看著我的眼睛，從小只要我說謊，睫毛就會微微顫動，妳可看仔細了嗎？」

許平君凝視著她，心頭漸漸鬆動。

梅影疏目光灼灼，「只有妳母子平安，陽武侯才會脫困。」

許平君一把摟住梅影疏，低聲道：「對不住，是我誤解了妳。」

「我和他們說我要騙妳入宮，妳須得假裝被我蒙騙，這兒不宜久待，快走。」

許平君點點頭，當下由梅影疏拉著她走到宮外。

「梅姊姊，妳眞的能讓我見到次卿嗎？」

「自然了，我手上這枚符節象徵天子，有了符節什麼事都好辦，上車。」

當下二女上了馬車，馬車在親衛的目送下轔轔往皇宮方向揚長而去。

離開親衛的視線後，馬車立卽改道而行，彎來繞去，最後駛入一條幽暗的巷子。

巷內一人倚牆而立。馬車停在那人身前，梅影疏連忙攙著許平君下車。

暮靄沉沉，許平君這才看淸巷內候著的竟是楚笙，喜道：「姑姑，沒想到我還能再見到您。」

梅影疏道：「姑姑，平君就拜託您了，我走了，妳們保重。」隨卽上了馬車。

許平君急切道：「梅姊姊要去哪？」

「哪兒來，哪兒去。」

許平君攢著她的衣袖，急道：「不可，妳豈能再回危城？」

梅影疏道：「我與劉賀之間恩怨未了，我要親眼看著他自取滅亡。」鑽入馬車，絕塵而去。

許平君登時哭了出來，眼睜睜地看著馬車駛離巷子，消逝在暮靄中。

許平君獲救後，當下由楚笙帶離長安，找戶人家藏匿。同時青兒、楚堯也率一眾府衛遊俠前去桃林高地。

梅影疏匆匆趕回宣室殿後閣，卻見劉賀陰沉著臉，靜靜站在隔欄的內置帷帳邊。

梅影疏心一凜，不動聲色，「你醒了。」

「去哪了？」

「睡不著，出去散散心。」

「是嗎？」

「你起來多久了？」

「一個時辰。」

梅影疏又是一凜，怎麼迷藥的藥效竟會這麼淺，不到預定時刻就令劉賀清醒了？硬著頭皮道：「那我服侍你洗漱。」便要轉身離開。

劉賀冷冷地道：「符節呢？」

梅影疏強作鎮定，「什麼符節？」

「裝傻充愣。」

「我不知。」

劉賀快步上前，粗魯地撕去她身上衣衫，咚一聲，一枚物件掉落，正是虎符。

劉賀冷眼道：「這是什麼？」

梅影疏咬牙不語。

劉賀目中燃起怒焰，「妳騙我！」

梅影疏乾脆豁出去了，昂然道：「是，我騙了你。」

「妳是不是要幫許平君救出劉病已？妳要與我為敵嗎？」

梅影疏不語。

劉賀氣得說不出話來，恨恨地瞪著她，想要賞她一巴掌，卻又不忍，也是不捨。

正氣憤間，突然一陣頭痛欲裂，眼前天旋地轉，梅影疏的身影一分為二，二分為四，最後竟碎裂萬千，像一群蝴蝶般御風翩躚，然後全都消失不見。意志力漸漸渙散、消失，緊跟著一個披頭散髮的女鬼撲了過來，似乎要將自己生吞活剝。

劉賀發出一聲狂叫，身子一晃，幾乎便要摔倒。

梅影疏一呆，忽見劉賀抬起頭來，雙眼射出兩道戾芒。她下意識地察覺到劉賀的癲狂症又復發了，心中一陣驚惶，當下轉身便跑，才剛跑到門邊，身子猛地被劉賀牢牢箍住。

他此刻雙眼暈紅，就像一頭受傷發狂的野獸，將梅影疏高舉過頭，又狠狠地擲在榻上。梅影疏摔得筋骨欲裂，尚未反應過來，劉賀不知從哪抽出一條馬鞭，啪一聲，朝梅影疏身上抽去。

鞭雨重重地落在她身上，很快地衣衫碎裂，鮮血淋漓。劉賀越打越狠，越打越急，幾乎是往死裡打。她卻像個沒有意識的人偶，雙眼發直，悶聲不吭，動也不動，不知情的人還以為她被打暈了。

室外侍人聽到騷動，均趕了進來。壽成看到眼前這一幕，嚇得目瞪口呆，半晌回神，連忙抱住劉賀的小腿，哭道：「陛下別打了，再打下去會死人的。陛下——」

劉賀打紅了眼，哪肯罷手？飛足一踢，壽成登時彈了出去，後腦重重地撞在紅木長几上，當下鮮血飛濺，不省人事。

宮人們發出一陣尖叫。

刺耳的尖叫聲倏地喚回劉賀的神智，他回過神來，只見梅影疏衣裂血出，鞭痕交錯，已被打得不成人形，壽成同樣也是滿頭鮮血，昏迷不醒。

他呆了半晌，忽然看到自己手上沾著血沫子的馬鞭，嚇了一跳，手一鬆，馬鞭落地。他兀自發怔，喃喃地道：「我做了什麼，我又做了什麼……」忽然放聲大叫：「小梅——」跪倒在地，一把抱住梅影疏。

她的身子軟綿綿的，就像一團沾血的棉花。劉賀像是被割了咽喉，發出泣血般的嘶啞哭號：「太醫，快宣太醫——」

他雖然惱梅影疏盜符節背叛，但見她背上橫七豎八全是鞭痕，原本晶瑩白皙的肌膚此刻皮肉翻開，像爬滿無數條蜈蚣，怵目驚心，簡直不敢相信是自己打的。他心下又是憐惜，又是自責，嘆道：「世間百紫千紅，弱水三千，卻獨有一人教我無可奈何，小梅，妳仔細養傷，我不再怨妳了。」

梅影疏傷口痛如火吻，但想到許平君已平安脫危，而江充與陽武侯府的人均已分別前往桃林高地，一切按照她的計畫進行著，卽使傷口再痛也是視之如甘。

她受傷臥床，劉賀乾脆不上朝了，終日守在梅影疏身旁，親自替她擦藥、洗漱，服侍得比素馨還要謹細。然而他雖不上朝，卻也沒閒著。梅影疏盜符節事件發生後，劉賀突然意識到符節的重要性，於是擅自將符節上的黃色旄改爲赤色。劉賀改變符節顏色，使得原本黃色旄的符節沒了效用，這是要收回霍光獨掌的兵權。

符節改變顏色，在漢武帝時期就發生過一次，當時符節原本是赤色的，巫蠱案後，衛太子劉據被迫起兵自保，當時就是因爲他持有符節而能調兵，所以漢武帝將符節上的赤色旄改爲黃色。

劉賀改變符節旄色後，立卽派出一支禁軍，前往桃林高地要把劉病已押回京師。

接著追封自己的母親爲太后，又讓昌邑哀王劉髆入宗廟以示尊崇，口稱自己爲嗣子皇帝。

龔遂、王吉勸到唇乾舌燥，有心無力。

朝堂、後宮此刻陰雲密佈，瀰漫著一股山雨欲來的氣息，稍微敏銳的人都能感覺到似有一場巨變一觸即發！

夸父逐日，焦渴而死，手杖化作桃林，便是桃林高地。

楚堯、張彭祖、青兒率領的府衛遊俠尚未到來，劉賀遣出的禁軍也還在路上，卻有一人披著月色，孤身上山，潛伏在桃林深處。

江充就像一隻夜梟，眼觀四路，耳聽八方，心中籌劃著要如何順利引開敵人。

大概聽見山下不遠處有一群人移動的腳步聲，當下從林中衝出，彎弓朝天空射出一箭。

「什麼人？」

衆親衛守夜守得昏昏欲睡，冷不防一箭破空，登時魂驚夢醒，拔劍出鞘，見林間閃出一條人影，朝月下狂奔而去。

「追！」

親衛們撥出一半人力去追江充，剩下一半的人固守原地。

江充賣命狂奔，倒也不是爲了逃命。他來到此處，早已把性命豁了出去，此刻只想將敵人遠遠引開，好讓楚堯率領的府衛遊俠得以趁隙救人。

身後腳步聲越來越近，越來越近……

忽然背心一涼。江充尚未反應過來，只見一把利劍從背後透出胸口，立即被抽出。

一股熟悉的劇痛感讓他想起十七年前，衛太子的那一劍，眼前倏地浮現衛太子怒髮衝冠的面容。

這輩子忘也忘不了的那張憤怒的臉，也是夢闌時眼前徘徊不去的故人冤魂，深深地刻入他的腦海深處……

江充隨即倒地，傷口血如泉湧，瞬間染紅半幅衣衫。

他雙眼睜得大大的，一眨也不眨地凝視著夜空中的朗月疏星，彷彿要把人世間的留戀帶入九泉。這瞬間他想起許多人，衛太子、衛子夫、劉病已……可想的最多的，卻還是蕙質蘭心、嬌俏可人的許平君。

若說人生還有遺憾，那就是不能看著許平君生兒育女，人倫圓滿。

江充雙眼緩緩閉上，當年衛太子一劍刺他不死，上蒼保全他一命，讓他苟延殘喘活了十七年，或許就是為了今時今日——向劉病已還債！

梅影疏說得不錯，要劉病已殺了自己，無異於破鏡裂髮，夫妻生隙，而自己自盡，則是死得輕如鴻毛，唯有為劉病已而死，才能死得有價值！

因此梅影疏讓江充做個犧牲品，這是他們之間的祕密，楚堯等人均不知，當然許平君也永遠不會知曉。

江充嘴角泛起一絲釋然的微笑，終於能安心地去了。

四十三・脫困

當江充引開部分親衛的時候，洞內的劉病已聽到騷動，尚未釐清發生什麼事，緊跟著聽得洞外一陣廝殺聲，似有兩派人馬正在鬥毆。

自從許平君母子被帶走後，他惶惶不可終日，唯恐劉賀對許平君不利，而他卻深陷囹圄，一籌莫展，飽受身心煎熬。

此刻洞外兵刃撞擊聲、呼喝叱吒聲響徹不絕，心想必定有人前來搭救，果然不多時洞口衝進兩人，淡淡月光下定睛一看，正是楚堯和張彭祖。

劉病已又驚又喜，「天不亡我。」

楚堯手持劉病已的君子劍，將他手腳上的鐐銬斬斷，又將淑女劍遞給他，「走。」

劉病已手腳重獲自由，又得劍器，簡直如虎添翼，衝出洞口，當即斬殺幾名親衛。

楚堯道：「不宜戀戰，邊打邊退。」

當下楚堯、張彭祖、劉病已在府衛遊俠的掩護下，向山下疾奔。

「追！」這時原本被江充引開的親衛們殺了江充後，聽到交鬥聲趕來會合，人數獲得壓倒性的勝利，精神登時一振。但見劉病已一行人往山下奔去，急忙追趕過去。

青兒早就備下汗血馬靜候在山下，見劉病已到來，忙道：「上馬。」

「怎麼只有一匹？」

「哥哥先走，我們留下來拖住敵人。」

「不行，要走一起走。」

張彭祖大聲道：「敵人人多勢衆，我們勝算不多，若你無法順利脫困，怎麼對得住前來救援的我們？」

劉病已急道：「我怎能捨你們而去？」

楚堯見敵人越迫越近，急道：「這燃眉關頭，你囉嗦個什麼勁兒？要不青兒跟你走，他個子小，汗血馬還能負荷得住。青兒，你和病已先離開。」

青兒道：「楚大哥說得有理，只有哥哥平安，我們才能平安，何況張三公子身分尊貴，劉賀不會對他怎樣的。」

劉病已一咬牙，翻身上馬，又將青兒拽了上來，雙腿一夾，汗血馬揚長而去。

劉病已猛地回頭，只見楚堯和張彭祖等人的身影已消逝在刀光劍影中，心中大慟，喃喃地道：「你們可得平安活著。」

汗血馬馳了將近頓飯工夫，前方路上塵土翻揚，一隊人馬迎面而來，正是劉賀遣出的禁軍。領軍的是衛尉安樂，一見到劉病已，立卽喝道：「拿下陽武侯！」

此刻後有親衛，前有禁軍，兩面包抄，形勢危急。劉病已早將生死置之度外，當下撥轉馬首，往無人處急馳而去。

劉病已雖然乘著汗血馬，但劉賀遣出的禁軍，同樣也是騎著腳力極快的胡馬，雙方維持固定的差距，劉病已始終無法將敵人甩脫。

奔出二十里路，安樂見始終追趕不上，心中不免焦灼，只因劉賀說要活捉，因此才不敢下令禁軍放箭。這時見前方是條狹長的山道，兩側生滿灌木，無法容納大批禁軍通過，若任由劉病已往山道而去，只怕會讓他逃脫，到時豈有自己好果子吃？

安樂想到這裡，頓生惡念，心想乾脆殺了他，也勝過他在自己手底下逃脫。

「放箭——」

安樂一聲令下。禁軍當卽揚弓搭箭，漫天箭矢朝劉病已二人射去。

劉病已一邊馳馬，一邊揮劍斬落箭矢，但箭矢實在太多，有如蝗蟲過境，而他卻只有一把劍，過不多時，馬腿中箭，撲伏在地，將劉病已二人甩了出去。

劉病已危急中抱住青兒，著地一滾，重新起身，揮劍又斬落飛來的幾根箭矢。

安樂見劉病已失了汗血馬，心想他已是強弩之末，不足為患，於是下令停止放箭，朗聲道：「陽武侯還是乖乖束手就擒，別再負隅頑抗了。」

劉病已將青兒扯在身後，君子劍指著安樂，擺明是要做最後的奮鬥。

安樂又道：「莫做困獸之鬥，免得傷及無辜。」

劉病已聽到「無辜」兩字，知道安樂要以青兒逼自己就範。若安樂只單純針對他一人，那他根本不會感到驚慌，但眼下還帶著青兒，自然是怕對方會傷及無辜的他。

饒是劉病已智計百出，在這九死一生的關頭卻是一點計策也沒有。

青兒忽然輕輕地道：「哥哥，你可得平安活著，青兒去啦！」

劉病已一聽不妙，猛地回頭，卻見青兒身體直挺挺地倒下，胸口插著一把匕首。

「青兒——」他心中大慟，跪下來顫巍巍地抱住青兒，一時慌了手腳，想要去拔匕首，卻又不敢，「你……你何必如此？」

青兒微微一笑，「沒了汗血馬，我又是個跛子，哥哥帶著我會很不方便的。青兒……青兒能跟著哥哥，已算不枉此生。哥哥，你一定要平安，做個好皇帝，青兒……青兒會在天上看著你……」雙眼一閉，含笑而逝。

劉病已霎時腦海一片空白，伸手搭住青兒的脈搏，卻已感受不到生命跡象。

他呆了片刻，驚怒、悲痛、不捨在胸口狼奔豕突，雙拳緊握，「青兒，我一定不會讓你失望，我會活著回到長安，找回屬於我的皇位。」說到最後，臉上的悲傷瞬間斂去，恢復一片漠然。

他放下青兒的屍身，緩緩起身，向安樂道：「此刻青兒胸口這一劍，來日我必要你人頭落地，讓你後悔做劉賀的鷹犬。」說罷展開輕功，縱身越入山道。

安樂見他入道，急道：「快追。」

劉病已強忍悲痛，在闃黑的山道裡提氣狂奔，過不多時，眼前一片光亮，定睛一看，前方水聲嘩然，竟是渭水。

河道寬闊，又逢汛期，水勢又急又猛，強行渡河，九死一生。

劉病已凝視著滔滔流水，驀地感到一股前所未有的絕望，好似整個天地都在崩塌，耳聽身後馬蹄聲漸漸迫近，心中只有一個念頭，難道老天存心亡我？

他默默地站在河邊，君子劍無力垂下，抬頭凝視著夜空，一輪皓月驀地化作妻子的臉龐，雙眸含情脈脈，嫣然一笑，牽動著嘴角淺淺的梨渦。

他喃喃地道：「平君，我該如何是好？」

夜色蕭疏，襯得他此刻的心境無比淒涼。

安樂已率眾趕了過來，見渭水阻道，不禁心胸大快，「天助我也，閣下如今時運不濟，老天都不站在你這邊。」

劉病已緩緩轉身，見前方禁軍林立，有如一堵牆，人人佩劍，劍鋒反射月光，透出一絲逼人的寒意。

他心中只有一個念頭，若被安樂押回長安，落入劉賀手中，必有死無生，不如躍入河中，或許還能搏得一線生機，當下冷冷地道：「還不到最後關頭，誰也說不準，我兩度遊走於鬼門關前，每次都能倖免於難，就不會讓老天恣意主宰我的命運。」說罷縱身躍入河裡。

千鈞一髮之際，忽然一陣勁風襲來，眼前似見一人晃過，一人扯住自己，安置於水邊。

他抬頭一看，見是東閭殊和東閭琳，喜出望外，道：「師父，師兄。」

原來東閭殊在西域聽得劉弗陵駕崩、劉賀登基的消息，心中灼然不安，當卽趕回長安。他出門遠遊向來習慣帶著一隻蒼鷹，取名爲「天眼」，用來代替雙眼，在陌生地域查探地勢。東閭琳在侯府上空見到天眼，知道東閭殊卽將返回長安，也是喜出望外。當東閭殊趕回長安時，楚堯等人已率衆前往桃林高地，東閭琳則留下來接應東閭殊，待東閭殊抵達後，隨卽帶他前去相救劉病已。

父子二人離開長安後，不多時便見劉病已孤身闖入山道，後有追兵，當下繞到山道盡頭，剛好撞見劉病已躍河，情急下，東閭殊一把將他拽住。

若東閭殊遲來一步，劉病已便要被湍湍河水淹沒了。

東閭殊見劉病已遍身是血，驚道：「你受傷了？」

「師父莫驚，是敵人的血。」

東閭殊眉頭一鬆，「今日我們師徒三人聯手突圍，不到最後一刻，絕不輕易認命。」

劉病已胸口一熱。

東閭殊道：「我先開出一條活路，你們隨後跟上。」語畢，人已疾風掠火似的飛上前去。劉病已、東閭琳各自展開輕功，緊緊跟在東閭殊身後。

禁軍們見東閭殊孤身上前，紛紛掣出利劍，欲將他刺成蜂窩，哪知東閭殊像隻泥鰍，在刀光劍影間穿梭來去，禁軍的劍完全沾不到他一片衣角，心下都是大駭，若不是東閭殊長得仙風道骨，不然還以爲他是嗜魂奪命的幽冥使者。

東閭殊手握長劍，專砍馬腿，不少禁軍墜馬，重摔在地，場面一團混亂。

安樂從未見過這等高手，只嚇得目瞪口呆，渾忘了指揮坐鎮，眼見東閭殊已開出一條活路，師徒三人正往山道揚長而去，這才醒神，策馬上前，呼道：「快！快追！」

師徒三人奔出二十里路，禁軍仍在身後緊追不捨。

前方大道上忽然出現一隊人馬，東閭殊處之泰然，反而東閭琳心頭一緊，心想若不是劉賀的親衛，就是宮中禁軍，眞是前有狼後有虎，敵方人多勢衆，再這樣下去，還沒被擒住，就先筋疲力盡而死。正苦惱間，忽聽劉病已喜叫：「是金侍中。」

來者正是金安上。

金安上見到劉病已，立卽高舉一枚黝黑的令牌，朗聲道：「玄羽衛聽令，力護陽武侯。」

劉病已心神一震，玄羽衛？眼前這群黑衣人就是大漢天子的私衛玄羽衛！

玄羽衛接獲命令，當卽策馬上前，擋在禁軍和東閭殊師徒三人之間。

安樂打了個手勢，命禁軍停下。雙方正面對峙，氣氛劍拔弩張。

安樂見眼前這群黑衣人的數量多出禁軍一倍，個個勁裝疾束，凝立不動，神情肅殺，沒來由感到心頭發寒。心想在山道前、大河邊差點就能一舉擒獲劉病已，卻都在關鍵時刻逢人前來搭救，難道劉病已眞有天命護佑，注定命不該絕？

安樂向來貪生怕死，心忖早知道就不要自動請纓說要率兵押送劉病已，原本還以爲只是個簡單的差事，事成後必能撈個爵位，萬萬沒想到事態竟會這般發展。若沒把劉病已活捉回去，不但沒撈得好處，還可能會掉了腦袋，眞是腸子都悔青了！但現在若要倚向劉病已這一方，卻也晚了，因青兒的死，讓他在劉病已心頭抹下一道血痕。

金安上道：「這兒就交給玄羽衛，我已安排一個安全的處所，請諸位隨我來。」當下一名馭者駕來一輛輜車，師徒三人隨卽上車，由金安上做驂乘，在闌珊夜色下揚長而去。

輜車轔轔駛出二十里路，來到一間小屋。

屋內一燈如豆，燭淚累累如凝血。

金安上闔上門，四人方始感到安心。

劉病已互相介紹彼此。雙方拱手客套幾句。

少頃，金安上向劉病已行跪拜禮，「臣叩見陛下。」

劉病已一驚，將他攙起，「你這是做什麼？」

金安上鄭重道：「孝昭皇帝龍馭賓天前便已打算將皇位禪讓給您，在臣心中，您才是大漢天子。」說到「孝昭皇帝」四個字，已是淚眼模糊。

劉病已悽然道：「孝昭皇帝安葬在哪？」

「回陛下，就在長安城西北七十里的平陵。」

劉病已跪下，朝西北方向肅然磕了三個響頭，道：「皇叔祖，病已一定不會讓您失望，一定會找回皇位，告慰您在天之靈。」

金安上道：「自陛下失蹤後，臣就派出玄羽衛四處打探您的下落，也就在今日，玄羽衛發現陽武侯府有異動，才知道陛下原來被囚禁於桃林高地，便集結所有人力前去救援，總算沒有遲來一步。」雙手奉上玄羽令，朗聲道：「請陛下收受玄羽令。」

劉病已接過玄羽令，見這枚令牌以玄鐵製成，通體黝黑，不染雜色，乍看下毫不起眼，卻不料竟能驅動泱泱大漢朝天子的親信私衛。

劉病已將玄羽令收入懷中，道：「如今朝中情形如何？」

金安上恨恨地道：「昌邑王登基後，把整個前朝後宮都攪得天翻地覆。不只在居喪期間飲酒嗚樂，更與孝昭皇帝的宮人淫亂，這是對孝昭皇帝大不敬；還駕著天子車駕，在北宮、桂宮往來奔馳，並在宮中弄彘鬥虎；調用皇太后御馬車，命官奴僕騎乘，種種惡跡簡直罄竹難書。」

劉病已道：「在德不在鼎。這就是霍光一手扶立的皇帝，霍光有什麼反應？」

「昌邑王登基不久，霍光就抱病在家調養，一直沒參與朝政，估計不是給自己嘔病的，也是給劉賀氣病的，或是根本就沒病。」

劉病已淡笑道：「我想一定有不少朝臣到他面前數落劉賀的不是，簡直是拿鞭子往他臉上抽，這滋味可難熬得緊。」

「您接下來有何打算？」

「君子藏器於身，待時而動。你替我打聽我兄長楚堯和張彭祖的下落，是生是死，都向我回報。」

「諾。」

燈花瑟瑟搖動，劉病已靜了半晌，向東閭琳道：「師兄既然知道我被囚於何處，那麼平君是否也已經平安脫困了？」

東閭琳道：「放心，楚島主已經將她安置妥當。」

劉病已緊擰的眉頭登時一鬆。

翌日金安上就喬裝改扮到長安打探楚堯和張彭祖的消息，得知二人被劉賀的親衛擒住後，立即押入廷尉詔獄，由於張彭祖是張安世之子，次日就被放出，毫髮未損，但楚堯就沒那麼幸運了，赭衣裹體，三木加身，日夜刑訊，據說已被折磨得不成人形。不只如此，陽武侯府的奴僕護衛均被下獄。侯府風光不再，冷清得令人望之卻步。

劉病已聞言火燒火燎，在屋內來回踱步，突然抓起一個陶盞，一用力，陶盞裂成兩半，碎片扎入他手裡，汩汩滴血，顯然是悲憤到了極處。

金安上道：「陛下身繫天下，斷不可自損！」連忙要取衣箱包紮。

劉病已深吸口氣，「小傷而已，不必費事，繼續稟報。」

「諾。」金安上道：「劉賀擅自異動符節旄色後，又擬了一道詔書，派使臣攜符節，到各地官署強徵物資，肆意賞給近臣，弄得朝堂民間怨聲載道。不少官吏一窩蜂地湧入霍光家中，衆口一詞數落著劉賀的不是，霍光顯然是疲於應付，乾脆閉門不見。」

劉病已冷笑道：「時機成熟了。」

「陛下要做什麼？」

「找霍光喝酒去。」

金安上更加不解，「喝酒？」

「當日春獵，霍光與孝昭皇帝對奕完後，不是約我去他府裡喝菊花酒嗎？」劉病已目光陰寒，「我眼下就要去喝這杯酒。」

金安上似有領悟，「您難道是要……」

「不錯，是該行動了。無論成敗，我都要放手一搏。」

「臣等以死效力，但憑陛下驅馳。」

當下金安上先派出一名玄羽衛士到霍府傳話，霍光得知劉病已要來拜訪，吃了一驚，連忙命人設宴。日落時，劉病已頭戴紗笠，一身白衣，出現在霍府。

霍光和劉病已互行見禮，各自入席。

酒席設在院子裡，由於仍在喪期，霍光以茶代酒，替劉病已斟了一杯菊花茶，道：「古人把菊喻爲君子，因其凌霜飄逸，不趨炎勢，老夫以爲菊與陽武侯甚是相得益彰，請陽武侯品嚐。」

劉病已淺嚐一口，隨卽擱下玉杯，淡淡地道：「大將軍眞是好興致，眼下中樞紛亂，物議洶洶，您倒是置身事外，好似朝廷亂象全與您無關。」

霍光雙目炯炯，「眼下陛下正全力緝拿陽武侯，陽武侯冒險來此，必不是單純來品茗抒懷、閒話家常的，有什麼話不妨直說，指不定陽武侯此刻的心思，正與老夫不謀而合。」

劉病已道：「好，爽快。我們就別來明修棧道、暗度陳倉那一套了。霍大將軍既能借上官皇太后之手扶持劉賀，那也能借上官皇太后之手廢黜！商朝有宰相伊尹，廢昏君太甲以安宗廟，從此流芳百世。大將軍如能效仿，必爲漢朝之伊尹。」說完雙目如炬，眨也不眨地直視著霍光，見霍光臉色不變，顯然早就有朝臣向他這般進諫。

果然霍光道：「廢黜劉賀後，又該由誰繼承大統？」他將「陛下」改爲「劉賀」，顯然已不將他視爲皇帝。

劉病已微微一笑，「大將軍看我如何？」

霍光反問：「對我何益？」

「我無屬臣根基，封侯時日亦短，勢孤力微，比其他財勢雄厚、背景複雜的旁系諸侯王更適合做傀儡。」

霍光面上波瀾不興，「還有？」

「大將軍不就是希望成君能入後宮嗎？」劉病已袖中雙拳緊握，力持鎭定。

霍光意興闌珊，「有劉賀的前車之鑑，你要我如何信你？」

「劉賀對大將軍言而無信，不也是他日後被廢黜的禍根之一？正因有劉賀的前車之鑑，大將軍才更要相信我不會重蹈覆轍，自取滅亡。」

霍光淡淡地道：「霍家的女子若不能成爲皇后，進宮也是枉然。」

「只要群臣鼎力支持立成君爲后，那麼我也會從諫如流，絕不有異議。」

這句話鏗鏘有力，霍光這才展眉一笑，「長安如危城，唯有老夫這兒可遮風，這幾日你就住在府裡，靜候老夫佳音。」

劉病已向他深深一躬，在侍人的引領下，入西廂房就寢。

正要闔上房門，眼前卻多出一張熟悉的臉。

晚風拂來，劉病已聲音平靜而淡漠，「天色已晚，妳來這兒做什麼？」

寒月道：「我有話要說。」

「我乏了，明日再說。」

寒月道：「現在非說不可。」說著纖腰一扭，盈盈走到院子裡一株梧桐樹下。

劉病已無奈，跟了過去。

月掛疏桐，蟬鳴如織，寒月背對著他，一時卻不說話。

劉病已蹙眉道：「有話快說。」

寒月慢慢轉過身來，神色複雜地凝視著他，「你要做皇帝了？」

「我和大將軍談話時，就隱隱察覺似乎有人在側，當時就在想，天下也只有明月閣的弟子才有如此高妙的輕功可以潛伏竊聽，不是霍禹就是師姊。」劉病已說到這裡，臉色一沉，「妳爲何聽牆角？」

「因爲我關心你。」

劉病已蹙眉道：「妳是霍禹的如夫人，若給人聽見，不免損及清譽，這話以後休得再說。」

寒月眸光楚楚，「若我不想做霍禹的妾了呢？」

劉病已眼皮一跳，「什麼意思？」

寒月上前一步，仰首凝視著他，心中湧起一股難言的感觸，目光眷眷，彷彿看不夠似的，須臾，才正色道：「妾不過是個物件，與買賣無異，你當皇帝後，大可下令，讓霍禹把我轉送給你，以爲成人之美。」

四十四·廢帝

劉病已驚訝地看著她，彷彿不認識她了，「妳瘋魔了？妳還有盈兒！」

寒月一臉淡漠，「盈兒死了。」

劉病已一呆，「什麼？怎麼會？盈兒怎麼會死？我都還沒看過她的模樣，怎麼……怎麼會死了呢？」

寒月慘咽道：「盈兒早產，先天不足，身體羸弱，染上風寒後就撐不住了。」

「何時的事？」

寒月淡淡地道：「屍骨已寒，何時死的還重要嗎？」

劉病已呆呆地說不出話來，想到寒月生產那天，情況危殆，最後終於平安生下孩子。他雖沒有見過孩子的面貌，但內心已和孩子產生了情感，聽到霍盈夭折，不免悽惻。

寒月忽然攢住他的胳膊，雙眼閃著興奮的神采，「你立我為婕妤好不好？」

劉病已不敢置信地瞪著她，「什麼？」

寒月正色道：「我要成為你的後妃。」

「妳知道自己在說什麼嗎？」

寒月急切道：「我知道！我當然知道！病已，從前是我錯了，我不該選擇霍禹，不該因為霍禹而辜負你，是我一時迷了心竅。現在盈兒死了，我和霍禹也沒什麼瓜葛了。你做皇帝後就納我為後宮，好不好？」

劉病已掙開她的雙手，倒退一步，「妳可知我要納霍成君為後宮？」

「我知道。」

劉病已更是驚詫，「既然知道，那妳還說出這種話，這樣亂七八糟的關係，妳糊塗了是不是？」

寒月不悅地道：「什麼亂七八糟的關係？在西域，這種關係很正常，是你們漢人太迂腐，總是拘泥在那些無聊的條條框框裡。」

「妳是認眞的？」

寒月臉一肅，「認眞。」

劉病已由於太過驚訝，一時說不出話來。

寒月又上前一步，柔聲道：「即使我在霍禹身邊，心裡仍放不下你，我相信你心裡一定還有我的影子。病已，你抱抱我，好不好？」

劉病已踉蹌倒退一步，「我們之間的感情，早就埋葬在明月閣裡了，我心中的月兒，也早已在我的記憶中香消玉殞了，如今站在我面前的妳，只是霍禹的如夫人，盈兒的母親。」

寒月勃然色變，「你能讓霍成君登堂，爲什麼就不能納我爲妃？論情分，霍成君哪裡及得上我？」

「妳很清楚我爲什麼要納她爲後宮。」

「我不管什麼原因，我只知道她要成爲你的皇后。」

劉病已氣往上衝，「爲什麼妳凡事總是只看表面？妳以爲皇宮是什麼地方？妳霍府都待不住了，還想要待在宮裡！牽連皇家事，只會身陷是非，遠慮近憂，無窮無盡。」

寒月惱羞成怒，「霍府哪裡及得上皇宮？我這輩子就是不甘平凡，我要做枝頭鳳凰，受人仰望，享盡潑天富貴！」

「妳現在不正是享盡潑天富貴？」

「可我再也不想跟霍禹一起過日子了。」

「既然這麼痛苦，那妳就回到明月閣，枕石漱流，自得其樂，何必一定要這浮雲榮華？」

寒月不勝悽然，「回不去了。」

「什麼回不去了？」

「我已經嚐到榮華富貴的滋味，習慣人人仰視著我，習慣了眾星拱月，我怎能再回去明月閣？我已經無法回到那段一無所有的歲月了。」

劉病已怔住。

「倘若要我回去明月閣，那我寧可繼續待在霍府，即便和霍禹一生同床異夢，相看兩厭，我也認了。」

「榮華富貴竟能使人變得如此扭曲。」劉病已怔愣間，眼中驀地掠過一痕犀利的雪亮。「我懂了！妳從來沒愛過我，也沒愛過霍禹，妳只愛妳自己！妳便如水仙一樣，臨水自照，妳只愛惜妳自己！」

寒月冷冷地道：「愛惜自己有什麼不對？我只是想讓自己過好一點，至少我從沒害過人。」

劉病已劍眉一挑，「什麼意思？」

寒月不答反道：「我再問你一次，你當真要娶霍成君？」

「是。」

「那我呢？」

劉病已硬聲道：「不娶。」

寒月怒道：「好好。」忽然輕輕一笑，雙臂環住他的腰，踮起腳尖，唇瓣貼在他的耳畔。

她似乎很享受擁抱著他，過了一晌，才低聲道：「你可知霍禹和霍成君對你的夫人幹了什麼好事？」

劉病已心頭一跳。

寒月又是一聲銀鈴般的輕笑，「又是我不小心偷聽到的，原來尊夫人受辱，是他們兄妹指使的，他們真是披著人皮的狼。」她素來最討厭狼，會以狼相稱，實已對他們厭惡透頂。

劉病已雙眼閃過一絲殺機，隨即抿成一痕淡漠，「知道了。」

寒月一呆，鬆開他的腰，凝視著他，想要從他臉上找到一絲憤怒，怔怔地道：「你聽見我說的話了嗎？

我說尊夫人受辱，是他們使指的。」

劉病已淡淡一笑，「多謝師姊相告。」語畢從容而去。

寒月懵在當場，她想過劉病已會有什麼反應，憤怒、悲傷、目眥盡裂、激動欲狂，卻沒料到劉病已竟恍若無事，眉頭蹙也不蹙，雙眸神光內蘊，不可揣度，令她完全難以想像當年開懷大笑，撒腿追著自己跑的劉師弟竟然會有這麼大的變化！

此時此刻，她才驚覺自己沒有希望被納爲後宮了。方才從她身邊離去的那個男人，不再是她熟悉的師弟，而是一個完完全全的陌生人劉病已。

劉病已走在廊上，本來腳步緩慢，漸漸越走越急，也不知自己要去哪，只覺得若不這樣疾走，內心的憤恨就會一觸即發。

忽然他停下腳步，一眨也不眨地盯著前方迎面而來的二人。

劉病已袖中緊緊握拳，竭力壓抑住內心的狂瀾，調勻紊亂的呼吸，平靜一拱，「霍夫人，霍姑娘。」

霍夫人和霍成君斂袖一禮。

霍成君雖惱恨劉病已涼薄，但劉病已忽然失蹤，生死未卜，令她度過一生中最難熬的時光，總想著若他死了，自己也不願獨活，如今總算知道劉病已平安無恙，且人就在府裡，心中乍驚乍喜，此刻見到他，對他一腔的惱恨都隨風去了。

「次……」霍成君猛然覺得不妥，立卽改口，「陽武侯用過飧食了嗎？」

明顯沒話找話，劉病已心中冷笑，嗯了一聲。

霍成君靜了片刻，殷殷地道：「這段時日……」一時噎住，只因劉病已緩步走來，他的臉幾乎與自己相貼，用一種灼人的目光，深深地凝視著自己。在他近距離直視下，她忽然心跳加速，呼吸喘促，彷彿魂魄都被勾了去。

霍夫人早從霍光那裡得知劉病已將要被扶持登基的消息，也得知劉病已將娶霍成君，一股得意勁兒又犯了，便識趣地悄悄避開。

劉病已雙手搭在霍成君的肩上，居高臨下地俯視著她，想要從她臉上找到一絲做錯事的愧疚。

最後劉病已還是失望了，霍成君一臉春情旖旎，雙頰如胭脂色的合歡花，淋淋漓漓地呈現出內心火熱的渴望。

劉病已心中冷笑，忽然一把將她摟入懷中，俯下臉，深深吮住她的唇瓣。霍成君在這漫天長吻中，全身酥軟，神魂皆醉，幾疑不在人間。

劉病已銜著她的耳垂，喁喁道：「妳願不願做我的女人？」

聲音低沉而溫潤，宛如一隻小貓在霍成君心頭爬搔，她微微一顫，頷下螓首。

劉病已低低一笑，「不後悔？」

霍成君輕輕地道：「上邪，我欲與君相知，長命無絕衰。山無陵，江水爲竭。冬雷震震，夏雨雪。天地合，乃敢與君絕。」

劉病已嘴角微揚，將她橫抱起來，大步往她的寢室走去。

靜立在廊柱後的寒月見了這一幕，唇瓣咬出一痕蜿蜒的鮮血。

繡榻上，劉病已粗魯地扯去她的衣衫。霍成君只覺得平時沉靜如水的他此刻像頭被激狂的野獸，嗅到一縷情慾賁張的氣息，不禁心跳欲狂，動也不敢動，緊緊閉上雙眼，全身抑制不住的瑟瑟顫抖。

她本是個守節之人，還沒成婚前，絕不會和男子行周公之禮，但逢春潮湧動，卻不禁拋開一切束縛，玉體橫陳在劉病已面前。

瞬間，她感到一絲羞赧，然而更多的感受還是期待。

劉病已看著她雪白的頸子，緩緩伸出手，想像著自己把她掐死的畫面，手慢慢地挪近，最後抵觸到她的肌膚，只消五指扼住，用力一掐，就能替許平君雪恥了。

但他清楚自己不能這麼做，要是一時衝動扼死霍成君，不但楚堯會瘐死獄中，就連自己也會沒命。

他必須救出楚堯，替青兒報仇，保護好許平君和劉奭，保全侯府上下所有人的性命。他肩上的擔子太沉重，此刻只能屈叛自己的心。

於是他的手從霍成君頸邊緩緩挪開，俯下唇咬著她的鎖骨，看著霍成君情不自禁露出人性最眞實、最原始的那一面。

他不想讓她好受！

就在這一刻，他奮力挺向前去。

「啊——」

霍成君發出一聲錐心的尖叫，劇烈的疼痛迅速漫延上來，眼淚瞬間潰堤。劉病已卻不肯放過她，將她的雙手牢牢壓制在她的頭頂上，不讓她有掙脫的機會。

一下又一下，無比猛烈，毫不停歇也毫不疼惜。

「不要了，我不要了，放過我，放過我……」霍成君疼得全身哆嗦，哭叫不已，奮力扭動，像涸轍之鮒苦苦掙扎。

劉病已充耳不聞，臉上一片冰冷疏離。

霍成君從聲嘶力竭的尖叫，變成楚楚可憐的啜泣，玉容淚痕縱橫，身下血跡殷然，人已虛脫無力。

劉病已看著繡褥上的一抹紅，一瞬間想到的是青兒胸前的血，大把大把地灼燒著自己的心，又想到詔獄中的楚堯，或許血已流盡。

胸口猛地像被刀剜，他忽然大叫一聲，動作更加激狂暴烈。

促織在窗外鳴叫，飛蛾奮力地撲打著窗櫺。霍成君從嚶嚶啜泣變成悶聲不吭，劇痛已將她的身體撕成兩半，這輩子從來沒有這麼刻骨銘心的痛過。

劉病已汗出如漿，心中的痛苦和身體的痛快形成兩種強烈的衝擊，忽然想到一事，絕不能讓霍成君懷娠！

於是想也不想，立卽抽身，拿起一盆淨手的水就往下腹淋下。

冷水稍稍澆熄他賁張的體溫，霍成君半昏半醒，渾不知他這個舉動代表什麼含意。

劉病已回眸，目光如刀，好似要將她千刀萬剮，披上衣衫，轉身便走。

霍成君猛地伸出手，拽住他一片衣角，可憐兮兮地道：「次卿，你去哪？」

一聲「次卿」令劉病已感到徹骨的厭惡，「次卿」這兩個字天下只有一個女子能叫，那就是他的髮妻許平君！

他雙眸陰雲密佈，頭也不回，「回房。」

她目光哀懇，「留下來陪我。」

他甩開她的手，冷笑道：「我怕我又會再一次弄疼妳。」

她想起方才的疼痛感，心頭一陣戰慄，眼睜睜地看著他拂袖離去，只留下衾褥上奪目鮮豔的新紅。

翌日拂曉，霍光便去找大司農田延年、右將軍張安世共謀廢帝計畫。

早在劉病已到來之前，田延年就去拜會過霍光了，所談之事也是關於廢黜劉賀，只是尚未商及新帝人選，計畫便只能暫時擱著，直到劉病已出現後，這個計畫才得以進行。

霍光當卽任命田延年兼任給事中一職，讓他得以掌控宮禁，另外奏請皇太后提拔張安世爲車騎將軍。

三人商議完畢後，霍光立卽召丞相、御史大夫、將軍、列侯、中二千石、大夫、博士等諸多朝臣於未央宮正殿路寢東廂庭議。

霍光道：「昌邑王行事荒誕，恐危社稷，諸位以爲如何？」

諸臣聽霍光稱劉賀爲「昌邑王」而非「陛下」，都是相顧失色，本能地嗅到一縷不尋常的氣息，一時誰都不敢接這茬。

霍光目光一瞥，田延年立卽離席上前，手按長劍，朗聲道：「孝武皇帝命大將軍輔佐幼帝，將天下興亡寄予大將軍，是因爲大將軍忠義賢能，得以匡扶社稷。如今群下沸騰，社稷將傾，且我朝歷代帝王的諡號都有個孝字，爲的就是使江山永固，宗廟永享祭祀。今主上昏聵，令漢室江山大廈將傾，卽便大將軍以死謝罪，又有何面目到九泉之下見孝武皇帝？今日之議，我等務必要做出決斷，若有人反對，我便用這把利劍當庭斬殺！」

劍出鳥鞘，鏘聲清吟，寒芒閃爍，諸臣心中都是一凜，面面相覷，從彼此的臉上讀到內心的惴惴不安。

霍光起身，朝田延年一躬。「大司農所言卽是，光力薦昌邑王登基，令天下騷動不安，首當其責。」

這二人一番唱作，再愚鈍的人也明白廢黜劉賀已是箭在弦上，當下便有幾人帶頭起身，隨後嘩啦啦起來一大片，一齊斂衽叩首，道：「萬民之命在於大將軍，我等唯大將軍馬首是瞻。」

庭議至此，霍光手拿已起草好的廢帝詔書，讓他們一一在奏書上簽下名諱，然後率三公九卿、文武群臣前往長樂宮面見如歌，陳述劉賀不可承襲宗廟的種種罪狀，最後請她以皇太后的身分主持大局。

如歌早對劉賀十分反感，這時又有群臣支持，自然不反對，當下前往承明殿，下詔各宮門不許放昌邑舊人入內。

巨變前一刻，劉賀帶著昌邑國臣僚從北宮嬉戲回來，聽聞皇太后召見，愕然道：「太后召見朕幹什麼？」內謁者垂眸不答，劉賀入宮後，宮門立即闔上，所有昌邑國舊人均阻絕在外。

劉賀驚詫道：「這是幹什麼？」

未央宮衛尉范明友大步過來，行禮如儀，「奉皇太后詔，昌邑群臣不得入宮。」

范明友身兼數職，未必就守在這道東門前，看來就是衝著劉賀而來的。劉賀怒道：「他們都是朕的親臣，爲何不得入宮？」

范明友神情諱莫如深，「請昌邑王入承明殿謁見太后。」

劉賀聽他稱自己爲「昌邑王」，心頭一凜，本能地感到大廈將傾，少了熟悉的近臣相隨，殿內又處處透著一股凜冽肅殺的氣息。劉賀忽然感到孤木難支，欲轉身逃跑，但身後宮門緊閉，任憑昌邑近臣大叫大嚷，大門依舊深鎖。

數十個黃門大步而來，欲將劉賀「請」入承明殿。此刻，他才明白自己已無退路，只得硬著頭皮，往承明殿而去。

承明殿是中朝尙書大臣們輔助天子處理政務的地方，皇帝一般不輕易到來，何況後宮女子。如歌作爲漢朝第一個駕臨承明殿的皇太后，此刻身披珠玉襦裙，端坐在武帳中，三公九卿、文武百官齊聚一堂。

劉賀心中一陣恐慌，這是常朝的模式，只是往日坐在御座上的是他，而此刻卻是那位他從來不放在眼裡的年幼太后。

霍禹率著數百個侍衛隱在武帳後，黑影重重，手持長戟的期門武士肅立在陛階下，將整個承明殿圍得密不透風。見這陣仗，他更加確定自己大禍臨頭了，勉強鎮定心神，向如歌叩首，「兒臣叩見母后。」因他繼承昭帝宗嗣，名義上是劉弗陵和如歌的兒子，然而換作平日，他是不屑作此稱呼的。

如歌神情淡漠，「平身。」

劉賀道：「謝母后。」逕自入席。

這時張安世入殿來報：「啟秉皇太后，臣率羽林、期門二軍已將昌邑國大小官吏全數擒獲，一個也未走脫。」

如歌一聽，向霍光投以一瞥，見他頷首，便道：「立即押入廷尉詔獄。」

劉賀大驚離席，「他們犯了何錯？竟要押入詔獄！」

如歌端坐如儀，神色凝重。群臣目不斜視，像一群陶俑。殿內唯有劉賀一人氣得跳腳。

這時楊敞出列，雙手高舉竹簡，朗聲道：「啟秉皇太后，丞相臣敞有書上奏。」

如歌道：「可奏。」

劉賀忍怒入席，只覺群臣目光如電，看待自己就像看待罪犯一樣。

詔書由暫任尚書令的丞相楊敞宣讀：「丞相臣敞、大司馬大將軍臣光、車騎將軍臣安世、度遼將軍臣明友、前將軍臣增、後將軍臣充國、御史大夫臣誼、宜春侯臣譚、當塗侯臣聖、隨桃侯臣昌樂、杜侯臣屠耆堂、太僕臣延年、太常臣昌、大司農臣延年、宗正臣德、少府臣樂成、廷尉臣光、執金吾臣延壽、大鴻臚臣賢、左馮翊臣廣明、右扶風臣德、長信少府臣嘉、典屬國臣武、京輔都尉臣廣漢、司隸校尉臣辟兵、諸吏文學光祿大夫臣遷、臣畸、臣吉、臣賜、臣管、臣勝、臣梁、臣長幸、臣夏侯勝、太中大夫臣德、臣卬昧死言皇太后陛下。」

他一口氣唸出一長串的人員名單後，稍稍緩過一口氣，接著繼續道：「臣敞等頓首死罪，天子之所以永保宗廟一統海內，以慈孝、禮儀、賞罰爲本。孝昭皇帝早棄天下，無嗣，臣敞等商議後認爲，《禮》曰『爲人後者爲之子也』，昌邑王宜立爲昭帝嗣子，於是遣宗正、大鴻臚、光祿大夫奉節使徵昌邑王前來典喪。昌邑王雖服斬縗，卻無悲哀之心，廢棄禮儀，路上不茹素，還命從官擄掠女子以衣車裝載，沿途尋歡作樂；初至京師，謁見皇太后，被立爲皇太子，常私下派人買雞豬肉食用；在孝昭皇帝靈柩前接受皇帝信璽，行璽後，回到守喪處所，便沒有交與符節台封存；派從官持皇帝符節，前去昌邑國詔引侍從官、騶官、奴僕等二百餘人，常與他們於宮禁之內肆意享樂，自己到符節台取走符節十六枚，朝暮到孝昭皇帝靈前哭祭時，讓從官手持符節跟從，還下詔到昌邑國：『皇帝問侍中君卿：使中御府令高昌奉黃金千斤，賜君卿娶十妻。』孝昭皇帝靈柩尚在前殿，就取出樂府樂器，引入昌邑國樂人，擊鼓歌吹，扮成俳倡；孝昭皇帝下葬平陵後返回宮殿，昌邑王在前殿擊鐘磬，召泰壹廟、宗廟的樂人沿輦道進入上林苑的牟首池，一路鼓吹歌舞，悉奏衆樂；從長安廚中要來三副太牢，在閣道密室中祭祀，祀畢，與從官作樂飲宴；使用法駕儀仗，乘坐皮軒車，打著鸞旗，驅馳北宮、桂宮，弄彘鬥虎；還調用皇太后御馬車，讓官奴騎乘，嬉戲於掖庭中；更與孝昭皇帝的宮人周陽氏淫亂，並下詔掖庭令，敢洩漏此事者腰斬……」

如歌聽到「周陽氏」三個字，如遭雷擊，眼前一黑，幾欲暈厥。周陽蒙是長公主獻給昭帝的御幸之女，一夜繾綣後就被遺忘在深宮中，沒想到這個名字重新被人提起，竟然是昌邑王與其淫亂。

她氣得雙眼暈紅，胸口發疼，襦裙垂掛的串珠禁不住地簌簌顫動，劉弗陵早逝已是她心中不可觸及的傷痛，而昌邑王作爲昭帝後嗣，竟做出這種荒誕無倫的行爲，令她委實難以接受，忍不住喝道：「停下！你作爲孝昭皇帝的臣子，竟如此悖逆嗎？」

劉賀從未見過如歌如此氣憤激動的模樣，一時惶然失措，連忙離席，走到太后陛階下，伏地拜倒，「兒臣有罪，請母后息怒。」

此刻劉賀已知群臣聯名上奏，是一把頭頂利劍，懸而將斬。他內心隱隱浮現一個可怕的念頭，群臣借太后之手將自己立為天子，此刻是否又要借太后之手廢黜？這個猜測太過驚悚，劉賀不敢深入去想，背脊沁出一層薄薄的冷汗。

殿內一片死寂。

如歌強壓怒火，調勻呼吸，「續奏。」

楊敞接著滔滔不絕地道：「昌邑王取出諸侯王、列侯、二千石官員的綬印及墨綬、黃綬，一併賞給昌邑國郎官，以及免去奴隸身分的人佩戴；擅自變易符節上黃旄為赤色；發御府金錢、刀劍、玉器與采繒，賞賜所有與昌邑王遊戲者；與從官、奴僕夜飲，沉湎於酒；詔太官奉上皇帝日常膳食，食監奏稱孝期未過，不得恢復日常膳食，昌邑王不通過食監，復下令太官置辦。太官不敢違制，昌邑王即下令從官到宮外買雞豚，還下詔衛尉放行，定為常規；設九賓之禮於溫室殿，夜見其姊夫昌邑關內侯；尚未舉行祭祀宗廟大禮，就頒發正式詔書，派使臣持皇帝符節，以三副太牢祭祀其父昌邑哀王，還自稱『哀王嗣子皇帝』，受璽以來二十七日，使臣往來不絕，持符節向各官署下令徵物，共計一千一百二十七件。昌邑王荒淫昏惑，失帝王禮義，禍亂朝綱。臣敞等數次進諫，昌邑王均不予理會，反而日以益甚，長此下來，恐危社稷，令天下不安。臣敞等謹與博士臣霸、臣雋舍、臣德、臣虞舍、臣射、臣倉議，皆曰：高皇帝建功業為漢太祖，孝文皇帝慈仁節儉為太宗，今陛下嗣孝昭皇帝後，行為放蕩不守法度。《詩經》云：『籍曰未知，亦既抱子。』五辟之屬，不孝莫大。周襄王不能事母，是以《春秋》曰：『天王出居于鄭。』因其不孝，所以出居鄭國，絕之於天下。宗廟重而君輕，陛下未見命高廟，不可以承天序，奉祀宗廟，治理百姓，當廢。臣等請求有司御史大夫臣義、宗正臣德、太常臣昌，和太祝以一副太牢的祭禮，祭告於高帝廟。臣敞等冒死奏聞。」

「可。」如歌冷冰冰地打斷這迫人的沉默。

四十五・登基

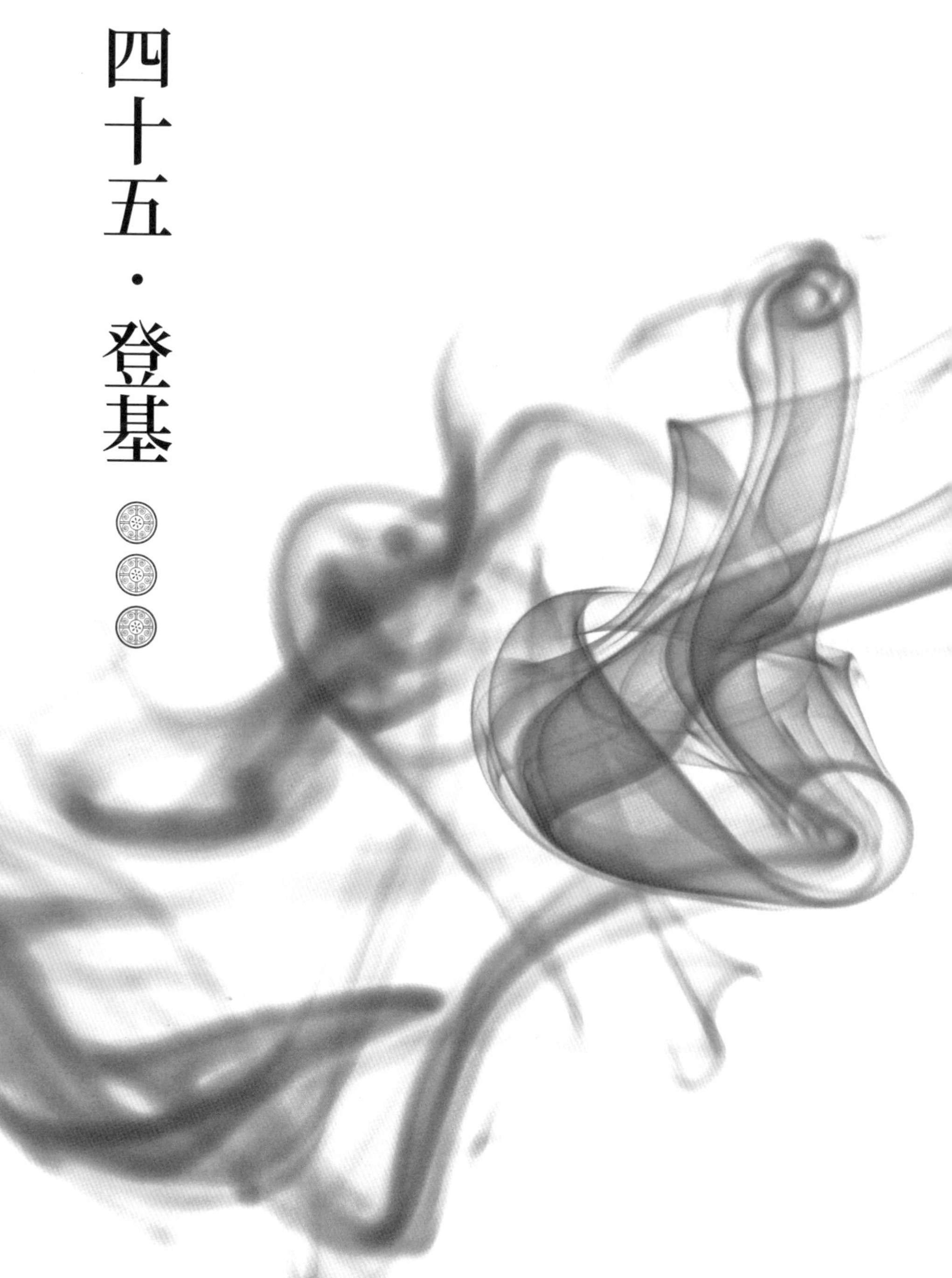

劉賀的心跳幾乎停止，腦海一片空白。

霍光道：「昌邑王接詔。」

劉賀霍地站起，大聲道：「天子有諍臣七人，雖無道，不失其天下。如今你們口口聲聲指朕失德，難道自己就沒有責任嗎？」

這話出自《孝經》，孝乃立身行道之根本，更是漢家治理天下的大經大法，正所謂齊家、治國、平天下，須賴《孝經》明教化。

諸臣指責劉賀不孝當廢，可劉賀卻恰恰點到了《孝經》中記載的〈諫諍〉篇，闡述爲臣者盡孝，應是在天子犯錯時極力諍勸，天子身邊只需有諍臣七人，即便無道，一時犯錯，也不會因此失去天下。

而今的局勢，顯然那些聯名上奏者沒一個是諍臣，他們欲以不孝廢帝，然則擺到孝道上，同樣也是臣子對天子的不孝。

劉賀這聲抗辯，如掌摑了在場諸人，尤其那些滿腹經綸的博士們紛紛赧顏垂首。

霍光本能地嗅到殿內一縷微妙的氣氛，硬聲道：「太后已下詔將你廢黜，你豈可自稱天子？」大步上前，絲毫不顧及劉賀顏面，拽住他的手，將他腰帶上裝有璽印的繡袋解下，向如歌奉上。

劉賀驚怒不已，指著他厲聲道：「大將軍借太后之手先立後廢，莫非想自己做天子？」

霍光肅然一拱，「老夫忠於漢室，絕不會行此逆天之事。來人，將昌邑王押下。」

兩名衛士隨即上前，將劉賀牢牢壓制在地，手中長戟寒氣森森，襯得劉賀的臉猙獰得宛如被激怒的困獸。

劉賀聲嘶力竭地道：「只要我還姓劉，我就是孝武皇帝的血胤！你們誰敢動我？」

忽聽一人冷冷地道：「若是我呢？」

劉賀聽到這嗓音，心頭一凜，循聲望去，只見劉病已大步流星，在金氏兄弟的簇擁下拾級上殿。

劉賀一呆，隨即咬牙切齒地道：「我真後悔沒命人直接殺了你，以致種下今日禍患！」

劉病已橫了他一眼，就不再理他，緩步走到如歌面前行禮，「叩見太后。」

如歌難掩激動，「快起來。」

「謝太后。」

霍光高舉竹簡，朗聲道：「太后，大司馬大將軍臣光有本奏。」

如歌道：「可奏。」

霍光立即朗聲道：「《禮》曰：『人道親親故尊祖，尊祖故敬宗。』大宗無嗣，擇支子孫賢者爲嗣。孝武皇帝曾孫病已，至今年十八，師受《詩》《論語》《孝經》，操行節儉，慈仁愛人，可以嗣孝昭皇帝後，奉承祖宗，治理萬民，臣昧死以聞。」

如歌道：「准奏。」隨即起身，緩緩地走向劉病已。

她心中又是辛酸，又是喜悅。孝昭皇帝賓天二十七天，沒有留下遺詔，導致前朝後宮風起雲湧，江山社稷險些傾覆，如今劉病已無恙歸來，她終於能完成昭帝生前的遺囑，將皇帝璽綬交給他欽定的繼位人選！

她眼裡依稀盈著一泓清淚，親自將璽綬交到劉病已手中。

劉病已雙手捧著璽綬，眼裡同樣也有溫熱的濕潤。

二人相視無語，在這一刻，他們心有靈犀地想起了孝昭皇帝。

這時金氏兄弟齊步上前，爲劉病已披上十二紋章的冕服，戴上十二旒珠的冕冠，接著簇擁著新帝拾級上階。

殿內群臣轟然跪下，齊聲道：「吾皇萬歲萬歲萬萬歲！」

劉病已透過微微晃動的冕珠，俯視著大殿上跪了一地的群臣，胸口熱血沸騰，冕服下的軀體難以抑制地發顫。

曾經飽嚐人情冷暖，受盡千揉百挫，一路咬牙堅挺，他終於走到這一步！

萬人中央，萬人之上，萬丈榮光！

在群臣震天鳴雲的高呼聲中，他終於成爲了皇帝，找回衛氏一族的榮耀！

劉賀被禁衛軍牢牢地按在地上，卻仰起下巴，一臉倔強不服地瞪著劉病已。劉病已俯視他一眼，昔日他看劉賀的眼神，都是縠紋不興，藏而不露，而今卻殺氣烈烈，幾可灼膚。

「諸卿平身。」劉病已道。

「謝陛下。」

霍光朗聲道：「陛下，昌邑王該如何處置？」

劉病已藏住眼裡的殺機，「暫押昌邑官邸。」

「不服，我不服。」劉賀目眥盡裂，「劉病已，你也不過是俎上魚肉，沐猴而冠，終有一日你會落得跟我一樣的下場，我擦亮雙眼等著看！」被侍衛押送，聲音越來越遠，終於消失在殿外。

金安上低聲道：「陛下，該起駕前去高廟了。」

「他們都釋放了嗎？」

「回陛下，陽武侯府諸人全數釋放，如今已安置妥當。」

「身上可有傷？」

「毫毛未損。」

劉病已道：「那我……那朕的兄長如今可好？」想起楚堯，心爲之一顫。

金安上垂首，斂去遲疑的神情，「受了點皮肉傷，眼下太醫令已在救治。」

「平君呢？」

「陛下安心，臣已遣人去接了。」

劉病已如釋重負。「那就好。」

「陛下該動身了。」

拜謁高廟，金賞駕乘輿，霍光做驂乘。

劉病已雖然不是第一次與霍光獨處，但此刻與他同車，卻隱然有股芒刺在背的不適，也許經歷過霍光翻手為雲、覆手為雨的廢立行動，親眼目睹霍光的權勢滔天，令他心中為之忌憚，心忖自己羽翼未豐，不可像劉賀那樣急躁張揚，處處與群臣硬碰，唯有步步為營，方能保身。

拜謁高廟後，完成登基大典的最後一項儀式，回程時霍光不再作陪，由張安世做驂乘。

劉病已靜靜開口：「張公去得可安詳？」

提及兄長，張安世喉頭一哽，「去得很快，沒什麼痛苦。」

劉病已扶著車壁，沉沉閉目。

稀微晴光中，一滴瑩淚滑落他的眼角，隨即泯滅在衣料纖維裡。

天子鹵簿儀仗回宮後，劉病已急忙奔入清涼殿，因楚堯被抬出詔獄後，此刻就躺在內室中。

但見楚堯睜著一雙空洞的眼，一動也不動地躺在榻上。太醫令、丞頹然立在一旁。

劉病已心中油然逼出一股顫慄，踉蹌上前兩步，掀開錦被，這才看清楚堯的傷勢，哪是金安上所說的「受了點皮肉傷」？

楚堯全身傷痕累累，幾乎體無完膚，右小腿腫脹發紫，不知受了什麼酷刑。

看到這慘況，劉病已心防瞬間崩塌，伏在榻邊，執著他的手，道：「兄長，我是病已，你還識得我嗎？」

楚堯呆呆地橫了他一眼，目光毫無神采，好似看著陌生人。

劉病已心中大慟，「兄長，你仔細看著我，我是病已，你這輩子最要好的兄弟劉病已。」

楚堯木然半晌，漸漸雙眼依稀有一星火花，上上下下地打量著他，吃力地撐起一抹微笑，「你……你做皇帝了？」

那聲音分明是熬到油盡燈枯了，劉病已不勝悽惶，用力點頭道：「是，我做皇帝了，兄長，若不是你冒死趕來相救，我豈有今日？」

楚堯笑道：「大業已成，龍袍加身，我總算能安心到泉下了。」

劉病已聽到這一句，瞬間眼淚潰堤，不顧宮人太醫就在一旁，哭道：「你我親如骨肉，生死相扶，我日後豈能少了你的陪伴？青兒已經去了，難道你還要捨下我？」

楚堯氣若游絲，「你……你都當皇帝了，怎麼還我啊我的，你要……你要自稱朕……」

劉病已哭得聲噎氣堵，「即便我做了皇帝，你在我心目中的地位仍一如往昔，等你痊癒後，我們一起去鬥雞舍鬥雞，去上林苑跑馬，再一起去妙音坊觀舞聆樂，飲酒尋歡。求你一定要撐住，我們還有很多事要做，還有很長的時光要相互扶持，一起長跑……」

楚堯澀然一笑，「只怕我是撐不住了，我好倦啊，真是倦極了，我……我只想好好地睡上一覺。病已，我大概是不成了……」說到這裡，聲音越來越含糊。

劉病已見他閉目，呆了片刻，伸出顫抖不已的手，抵住他的鼻息，身子一震。

他的手指就停滯在楚堯的鼻下，臉上呈現一片呆滯，突然像被針扎到般縮回手指，叫道：「兄長，不能睡，你不能睡！」轉頭向太醫令道：「你們杵在那兒幹什麼？還不快來救人！」

殿內衆人見皇帝動怒，均伏地拜倒。太醫令頹然道：「陛下，臣等已盡力了。楚公子傷勢嚴重，又在獄中拖了太久，臣最多只能讓他走得不那麼痛苦。」

這話就像一記悶棍擊在劉病已腦後，尤其聽到最後那一句，更是全身巨震。他呆了片刻，身子一晃，仰天便倒。

金安上急忙上前攙住，悽然道：「陛下，就讓楚公子好好地走吧。」

劉病已又是一呆，喃喃地道：「不可以，不可以……」猛然掙開他的攙扶，撲到榻邊，緊緊地抱著楚堯，哭道：「求求你別這麼殘忍地離開我，我眞的無法再一次承受生離死別的痛苦了。孝昭皇帝去了，張公去了，青兒也去了，你們一個個都離我而去，兄長，求你別捨下我，求你睜開眼睛，我求你了……」說到這裡，已是泣不成聲，忽然鬆開他，咕咚一聲跪倒在地。

衆人本來沉浸在悲傷的氛圍裡，看到這一幕都是嚇了一跳，只見劉病已雙手合十，仰首看著上空，一字一頓沉聲道：「神明在上，我劉病已願以一命，換取兄長楚堯的康復，求神明庇佑，讓兄長能夠甦醒。」

衆人聞言都是一呆，劉病已才剛完成登基大典，人生正是登峰造極，怎麼就願意以自身性命，來換取一個庶民的平安？

這些人哪知道楚堯和劉病已情逾骨肉，彼此的情誼早已超越生死，所謂「士爲知己者死」不就是這個道理？

無論劉病已怎麼求天，楚堯仍是雙眼緊閉。世間的榮辱、得失、笑淚、喜悲，都在這一瞬間，化作凝結在嘴角的一抹了無牽掛的微笑。

香盡金爐，殘灰冷燼。

太醫令急忙上前診脈，手指才剛放上去，立即愴然叩首道：「陛下節哀。」

劉病已頓時安靜下來，在金安上的攙扶下起身，搖搖晃晃地走到榻邊，靜靜地凝視著楚堯安恬祥和的面容，想要將他最後的樣子深深刻入心中。

「哥哥，哥哥——」

一聲聲泣喚打在劉病已心上，轉眸，見楚笙攜桃夭款款而來。

桃夭渾忘了向皇帝行禮，撲到榻邊，見到楚堯身上的傷口，先是一呆，尚未感到心痛，緊接著聞到楚堯傷口發出的陣陣惡臭，突然五內翻騰，喉嚨發毛，捣嘴乾嘔起來。

劉病已正悲傷難抑，見桃夭如此失態，不禁動怒。楚笙看出異狀，立即上前，手指搭上她的脈搏，目光一亮，「妳有喜了。」

劉病已和桃夭聞言都是一呆。他只知楚堯心悅桃夭，卻不知兩人已走到這一步。桃夭睜著一雙漣漣水眸，不敢置信地瞅著楚笙，「真的嗎？」

楚笙訝然道：「妳已有三個月的身孕了，竟如此後知後覺嗎？」

桃夭兀自怔怔地不敢置信，渾忘了五內翻騰的不適感，喃喃地道：「我有孩子了，哥哥有後了……」

劉病已既激動又驚喜，急忙俯在楚堯的耳邊，一遍一遍地道：「兄長，你有孩子了，你聽到沒？你有孩子了，你要做父親了。你要活過來，看著我們的孩子一起長大，看著他們成家立業……」

劉病已也不知道這法子管不管用，只一個勁兒滔滔不絕地說著。

楚堯的手指忽然動了一下，雖然這個動作很細微，但對於劉病已來說，卻是驚天動地的變化！

他緊緊握住楚堯的手，喜道：「兄長，我就知道你一定能挺過來的，我要封你為關內侯，替你們賜婚，等你好起來，你就能做新郎倌了，聽到沒？你一定要好起來，把桃夭姑娘風風光光地娶回家，我要看著你們舉案齊眉，白頭偕老……」

楚堯的手指又是一動，眼角沁出一滴晶淚。

劉病已一把抹去眼淚，喜道：「太醫令。」

太醫令伸手搭上楚堯的脈搏，又翻了翻他的眼皮，一臉匪夷所思。「果真神蹟，楚公子竟恢復心跳了。」

劉病已大喜，語氣不由得顫了，「他……有救了？」

太醫令道：「臣行醫數載，從未見過如此神蹟，前一刻還是死脈，如今生機勃勃，幾乎可說是死而復生。」

劉病已大喜過望，卻又再跟他確認一次，讓自己更加心安，「所以他不會有危險了是不是？」

「也許是陛下的誠心感動上蒼，又或許是楚公子命不該絕，總之，臣一定盡力救治。」

劉病已喜道：「朕相信你，楚公子和朕親如骨血，你務必將他治好。」說著大步走到殿外，靜靜地佇立在廊上。

晚雲初收，暮色漫天。

他眼底瞬間浮起一簇火苗，漸漸燃成燎原，似要將整個天地吞滅。

隔了良久，他才輕輕地道：「安上。」

金安上道：「諾。」

劉病已再也壓抑不住內心的蕭蕭殺機，咬牙道：「擺駕昌邑官邸。」

前往昌邑官邸的途中下雨了，淅淅瀝瀝，如咽如訴。

此時官邸內的昌邑從官早已不在，取而代之的是手執長戟、鏗鏘直立的羽林衛。

劉賀囚在他昔日的居室裡，身子紋絲不動，端坐案前，靜靜對著一盞孤燈。

劉病已站在月下，冷冷地注視著他投射在梨木窗紗上的身影。

即使他命羽林衛禁聲，低調前來，又一直站著不出聲，劉賀也知道他來了。他明顯察覺到一股肅殺之意無限擴張，平靜地道：「你來了。」

劉病已看著他頹唐蕭索的身影，內心既是痛快，又是怨毒，命人開門，道：「幾個時辰前還是一呼百諾的天子，不想一轉眼就淪爲折翼之身，孤燈照壁，冷雨敲窗，無限淒涼，有王叔給我做警鐘，想必我的帝王之路會走得更長遠。」

「你是特地來嘲諷我的嗎？」

劉病已使眼神命金安上迴避，道：「我來，是想跟王叔您敍話。」

「你都做皇帝了，怎麼還自稱我？這習慣可得改一改。」劉賀起身，拍拍塵土，卻仍背對著他，「成王敗寇，夫復何言。」

劉病已走到他身邊，和他並肩站著，看著二人被燭火投映在牆上的影子，靜了一晌，道：「王叔相信天命嗎？」

劉賀澀然一笑，「從前我只相信事在人爲，但現在由不得我不信。」

「世事不可全信，亦不可不信，就連命運也是如此。我曾被狼襲擊，失血過多，最後倖免於難，也曾於令居身中劇毒，幾欲送命，我兩度遊走於鬼門關前，卻都活了下來。最後，王叔派人緝拿我，我險被逼著躍入湍急的渭水中，漸漸地，我開始相信天命是站在我這一邊的，但即使我相信命運，卻也不會讓命運輕易主宰我的生死。」

「當斷不斷，反受其亂。在桃林高地，我若下令直接殺你，而不是想著要把你押回長安，任意折辱，如今的我，就不會身陷囹圄了。」

劉病已微微側身，一眨也不眨地盯著他，就像毒蛇盯著青蛙。「我只問你一句，令居投毒，是不是你做的？」

「正是。」

「我很訝異，陸氏一直被囚於廷尉詔獄，你如何能指使她來害我？」

「陸氏家人全死了，卻有個私生弟弟在昌邑王宮當馬奴。我讓她弟弟捎信給她，不過就這麼簡單而已。」

「所以，你在信中威脅她，要她下毒害我。若不從，便要殺她弟弟是不是？」

「不過是她母親在外面跟男人苟合的野種，陸氏護得跟雛兒似的，真令我刮目相看。」

「你慣會抓住別人的弱點，逼迫別人做出傷天害理之事。」劉病已目光蒼涼，「正如我那一條道走到黑的癡人莫師姊。」

「你都知道了，看來我註定要死在你手中了。」

「你想死，我偏不讓。」

劉賀訝異道：「你不殺我？你不是恨我入骨嗎？」

劉病已一臉怨毒，一字一句像磨碎了牙緩緩吐出，「這世上有的是比死還要難受之事，你害死掖庭令張公，害死青兒，又令我兄長在獄中受盡毒刑，還指望我讓你爽快赴死？」

「你想幹什麼？」

劉病已忍不住心胸暢快，放聲大笑，「廢除昌邑國，將你貶爲庶民，讓你嚐嚐一無所有的滋味，後悔你所做的一切。」

劉賀大怒，「士可殺，不可辱！」

劉病已一陣暢笑，雙頰潮紅，興奮地道：「你想死，我偏不成全。王叔，你可得好好地活著。嗯，對了，你不是有個叫作劉持轡的女兒嗎？」

劉賀聽到「劉持轡」三個字，心頭大駭，臉部肌肉微微抽搐，顫聲道：「你……你要幹什麼？」

劉病已見到他的反應，就知道他十分在意劉持轡，故意笑得漫不在乎，「你說呢？」

劉賀咬牙切齒，「她只是個三歲的小娃兒，什麼都不懂，你我之間的恩怨別扯上她！」

劉病已嘴角一揚，「我不只要扯上她，還有你其他兒女，其他親眷，他們的生死都在我的掌握中，我可以給他們安個罪名，就地正法，也可以派人暗殺。你要相信，我現在有的是這個權力。你此時感覺如何？是不是一顆心如煎如沸，幾乎快給逼熟了呢？你把楚堯和陽武侯府諸人下獄時，我就是這感受！」

燭火被風撲得瑟瑟顫動，在劉病已身後投下斑駁的陰影，映得他眉梢、眼角、唇邊的笑容陰森可怖。

「你究竟要我怎樣？要怎樣你才肯放過他們？」

「朕要你好好地活著，只要你活著，他們就能平安，倘若你受不了身心煎熬，自我了斷，那麼他們所有人都要跟著你陪葬。」

「你何必這麼勞師動眾，你乾脆賜我一盞鴆酒、三尺白綾，何必殃及無辜？」劉賀撲上前抓住他的衣襟，「我從前怎麼就沒瞧出來，你竟是這一副虎狼心腸！」

「種什麼因，得什麼果，天道輪迴，萬法自然。」劉病已淺淺一笑，帶著狠毒、悲傷、怨恨，還有一絲殺戮的語氣道：「孝昭皇帝待你不薄，你卻利用莫師姊害死他，劉賀，你捫心自問，究竟誰是虎狼之心？」

劉賀心一震，「孝昭皇帝……誰告訴你的？」

「我早就告訴過你了，人心不足蛇吞象，世事難防螳捕蟬。你太狂妄、急躁、貪婪，以至於此刻淪爲囚徒，這輩子別想翻身了。」

劉賀激動地道：「我問你那個人是誰？是誰告訴你的？」

劉病已把手指抵在唇上，輕輕一笑，「只怕你知道後，會一個衝動就去撞牆自盡，那可就毀了我的復仇大業了。劉賀，你可得好好活著，你一家人的性命全都繫在你身上呢。」說著轉身便走。

劉賀衝著他的背影忿忿地道：「你當這皇帝也沒什麼了不起的，還不是霍光手下的一個傀儡，總有一天你會淪落到跟我一樣的下場！」

都笑容滿面。

劉病已離開昌邑官邸後，那股夢魘般的窒息感瞬間消散。

月華如練，寒照長夜，劉病已極目望天，恍惚間似看見劉弗陵、張賀、青兒的臉高高掛在天邊，他們全都笑容滿面。

「我終於給你們報仇了。」他輕輕地道，忽覺面頰灼熱，一摸，滿手都是眼淚。

他茫然望天許久，才道：「安上。」

「諾。」

「劉賀明日卯時就會返回昌邑，讓梅八子送他最後一程。」

回到清涼殿，見楚堯睡得正酣，鼻息沉穩，劉病已緊抿的嘴角頓時如漣漪般悠悠漫開。

桃夭坐在繡墩上閉目養神，聽到跫音嘀咈，急忙起身，斂袖行禮。

劉病已虛扶她一把，「妳如今有孕在身，禮就免了。」

桃夭斂眸，「諾。」

「朕有話要和兄長說，妳迴避下。」

桃夭應諾一聲，緩步去了。

劉病已坐在繡墩上，握住楚堯的手，低聲道：「兄長，對不住，是我連累了你。」

他靜了片刻，又道：「只有我強大了，我才有能力保護身邊的人，如今我孤木難支，僅憑一個皇帝的頭衡，是不足以和權傾朝野的霍光相抗衡的，劉賀便是前車之鑑。所以我只能隱忍，所有朝廷大事都盡量聽從霍光的安排，等到時機成熟，我就會親自剪除霍光在朝廷上的羽翼，慢慢地收回皇權。」

初秋的夜靜極了，唯聞簷下風鈴淅瀝。

楚堯手指微微一動。

四十六・山陽

劉病已登基後，首先大赦天下，接著追封功臣。

他下詔：「夫褒有德，賞元功，古今通誼也。大司馬大將軍光宿衛忠正，宣德明恩，守節秉誼，以安宗廟。其以河北、東武陽益封光萬七千戶。」

這道詔書是褒揚霍光的功勞，加封霍光食邑一萬七千戶，加上之前所受封的，霍光的封邑竟然有兩萬戶之多。劉病已前後又賞賜他黃金七千斤、錢六千萬、雜繒三萬匹、奴婢百七十人、馬二千匹、甲第一區。

從昭帝起，霍禹、霍雲均為中郎將，霍山為奉車都尉侍中，統領歸附胡人、越人的軍隊。霍光兩個女婿范明友、鄧廣漢均是衛尉，霍家兄弟的女婿、外孫分別擔任諸曹大夫、騎都尉、給事中等。霍氏一族連成一體，在朝堂上根深蒂固。

劉病已又加封車騎將軍光祿勳張安世食邑一萬戶，封張彭祖為中郎將，加官侍中。丞相楊敞在劉病已登基不久後便因病驟逝，來不及封賞，便加封楊敞之子楊忠及剛被霍光提拔為丞相的蔡義、度遼將軍范明友、前將軍韓增、太僕杜延年、太常蘇昌、諫大夫王譚等人食邑各若干戶；又封御史大夫田廣明為昌水侯，後將軍趙充國為營平侯，大司農田延年為陽城侯，少府史樂成為爰氏侯，光祿大夫王遷為平丘侯。並賜右扶風周德、典屬國蘇武、廷尉李光、宗正劉德、大鴻臚韋賢、詹事宋畸、光祿大夫邴吉、京輔都尉趙廣漢關內侯的爵位；又另外賜給劉德、蘇武食邑各若干戶。

皇帝這番大肆封賞，其實是將來另有打算。

封賞後，霍光試探性地說要還政於皇帝，劉病已吸取劉賀失敗的教訓，決心隱忍，堅決不受，對霍光禮敬有加，謙恭有禮。這一點令霍光十分滿意。

許平君入宮後，被安排住進披香殿。劉病已結束早朝，立即前往披香殿，碰巧遇上正要前往昌邑官邸的梅影疏。

「叩見陛下。」

劉病已看她一身紅衣，顯得格外突兀，暗忖劉賀落魄如喪，對她來說卻是大喜，所以才要穿得如此張揚。

「起來吧。」

「謝陛下。」

「傷養好了嗎？」

梅影疏被劉賀鞭打一事在宮裡鬧得沸沸揚揚，劉病已自也聽聞了。

「多謝陛下關心，妾身已經好多了。」

劉病已悠然一笑。「世事一場大夢，人生幾度秋涼，去吧，是時候該了斷了。」

梅影疏斂衽一禮，「妾身告退。」

披香殿。

許平君正哄完劉奭，聽聞一聲尖細的嗓音喊道「陛下駕到」，匆匆忙忙便要行禮，顯然還不習慣他身分的轉變。

劉病已快步上前扶住，喊了聲：「平君。」眷眷地凝視著眼前的稚兒嬌妻，只覺怎麼看都看不夠。

「陛下……」許平君淚盈於睫。

「妳這麼喊我，倒令我無所適從。」

「次卿。」

「以後若只有你和我，私下，妳便如往常那樣喚我。」

許平君依偎著他，聆聽著他胸口的律動，只覺平安喜樂。

少頃，一聲稚兒啼哭驚動了這片寧謐。劉病已伸手要抱，被她攔住。但見她一邊輕輕拍著劉奭的胸口，一邊細聲安撫，劉奭很快就睡了回去。

「奭兒做惡夢了？」

許平君嘆道：「自有了桃林高地那一劫，奭兒就常常睡不安穩。」見他神情愧疚，這才意識到這話使他內心負罪更深，便笑道：「我已請姑姑弄了些小兒適用的安神香，很快就會改善的，何況，在宮裡又有誰能傷害得了我們？」

劉病已眼前忽然浮起霍成君的面容，便有一股窒息感如藤蔓一般纏上心頭，少頃，他沉沉地道：「我要立妳為皇后，等奭兒長大後，我還要立他為太子。」

許平君嚇了一跳，兀自不敢置信，「皇后？我要做皇后？」突然想起曾有個相士預言自己會做皇后，當時只覺得滑稽可笑，沒想到竟然是真的！

「不是妳做皇后，就是霍成君做皇后。一旦霍成君入主中宮，妳往後的日子還能好過嗎？妳做皇后後，我會讓姑姑朝夕不離地守在妳身邊，姑姑積年歷事，妳凡事多聽她的。」

許平君憂心忡忡，「大將軍權傾天下，朝堂上都是他的黨羽。我父親只是個小吏，你如何能說服群臣立我為后？」

「這個妳不用擔心，我自有辦法。」

許平君奇道：「什麼辦法？」

劉病已神祕一笑，「妳把淑女劍收好便是。」

「淑女劍？」許平君一頭霧水，「什麼啊！有說等於沒說！」

劉病已笑容一滯，「我與霍成君已有夫妻之實，她終究是要入宮的，盼妳體諒。」

許平君心中微微泛酸，低聲道：「你如今是九五之尊，我早有心理準備了。」

劉病已握住她的手，貼在自己胸口上，認真地道：「不管我人在何處，妳要相信，我這顆心永遠拴在妳身上。」

許平君霽然一笑，「夫君不說，我也能感受得到。我的心何嘗不也是牢牢繫在你身上？」他們的身影投在綺幔上，彷彿一對交頸鴛鴦。

良久，許平君忽然輕輕一嘆：「你記得靜姝姊姊嗎？」

劉病已一怔，「記得，怎麼了？」

許平君聲音極低，「她運氣不好，許婚三次，最終都沒個結果，相士說她命太硬，等閒之人皆不可攀，現在左鄰右舍都笑她剋夫，閒言閒語，很是傷人……」

劉病已漸漸聽明白了，有點不敢置信地瞪著她。

「我去問問她，若她願意，那麼，這寂寂後宮中，我也有個知心姊妹作伴。」許平君眼睛亮亮的，「想必夫君也是樂見的。」

劉病已來過後，劉賀一直處於焦躁不安的狀態，頻頻在室內踱步，不時指天罵地，似要藉此發洩心中的憤懣不甘，一時沒發現一身紅衣的梅影疏就站在門邊，神色複雜地瞅著他。

梅影疏見他衣衫凌亂，灰頭土臉，簡直不敢相信眼前這形如乞丐之人竟會是那楚楚風流的銜玉公子。

她愣了片刻，又見劉賀脖子抓痕遍佈，顯然不久前又癲症復發。

這麼多年的以色事人，苟合屈從，她終於走到這一步，親眼目睹劉賀從青雲墜入囹圄，從天子淪為囚徒，她終於替故人報仇了。

這一刻梅影疏在腦海裡想了無數遍，也想過自己的心境該是如何痛快，可實際上走到這一步，卻殊無快意，胸臆間空蕩蕩的，像一個在黎明到來前徘徊不定的迷路人。

劉賀暴躁地道：「劉病已，你以爲你的龍椅能坐得穩嗎？我倒要擦亮眼睛，看著你如何重重摔下，看著你跌得粉身碎骨，我等著這一日！」聲如急促管絃，呼天搶地。

梅影疏幽幽地道：「你喊得再響，他都聽不見，你何必浪費力氣？」

劉賀一怔，隨卽奔向她，喜逐顏開，「小梅，妳終於來了！劉病已有沒有爲難妳？龔遂呢？龔遂他們可好？」

「除了龔遂、王吉兩名諫臣，其餘昌邑舊臣均被斬首示衆。壽成被押赴刑場時，沿街大叫大嚷：『當斷不斷，反受其亂。』」

「當斷不斷，反受其亂」簡直成了扼住劉賀咽喉的一雙手，他頹然道：「壽成一直勸我儘快殺了劉病已，說此人一日不除，終是禍患。我若乖乖聽他的話，如今也不會落了個滿盤皆輸的下場。他們都是我害的，是我連累了他們……」

梅影疏面無表情，「一將功成萬骨枯，何況帝王路？你就要被送回昌邑了。哦不，陛下已下詔廢除昌邑國，改爲山陽郡了，你也不再是昌邑王，而是一介庶民。」

劉賀一呆，少頃淒涼一笑，「我終究變得一無所有了，這樣和死了有什麼分別？」

「一無所有的滋味怎麼樣？」

劉賀眼裡突然多了一抹皎色，「我還不至於一無所有，我還有妳啊！卽便被貶爲庶民，粗衣糲食，只要有妳，萬事足矣。」

梅影疏一哂，「誰說我要隨你回昌邑？」

劉賀一怔。

梅影疏冷笑道：「劉賀，你以爲你有如今的下場，是皇帝一人的作爲嗎？若是沒有我做內應，皇帝豈能對你的一舉一動都瞭如指掌？」

劉賀像被狠狠打了一拳，全身巨震，不敢置信地看著她，好一會兒才鎮定下來，顫聲道：「妳……是妳？當眞是妳？」

她唇邊浮起一抹冷意，「你用『當眞』兩個字，就代表你心裡早已懷疑過我了。不錯，是我出賣了你。」

劉賀忿忿地道：「我雖然懷疑過妳，可我最終仍是選擇相信妳。結果……結果竟是妳出賣了我！爲什麼？爲什麼妳要背叛我？」

梅影疏雙眼跳出怨毒的火苗，手如鷹爪似的緊緊拽住劉賀的臂膀，一瞬也不瞬地盯著他的眼睛，陰惻惻地道：「你還記得五年前，你杖殺了一個名叫李眞的馬奴嗎？」

劉賀腦海一片空白，「李眞？誰是李眞？」

梅影疏瞇著雙眼，尖針般的鋒芒像是要在劉賀身上扎出密密匝匝的孔洞，「你當然不會知道李眞是誰，他對你來說就像草芥一樣的存在，你豈會把他放在心上。」

劉賀對「李眞」兩個字根本毫無印象，只聽梅影疏如厲鬼索命似的怨毒嗓音又再度飄來，「當年李眞衝撞了你的坐騎，你當即命人將他杖殺，你有印象了嗎？」

劉賀茫然以對。

梅影疏淒然冷笑，只覺恨到了極處。

劉賀猛地醒悟過來，「妳……妳該不會……妳跟姓李的是什麼關係？」

梅影疏巴不得他問這一句，切齒冷笑，「他是我未過門的丈夫。」

劉賀由於太過震駭，一口氣噎在胸口，半晌說不出一句話。

梅影疏聲音漠然，「他死時一身血肉模糊，猶不瞑目，他的父親吐血而亡，母親發瘋崩潰。我……我好恨……」說到這裡，全身劇顫，淚雨沾襟。

這一哭，登時積壓多年的悲憤苦楚全都湧上心頭，眼淚如懸河般傾瀉而下，將臉上的鉛華胭脂全都洗得一團狼藉。

劉賀呆了良久，忽然目光雪亮，「所以妳是為了替他報仇，才……才刻意接近我的？」

梅影疏用力抹去眼淚，恨恨地道：「不錯！我為了報仇，進了你最常去的柳心坊，不惜屈叛靈肉，拋下自尊，對你賣笑獻媚！」

劉賀訥訥地道：「所以……妳對我的一切都是假的……都是假的……」忽然大吼一聲，雙眼如紅雲，「不可能！妳看我的眼神，滿滿都是情意，甚至妳主動抱我的時候，我都能感受到妳眞實的體溫，若說妳對我都是虛以委蛇，那這一切都怎麼解釋？」

梅影疏冷笑道：「很簡單，我不過是把你當成李眞罷了，我若不這麼欺騙自己，如何度過這煎熬的悠悠歲月？」

劉賀突然全身脫力，像一坨爛泥般癱了下去，自嘲似的大笑，「原來一切都只是逢場作戲，都是我自作多情！我劉賀過盡千帆，閱人無數，為何偏偏就是看不透妳的心！」

梅影疏冷冷地道：「話說完了，你我之間的恩怨到此為止。」說著轉身便走。

「小梅。」劉賀癡癡愣愣地凝望著她，語氣深情依舊，「這些年來，妳對我就沒有一絲感情嗎？」

梅影疏停下腳步，頭也不回，靜默不語。

劉賀哽咽道：「我從來沒有對一個女子這麼認眞，這麼執著，從未對一個女子傾心相許。我對妳處處包容，憐妳，敬妳，愛妳，護妳，妳難道真的心如磐石，絲毫不爲所動嗎？」

梅影疏雙肩微微顫抖，閉目，深深吸了口氣，只覺得整個人都乏透了。

劉賀本已全身無力，此刻不知從哪生出的力氣，一躍而起，抱住她的小腿，悽悽惶惶道：「對不起，是我錯了，妳原諒我好不好？」

梅影疏不動不語。

劉賀泣道：「小梅，若是失去了妳，我活著還有什麼意思？劉病已怎麼折辱我都不要緊，只要我還能看見妳，就算每天一刀一刀凌遲我，我也甘於承受。」

梅影疏雙手掩耳，大叫道：「夠了！夠了！不要再說了！」拔腿快步奔去。

劉賀追上前去。羽林衛急忙攔住。

直到這一刻，他終於知道什麼叫作「心如死灰」，原來心已絕望，望出去的世界都覆滿灰燼。

他的身體軟軟垂下，放聲大叫：「小梅——」胸口氣血翻騰，喉嚨一腥，一口鮮血激湧而出。

梅影疏似踩在荊棘之上，每一步都是鮮血淋漓，突然力不從心，撲倒在地，淚水一滴一滴落在石板地上。滴答滴答，在死寂的官邸中，聲聲催憶當初。

她回眸瞅著日影籠罩的劉賀居室，不知道爲什麼，竟是捨不得移開目光。

本以爲走到這一刻會是無比痛快，沒想到眞正見到劉賀從九五之尊淪爲落魄囚徒，她的心竟是如此沉重，彷彿直直地墜入深淵，絲毫沒有飛升解脫的感覺。

大概她從來沒有意識到，原來恨一個人到了極致，卻也可能悄悄在暗處萌生情芽，只是太過怨恨，太過偏執，太過盲目，是以才沒發現情芽已逐漸茁壯，長成一株相思樹。

前事舊影恍至心頭，明晰得彷彿只隔一宿清夢，忽然想起有一回劉賀突發奇想，揹著自已在昌邑街市亂闖，弄得商販傾覆，雞飛狗走，他卻擊掌大笑，引以爲樂。

還有一回自己不小心誤觸蜂窩，劉賀竟用肉身護住自己，結果弄得滿身是包，愛面子的他，卻吭都不吭一聲。

更有一次自己鬧脾氣，劉賀爲搏自己一笑，不惜扮丑胡鬧，惹得龔遂那張嘴又開始唸叨了。

記憶如浪潮般一遍又一遍地拍著心礁，那些曾以爲早已遺忘的舊事霎時都有了清晰的面廓，不覺心如刀割，一呼一吸都扯著疼。

有情？無情？

只有與他訣別時，她才會徹底醒悟。

只是晚了。

劉賀離開長安前，霍光特來相送。

劉賀平靜視他，道：「此去千里，已無歸期，大將軍有何良言相告？」

霍光面露愧疚之色，深深一躬，「大王行爲自絕於天，臣等駑怯，不能殺身報德，臣寧負大王，不敢負社稷，願大王自愛，臣永遠不能侍奉你左右了。」

劉賀嘴角微揚，一抹悲涼的笑意如水漫開，「已是布衣庶民，大將軍何必以此舊稱，徒增傷感。」

霍光嘆道：「孝武皇帝生前曾囑咐臣，要好好善待李夫人後嗣，臣已請奏陛下，賜與大王湯沐邑[註1]兩千戶，王家財物皆保留，大王無後顧之憂，且安心去吧。」

劉賀神色淡漠，拱拱手，「多謝大將軍高義。」說著上了馬車，轔轔去了。

劉病已站在闕樓上，漠然注視著劉賀的馬車緩緩出城，喃喃地道：「湯沐邑兩千戶，足夠你衣食無虞了。」

劉賀，比起朕當年的境遇，你算有福氣了。」

忽聽身後侍衛的斥喝聲響起。

「來者何人？」

「妳不能上去！」

劉病已循聲望去，見是梅影疏，道：「讓她上來。」

「諾。」

梅影疏匆匆拾級而上，悽然瞅著闕樓下方的孤車，一時忘了向劉病已行禮。

金賞道：「大膽，見了陛下，何以不行禮？」

梅影疏充耳不聞，整個人伏在城牆上，身子搖搖晃晃，就像懸崖邊一朵被狂風摧殘的野花。

劉病已道：「不要緊，讓她送送故人。」長嘆一聲。「劉賀回山陽郡後，妳如何打算？」

梅影疏目光迷惘，「我不知道。」

劉病已溫和地道：「妳有想去的地方嗎？」

「天大地大，我竟如斷梗漂萍，不知何去何從。」

劉病已喟然道：「只要妳敞開心扉，胸中自有朗朗乾坤。」

梅影疏細細咀嚼這一句話，一時竟癡了。

劉病已不再看她，道：「回宮。」

金安上高聲道：「起駕！」

正當他拾級而下時，梅影疏忽然頭疼發作，尖叫一聲，抱著腦袋，臉上露出痛苦不已的神情。昔日她頭疼時，劉賀都陪在她身邊，只要她一頭疼，止疼藥立即餵入她口中。劉賀被廢後，這是她第一次發作，此刻正疼得厲害。

劉病已處於看不見梅影疏的角度，愣然道：「怎麼了？」

金賞道：「臣過去看一看。」

劉病已隱隱感到不祥，道：「不必了。」說罷又拾級而上。

正當他踏上闕樓的那一瞬，卻見梅影疏身子一晃，緊接著失去重心，向後仰倒，直直栽落城下。

劉病已一呆，大叫一聲：「不可。」飛身上前，探手去撈，嗤的一聲，卻只扯下梅影疏一片衣角。

他心中逼出一股涔涔寒意，只聽碰的一聲，梅影疏已摔在青石板上，面朝雲天，腦後、眼耳、口鼻，開始大量溢出鮮血，漫延成一片怵目驚心的紅，就像她身上的大紅深衣。

風止、人靜，時光似乎停駐在這一刻。

須臾，時光之輪忽又開始轉動，圍觀百姓放聲尖叫，闕下衛士令、郎衛紛紛擁上前去。

劉賀如行屍走肉般倚在車壁上，對咫尺變故一點反應也沒有，倒是馬車上的驂乘、馭者開始交頭接耳起來。

「後面吵些什麼？」

「似乎有人墜樓了。」

「什麼？墜樓？」

「是個年輕女子，還穿著一身紅衣呢！」

「穿紅墜樓，極爲不祥。」

劉賀聽到這一句，忽然像有一雙手將他的三魂六魄全都塞入體內，整個人瞬間激醒。

他瞪大雙眼，呆了片刻，年輕女子？紅衣？不會，絕對不會，絕對不會是她！

這個念頭灌入劉賀腦海，猛地鑽出馬車。馭者和驂乘都是一愣，尚未反應過來，劉賀已踉蹌往闕下奔去。

他一路狂奔，將行人撞得七葷八素。眼前一群人圍在闕下，從無數雙布履赤足的縫隙間，他看見倒臥在血泊中的她。

梅影疏似乎感知到劉賀的到來，微微側臉，目光如潺潺小溪。

一瞬間，劉賀心跳停止，呼吸一滯，時光似乎冰封了，須臾，他回過神來，發狂似地喝道：「讓開！都讓開！」

眾人見他行止癲狂，紛紛讓道。劉賀衝上前去，一把抱起梅影疏，雙手劇烈顫抖，只因她此刻的身體又輕又軟又綿，就像體內骨頭化成粉末，無比驚駭。

這瞬間，他心中慌到了極處，也是絕望到了極處，原來死亡竟是有重量的，死亡的重量就是輕如鴻毛，這種感覺一輩子難以忘懷。

他眼淚崩於一瞬，聲嘶力竭道：「來人！快來人！誰來救救她！」

梅影疏動了動沾血的嘴唇，費盡餘力卻只擠出這幾個字，「阿賀，我對……不……住……」勉強講到這裡，又是一口鮮血泉湧而出。

劉賀只嚇得魂飛魄散，「求妳別說話了！來人！快來人！快點救救她！」

梅影疏氣若游絲，目光漸漸黯淡，「妾愧對大王，唯有來世……傾心相報……」

劉賀哭得無法呼吸，難以說話，身上全是梅影疏流出來的血，他實在很難想像一個嬌怯纖弱的女子體內竟然會有這麼多血。

梅影疏嘴角流露出苦澀的微笑，「賀……」伸出血淋淋的手，想要摸他的臉頰，簡單的一個動作，在她做來卻是艱難無比。少頃，她的手軟軟垂下，笑顏凋零，偎在劉賀懷中，一動也不動了。

劉賀一呆，哭喊：「小梅，小梅。」

梅影疏全無反應，就像一朵紅梅，正是怒放之時，卻在絕艷中凋零。

劉賀呆了良久，似是已接受這個事實。雙臂緊緊抱著梅影疏，將她的臉牢牢按在胸前，似乎這樣才能讓她走得不寂寞。

曾與她一同紫陌朱門，今朝過後，卻只是深宵綺夢中的雨魄雲魂。

「啊——」眼裡的光驟然熄滅，漫天的悲號，似乎足以傾倒整座城牆。

若是梅影疏的屈叛令他心灰，那麼梅影疏的驟逝就是令他心死。

劉病已眸心閃過一絲憐憫，眼前此景太過斷腸，令他不忍深睹。他閉上雙眼，道：「金賞。」

金賞躬身，「諾。」

劉病已深深吸了口氣，才勉強抿下哽咽，「今日之事，平君那兒一字也不能多提，另外按禮制把梅八子斂了，再運回昌邑故地，想辦法打聽到李眞的墳塋，把他們合葬了。」

金賞應諾。

劉病已目光望向金安上，又道：「那件事辦妥了嗎？」

「臣已吩咐玄羽衛暗中潛伏在廢帝返回山陽郡的路上了，一旦莫鳶現身，便卽拿下。」金安上語氣有一絲疑慮，「但若莫鳶一直不現身呢？」

劉病已篤定一笑，「廢帝返鄉，她一定會出現。她的武功實在太高，只有出動玄羽衛才能拿下。」

「拿下此女後，臣會立卽押到陛下面前。」

「不必了，朕不想看見她，你命玄羽衛直接送到朕師父面前。」

「諾。」

劉病已睨了闕下一眼，靜靜地道：「劉賀徹底毀了。」

註1：湯沐邑，古代貴族封地的一類。

四十七・追謚

劉賀幾乎是被人扛上馬車的，從奮力掙扎到任人擺布，整個人出奇地安靜。

馬車馳開二十里路，忽在急速中停了下來。

莫鳶一身黑衣，手握長劍，肅立在路中。

疾風獵獵，而她衣衫竟紋絲不動，一派淵渟岳峙之態，稍有一點武學造詣之人都曉得她是一流高手。

馭者喝道：「來者何人？」

莫鳶目不斜視，神態凜然不可侵犯。

「拿下。」

期門軍登時一擁而上，和莫鳶廝鬥起來。莫鳶早已豁出性命，出手果敢狠辣，期門軍哪是她的對手？一個個虎口爆裂，兵刃脫手，委頓在地。

馭者和驂乘嚇得面無人色，結結巴巴地開口求饒。

「滾！」莫鳶喝道。

二人巴不得聽到這一句，如獲大赦，連滾帶爬地下了車。

莫鳶坐上馭者的位置，催馬前行。

一路急馳十里路，見後無追兵，才放下心來，停下馬車，掀開青帷，低聲道：「大王。」

這聲柔情脈脈的呼喚，瞬間點亮劉賀岑寂的心火。他宛如從深深的夢魘中清醒過來，大喊一聲：「小梅。」茫然望去，眼前女子逆著光，鍍上一層朦朧的光暈，劉賀卻很清楚她不是梅影疏。

「怎麼是妳？」劉賀彷彿被人重擊一拳。

「大王，我是來帶你走的。」

「走去哪？」

「去哪都好，就是別回昌邑。」

「我跟妳？」

莫鳶聽出他不甚情願，殷殷地道：「大王節哀，梅八子已經去了，您就讓她安心去吧！」

她哪壺不開提哪壺？梅影疏的死是劉賀內心不可觸及的傷痛，偏偏她就在自己悲傷難抑時提到這一句。他的心像被用力扯成碎片，暴怒道：「誰要妳多管閒事！誰要跟妳走！妳以爲妳是誰！你以爲妳能取代小梅的位置嗎！」

莫鳶神情像被主人遺棄的小貓，他的話刺得她心血直流，不知該說什麼才好。

劉賀厲聲道：「滾！給我滾！我這輩子不要再看到妳！我真後悔當初爲了討好妳，冷落小梅一陣子。妳滾！妳給我滾遠一點！」

莫鳶淚雨闌干，嚶嚶啜泣，「您怎可對我這麼殘忍？難道只有梅影疏是您的心頭肉，我就連人都算不上嗎？」

劉賀又聽她提起梅影疏，更是怒不可遏，咆嘯道：「我心中永遠都只有小梅，千千百百個妳，也及不上一個她。」

莫鳶泣不成聲，悽然道：「難道千百個活生生的我，也及不上一個不在人世的她嗎？」

劉賀痛哭失聲：「我與她已是一體，不分彼此，她離不開我，我亦離不開她！妳懂嗎？妳永遠也比不上她！滾！給我滾——」

秋風起，紅葉墜，她的眞心又再次被人踐踏。莫鳶哽咽難言，淚眼婆娑地瞅了他片刻，才掩著臉下車匆匆離去。

劉賀登時心神崩潰，急雨似的淚水淹沒面龐，整個人像嬰兒般蜷成一團，雙手緊緊地攢著胸前染上梅影疏鮮血的衣衫，湊近鼻端用力嗅著，想要透過血的腥甜餘溫感受到伊人遺落的笑靨。

他的胳膊似乎還能感受到她的重量，耳邊依稀聽見她離去前斷斷續續地喊的那個字。

「賀。」

「小梅——」他喉中鮮血泉湧，隨卽暈死過去。

莫鳶奔出十里路後，隨卽被一群黑衣武士團團包圍，心頭一凜，抹去眼淚，喝道：「你們是誰？」

她明顯感受到黑衣武士和期門軍的優劣，絲毫不敢大意。

黑衣武士中一個似是首領的人物喝道：「拿下。」語畢，眾武士飛身而起，四面八方向莫鳶包抄而去。

黑衣武士明顯就是訓練有素的好手，加上占數量優勢，莫鳶面對他們，漸漸不敵，不久就被擒縛，押入一輛馬車裡。

馬車駛入陽武侯府後，莫鳶隨卽被兩名黑衣武士押了進去。東閭殊、東閭琳候在堂上，木然看著披頭散髮又狼狽無比的她。

自從她跟了劉賀胡亂殺人後，一直很害怕看見師父。這時心如死灰，與師父相對，反而油然生出一股依賴感。

黑衣武士把人帶到後，一聲不吭，隨卽離去。

東閭琳替莫鳶解縛。莫鳶盈盈拜倒，道：「拜見師父、師兄。」

東閭殊淡淡地道：「幸虧妳還記得妳有師父。」

莫鳶抬頭釋然一笑，「徒兒做了不少惡事，違背師父立下的規矩，請師父責罰。」

東閭殊肅容道：「妳可知自己將受什麼責罰？」

莫鳶萬念俱灰，一心求死，夷然不懼，「無論什麼責罰，徒兒理當承受。」

東閭殊喟然道：「妳根骨奇佳，天資極高，是上等的習武料子，偏偏遇人不淑，自毀前途。」

莫鳶閉目不語。

東閭琳插口道：「倘若再給妳一次機會，妳仍會跟著劉賀嗎？」

莫鳶聽到「劉賀」兩個字，睜開雙眼，目光盈溢著悽楚溫柔，深深頷首。

東閭琳一聽，氣得拂袖。

莫鳶又道：「只不過我會先剁去我的手，不管他眼裡有沒有我，只要我能遠遠地看他一眼就好。」她沉浸在自己的思念裡，幽幽傾訴：「原以爲我能夠毅然決然地離開他，卻原來是萬萬不能的。我這一生的癡心衷腸，全都寄託在他身上，哪怕他心裡沒有我，我都不要緊了。我最美好的年歲裡，都是和他一起度過的。」

東閭琳聲音嘶啞，「師妹……」

莫鳶喃喃地道：「這樣就夠了，眞的，此生不枉了……」

東閭琳嘆道：「世上良人無數，爲何妳偏偏執著如斯？」

莫鳶幽幽地道：「因爲他是劉賀。是我的生命，我的魂靈。」

東閭殊喟然道：「回明月閣吧。」略頓，又道：「路上想想自己還有沒有什麼心願未了，我會想辦法替妳達成。」

莫鳶悽然道：「我唯一的牽掛就是劉賀，如今劉賀牆倒衆人推，連昌邑國都不存在了，也不知道皇帝會如何對付他。我只希望劉賀能夠好好活著，若劉師弟氣消了，將來劉賀或許還有封侯的機會……」

東閭琳插嘴斥道：「師妹，妳明知劉賀倒行逆施，卻還一心一意爲他著想！妳心裡可有大是大非嗎？」

莫鳶澀然道：「你沒有愛過人，當然無法體會我的心境。」

東閭殊嘆道：「妳就只有這一個心願嗎？」

莫鳶想了一下，又道：「我死後，一把火將我化了，再把我的骨灰撒在昌邑王宮外的合歡樹下。」

東閭琳泣道：「妳這是何苦？妳人都死了，還要讓眾人踩萬人踏嗎？」

莫鳶一派深情的口吻，輕輕傾訴：「我這輩子是他的人，死後自然也是他的魂，不回昌邑，我還能去哪呢？」

東閭殊不忍再聽，「啟程吧！」

劉賀醒來後，人已回到昌邑王宮中。

昔日的侍臣、僕從均已不在，換了一撥生面孔，無論劉賀走到哪，他們都像個影子似的跟到哪，想也知道他們是皇帝的耳目。

曾經喧紅鬧紫的王宮，此刻處處透著寂寥。

他恍惚走到梅影疏的居處，取出她生前最愛的琵琶。

琵琶閒置已久，蒙上一層輕灰。

他愛惜地將灰塵拂去，然後抱著琵琶走到院子裡。他抱得很緊，彷彿找到永生永世的寄慰，再也不肯放開。

院子裡隱約已見初秋的凋零，曾經飽滿的花朵卸了紅妝，幾株尚未怒放的梅樹迎風招展，如出浴玉人，嬝嬝婷婷。

他抱著琵琶坐在梅樹下，不動不語，整個人猶如塑像。

一彎月牙如眉黛已殘，垂落稀疏的光亮，風瑟瑟地吹來，如泣如訴，轆轤聲時斷時續，彷彿爲佳人弔喪。

猶記梅影疏初入宮的那一天，也是這麼一個惆悵的秋夜。

當夜他為她架了鞦韆，她坐在鞦韆上，微笑如畫。

而今佳人香消，往後無數個秋夜，也只是他一人的鏡花水月。

「來人。」

一個面生老僕打躬而來。

「將王宮裡所有花草樹木全撤了，獨留梅樹。」

「諾。」

闕樓的變故，劉病已下令封鎖消息，就怕許平君驟然得知後會承受不住噩耗。他打算先瞞著她，擇個適當時機再如實相告。

回到清涼殿後，兩個頭戴巧士冠、身穿繒布深衣的小黃門正服侍楚堯上藥，見皇帝到來，連忙擱下藥缽行禮。

「出去吧，這兒交給朕就好。」

「諾。」

楚堯動也不動地躺在榻上，身上的傷口讓他寸步難移，躺得他感到背脊都要生瘡了。

他每日須敷兩次藥，首先將舊藥擦拭乾淨，再換上新藥，纏上紗布。紗布難免與傷口黏合，往往用溫水擦拭時，都會連藥帶皮扯下。每回換藥時，他都咬牙隱忍，悶聲不吭，看得劉病已心中既愧且痛。

此刻已到換新藥的時間，劉病已端起藥缽，用小勺子輕輕攪動藥泥，道：「好點了嗎？」

楚堯沒好氣地道：「疼都疼死了，若說好點了，豈不是欺君之罪！」

劉病已啞然失笑，「聽你這樣中氣十足地說話，我就放心多了。」

楚堯笑了，「我正想告訴你，你那天哭得唏哩嘩啦，一把鼻涕一把眼淚的，可真是醜死了，當著那麼多人的面，帝王威儀還要不要？」

「你以爲我願意？還不都是你惹哭我。」

「給你這麼一哭，我都捨不得見閻王了，只要想到你和桃夭的眼淚，我怎麼也不想一個人孤零零地走。」

劉病已歉然道：「你會傷成這樣，都是受我連累。」

「說這什麼話！我是你兄長，當然刀子一來，先把脖子伸了，誰叫你成天兄長長、兄長短地叫？我總不能白占你這便宜！」

劉病已笑道：「廢話少說，我來幫你上藥。」

「說了多少次了，你是皇帝，這種芝麻綠豆的小事哪輪得到你動手？你的手是用來批奏章下詔書的，去去去，叫小黃門來。」

劉病已一邊上藥，一邊感慨，「我雖頂著皇帝頭銜，說穿了只是個華麗的擺設，諸多重大決策還不是得乖乖聽霍光的！」

「月盈則虧，盛極必衰，這是千古不變的道理。霍光一腳都邁進棺材了，而你的毛才剛長齊呢！你說說，究竟老天是站在誰這邊？」

劉病已聽他說得粗俗，笑得彎腰打跌，一不小心碰到他的傷口。他疼得呼爹喊娘，罵道：「你輕些，我雖不是細皮嫩肉，可也不是鐵打的身子骨啊。唉，我這身子給你上上下下全摸完了，回頭怎麼跟桃夭交代啊！」

劉病已啼笑皆非，「你以爲我愛摸你嗎？你有的我也有，我摸你爽快嗎？你快點把傷養好，然後滾離我的床！省得讓人成天對你上下其手。清晨那次換藥交給小黃門，傍晚這次就交給我。我看你復原挺快的，前幾日還是氣若游絲，現在倒是一個勁兒叨叨，滿嘴胡話了。」

「要不是桃夭有孕，看不得我這滿身瘡疤，哪輪得到你這臭男人來上藥？不是你這臭男人便是閹人，一雙手又是粗糙，又是佈滿繭子，多沒滋味。」

劉病已笑道：「你不說我倒沒想起，你和桃夭是什麼時候在一起的？」

「每回梅姑娘從昌邑放出來的信鴿，都是先飛到妙音坊，再由桃夭親自送來陽武侯府的，這你曉得，一來二去，我與她有了更多接觸，漸漸地就萌生好感了。」

「然後呢？」

「有一回我與她月下飲酒，之後就水到渠成了。」

「一次便弄大了桃夭姑娘的肚子？」

楚堯得意一笑，「怎麼？甘拜下風嗎？我是久曠之身，所以蘊蓄開天闢地之龍陽精華……」

劉病已笑得前仆後仰，不小心又碰到他的傷口。

楚堯痛得眼淚都快飆出來了，罵道：「你這麼粗魯，是想弄死我嗎？還是叫小黃門來做好了。」

許平君入宮後，被封爲婕妤，而鳳位空懸，她作爲髮妻，又僅封婕妤，無論前朝後宮都心照不宣地認爲霍成君將來必入主椒房。

劉病已登基後不久，下旨在各郡國召募官吏與平民中資產百萬以上的民戶遷往平陵。派使者持節向各郡國頒佈詔書，命太守與藩王謹慎治理百姓，並推行道德教化。

他又下詔：「蓋聞堯親九族，以和萬國。朕蒙遺德，奉承聖業，惟念宗室屬未盡而以罪絕，若有賢材，改行勸善，其復屬，使得自新。」這道詔書的旨意是他承受祖宗遺留下來的美德，繼承先祖的聖業，想到宗室親緣未盡而因犯罪被除名，深感難過，若犯罪的宗親中有賢才，能夠改過向善，就恢復他們的屬籍。

念及死於巫蠱之禍的親人——曾祖母衛子夫、祖母史良娣草葬長安城南，父親史皇孫、母親王翁須葬於廣明，祖父衛太子則葬於湖縣。

劉病已卽位不久便大規模封賞霍光等功臣，先滿足群臣一番，才開始追封已逝的衛氏族人，心想群臣受封，那也該輪到衛氏一族了。

於是他下了一道詔書：「故皇太子在湖，未有號謚，歲時祠，其議謚，置園邑。」意思是要進行祭祀，議定謚號，設置園邑。

霍光隨卽上奏：「《禮》：『爲人後者，爲之子也』，故降其父母不得祭，尊祖之義也。陛下爲孝昭帝後，承祖宗之祀，制禮不逾閒。」

霍光的意思是劉病已既然作爲劉弗陵的後嗣，繼承祖宗的祭祀，就不能違制去祭祀親生父母。他雖駁回皇帝的詔書，卻允許劉病已改葬衛氏一族，並追封謚號，於是衛太子劉據謚號「戾」，史良娣爲「戾后」；史皇孫謚號「悼」，王翁須爲「悼后」。

劉病已又追封衛子夫爲孝武思皇后，《謚法》曰：「道德純一曰思。」衛子夫成爲西漢史上第一位擁有獨立謚號的皇后。

劉病已替衛氏一族追封後，又轉手於陵墓改建，先以皇后之禮替衛子夫重新安葬，置園建周衛奉守。

衛子夫陵墓就在長安城覆盎門外南北大道之東爲思后園；劉據陵墓以湖縣閿鄉的邪里聚爲戾園；史良娣陵墓以長安城白亭東面爲戾后園，劉進、王翁須陵墓以廣明苑的成鄉爲悼園。

楚堯傷癒了，左腿卻因受刑過重，走路時會一瘸一拐的，令劉病已悲從心來，不忍多瞧。他倒不在意，只說能保住命就好。因楚堯於桃林高地救駕有功，被封爲關內侯。關內侯爲二十等爵制的第十九等，享爵位而居京畿，無封國，食邑世襲，從前的陽武侯府，如今就作爲他的關內侯府。

六禮後，楚堯和桃夭成婚了。

劉病已輕車簡從，到府祝賀。

他斜睨楚堯一眼，開玩笑道：「想不到兄長一身纁裳緇袘，倒是換了個人似的，怎麼我從前竟沒有瞧出兄長的儒雅瀟灑、風流倜儻。」

「論相貌，我怎麼及得上你的十中之一？倘若我是女子，我也會對你傾心相許的！平君眞是好福氣，有你寵著，還生了個玉雪可愛的胖娃娃，不過平君懷孕時，好似都沒怎麼孕吐吧，看來奭兒很體諒母親的辛苦呢，哪像桃夭，吃什麼吐什麼，喝水都吐，本來打算生五個的，看到她這樣遭罪，覺得女人懷孕一次就足夠了。」

「爲母則強。奭兒雖極少折騰他母親，但她孕期性情陰晴不定，總愛藉故跟我發脾氣。」

楚堯笑了，「說不定是懷孕不得承歡，故內火降不下來，不找你撒火，還有其他對象嗎？」

劉病已推了他一把，大笑道：「我必要把你這番話一字不漏地拿到她面前，問問她是不是如此。」

楚堯笑道：「去去去，肯定是如此的，只不過她臉皮薄，嘴上不承認，心裡可是樂得開花。女人就愛口是心非那一套。」

劉病已見他一副花叢老手的樣子，忍不住好笑，抬頭望天，冷月疏星，忽然斂起笑容，嘆道：「從前我們住北煥里，幾乎可說是形影不離，之後搬到陽武侯府，雖然沒有像從前那樣唇齒相依，卻也能天天見面。現在我住在宮中，你住在這兒，人前你要喊我陛下，還要對我行禮，這一點我眞是無法習慣。」

楚堯笑道：「你要是想我，想跟我拉拉話，隨時可以把我叫進宮中。至於禮儀嘛，那是做給外人看的。你既是我的兄弟，也是我的主君，我敬你重你，向你行禮又何妨？」突然皺眉道：「糟糕，現在什麼時辰了？」

劉病已笑道：「是我不好，合巹禮後還把你拉出來，你該去陪桃夭了。」

「那你要回宮了嗎？」

劉病已靜默片刻，才道：「我想在這兒坐一會兒。」

楚堯知道他念舊，道：「反正桃夭挺著肚子，也不能眞洞房，不如我把她哄睡了，再來找你喝酒，如何？」

劉病已微笑道：「好，我在這兒等你。」

楚堯蹣跚地走至廊上，回眸見他單衣佇立於月下，不禁一怔，只覺得他登基後，似乎有什麼地方改變了，但自己卻說不上來，自和他相識以來，第一次萌生這種感觸，心中像堵了什麼似的，悶悶得只是難受，扯著嗓子道：「病已，我一會兒就來。」

劉病已向他揮手一笑，目送他的身影消逝在迴廊深處。

新帝登基後的第一場雪簌簌落下，樓作銀裝，閣成素裹，一片素淨白茫，所有繁華喧囂都被掩沒在凜冽的雪意之下，雪地映著落日飛霞，便折射出點點晶瑩微光，彷彿一雙雙婆娑淚眼，靜對這暮鼓晨鐘的寂寂深宮。

如歌被尊爲太皇太后。起初，許平君還以爲太皇太后是個老太婆，第一次前去長樂宮拜見時，還因爲她太過年輕而訝得像個木頭人似的忘了行禮，惹人發噱。她們第一次相見歡就在哄笑聲中結束了，許平君事後還氣鼓鼓地責怪劉病已爲何沒事先告訴她太皇太后如此年輕，害她鬧出不少笑話。

如歌十分喜歡許平君，對糰子般的劉奭更是愛不釋手，經常一抱就是半個時辰，都不覺手痠。許平君知她寡居寂寞，玉枕孤眠，便日日抱兒子過來晨省昏定，若非劉奭格外依戀母親，否則眞要把劉奭留在長樂宮與如歌作伴幾日了。

劉奭已會爬行，許平君便將他放在氈毯上，一旁如歌拿著鞀鼓，哄得劉奭伊呀呀地爬了過來，再一把抱起，托得高高的，小小的劉奭映入她眸心，忽覺心一熱，深埋的母性如岩漿激湧，想起若劉弗陵康健，如今自己也有個孩子了吧？一念及此，不禁怔怔落淚。

許平君嚇了一跳，慌慌張張地道：「您怎麼了？」

如歌靜靜拭淚，「我只是想起一些往事，心有所感罷了。」

許平君心忖她定是想起孝昭皇帝了，可這念頭只能放在心中，不能開口。

如歌見她眉含憂色，便問：「難得見妳發呆，在想什麼？」

「啊，沒什麼。」

如歌轉眸，靜看簷上積雪，道：「朔風凜冽，妳就不要日日來我這走動了，免得受寒。」

「我怕您長日無聊，想來陪您說話嘛。」

如歌見她面容眞誠，心像被陽光輕灼了一下，微微一動。

「何況，」許平君絞著衣袖，「您這兒的廚子手藝較好，我不能厚著臉皮向您討要廚子，只好日日過來吃白食。」

如歌忍不住笑出聲來，一眾黃門宮女也是低頭忍笑。如歌心忖難怪劉病已會如此鍾愛她，就連她也對許平君有所好感，更何況是男人？劉病已沉靜內斂，許平君率性活潑，果然天生一對。

如歌笑道：「那就把廚子就送去披香殿吧。」

許平君連忙搖手，「不行不行，昨日您才賞我一件貂裘，今日又要賞我廚子，賞這賞那，我以後再也不敢來了，就怕有一日把長樂宮的藏寶全挪光，那人人都要笑我太貪了。」

如歌笑了，「好吧，眞是拿妳沒法子。」

這日如歌留她一道用午膳，然後讓她告退。許平君出長樂宮時，積雪甚深，正欲返回未央宮，忽見霍夫人、霍成君姍姍而來。

四十八・故劍

許平君作爲髮妻，卻因出身低微，未能入主椒房，鳳位對霍家來說，便如囊中明珠。霍夫人如今又是一臉得色，恨不得告訴天下人自己的女兒將母儀天下。她仗著女兒即將成爲未來皇后，對許平君視若無物。反倒是霍成君不像母親那樣目下無塵，即使她妒恨許平君，表面功夫還是要做的。

她行了個見禮，微笑道：「見過許婕妤。」這聲稱呼咬字極重，似提醒她自己的身分。

許平君見了她，心中微微泛酸，勉強一笑，「霍姑娘免禮。」

霍成君橫了母親一眼，低聲道：「母親。」

霍夫人連如歌都不願行禮，何況是眼前這個低賤的小丫頭？當下一個白眼飛了過去。

楚笙冷冷地道：「顯夫人眞當長樂宮是自家後花園了，都忘了規矩二字。」

霍夫人最痛恨他人叫她「顯夫人」，那是提醒她「婢作夫人」的身分，怒道：「妳是什麼人？太皇太后見了我都要給三分薄面，妳竟敢在我面前造次！」

楚笙涼涼地道：「原來顯夫人還記得這宮裡有太皇太后，我還以爲如今是您當家作主呢！」

霍夫人冷哼，「看妳面生，不妨告訴妳，太皇太后是我外孫女，這長樂宮還眞的跟我家後花園無異。」

霍成君蹙眉提醒：「母親少說兩句。」

楚笙道：「還是霍姑娘深明大義，替太皇太后顧全體面。」

許平君不願與霍家母女繼續糾纏下去，道：「姑姑，我們走吧，奭兒要午睡了。」

霍成君聽她喚起「奭兒」，眸中一脈母愛盈溢，又見她產後依舊纖細，氣色紅潤，顯然受盡了呵護與滋養，突然妒火怒燃，見她要走，哪肯放過？笑咪咪地道：「許婕妤請留步。」

許平君回頭道：「霍姑娘有什麼事？」

霍成君細細打量她眉眼，嘆道：「妳知道我最羨慕妳哪一點嗎？」

許平君一怔，「不知。」

「我就羡慕妳總是一副無心無思的樣子，妳肯定沒有過輾轉難眠、憂思撓心的經歷吧？」

許平君搖搖頭，「妳究竟想說什麼？」

霍成君幽幽一嘆：「沒有就好，逝者長已矣，存者且安生，想必這場瑞雪帶來的喜氣，會把東闕樓的怨氣沖淡的。」

楚笙一聽不妙，正想找話搪塞過去。許平君奇道：「東闕樓怨氣？什麼意思？」

霍成君瞪大雙眼，故作驚訝，「難道妳竟不知道那件事嗎？」

「什麼事？」

「就是梅……」霍成君掩嘴道：「罷了，既然許婕妤不知情，就當我沒說，積雪路滑，許婕妤回宮當心。」

「等等。」許平君喚住她，「實話告訴我，東闕樓究竟發生什麼事？」

霍成君道：「許婕妤莫要為難我，整個宮裡的人都曉得，就只妳一人不知，那定是陛下下了封口令，打算瞞妳到底，妳又何必辜負聖心？」

許平君既納悶又不安，「可是……」

楚笙打斷她的話道：「起駕吧，婕妤要午歇了。」

霍夫人急忙道：「三個月前有個紅衣女子失足摔下長安城東闕樓，全身骨折，七孔流血，腦漿迸裂，死狀極慘，之後便有人在闕樓下撞見女鬼，一身紅衣，泣血哀哭，一時間人心惶惶呢。」

許平君只聽得毛骨悚然，「紅衣女子？是誰？為什麼陛下要瞞著我。」

霍成君悄悄地在霍夫人手心一捏，霍夫人會意，神神祕祕地道：「這我就不知道了，說不定因為許婕妤識得此人，所以陛下才不想讓婕妤傷心，嚴令封鎖消息……」

霍成君故作著惱，跺足道：「母親莫要多嘴，就不怕許婕妤跑去追問陛下嗎？若陛下怪罪下來，妳擔當得起嗎？」少頃看了呆若木雞的許平君一眼，故作擔憂地道：「我母親慣會故弄玄虛，誇大其辭，妳可別往心裡頭去。」

霍夫人仗著劉病已是霍光扶持登基的，又是自己未來女婿，根本就不將他放在眼裡，聽到女兒相激，忍不住又犯了毛病，嚷道：「我可是大司馬大將軍博陸侯夫人，就算昭帝見了都要禮讓三分，陛下還能拿我如何？整個漢朝都是我霍……」

霍成君插嘴道：「妳再口不擇言，休怪女兒不理妳。許婕妤，我們先去見如歌了。」提及「如歌」時唇角隱含一絲得色，是要提醒她，自己可是太皇太后的小姨，可以直呼其名，妳我雲泥有別。

許平君對霍家母女的離去視如不見，只睜大了一雙茫然的眸子，回頭對一眾宮人道：「她們說的紅衣女子是誰？」

楚笙強笑道：「一個普通宮女罷了。」

「那爲什麼陛下要瞞著我？」

「大約知道妳怕鬼，別胡思亂想了。」

許平君半信半疑，「是嗎？」

「是啊。」楚笙淡淡地向身旁的宮女黃門一瞟，「你們說是不是？」

眾人諾諾稱是。楚笙見許平君仍是一臉狐疑，當下只能找些話頭轉移她的注意力。

回到披香殿，雪勢漸急，天際陰晦，彷彿誰把墨潑在畫帛上。

哄完劉奭後，許平君坐在窗邊，不動不語，人有些木愣。

白芷取來一個手爐，塞在她手裡，嘆道：「婕妤手好冷，跟冰塊似的。」

許平君回過神來，盯著她靜靜地道：「白芷。」

白芷心頭一突，「婕妤有何吩咐？」

許平君深深吸了一口氣，「東闕樓死的那個人是誰？」

白芷一陣發慌，她當時也隨許平君一起去長樂宮問安，知道她必有一問，雖然做了心理準備，但此刻面對她清炯炯的目光，仍是感到徬徨無措。

許平君看她這個反應，心中陰翳更濃，追問道：「妳爲什麼不說話？快說，東闕樓死的那人是誰？」

白芷跪伏在地，顫聲道：「求婕妤別再爲難奴婢了。」

「妳不說，難道我就不能去問別人嗎？妳們眞要聯合起來騙我一輩子嗎？」

白芷哽咽道：「奴婢怕您知道後會承受不住，求您別再問了。」

許平君又急又氣，「妳說不說？」

白芷從來沒看過許平君發怒，此刻嚇得全身哆嗦，脫口道：「是梅……梅八子。」語畢零淚如雨，重重地磕下頭。

許平君一呆，咚的一聲，手爐墜地，喃喃地道：「梅姊姊……怎麼可能？」

白芷悽然道：「請婕妤節哀，保重玉體。」

許平君喃喃地道：「姑姑跟次卿都說梅姊姊回昌邑了，我還惱她爲什麼不告而別呢，怎麼……怎麼會死了呢？不行……我要去問次卿……」說著繞過白芷，逕直衝到殿外。

白芷嚇了一跳，連忙拔步追去，叫道：「外面風雪交加，您不能出去。」

許平君哪管那麼多？頭也不回地奔出披香殿，驚得一群黃門宮女全都追了上去，手忙腳亂地要攔住她。

許平君一邊跑一邊哭，翻來覆去就是喊著「梅姊姊」三個字，奔出十來步，突然腳一滑，撲倒在地。

眾人都是嚇得心膽俱裂，白芷一個箭步上前抱起她，見她雙眼緊閉，意識模糊，嘴裡卻一直喊著「梅姊姊」三個字。

劉病已得到披香殿消息前，正佇立廊上，聆聽蕭蕭風聲，閉目沉思。早朝時，侍御史嚴延年彈劾霍光「擅廢立昌邑王劉賀，亡人臣禮，是爲不道。」劉病已當下沒有立即處理，而是冷眼看霍光黨羽對他群起圍剿，之後在一片撻伐聲中下令退朝。

嚴延年是劉賀第一任王后嚴氏的父親，也就是劉賀的岳丈。劉賀先立後廢，他自然義憤填膺，豁出前程不要也要緊咬著霍光不放。

據劉病已設在山陽郡的眼線回報，劉賀意志消沉，酒不離手，時常癲症發作，幾日前還因癲症失控衝到街市，被一輛疾馳而來的馬車撞上，雖幸運撿回一條命，但左腿腿骨粉粹，落了個終生殘疾的下場。

劉病已得知消息後，下令將戍守昌邑王宮的郎衛全撤了，換成一撥新的，日夜嚴密看守。劉弗陵、青兒、張賀三條人命，還有楚堯受刑後的殘疾，每每想到這裡，就像有條毒蛇爬上他的心頭，釋放出汩汩毒液。若是劉賀就這麼一命嗚呼，那他絕不甘心！劉賀就如一隻耗子，要七擒七縱，直到他解氣了，才肯罷手！

他睜眼，伸手，掬了一瓣雪花，看著雪花在掌心消融，輕輕地道：「你以大刑施加於兄長身上，害他左腿瘸了，此刻你斷骨殘疾，天道如此公平。」

披香殿黃門傅鑫忽然匆匆而來，伏地道：「陛下不好了。」

劉病已微微一驚，「怎麼回事？」

傅鑫道：「許婕妤在雪地上滑了一跤，暈了過去，請陛下……」

劉病已聽到這裡，大步往披香殿而去。

披香殿宮人戰戰兢兢跪了一地，不敢抬起頭來。

劉病已來不及興師問罪，逕直繞過屏風，衝到許平君榻邊。

她已醒來，正擁被坐在榻上，臉上珠淚瑩瑩，本來神不守舍，此刻見到劉病已，猛地如夢初醒，抓住他的肩膀，道：「你告訴我，梅姊姊還活著對不對？」

劉病已心頭一擰，不知該如何回答。許平君捶著他的胸，哭道：「你爲什麼不說話？你不是說梅姊姊回昌邑了？爲什麼現在又不回答我？」

劉病已握住她的手，「梅姑娘她……她……」見許平君粉淚垂腮，眸光楚楚，竟是不忍告訴她事實。

許平君淚崩，「她從闕樓摔了下來，死得很慘對不對？她早在三個月前就死了對不對？」

劉病已沉默須臾，才道：「對。」

許平君一呆，突然哇的一聲，像個孩子似的放聲大哭，「你們爲什麼要騙我？我連梅姊姊最後一面都見不著，就連梅姊姊死了都不知道，我還算是人嗎？我還算什麼姊妹！梅姊姊，我對不住妳。梅姊姊……」

劉病已心疼不已，緊緊擁住她，「要怪就怪我，小梅當時就在我身邊，我卻沒能及時攔住她。平君，這不干妳的事，都是我的錯。」

許平君嗚咽道：「我還怪梅姊姊不告而別，我……我眞傻，梅姊姊怎麼可能一聲不響地就跑回昌邑呢？我竟還相信了，我……」

她講話含糊不清。劉病已根本聽不明白，只能摟著她溫言軟語細細安撫。

許平君哭到聲嘶力竭，滿口都是「梅姊姊」，突然肚痛如絞，發出一聲細碎的呻吟。

劉病已驚道：「怎麼了？」

「肚子疼。」

劉病已一驚，急叫：「姑姑。」

不用他喊這一聲，楚笙早在許平君喊「肚子疼」的時候就已趨上榻前，以針刺入她的穴道，又將一束藥草搓出香氣，放在她鼻下一薰。

少頃，她才道：「平君已有兩個月身孕了，本想等胎像穩定一點再告知陛下，誰知竟會鬧出這風波。」

劉病已一呆，驚喜的目光落在許平君面上，少頃苦笑道：「妳有孕，竟瞞著我。」

楚笙正色道：「三個月內胎像最不穩定，最好保持心緒平穩，否則會有滑胎的風險。」

許平君聽到「滑胎」兩字，嚇了一跳，渾忘了悲痛，「滑胎？不會吧！姑姑救我。」

楚笙輕拍她的手，「放心，有我在，孩子必能平安。」轉頭高聲道：「把藥端來。」

白芷立即呈上一盞湯藥。楚笙端起藥盞，道：「把安胎藥喝了。」

許平君最討厭喝藥，一碗藥總要分三次才能喝完，弄得楚笙又好氣又好笑。此刻她怕胎兒不保，就算是膽汁也毫不猶豫地喝了，當下咕嚕咕嚕地把藥嚥下。

楚笙柔聲道：「我在薰爐裡添了安神香，妳好好睡一覺，過去的事，就讓它過去吧，妳要守住的，是將來。」

許平君抹淚道：「好，平君全聽您的。」

楚笙起身，向眾宮人道：「都跟我出來。」

眾宮人一直擔心皇帝怪罪，聞言如獲大赦，起身退出，殿內只剩劉病已夫婦二人。

不久後許平君藥力發作，沉沉睡去。劉病已將羅帷垂下，斂足而出，又命白芷進去守著。

楚笙正忙著熬下一副安胎藥。劉病已走到她身邊，道：「平君怎麼會突然知道小梅的死訊？」

楚笙頭也不抬，道：「我們從長樂宮回來，遇到霍家那對母女……」

劉病已聽到這裡，恍然大悟，「我明白了。」

楚笙炯炯看他，「平君的存在，對霍家人來說，就是眼中釘肉中刺，有心人要算計她，也不用眞刀眞槍，只要動動嘴皮子，那也是防不勝防。」

「這就是我把您留下的理由，您能不能爲了我別走。」

楚笙微笑道：「我這不是留下來了嗎？只是我不屬於這四方天，遲早還是要離開的。」

劉病已微微失望，「那至少等平君平安產子，姑姑再離開好不好？除了姑姑，我誰也信不過。」

楚笙點點頭，又道：「倒是封后一事，萬萬不能再拖了。」

「姑姑放心，我已想到讓朝臣們主動上奏立平君爲后的法子了。」

楚笙哦了一聲，「看你這樣篤定，想必是有了十拿九穩的法子了。」

劉病已於日影浮光中靜靜一笑，「不只朝臣們會站在我這一邊，霍光也會心服口服，絕無異議。」

立后一事一直懸而未決，劉病已不主動提起，霍光也不正式表態，群臣只能望風而動。

這日常朝結束前，劉病已忽道：「朕微賤時曾有一把寶劍，一直伴朕左右，不離不棄。朕極爲愛護，珍視逾恆，卽位後這把寶劍便遺失了，若諸卿能幫朕找回這把故劍，朕必有重賞。」

他拋下這句耐人尋味的話後，便卽離去，留下一群目瞪口呆的公卿大臣。

皇帝沒頭沒尾地扔出這一句，是什麼意思？幾個腦筋轉得快的臣子細細咀嚼皇帝的弦外之音，方才豁然醒悟，故劍卽是「顧賤」，皇帝口中的寶劍，其實就是指糟糠之妻——許婕妤。

許婕妤相伴皇帝於微時，曾經相濡以沫，不離不棄，如此情操，天地動容。

卽使許婕妤出身貧賤，卻是皇帝口中「極為愛護，珍視逾恆」的寶劍。皇帝這席話，就是暗示他要立「許婕妤」為皇后。群臣目睹皇帝故劍情深的一面，都是大為動容。身為男人，可以有無數紅顏，但髮妻卻只能有一個。娶妻之前，一定有過白首之約，不論生死榮枯，興衰沉浮，均守著這個承諾。一個偉大的男人背後都會有個沉默的女子，那就是結髮妻子。皇帝作為天下萬民的表率，如此情深義重，豈能不予以支持？

霍光參透劉病已的弦外之音後，露出一抹複雜的微笑。他沒有不悅，因為這瞬間他想起了東閭良，那位同樣相守於微時卻令他終生抱憾的女子，不正是和他有過白首之約嗎？霍光瞅著指上不起眼的指環，目光露出難得一見的溫情，而如今，對鏡不見鴛鴦影，憑肩再無畫眉人，溫情中又流露出一抹隱約的惆悵。

正當群臣七嘴八舌討論立后一事，霍光卻出奇地安靜。御史大夫田廣明被霍光黨羽推出去試探他的口風，霍光只淡淡地丟下一句：「就照皇帝的意思吧！」

次日常朝群臣紛紛上奏立許婕妤為后，剛好這日霍光稱病不朝。劉病已從善如流，當卽冊封許平君為皇后，又封霍成君為婕妤，王靜姝為美人。註1

消息傳到霍府，第一個暴跳如雷的就是霍夫人。

霍夫人氣得抖衣簌簌，頭上釵搖簪動，把案上所有東西都掃落仍嫌不夠，又狠狠地踹倒一面蠶錦玉鑲大屏風。

霍光冷眼以對，「鬧夠了嗎？」

霍夫人來回疾走，像隻狂怒的獅子，驀地恨恨地指著他，道：「那賤婢被立為皇后，你怎麼還像個沒事人似的？」

霍光慢條斯理地拿鉗子去撥動燎爐裡的炭火，又丟了幾顆栗子進去，少頃，有淡淡香氣氤氳開來。正當霍夫人按捺不住火氣的時候，他笑了，「難不成我要像妳一樣扔東西置氣？」

霍夫人一怔，忿忿地道：「劉病已當初來找你，不是說好要立成君為后，你就扶持他登基嗎？怎麼？難道他也要像廢帝那樣過河拆橋？」

霍光望著裊裊爐煙，一臉雲淡風輕，「他從來沒說過要立成君為后。」

霍夫人一呆，還道自己聽岔了，奇道：「什麼？」

霍光悠然一笑，「若我記得不錯，他當日是說：『只要群臣鼎力支持立成君為后，那麼我也會從諫如流，絕不有異議。』不錯，他從來沒篤定地說要立成君為后。」

霍夫人又是一呆，一時腦筋還兜不過來。

「眼下群臣聯合上奏請求冊封許婕妤為后，那麼他也只能從諫如流，並無不妥。」

霍夫人驚怒交加，搥胸道：「巧言令色，鮮矣仁！這小子狡猾如狐，從一開始就不打算立成君為后。君侯你縱橫朝堂這麼多年，豈可被一個乳臭未乾的小兒玩弄於股掌！」

霍光沉聲道：「注意妳的用詞，什麼叫作乳臭未乾的小兒？妳不要這顆腦袋了？」

霍夫人氣急敗壞地道：「他如此玩弄你，你還替他說話！你究竟站哪一邊？」

霍光蹙眉道：「我不是替他說話，我只是擔心妳這張嘴，會給霍家招來禍患。」

霍夫人啞然片刻，忽然搥胸大哭，「成君啊成君，這就是妳一心惦著的良人啊！妳怎麼這般命苦，先是被廢帝所棄，又被陛下所利用。成君啊！妳上輩子究竟造了什麼孽？這輩子才這般遭罪啊！」

霍成君忽然姍姍入室，道：「做不做皇后我都無所謂！我很清楚劉病已的心並不在我身上，既如此，我坐在什麼位子，又有何分別？」

霍夫人跺足道：「我的女兒天生就要做皇后，哪有給人晨省昏定的道理，許平君是什麼出身？我不服氣！」

霍成君望著霍夫人的眼睛，道：「眼下木已成舟，再多的眼淚都無法挽回了。」

霍夫人氣結道：「妳……妳怎麼嚥得下這口氣？」

霍成君幽涼一笑，「再多的苦都得往肚裡吞，當然得逼自己嚥得下這口氣，逼自己甘心，唯有這樣，才能在後宮生存。在後宮生存，不僅要比恩寵、子嗣，還要比氣數。」

霍光道：「女兒長大了。」

霍成君眸中浮起一絲落寞，「有時候，一個人的長大，只需要一夜。」

霍光親自倒了一杯水，遞給她，和顏道：「世事便如飲水，冷暖自知。」

霍夫人見女兒和丈夫都處之淡然，反而自己如喪考妣，一時怔怔地說不出話。

霍成君握著微溫的水杯，眸光如深淵，「這局棋才剛開始，誰勝誰負，都還是未知數。」

許平君封后，霍成君封婕妤，寒月自也得到消息。

她佇立在廊下，廣袖飄蕭，人如一脈枯竹似的單薄，春山淡遠，任飛雪拂過她的素白梨花面。

霍成君經過院子，二人目光蜻蜓點水似的掠過彼此的面容，像把對方看作陌生人。

霍成君對她鄙夷已極，一句問候也不給，蓮步姍姍而去。

寒月道：「恭喜妳。」

霍成君只覺刺耳，「喜從何來？」

寒月澀澀地道：「即便不是皇后，他也是你的夫君了。」

霍成君乜眼道：「我怎麼覺得妳並不是眞心的。」

「我當然是眞心的。」

「我不相信。」

「他的心又不在妳身上，妳最終也會像我一樣，成爲一個深閨棄婦，守著斷雨殘雲，從此悠悠夢裡無覓處。」寒月神情如古井水月，縠痕不興，「所以，我當然是眞心恭喜妳的。」

霍成君氣結道：「妳……我哥哥都不搭理妳了，盈兒也不在了，妳究竟有什麼理由繼續待在這兒？」

寒月眸心一寒，「我只是在等一個機會。」

「什麼機會？」

寒月噓了一聲，將手指抵在唇上，神祕兮兮地道：「現在還不能說出來。」

霍成君神色鄙夷，「別替自己找理由！明明是個棄婦，卻還巴著我哥哥不放！無恥至極，妳就這麼貪慕虛榮嗎！」

寒月道：「妳我都一樣，都是巴著男人的附屬品，妳就比較高尚嗎？」裙袂輕漾間盈盈轉身，消失在浮雲雪光中。

註1：歷史上霍成君並沒有封婕妤，因情節需要小說另作改動。

四十九・封后

皇后冊封大典在未央宮前殿舉行。許平君髮戴假髻，一身紺皁曲裾深衣，副笄六珈，在白芷攙扶下盈盈上殿，接受如歌呈上的皇后印璽。

如歌眸光盈盈，唇邊牽動著溫和的笑意，瞅著許平君，彷彿看見多年前的自己。

劉病已挽著許平君，緩緩登上玉階，端坐上首，面容莞爾，接受文武百官朝拜。

劉病已清俊，許平君嬌俏，故劍情深打動人心，上至朝廷命官，下至黃門宮女，都覺得帝后宛然是一對神仙眷侶。

「陛下萬歲萬歲萬萬歲——」

「皇后千歲千歲千千歲——」

帝后相視一笑，眉眼間藏不住千絲萬縷的情意。

這一幕落在霍成君眼裡，像芒刺入眼，耳邊忽然傳來寒月的冷嘲：「妳最終也會像我一樣，成為一個深閨棄婦，守著斷雨殘雲，從此悠悠夢裡無覓處。」

霍成君死死咬唇，煞白的唇色滲出一縷血絲，目光緊鎖著許平君，心中迴盪著一道怨毒的嗓音，名分、寵愛都給了妳，我不甘心！

冊封典禮結束後，劉病已在溫室殿設家宴。

如今後宮只有許平君、霍成君、王靜姝三人，故家宴置辦得極為簡單。

劉病已性子沉靜，霍成君心情不豫，王靜姝初入宮，不敢講話，殿內就只有許平君嘰嘰咯咯說個不停。

楚笙站在一旁，心下猛搖頭，哪有這麼聒噪又不懂得保持一點威嚴的皇后！

酒過三巡。劉病已擊掌道：「安上。」

「諾。」

「呈上來。」

金安上從小黃門手上接過一個烏木圓盤呈給劉病已，圓盤上放了三枚香囊。

許平君雙眼一亮，「次……」猛然覺得不對，改口道：「陛下，那是什麼？」

「這是朕送給妳們的禮物。妳們都過來，一人佩戴一個。」

三女都好奇地圍了過來。劉病已親手將香囊繫在她們的腰間。

王靜姝道：「好香，不知裡面是什麼香料？」

「茉莉、梔子、木樨、蘭花，獨門手法配置，能使香氣維持一年之久。」

三女齊聲道：「謝陛下賞賜。」

劉病已微笑道：「這是朕一點心意，希望妳們朝夕不離地佩戴在身上。」

「諾。」

宴席後，劉病已命三女告退。

楚笙扶著許平君離去前，回眸深深地瞅了劉病已一眼，眼中流露著嘉許的神采。

劉病已迎向她的目光，微微頷首。

等到三女離去後，他給自己斟了盞酒，卻不即時飲盡，而是把玩著酒盞，看著自己映在酒水上搖曳不定的碎影，心中流過一個念頭，三枚香囊均置入四種花卉，唯獨其中一枚多了楚笙密製的不孕藥，此藥研磨成粉，味道與木樨相似，不易被人察覺。

想要鞏固皇權，那麼霍成君絕不能有孕！

翌日常朝，侍御史嚴延年又站出班列，執笏朗聲道：「侍御史臣延年有本奏。」

劉病已心忖他先前彈劾霍光一事餘波未了，群臣對他敬而遠之，此刻不知又要向誰發難，當下壓住念頭，道：「可。」

「大司農田延年隨從天子鑾駕出入宮門，竟手持兵器，形同謀逆，請陛下嚴懲。」

田延年心中大駭，連忙站出班列，伏地道：「臣冤枉。」說完微微抬頭，向霍光投以一記求救的眼神。

霍光諱莫如深地看著端坐上首的劉病已，沉默不語，他要看看這位少年天子如何酌情處理，心忖嚴延年先是彈劾自己，後又彈劾田延年，明顯是為了劉賀被廢一事而挾怨報復。嚴延年此刻就像一隻瘋狗，若劉病已不拿出個辦法，他還會繼續緊咬人不放！當然他撕咬的對象就是霍光的幕僚。

劉病已微微一笑，雙手按案，身子前傾，饒有興趣地盯著嚴延年，「侍御史。」

「諾。」

「大司農持劍隨駕，你可是親眼目睹？」

「臣看得十分清楚，大司農的劍就懸在他的腰間。」

田延年急道：「侍御史血口噴人，陛下聖心明斷。」

劉病已不理會他，又問嚴延年，「侍御史確定沒看走眼？」

「臣以性命擔保，大司農確實佩劍隨駕。」

「侍御史兼為執金吾，既當場看見，卻為何不奏稟宮門衛尉禁止其通行，反而事後才來奏劾，若大司農的罪名是佩劍逾禮，那你的罪名是什麼？」

嚴延年一呆，諸臣也是怔住。

劉病已道：「御史中丞你說，侍御史的罪名是什麼？」

被點名的御史中丞站出行班，朗聲道：「回陛下，侍御史見大司農佩劍逾禮，卻仍縱容罪人出入宮闈，按律應處死。」

嚴延年手中玉笏墜地，臉色白得駭人。他哪想得到本是參劾別人，竟峰迴路轉，變成自己身陷泥潭！

「侍御史可要到廷尉詔獄走一遭了。」劉病已目光朝諸臣淡淡一掃，「諸卿還有其他事要上奏嗎？」一片噤聲。

劉病已起身道：「退朝。」離開中殿路寢，忽然停步。

金賞試探道：「陛下？」

劉病已嘆道：「千人諾諾，不如一士諤諤。嚴延年也算剛正不阿，朕想救他。」

金賞愕然道：「可陛下方才不是定了他的罪名了嗎？」

劉病已唇邊逸出一絲苦笑，「朕若不定他的罪，那麼就要治大司農的罪，治了大司農的罪，勢必助長嚴延年的氣焰。若嚴延年繼續緊咬著霍光黨羽不放，那麼就是把朕陷於兩難，朕此刻還沒有那個能力可以與霍光黨羽抗衡，是以朕只能治嚴延年的罪。」

金賞道：「以退為進，陛下是在救他。」他雖是霍光的女婿，可這樁婚姻也不過是一筆政治交易，他的心始終向著皇帝。

「皇后產子後，朕打算大赦天下，就讓嚴延年在獄中清靜一陣子再出來吧！」

許平君被立為皇后後，劉病已下詔，賜予諸侯王以下的官吏黃金、銅錢，直至一般官吏、平民及鰥寡孤獨者在內，各自有賞。

許平君立后不久，劉病已循例欲尊外戚之家，提出為岳父許廣漢封侯的要求，不料遭到霍光駁回，理由是，許廣漢乃閹人的身分，故不能位居侯爵，最後許廣漢封昌城君。

霍光能讓一步默許許平君被立爲皇后，也就不允許許家再得寸進尺，有采邑無爵位的昌城君已是霍光的底線，劉病已看得透徹，卻不免感到窩火。

許廣漢倒是不以爲忤，笑道：「封不封侯，我根本無所謂，含飴弄孫，才是人間一大幸事。」

他這麼說，劉病已心頭的怒氣也隨風散了。

一眨眼許平君懷孕已滿三月，她封后後就遷入椒房殿。椒房殿以椒和泥塗壁，取其「椒聊之時，繁衍盈生」之意，在這乍暖還寒的時節最爲舒適暖活。

霍成君住昭陽殿，王靜姝住披香殿。霍成君對昭陽殿很不滿意，第一她從來都認爲自己必入主椒房，看過掖庭主殿的格局，怎麼還看得上那宛如紅花旁之綠葉的昭陽殿？第二昭陽殿是梅影疏生前住過的，光這兩點，她就住得不是很舒適。

這日霍成君、王靜姝相偕前去椒房殿晨省。

王靜姝恬靜一笑，「皇后今日氣色甚好。」

許平君笑道：「多虧姑姑悉心調養，不然前兩個月，臉都黃黃的，都不敢照鏡子呢。」

霍成君搖著紈扇，閒閒地瞟了一眼，「皇后都沒孕吐嗎？」

「沒有。」

王靜姝忍不住好奇，問道：「現在能感受到孩子在肚裡翻滾嗎？」

許平君噗哧一笑，「怎麼可能？現在胎齡還小，等妳以後懷了就知道了。」

王靜姝玉頰微紅，彷彿一陣風把院子裡初綻的桃花吹到她面上。

許平君自言自語道：「最近特別愛吃酸，說不定又是個兒子，不都說酸兒辣女嗎？但我希望這一胎是女兒。」

王靜姝道：「一男一女剛剛好，皇后好福氣，妾能否過去摸一摸您的肚子？」

「當然可以啊。」

王靜姝起身走過去，坐在她身邊，輕撫著她腹部，眼中流露一絲欣羨。

許平君笑著一指案上一盤醃梅，「這醃梅子很好吃，靜姝姊姊嚐嚐。」

「多謝皇后。」

許平君嘆道：「妳一定要這麼客氣嗎？妳是我的靜姝姊姊啊。」

王靜姝歛眸道：「尊卑有別，禮不可廢。」

她倆絮絮叨叨，霍成君被晾在一旁，尷尬無比。

一陣風來，許平君忽然咦了一聲，奇道：「靜姝姊姊，妳頭髮抹什麼東西，這樣好聞？」

「皇后是說杏花油嗎？」

許平君奇道：「什麼杏花油？」

王靜姝緩緩地道：「妾也是兩天前才知道的，這杏花油是少府一個名叫李玉的黃門從宮外弄來的，悄悄賣給宮女們，說是用杏花油篦髮，不僅芳香宜人，亦可保髮絲柔亮。妾也是偶然從一個宮女頭上聞到這味道，一問之下才知道的，覺得喜歡才派人跟李玉買了一瓶，皇后可得裝作不知道。」

許平君雙眸炫然一亮，「我也喜歡這味道。放心，我不會說出去的。對了，妳說那黃門叫什麼？」

「那黃門名叫李玉。」

「我也要向他買來梳在頭髮上，最近頭髮既粗糙又乾澀，但願抹了能像妳這樣柔順亮澤。」

「妾看您的頭髮就像緞子似的，閃閃發亮。」

「哪有像妳說得這樣，妳摸摸看就知道了。」

她們嘰嘰咯咯講個沒完，霍成君心中忽起惡念，興奮得像是追逐獵物的一條毒蛇，突然不在意自己被冷落的屈辱。

她離開椒房殿後，悄悄在采薇耳邊嘀咕幾句。

采薇駭然變色，「這樣妥當嗎？」

霍成君目光幽幽，如暗夜毒蛇，「只要妳做得天衣無縫，即使事後被查出，那也是李玉一個人的罪過，這盆髒水不會潑到妳我身上。」

采薇硬著頭皮道：「萬一皇后腹中胎兒有什麼閃失，那……那可是會遭天譴的。」

「在這宮裡，又有誰的手是乾淨的？我怕什麼天譴。」霍成君眼中閃過一絲狠戾，越發放軟語調，隱隱有蠱惑的意味，「妳是我的心腹，我不信妳，還能信誰？采薇，就幫我這一次，方才妳不也看到皇后根本不把我放在眼裡嗎？一榮俱榮，一損俱損，名份寵愛都給了她，妳忍心看妳的主子面目無光嗎？」

采薇拗不過，咬牙道：「奴婢遵命就是了。」

霍成君眸光一寒，嘴角卻銜著一抹燦爛的笑，「事成之後，我不會忘了妳的賞賜的。」

許平君自從聞到王靜姝頭髮上的杏花油香味後，就興致沖沖地命白芷去找李玉。

李玉道：「眞不湊巧，杏花油方才全被霍婕妤買走了。」

白芷訝然道：「霍婕妤動作這麼快，一下子全買光了？」

「采薇姑娘說霍婕妤十分喜歡這味道。咦，看來皇后也很中意呢。」

白芷嘀咕道：「霍婕妤眞不夠意思，皇后喜歡，她非要全部買下，一瓶也不落。」

李玉笑道：「既然皇后喜歡，小人明日就去宮外補貨，只不過要讓皇后等一等了。」

「等上一兩天也不要緊，你取得杏花油後，就送來椒房殿。」

「小人省得。」

兩日後李玉捧著杏花油，往椒房殿去，正轉過長廊，不知哪來的黃門，冒冒失失地往他身上一撞。李玉登時摔個四腳朝天，眼冒金星，杏花油失手落地。

李玉罵道：「走路不長眼嗎？」

那黃門道了聲歉，將李玉扶起，又替他拾起杏花油，雙手奉上。

李玉正一肚子氣，踢了那黃門兩腳，罵了幾句，就往椒房殿去了。

白芷收到杏花油後，許平君一刻也等不得，立即命她將杏花油篦在自己髮上。

楚笙忽道：「等等。」從白芷手中接過杏花油，湊近鼻端嗅著。

許平君笑道：「有什麼不妥嗎？」

楚笙將杏花油遞給白芷，「倒是沒有，是我多慮了。」

許平君興沖沖地道：「白芷，快把杏花油梳在我頭髮上，快點呀。」

楚笙見許平君的舉止就像個討到糖吃的小孩子，笑道：「都當母親了，還這般孩子氣十足。」

許平君吐吐舌頭，不多時白芷用犀角梳子蘸了杏花油，仔細地篦著她的頭髮。許平君嗅著這縷香氣，雀躍不已，道：「我們去找次卿，讓他聞聞我的頭髮。」

楚笙笑道：「陛下此刻恐怕正忙著，哪有空聞妳的頭髮。」

許平君俏臉一板，一會兒又轉嗔為喜，「再怎麼忙也要抽出一分閒暇來，難道他會忙到連吃飯喝水都顧不上嗎？」

楚笙笑道：「拿妳沒法子。」

椒房殿侍從本來備好肩輿要讓許平君代步，她卻坐不慣，非要用走的，於是一行人迤邐朝宣室殿而去。

彼時冰雪消融，夭桃似火，楊柳如煙，穰穰桑條，一片春意芳菲。

沿著長長的廡廊，繞過寬綽的中庭，許平君邊走邊指點花木，和宮人們談笑風生，一點架子都沒有。許是擦了杏花油，想著等會兒見到皇帝，要如何向他「搔首弄姿」，此刻心情甚好。

楚笙忽然斂住笑容，眼觀四路，耳聽八方，神情十分凝重。

許平君停步道：「姑姑怎麼了？」

「有沒有聽到什麼聲音？」

「沒有啊！」

話才剛說完，忽然聽到一陣嗡嗡聲響，一片陰影鋪天蓋地而來。眾人驚叫連連。

「蜜蜂！」

「哪來那麼多蜜蜂！」

許平君只嚇得玉容失色，雙足像生根似的釘在地上。她有生以來從未看過這麼多蜜蜂，且蜜蜂竟然只朝她一人撲來！

楚笙臨危不亂，喝道：「保護皇后！」

她雖無官秩在身，卻是帝后極為重視的人物，眾人輕易不敢得罪，被她這麼一喝，立卽醒過神來。白芷褪去斗篷罩住許平君，黃門褪去外衣驅趕蜂群，一行人簇擁著許平君返回椒房殿。

許平君雖被眾人護著，但蜂群還是無孔不入，她全身刺刺麻麻，不知給螫了幾個包，又痛又癢，一陣心慌，腳下一滑，撲倒在地，發出一聲慘叫。

白芷只嚇得魂飛魄散，急忙攙住她，叫道：「皇后！」

許平君攢著眉心，帶著哭腔道：「痛……我肚子好痛……」

白芷猛一低頭，只見她裙裾上滲出一抹赭紅，嚇得手足無措，忙叫道：「姑姑！」

楚笙正驅趕蜂群，聽到這聲呼喚，連忙趕來，只見許平君身下流出一灘血水，被螫傷的面上一片灼紅，顯然過敏了，驚道：「不好了。」

許平君只覺腹中有抽搐的痠痛如水漫延，而被蜂螫處灼痛難忍，胸悶不已，呼吸困難，聽到這一句，雙眸瞬間睜大，拽著楚笙的胳膊逼出一句話，「救救孩子。」話音一落，心神立卽鬆懈，呈現半昏半醒的狀態。

楚笙手心冷汗涔涔，忙道：「來人，快抱皇后回椒房殿。」

許平君滑胎了，又因蜂毒過敏，躺在床上昏迷不醒，楚笙坐在榻側扎針，白芷替她拔除蜂尾針。

劉病已趕到時，椒房殿黃門侍女戰戰兢兢跪了一地，大氣不敢出。

霍成君和王靜姝聽得消息，紛紛趕至椒房殿，見了皇帝，連忙行禮。

「妾叩見陛下。」

劉病已無心理會，揮手命二女平身，面朝內室，看都不多看她們一眼。

空氣中暗湧著一絲血腥味，再濃重的草藥都掩蓋不住。

霍成君眉目含憂，「陛下，究竟怎麼一回事？好端端地皇后怎麼會摔倒呢？」

劉病已恍若不聞。霍成君隨手指了一名椒房殿宮女，喝道：「皇后怎麼發生的意外？妳如實說來。」

宮女抬首，正對上她眸中隱隱跳動的一縷燐火，只嚇得手足發軟，期期艾艾說不出話來。

「還不快說。」霍成君語氣像是啐毒的刀子。

宮女淚漣漣地道：「皇后本要去宣室殿，行經御苑，突然天外飛來一群蜂，朝皇后撲去。皇后受驚，腳下一滑，就……就摔倒了。」說到這裡，身子一顫，癱軟在地。

劉病已聽到「天外飛來一群蜂，朝皇后撲去」這一句，緊緊攢著衽襟，揪心不已，眼前恍見當時妻子驚惶無助的面容。

倒是王靜姝聽出蹊蹺，納悶地道：「妳說群蜂朝皇后撲去？這就怪了，難道蜜蜂還會挑人螫嗎？」

劉病已雙眼瞬間放大，眸心寒芒一閃，隨卽恢復往昔的淡漠疏離。

霍成君一哂，「蜜蜂哪會挑人？興許這宮女嚇糊塗了，看走眼了。」

劉病已若有所思地瞅了她一眼，隨卽將目光移開。

王靜姝雙手合十，喃喃地道：「天佑皇后無恙，早些清醒，小女子願茹素半年，以謝天恩。」

霍成君冷眼以對，心忖妳安的哪門子心思？還不是刻意做給陛下看的。

「醒了，皇后醒了！」內室傳來一聲歡呼。

劉病已緊抿的嘴角微微舒緩，隨卽入內，淸醒後的妻子面對的第一件打擊就是微微隆起的腹部又變回平坦的樣子，那個在肚裡待了三個月，被她小心翼翼呵護著的小生命已經消逝了。

她眸光流連在劉病已悲憫又憐惜的面容上，呆了良久，彷彿接受了這個事實，終於嗚嗚咽咽哭了起來。

正當人人都沉浸在皇后喪子的哀痛中時，霍成君唇角浮起一絲凜冽的笑意，只覺無比解氣，無比暢快！那一聲聲慟哭宛如人間天籟，她清晰地感受到胸口那股纏繞已久的鬱悶瞬間消散得一絲不存。

這種踏碎了他人血肉而來的快樂，令她著了魔似的，此刻的她，絲毫沒意識到自己將在這條路上越走越遠。

好在許平君天性開朗，又兼為母則強，傷心半月後就振作起來，雖看著劉奭的眼神中有一瞬的落寞，總算重拾往日的笑顏，吃得下睡得好，話也多了起來。

劉病已每日都來陪伴她，把她的神情變化看在眼裡，欣慰不已，待得妻兒午睡時，便離開椒房殿，一縷橘紅色日光驅散了他面上的溫柔，眼神陰狠噬人。

他吸了一口氣，再徐徐吐出胸口濁氣，沉聲道：「金賞，查出什麼了嗎？」

金賞低聲道：「皇后出事前，曾用杏花油篦髮。臣已取得皇后用過的杏花油私下送驗，結果發現裡面被人摻了香蜜，估計這就是引來蜂群的原因。」

劉病已蹙眉，「哪來的杏花油？」

「是少府黃門李玉私下販售的。」

「除了賣給皇后，還有誰向他購買？」

「先是王美人，後來才是霍婕妤。」金賞遲疑片刻，「霍婕妤一口氣就買了好幾瓶。」

劉病已靜默半晌。

金賞和一旁金建、金安上交換了一記眼神，只覺心快要跳出嗓子眼，他是霍光女婿，就怕無辜遭殃，咬牙道：「陛下，此事後續該如何處理？」

劉病已沉沉地道：「繼續追查下去，必是李玉以命收場，而眞兇仍逍遙度日，你嚴令李玉不得再販售，這事就這麼了結吧！」

金賞一身冷汗淋漓，躬身道：「諾。」

劉奭已能扶牆行走，每日在阿保、乳母小心翼翼地保護下在整個椒房殿裡蹣跚學步，這讓許平君又驚又喜，徹底走出喪子之痛，會走的劉奭最煩人抱，只有想睡的時候才會偎在母親懷裡，聽她哼歌入睡。

風輕日暖，玉宇清澄，好不容易把好動的劉奭哄睡了，阿保立即抱劉奭去偏殿。劉病已揉揉妻子微酸的胳膊，道：「妳知道嗎？桃夭昨夜生了一個女孩子。」

許平君大喜，「眞是太好了，楚大哥一定歡喜死了！」

劉病已莞爾一笑，「他當父親後，立刻跑到街上，大呼三聲：『我有女兒了。』妳說好不好笑？全長安就他一人生女兒。」

「大呼三聲？這的確符合他的性子！」許平君笑道：「對了，那孩子叫什麼？」

「兄長請我替孩子取名，我還沒想到要取什麼，不如妳幫我想一下。」

許平君側著腦袋瓜子，思索片刻，突然雙眼發亮，興奮地道：「楚桑，就叫楚桑！」

「可是扶桑花的桑？」

她點點頭，「花無百日紅，隨時節凋零色衰，但扶桑卻是四季常開，花豔色絕。我希望楚大哥的孩子能像扶桑花一樣，一生美麗綻放。」

「一國之母親自命名，且名字又有這麼深的涵義，兄長八成又要上街四處炫耀了。」

許平君笑了，「過幾日我們一起去看桑兒，我要順便調侃楚大哥，初爲人父，頭一胎都這般興奮難耐，要是生到第二胎，我看他還會不會跑到街上大肆宣揚。」

劉病已目光灼灼地盯著她，「那妳先給奭兒添個伴兒吧。」

許平君正想著要如何揶揄楚堯，一時尚未會意，「什麼？」他驀地摟住自己的腰，整個身體貼了過來，灼熱的氣息正呵著自己的耳垂。

「君兒。」他語調變得纏綿旖旎，頭埋在她頸間，「我們把那孩子生回來吧。」

五十・出兵

紅綃帳內嬌喘微微，華燭燁燁，將二人的身影勾勒得春意無限。

雲雨後，許平君一時捨不得睡，宛如小貓般偎依在他懷中，柔柔地喊了一聲：「次卿。」

劉病已垂眸看了她一眼，這般近距離下，他察覺到愛妻眼裡的欲言又止，「怎麼了？」

許平君咬著唇，幽幽地道：「霍婕妤和靜姝姊姊入宮也有一陣子了，你難道不打算讓她們侍寢嗎？」說到「侍寢」兩個字，心頭一陣酸楚，語氣也透著一絲幽怨，一想到他要像摟著自己一樣摟著其他女子入睡，心就像打翻了醋罈子，難受不已。

劉病已沉默了。

「雨露均霑，才能使後宮和睦。」許平君低低地道：「靜姝姊姊是個好姑娘，一直盼著夫君疼愛，雖她不說，但我瞧得出來。」

「她雖好，卻及不上妳。」

「我既忝居后位，那麼照顧後宮的女子就是我的職責，奭兒一定也希望有其他的兄弟姊妹。」

劉病已嘆道：「我心似絲網，中有千千結，無論我在哪，我的心都與妳綁在一塊兒。」

許平君甜甜一笑，笑容微微漾著一絲悽楚，「這樣我就心滿意足了。」

劉病已摟著她，望著繡著交頸鴛鴦的床帷，一時無話。她睡著後，劉病已替她掖好被衾，定定地看著她嬌蕊初綻的睡顏，慣性地在她額心一吻，才披衣離去。

拐過廊角，便見楚笙背著包袱，邁出房外。

「姑姑！」劉病已喚住她，「您要離開了嗎？」

楚笙身子微震，回眸澀然一笑，「本想留書一封，走得灑脫，沒想到還是被你撞見了。」

「您當眞不留下來嗎？」

楚笙淡淡地道：「鍾鼎山林，人各有志，誰也無法勉強。平君小產後的身子我已調理好了，也該功成身退了，在長安城待了一年多，我很想念我的藥王島。」

「姑姑一去，不知何年何月才能相見。您曾兩度救我性命，一次是在終南山上，彼時若非姑姑賜藥，我早已失血過多而死，一次是在令居。您對我而言，既是恩人也是至親。」劉病已跪地，「請受病已一拜。」

楚笙見他一臉真誠，便不阻止他行禮，受完大禮後立即將他攙起，目光凝重，「我離去後，平君就由你來保護了。你必定清楚平君為何會被蜂群攻擊，也明白後宮看似古井不波，實則暗流洶湧。那人第一次害平君未果，必定還有第二次，眼下時機未到，後宮前朝往往牽一髮而動全身，你切不可輕舉妄動。白芷、傅鑫都是忠僕，其他人就不好說了。」

「我會盡力保護好她的。」

楚笙長嘆一聲，心想後宮之間的算計防不勝防，許平君就在自己眼皮底下遭人暗算，劉病已又不能朝夕不離地陪著妻子，一切只能靠她自我保護了。

她想到許平君，心中直搖頭，這位出自民間的皇后，一生遇到的幾乎都是好人，所以對人坦誠，全無城府。無論自己怎麼耳提面命，她總是當下受教，轉眼就忘，不過這也不能怪她，沒有狠狠地跌過一跤，怎麼會知道疼痛？

楚笙這一走，其實是經過一番深思熟慮，才下定決心的。她曾想過留在宮中，等到霍氏一族連根拔除後再離開，但轉眼又想到自己行醫的初衷，就是為了救助像青兒那樣孤苦傷殘的孩子。那些孩子在自己的救助下，不僅恢復了自信笑容，更擁有謀生能力。她想到這裡，胸口熱血如沸，只想趕緊離宮，走遍天下，繼續實現自己的抱負。

她不能為了許平君一人，而捨下那些等待她伸出雙手的孩子。她可以等，但孩子不能等。

楚笙雖然捨不得劉奭，卻也不得不離開，嘆道：「我走了，否則等平君醒來，又會來灑淚訣別、離情依依那一套！我可吃不消，你別送我了。」

她一向來去匆匆，宛若流雲。

劉病已衝著她的背影，道：「姑姑大恩，病已永生難忘。」

風乍起，眸中有一絲澀意，抬頭望天，恰一朵白雲飄過，大好天氣，心境卻陰陰欲雨。

昭帝駕崩前，烏孫受到匈奴和車師的聯軍攻擊，適逢劉弗陵抱恙，漢朝沒有出兵支援，最後遣精英死士對匈奴採取破壞戰術，拖緩匈奴進軍的腳步。

劉病已登基後，在壺衍鞮單于治理下的匈奴屢犯邊境，又派兵占領烏孫的車延、惡師兩地，威脅烏孫昆彌翁歸靡：「交出漢朝公主劉解憂，並斷絕與漢朝的關係，否則匈奴將大軍壓境。」

解憂公主和翁歸靡立即遣使向漢朝告急：「匈奴大軍已集結待發，望漢朝天子哀憐公主，出兵支援，烏孫已動員五萬精兵，準備竭盡全力，抗擊匈奴。」

昭帝在位時，劉病已便已支持兵援烏孫，合擊匈奴，朝臣大多數也認爲這是一個可以一舉重創匈奴的良機。因此收到烏孫急奏後，君臣於宣室殿召開庭議，決定大規模調動關東的輕車部隊和精銳騎兵，選拔秩俸三百石且身體康健、擅長騎射的郡國吏員投軍出征。

遣御史大夫田廣明任祈連將軍，四萬餘騎，出西河；度遼將軍范明友三萬餘騎，出張掖；前將軍韓增三萬餘騎，出雲中；後將軍趙充國任蒲類將軍，三萬餘騎，出酒泉；雲中太守田順任虎牙將軍，三萬餘騎，出五原。共五將軍，十餘萬騎兵出塞各二千餘里，另派校尉常惠持節統領烏孫軍，共五萬餘騎兵從西方攻入，與五將軍合兵二十餘萬衆，一同進擊匈奴。

會議直至日落才結束，劉病已連膳食都沒用，甚至他昨晚也沒什麼睡，此刻卻是熱血沸騰，精神亢奮，絲毫不覺疲累。

這次出兵可說是自漢武帝時期的漠北之戰後，規模最大一次的漢匈戰役。直到與會群臣紛紛離去，他仍盯著案上的地圖，地圖上繪錄著各路將軍的進軍路線和出兵人數，耳邊不斷響起那一句：「犯強漢者，雖遠必誅。」

不只匈奴，還有西羌，這兩大部族一直是漢朝最大的威脅。漢朝秣馬厲兵多年，為的就是劍指強胡，一舉剷除，永保社稷安定。

他胸中豪情干雲，內心隱隱有個預感，此次出兵匈奴，必將大獲全勝，當下忍不住要和許平君分享內心的狂喜興奮，起身道：「去椒房殿。」一語方落，猛地想起她的話：「雨露均霑，才能使後宮和睦。」

嘴角因嬌妻愛子而浮起的笑意瞬間凝滯，隔了半晌，才道：「去朝陽殿。」語氣像被人兜頭潑了一盆冰水。

霍成君聽聞皇帝將來，早已精妝粉飾，頭上玉簪瓊佩，臉上鉛華遠黛，一身胭脂色襦裙，襦上披綴著數百顆渾圓的珍珠，腰繫羅帶，更顯得細腰只堪盈盈一握。

一聲期待已久的「陛下駕到」撞入耳裡，她提了裙裾欲拜。

他抬手制止，「罷了。」

「陛下。」她像一隻蝴蝶般翩然上前，「聽說您還沒用膳，因此妾備了酒席，就讓妾服侍您用膳吧！」

他淡淡地道：「好。」

案上珍饈綠醑，琳琅滿目。霍成君坐在劉病已身旁，替他夾菜。他吃了幾口，就擱下玉箸不動。

霍成君愕然道：「陛下怎麼不吃了？是菜不合胃口嗎？」

「倒也不是。」

「那爲什麼……」

他打斷她道：「朕想喝酒。」

霍成君笑逐顏開，忙替他斟了一卮酒。劉病已霍地握住她的柔荑，用能感受到彼此呼吸的距離盯著她，「妳不必倒酒，去跳舞給朕看。」

她心一蕩，「陛下想看妾跳什麼舞？」

他斜睨她的腰身一眼，「都說楚舞有翹袖折腰之美，朕還沒見識過，妳穿成這樣，最適合跳楚舞了。」

「諾。」

當下絲竹流轉，霍成君振袖足蹈，翩逸如翾，偶爾衝著他一笑，眉眼盈盈，流光瀲灩。

劉病已一邊飲酒，一邊觀舞，神色木然，也不知喝了多少，酒興上湧，忽然離席上前，將霍成君橫抱起來，往內寢而去。

霍成君依偎在他懷中，既期待又害怕，上回的經驗雖然讓她留下慘痛的回憶，甚至足足兩天難以行走，但不可否認的是她竟對床笫這回事產生了渴望。

劉病已卻像放置一件尋常器物般將她放在榻上，淡淡地道：「替朕脫衣。」

霍成君一呆，她從外堂到內寢一路遐思翩翩，到了這一刻，突然一陣羞怯，僵在他身前，一點反應也沒有。

「脫衣吧。」劉病已語氣毫無波瀾，像是懶得與她多費口舌。

霍成君倏地起身，斂眸道：「諾。」哆哆嗦嗦地伸出雙手，慢慢解開他的腰帶，褪去他的衣衫。

金鴨香暖，紗幕低垂，玉鉤半褰鴛鴦帷，宮燭明晃，鏡中映著兩人依偎的身影。她的手本能地去撫摸他的身子，像藤蘿似的，從腰慢慢向背脊延伸過去。

有一道凹凸不平的痕跡，從肩處延伸到腰際，很是突兀，她一怔，透過菱花鏡的倒影望了過去，不禁發出一聲驚呼。

他們雖不是第一次袒裎相見，但上回她沒見過他的背面，這時乍見這道深紅色的醜陋疤痕，不禁花容失色。

劉病已俯下臉，漠然審視著她，把她表情的細微變化都瞧在心裡，「怎麼？妳嫌噁心？」

她目光閃爍，「妾……妾沒有這個意思。」

他趨前一步，「妳害怕這疤痕是不是？」

她覷一眼鏡像，只覺那道疤像一條會蠕動的蜈蚣毛蟲，爬在他如玉的肌膚上，竟是無比噁心。她是大家閨秀，平時連一根繡花針也沒紮過指頭，何曾看過這樣猙獰的傷疤？

「沒……沒有。」她嘴上兀自強硬。

劉病已又靠近一步，嘴角銜著一絲冰裂般的笑意，令她退無可退，一跤跌坐在榻上，再宛如一頭狼似的撲向她，將她摁在身下。

不，不該是這樣的，霍成君從他漆黑的瞳仁裡望見自己驚怯的面容，驀地想起他上回粗暴如飢獸的模樣，那慘痛的經歷宛如刻在記憶深處，一聲尖叫脫口而出：「不要！」

話音方落，她便立即後悔。

劉病已面色彷彿覆上一層秋霜，拾起衣裳穿了回去，轉身便走。

霍成君又驚又悔，悽聲道：「陛下要去哪？」

劉病已對她理也不理，向門外的采薇道：「妳家主子身子不適，讓她早點歇息，朕改日再來。」

霍成君眼睜睜看著他頭也不回地離去，瞬間精神崩潰，像被扯斷絲繩的線偶般癱軟下來，懊悔、悲憤、屈辱全都湧上心頭，埋首於膝上，輕聲抽泣。

采薇抱著她，不斷絮絮安慰。霍成君忽然抬首，一把抹去涕淚，惡狠狠地道：「讓母親明日進宮！」聲音如夜裡傾瀉而下的雪山融冰，撞得采薇心頭一陣寒顫。

香燭融成淚，暗了榻前畫屏美人蕉，直到金猊香殘，星斗微茫，許平君的寢殿卻仍燈火通明。

她將劉奭哄睡後，就把他放在榻上，呆呆地看著熟睡中的兒子，目光有隱約的悵然。

劉病已夜宿昭陽殿的消息，她早有耳聞，雖明知這一天遲早會來，她的內心仍是翻江倒海，不斷想像他擁吻霍成君的畫面，最終燭影搖紅，床幔上影落成雙，相疊爲一。

她很清楚自己今晚睡不著了，卻也不禁好奇，他今晚在霍成君身邊，能睡得著嗎？

夢囈般的話語飄出她嘴邊：「今晚你睡得著嗎？」驀地一人從身後摟住自己的腰。

她嚇了一跳，要發出一聲尖叫，卻聽見那熟悉的嗓音道：「別喊，是我。」

她一呆，還沒從極度的震驚中回過神來。劉病已鬆開她的嬌軀，晃到她面前，一臉似笑非笑。

她呆了須臾，不敢置信地道：「次卿？我……我不是在做夢吧？」

他伸手擰了她的臉頰一把，笑道：「痛不痛？」

許平君哎喲一聲，嗔道：「痛啊，你輕點。」又是一呆，突然雙眸如星，指著他結結巴巴地道：「你真是次卿！你……你怎麼來了？你不是去昭陽殿了嗎？」

他笑了，「我去昭陽殿吃個飯，坐了會兒，想抱妳睡覺，所以就回來了。妳發什麼呆？連我進來了妳都不知。」

許平君聽到「想抱妳睡覺，所以就回來了」這一句，心湖驀地泛起點點漣漪，捶著他的胸，嗓音有一絲暗啞的哽咽，泫然如梨花帶雨，「我想念你，想得睡不著覺，我……我滿腦子想的都是你。」

劉病已沒想到她說哭就哭，嚇了一跳，正要安慰，結果本已熟睡的劉奭，似乎感應到母親的情緒，突然嚎啕大哭起來。

母子都在哭，哭得還十分響亮。劉病已這下眞是啼笑皆非，抱起劉奭一邊哄搖，一邊道：「都說母子連心，妳不開心，奭兒也不開心。奭兒乖，父皇在這裡呢！父皇今晚和你睡覺可好？」

許平君抹去眼淚，輕聲道：「我不哭了，奭兒也不哭啊！奭兒要乖乖的，父皇才會疼你。」

劉奭給他們連搖帶哄，沒多久就停止哭泣，憨憨地睡了回去。

劉病已將劉奭放回榻上，又輕輕地拍著他的胸口，柔聲道：「你母后是個愛哭鬼，你長大後可別像她那樣。」

許平君氣呼呼地道：「你以爲人家喜歡哭嗎？還不都因爲你！」

他柔聲道：「所以我不是來了嗎？」

她不安了起來，「你把霍成君撇下，自己卻跑了過來，這樣……這樣不好吧！」

他無奈地聳肩，「非是我故意丟下她，而是……而是她……」

她奇道：「她怎樣？」

他微微尷尬，心想這男歡女愛的細節不便說出口，岔開話頭道：「總之我今晚就想跟妳一起睡。」

她蹙眉道：「那麼你過幾日再讓她們侍寢，不然總讓人家獨守空閨，這說不過去。」

他嘆道：「但我知道妳會傷心。」

她唇角微揚，露出一抹毫不在乎的微笑，「我會調適好的，我還有奭兒啊！我如果哭了，奭兒也會跟著哭的。」

她那故作輕鬆的笑容落入他眼裡，心猛地一抽。

她笑道：「夜深了，睡吧。」

他柔聲道：「那我幫妳梳頭髮，然後抱妳睡。」挽著她走到菱花鏡台前，按著她的肩膀坐下。

鏡子裡映著兩人溫情脈脈的面容。許平君只鬆鬆地挽了個髻，用一根玉簪束著，珠翠皆無。鬆開髮髻後青絲逶迤如瀑，他用桃木櫛蘸了刨花水仔細地梳理。

許平君看著鏡像中他認真的神態，眸中漾著一點晶瑩。

他梳到頭髮打結處，她吃痛呼道：「唉唷，好疼！」

他頓時有些手忙腳亂，「我會仔細一點的！」

她笑道：「你第一次幫女人篦髮嗎？」

他笑嗔鏡中的她一眼，「明知故問。」

她眉眼間淺笑盈盈，「當真？」

「妳是我的結髮妻子，我這一生一世只爲妳篦髮。」他擱下桃木櫛，挽著她起身道：「睡吧！」

暖帳內，許平君枕著他的肩，只覺得幸福到了極處，或許是他沉穩的心跳，又或許是他的存在令她感到安心可靠，不多時就墜入安謐的夢境中。

她睡相奇差，總是像擰麻花一樣翻來覆去，一件好好的被子，也有可能從她身上被壓在身下。劉病已一個晚上總是不斷被她「踹醒」，起來幫她蓋好被子，結果過沒多久，那件被子又被踹到一旁。折騰一晚，劉病已幾乎也沒什麼睡，夜漏未盡七刻，眼下氤氳著兩痕青墨，戴上通天冠，穿著朝服，上朝去了。

霍夫人一早就被女兒召進宮裡，只見霍成君脫簪散髮，眉目浮腫，膚色黯沉，顯然一宿未睡，驚詫道：「這是怎麼了？」

霍成君一見母親，瞬間變成一個受盡委屈的小孩子，投入她懷中，皺著鼻子抽抽噎噎，「陛下的心都在許平君身上，根本就沒有我，他看我的眼神全是冷的，爲什麼？爲什麼陛下要這樣對待我？許平君眞的就千百般的好？還有那劉奭，我眞恨不得把他掐死。」

采微嚇得魂飛魄散，忙道：「婕妤噤聲。」

霍成君惡狠狠地剜了她一眼，嚇得采微立刻垂頭不語。

霍夫人心疼不已。「陛下現在是寵著她，可一個男人對女人的寵愛能維持多久？相信我，陛下對皇后只是一時熱情罷了，加上皇后有子，所以陛下整個重心都在他們身上，過一段時日就會漸漸冷卻，天下哪個男人不是如此？」

霍成君半信半疑，「是嗎？我看陛下對她很認眞呢！」

「時間一長，男人眼裡的白月光，就會成爲兩條鼻涕痕；心口的朱砂痣，也會變成掌上的一灘蚊子血。妳看妳父親，當初對東閭良如此鍾愛，結果不也被我搶了過來，現在我也人老珠黃了，他就對我冷冷淡淡的。」霍夫人悶悶一嘆，「妳父親最近迷上一個新來的婢子。」

霍成君惱道：「父親怎麼可以這般見異思遷！那新來的婢子叫什麼，等我返家，我非要她好看不可。」

「那婢子名叫芙蕖，上個月才來府裡。我瞧她眉眼神似東閭良，巧的是，她右眼角下正好也有顆紅痣，必定就是這原因，才被妳父親看上。」

霍成君冷笑道：「狐媚子專會勾引男人。」說著向椒房殿的方向投以一瞥，明顯指桑罵槐。

霍夫人聽出她的意思，「陛下現在寵著她，那也沒辦法，妳就只能牙一咬，忍一忍。妳信我，天下沒有一個男人是專情的，很快皇后就會被冷落了。對女人來說，恩寵是面子，子嗣是裡子，妳要是能懷上龍嗣，憑霍家的勢力，妳在後宮的地位就無法動搖了。」

霍成君道：「我也想懷上龍嗣，但是……」耳根子發燒，吞吞吐吐地說不下去。

「怎麼了？」

霍成君玉頰微紅，低低地道：「我怕疼，且……他在榻上的樣子，全然與平日不同……」

霍夫人一怔，隨即了然，「女人的第一次哪有不疼的，之後就魚水盡歡，都怪我，沒把這細節告訴妳。」略頓，笑得曖昧，顯然誤會了女兒的意思，「何況男人在床上總會與往日不同的。」

霍成君懵懂地點點頭，唇邊牽動著一絲蕭瑟，「早知如此，昨晚陛下就不會撇下我離去了，聽說他昨晚宿在椒房殿。」

她越想越恨，指甲緊緊掐著錦被，「椒房殿，椒房殿，那裡終日笑聲不斷，而我這裡卻是一片冷清，連牆瓦都是冷的。」

霍夫人陰惻惻一笑，「倘若劉奭不在了，椒房殿還熱鬧得起來嗎？」

霍成君眸心一寒，「您打算如何？」

霍夫人抿嘴一笑，神神祕祕地道：「這回就看母親的，妳只管把心思放在陛下身上。」

接連幾日劉病已先是在王靜姝的披香殿歇宿，又在昭陽殿過夜，最後回到椒房殿，也算是雨露均霑。

許平君見王靜姝整個人容光煥發，就像一朵受到春雨滋潤而妖嬈怒放的花，心微微一酸，和她閒話家常時也是沒精打采的。

霍成君看王靜姝舉手抬足間媚態十足，儼然從少女變成女人，心下也是拈酸吃醋，不是滋味。

一名阿保忽然慌慌張張地衝了進來，跪下道：「皇后，大事不好了，殿下他……」

許平君瞬間跽起身子，驚道：「奭兒怎麼了？」

阿保帶著哭腔道：「殿下突然臉色發紫，雙眼上吊，吐個不停。」

許平君一聽，眼前一黑，耳畔嗡嗡作響，險些暈厥。白芷連忙攙住她。她一呆，突然大叫一聲：「奭兒。」推開白芷，拔腿奔到內室。

白芷勉強鎮定心神，向跪在地上哆嗦不已的阿保道：「還跪著幹嘛！去叫太醫啊。」

五十一・乳毒

許平君趕到時，榻上全是劉奭嘔出來的乳水。一名阿保抱著劉奭，一臉惶恐。劉奭雙眼緊閉，昏迷不醒。

「奭兒。」許平君慘叫一聲，從阿保懷裡奪過劉奭，不斷叫嚷：「奭兒，你怎麼了？醒醒！奭兒！奭兒！你睜開雙眼看看母后！」

劉奭全無反應，小小的身軀呈現駭人的紫色。

許平君的心幾欲跳出嗓子眼，「怎麼回事？奭兒怎麼會變成這樣？」

阿保伏地跪倒，哭道：「奴婢不清楚，殿下從乳母那裡抱回來不久後就這樣了。」

許平君驚怒不已，「妳不清楚，妳身爲奭兒的阿保，這話竟說得出口？」

阿保嚇得全身哆嗦，連連磕頭，「皇后息怒，奴婢該死。」

從外堂趕來內室的霍成君、王靜姝看到這一幕。前者幸災樂禍，後者安慰道：「皇后切莫驚慌，白芷已吩咐去傳太醫了。」

許平君恍若不聞，緊緊地抱著劉奭，嗚咽道：「奭兒，你醒醒，你不要嚇母后，母后禁不起折騰的！」

少頃太醫令、丞、女醫淳于衍趕了過來。許平君早已泣不成聲，看到太醫令，如遇救星，哭道：「快救奭兒！救救我的奭兒！我求你了……」

太醫令道：「請皇后速將殿下放在榻上，好讓臣方便醫診。」

「好好。」許平君急忙將劉奭平放在榻上，退到太醫令和淳于衍身後。

太醫令替劉奭診脈，又掀開劉奭的眼皮，撬開他的嘴，拉出舌頭。這時淳于衍用帕子吸附劉奭嘔出來的乳水，呈給太醫令。

太醫令將帕子湊近鼻端一聞，隨即蹙起眉頭。

許平君心跳幾欲停止，急道：「奭兒怎麼樣了？」

太醫令臉一沉，「殿下中毒了。」

許平君聽到「中毒」兩個字，呆了片刻，喃喃地道：「中毒？奭兒怎麼會中毒？」

太醫令道：「殿下中了八角蓮之毒。八角蓮遍生宮內，可為藥材，但本身具有微毒，大人適量服用無礙，但對嬰兒來說卻是傷身損腦之毒。」

許平君茫然看著他，耳邊像飛入千萬隻蜜蜂，嗡然作響，突然醒過神來，哭道：「太醫令，求您救救奭兒，奭兒還那麼小，他不能有事，求求您一定要救救他！」

「幸好殿下中毒不深，又發現及時，不至於危及性命，臣一定盡力救治。」

許平君聽到這一句，本來內心一片晦暗，頓時又重見曙光，哽咽道：「好好好，您快救救奭兒，只要救回我的奭兒，我一定重重有賞。」

太醫令應諾，便和太醫丞、淳于衍忙碌去了。

王靜姝一邊扶著全身脫力、嗓音暗啞的許平君，一邊吩咐白芷道：「去幫皇后倒一杯水。」

許平君正六神無主，這時無論誰在身邊，都會被她當成暴風雨下的屋簷，不久前對王靜姝的醋意早就拋到腦後。

王靜姝端水給她，她忽然握住她的手，險些將水打翻，悽惶道：「奭兒不會有事吧？奭兒會沒事的對不對？」

王靜姝柔聲道：「殿下生得天庭飽滿，地閣方圓，又是天恩祖德之命，況且太醫令也說不至於危及性命，相信殿下一定能化險為夷的。」

許平君訥訥地道：「對對對，我要相信太醫令，太醫令一定能救回我的奭兒。」

王靜姝納悶地道：「不過殿下怎麼會中毒呢？」

一聲「陛下駕到」才剛傳入眾人耳裡，劉病已便急如星火地奔了進來，眾人來不及行禮，便聽他喝道：「怎麼回事？奭兒怎麼了？」

許平君撲到他懷裡，泣道：「太醫說奭兒中毒了。」

劉病已驚怒不已，「中毒？奭兒怎麼會中毒？究竟怎麼一回事？乳母、阿保都幹什麼去了？」

這時乳母已被召了過來，和阿保們跪在地上，嚇得說不出話。霍成君居高臨下地睥睨著她們，目光猶如蟄伏在黑暗中的夜梟，陰惻惻地道：「陛下問話，怎不回答？」

一個阿保哭道：「奴婢也不清楚怎麼一回事，請陛下明察。」

霍成君道：「殿下還小，有些東西能吃，有些東西不能吃，是不是妳們餵殿下服用八角蓮，才導致殿下中毒的？」

阿保、乳母聽到最後一句，只嚇得心膽俱裂，紛紛嚷道：「奴婢縱使向天借膽，也不敢謀害殿下。」「陛下明察，殿下抱去給乳母前都還好好的，回來後不久就臉色發紫，昏迷不醒了。」

劉病已沉住氣，道：「將乳母、阿保押入掖庭獄審問。」

堂上頓時響起一片哭聲：「奴婢冤枉，陛下明察。」當下有黃門過來拖走她們，哭聲也變得遙不可聞。

劉病已到底經歷過大風大浪，和許平君相較之下，顯得極為冷靜。他抱著嚶嚶啜泣的許平君，道：「太醫令，奭兒情形如何？」

太醫令道：「回陛下，臣先用金針延緩毒性蔓延，再用葵犀角、龍鬣草等藥材熬成湯藥，連續七天餵殿下服用，即可清除餘毒。」

劉病已見劉奭嬌小的身子扎了無數根金針，每根金針都泛著陰森森的光芒，頓時感到那些針就像扎在自己心上，疼到了極處。

他深深吸了一口氣，努力維持鎮定的表象，許平君已哭得肝腸寸斷了，在這節骨眼上他更不能慌，對太醫令道：「務必要將奭兒治好，若是治不好，就自動從太醫令的位子上滾下來，未央宮不需要尸位素餐之輩。」

皇帝語氣不容轉圜，太醫令心一緊，連忙道：「臣一定盡力。」

劉奭中毒，讓許平君一夕憔悴，即使太醫令再三保證劉奭無生命之虞，她仍終日提心吊膽，茶飯不思，不時去摸劉奭胸口，確定他還有心跳後才能暫時鬆一口氣，幾天下來，整個人瘦了一圈。

掖庭獄審問多日，阿保乳母衆口一詞地表示不知情。劉病已心頭像嵌入一根刺，一日不拔出，連呼吸都覺得疼。

起初他認為她們是受人指使，但眼見問不出結果，不由得開始懷疑是否另有他人下毒。

姑姑才剛離宮，奭兒緊接著就出事了。奭兒究竟是被誰投毒的？奭兒所接觸之人全是椒房殿的人。若阿保、乳母沒有受人指使投毒，那麼幕後之人是怎麼避開重重眼線給奭兒投毒的？

金安上忽道：「陛下，王美人求見。」

「宣。」

不多時王靜姝踏入宣室，行禮道：「叩見陛下。」

「妳怎麼來了？」

王靜姝將一只烏木金漆圓盤擱在案上，圓盤上呈著一只精緻小碗，「妾熬了雞湯，陛下趁熱喝吧！」

「勞妳費心，朕等會兒再喝。」

她看他一會兒，鼓起勇氣，道：「陛下眼睛熬得都見血絲了，妾看了十分心疼。」

「還好。」

王靜姝咬了咬唇，終究想不出要說什麼，頹然道：「陛下早點睡，妾就不打擾了。」

劉病已忽道：「等一等。」

王靜姝眼裡閃過一絲期盼。

劉病已目光在她面上流連一晌，不覺一怔，其實她眼睛和許平君有點像，怎麼自己竟到此刻才察覺出來？

王靜姝被她看得面紅心跳，細聲道：「陛下……」

劉病已微微一笑，「妳今日打扮得很好看。」

王靜姝心裡像百花怒放，「謝陛下讚美。」

「退下吧！」

「諾。」

今晚值宿的是金安上，他將湯碗端到皇帝面前，道：「陛下，趁熱把湯喝了吧。」

劉病已打開碗蓋，一股藥氣撲鼻，蹙眉道：「怎麼有股藥味？」

「定是王美人體惜陛下勞苦，所以添了幾副藥材在湯裡，幫陛下養氣補身呢。」

「她算是有心了。」

金安上觸動柔腸，「王美人這碗湯，令臣想到已故去的母親。記得臣幼時生病，母親就會把藥加入湯裡熬煮，哄騙臣喝，臣以爲那是湯，喝得一滴不剩。但是臣的妹妹卻沒那麼好騙了，查覺到湯裡有苦味，一喝就吐。她不肯喝，病就不見好，怎麼辦呢？母親無計可施，只能把湯喝了，然後哺乳，藥力透過乳汁讓妹妹吞進肚裡，結果一日後妹妹就康復了。」

他緩緩說起兒時舊事，一時沒注意到劉病已的反應。話才剛說完，卻見劉病已神色發怔，嘴唇翕張，好似發現新奇事物一般。他有些不知所措，道：「陛下，您怎麼了？」

劉病已一呆，道：「你說你母親先把湯喝了，再給孩子哺乳？藥力透過乳汁讓妹妹吞進肚裡。這點朕沒聽錯吧？」

「臣是這樣說的沒錯。」

劉病已擊案道：「朕知道奭兒是怎麼中毒的了！」

金安上心念一動，「難道投毒者是用臣所說的法子給殿下投毒的？」

劉病已雙目掠過一絲雪亮的恨意，「肯定是！奭兒身邊有阿保乳母，還有椒房殿的人，下毒者一般很難接近他，肯定是在乳母膳食裡下藥，藥力透過乳汁給奭兒吞進肚裡。奭兒的阿保不也說了，奭兒抱去乳母那裡之前都還好好的，一回來就不對勁了！」

金安上恍然大悟，「那麼陛下要將太官湯官的人全都抓起來審問嗎？」

劉病已咬牙道：「奭兒中毒都過好幾天了，想必相關證物也都毀了，把這些人全部抓起來，也是傷及無辜，何況……」

他說到這裡，就不再說下去了。金安上忍不住問道：「何況什麼？」

「下毒之人如今就把爪子伸到朕的眼前，即使沒有證據，朕也能弄出證據來。」劉病已一聲冷笑，又道：「你去趟掖庭令那兒，替朕交代件事！」

金安上靠近他身邊，躬身聽他吩咐幾句，連連點頭。

劉病已眸光一凝，「朕如今奈何不了她，只能動動她身邊的人，來個殺雞儆猴，算是對她的嚴厲警告！」

「臣這就去辦！」

夕陽如一條血色光帶迤邐落在朝陽殿玉階上，往裡頭看，霍夫人和霍成君正在奕棋，笑語如珠，采薇和幾個侍女在一旁打扇。

掖庭令濁賢忽然率一群黃門湧了進來，濁賢向上首施了一禮，道：「奉陛下命，查辦皇長子中毒案，請采薇姑娘走一趟掖庭獄。」

采薇一聽，嚇得抖衣簌簌，手中紈扇落地，心也似跟著墜了下來。

霍成君臉色大變，倏地起身，鬆枰上黑白子嘩啦啦散落一地，喝道：「劉奭中毒，跟采薇有何關係？」

濁賢面無表情，「有人瞧見婕妤的心腹侍婢曾鬼鬼祟祟地出現在太官中，在殿下乳母的飲食裡放了不知名的東西。乳母也供稱當日的飲食有些異味，卻沒有特別留意，或許這就是皇長子中毒的原因，請霍婕妤配合，讓采薇隨臣走一趟。」

霍成君力持鎮定，厲聲道：「采薇縱使有天大的膽子，也不敢去謀害皇長子。太官進進出出的人那麼多，為何偏偏就咬定采薇？誣陷！這是誣陷！我要去見陛下……」

濁賢冷眼打斷她的話：「恕臣無禮，皇長子中毒案尚未水落石出，婕妤不許踏出昭陽殿半步，至於博陸侯夫人……」他乜眼冷哂，聲音像尖利的指甲刮在人的肌膚上，「來人——將她請出宮去。」

霍夫人尚未反應過來，兩名黃門立即擁上前去，分別架住她的左右胳膊，將她往外拖。

這些黃門早對飛揚跋扈的霍夫人積怨甚深，此刻抓著她，便如抓囚犯似的，一點也不客氣。

霍夫人嚇得不知所措，喝道：「大膽！放肆！你們豈敢這樣對待我！我可是太皇太后的外祖母！大司馬大將軍博陸侯的夫人！」眼見嚇阻無效，頓時尖叫起來：「成君，成君救我！」

霍成君大叫一聲：「母親！」欲追去，卻被濁賢伸手攔住。

她惡狠狠地瞪了濁賢一眼，眼中幾乎快噴出火來，但見他一臉冷峻，突然心中一沉，濁賢是皇帝派來的，代表著皇帝，濁賢此刻的表情，也就是傳達皇帝的心緒。

她想到這裡，一跤跌坐在玉簟上，慘然道：「陛下這是懷疑我嗎？這是要棄我於不顧嗎？」

濁賢皮笑肉不笑地道：「將采薇帶走。」

采薇早已嚇得全身癱軟，此刻大難臨頭，不知哪裡湧出來的力量，戰戰兢兢地爬去抱住霍成君的小腿，哭叫：「七姑娘救我，奴婢是冤枉的，七姑娘救命！」

霍成君心念電轉，要是采薇被拖去審問，以她捱不得疼的性子，沒幾下就屈打成招了，說不定還會把母親和自己折了進去！到時候陛下會怎麼想？縱使采薇一人擔下，但誰都知道采薇是自己的心腹。她招供後，不就等於把自己拖入這淌濁水裡？

原本母親指使他人到乳母飲食裡投毒，結果不知何故，竟把采薇扯在其中。這下峰迴路轉，變起須臾，霍成君當下惶然無措。

「奴婢冤枉，七姑娘——」

霍成君癱坐在地，眼睜睜看著采薇一路尖叫哭喊著被拉了出去，就像拉著一頭待宰的羔羊，殿內外一陣雞飛狗跳，隨即靜如死水。

簾捲晚風，她身子打了個寒噤。日暮西闕，紅牆綠蕪、瓊林玉階全都失了顏色，她全身被黑暗籠罩。也不知道自己呆坐了多久，猛一抬頭，昭陽殿所有黃門、侍女全都換成了生面孔。

一股前所未有的徬徨無助像蛛網般盤據整顆心，她哆哆嗦嗦地起身，欲衝到門外，卻被兩個面無表情、眸光內斂的黃門攔住。

霍成君強撐氣勢，道：「我要出去。」

兩名黃門充耳不聞，就連眼皮也不眨一下。

她提高音量，「你個閹人，都聾了嗎？我要出去。」

黃門如木雕泥塑般肅立不語，任憑她怎麼威逼利誘都不為所動。

她瞬間萬念俱灰，跌坐在地，仰面望著殘月，零碎的嗚咽逸出唇角：「陛下，妾冤枉——」

采薇入獄不久，便熬不過鍛鍊，認了毒害劉奭之罪。濁賢見她招認，也不再繼續追查霍夫人母女之責，皇長子中毒案便以腰斬采薇、誅其三族收場。

椒房殿乳母、阿保皆無罪獲釋。霍成君被禁足於昭陽殿。

霍光才剛回府，在廊上便聽見霍夫人摔杯砸盞，大發雷霆。

「采薇已經獲罪伏誅了，劉病已為什麼還要幽禁成君！婢女犯的罪，跟主子有什麼干係？」

霍夫人將眼前能看到的東西全部砸碎，砸不碎的，也要拿剪子一一剪爛，所有侍人都戰戰兢兢地退在一旁，生怕遭到波及，見霍光回府，如得救星，紛紛行禮。侍女芙蕖姍姍上前，奉上一盞涼茶。

霍夫人呼天搶地道：「君侯，你可得替我做主啊！今日我要進宮，卻被侍衛攔住，這還有沒有天理啊！」

霍光道：「采薇是成君的心腹，采薇之過，等同成君之過，皇帝沒降罪於成君，已經算寬容了。」

霍夫人尖聲道：「降什麼罪？別忘了他是誰扶持登基的！他想過河拆橋嗎？」

「陛下殺了采薇，很明顯就是在殺雞儆猴，要給真正下毒之人一個嚴厲的警告，難道妳看不出來嗎？」

霍夫人愕然道：「什麼？」

霍光目光如電，凌厲地在她臉上一轉，「別以為陛下不知道誰是幕後主使，陛下心思絕對不是妳這愚婦可以揣測的。他只是在采薇身上開刀，好教妳適可而止！這次殿下得以保命，是妳好運，若殿下有個閃失，他要剜的絕不只有采薇而已。我警告妳，霍家好不容易才有如今的地位，別因為妳一己私心，葬送了整個家族基業。」

霍夫人心神顫慄，她雖然心狠手辣，但其實腦筋遲鈍，還以爲眞的有人看見采薇出現在太官，才意外捲進這起風波，最後認罪了斷。采薇的死是劉病已的警告，同時她也是權力爭逐下的犧牲品。霍夫人想到此節，一股寒意直沁肺腑，一時唇乾舌燥，說不出話來。

霍光不再理她，甚是可說是懶得多看她一眼，扶著芙蕖的手緩步離去。

所幸劉奭當日胃口不佳，沒喝太多乳汁，加上發現得早，因此得以保住一命。許平君連續幾日無法安眠，劉奭恢復元氣後，她的精氣神瞬間鬆懈，倒頭就睡，一連兩日都叫不起來。

後宮好不容易安定下來，前線也屢傳捷報。

漢朝秣馬厲兵多年，此次聯合烏孫，兵分多路合擊匈奴。

匈奴聽說漢軍大舉出動，老弱奔走，驅畜遠遁，是以祈連將軍田廣明、度遼將軍范明友、虎牙將軍田順、蒲類將軍趙充國、前將軍韓增等五路將軍斬獲較少。

反而以常惠所率領的烏孫軍，從西邊一舉攻入匈奴右谷蠡王庭，俘獲壺衍鞮單于的父行、嫂子、居次[註1]、名王、犁汗都尉、千騎長、將以下三萬九千多人，並擄獲馬、牛、羊、驢、駱駝等七十多萬頭，可說是大獲全勝。

常惠被封爲長羅侯，匈奴經此一役，人民或死傷或被俘，牲口損失慘重，對常惠率領的烏孫軍懷恨在心。

壺衍鞮單于又親自率領一萬騎兵攻打烏孫，面對匈奴大軍來勢洶洶，烏孫選擇避其鋒芒，匈奴沒有直擊主力，擄掠不少老弱傷殘，就準備北返，途中遭遇暴雪，一日便積雪數丈，人畜凍死無數，倖存的人不到十分之一。也眞是禍不單行，烏桓、丁零、烏孫趁匈奴勢衰之際分從東北西三面狙擊，殺匈奴數萬人，搶走數萬匹牲畜。加上先前死於饑寒的人數，匈奴人民損失十分之三，牲畜損失一半。聲勢一落千丈，受其控制的屬國紛紛叛離，匈奴又再一次遭受重創！

漢朝又派出三千多騎兵，兵分三路，乘勢追擊，俘獲數千人而歸。匈奴血性，向來有仇必報，但此時已沒有能力和漢朝抗衡，也不敢侵擾漢朝邊境。

曾經剽悍無敵的匈奴，遭遇到自冒頓單于以來最狼狽的局面。這一年匈奴由盛轉衰，作為一頭草原上的狼，只能停止嗥叫，轉身沒入茫茫月色中。

此役大捷，上至朝廷，下至民間都是處處洋溢著喜悅。劉病已更是意氣風發，在宮中設慶功宴，款待功臣。

群臣把酒言笑，氣氛活絡。趙充國忽然起身離席，朗聲道：「昔日匈奴單于曾上書，言：『北有強胡，胡者，天之驕子也。』經此一役，只有強漢，沒有強胡，只有陛下才是天之驕子，老臣在此恭賀陛下。」

群臣本來正談天說笑，一聽趙充國慷慨激昂的話語，全都安靜下來，一齊望向這位兩鬢如星、滿面風霜的老將軍。

劉病已微微一笑，舉杯道：「所謂百足之蟲，死而不僵。蒲類將軍言之過早了，匈奴雖然大敗，但並未徹底瓦解，哪一日匈奴向大漢臣服，您再來向朕敬酒也不遲。」

趙充國拍胸大笑，笑聲中氣充沛，一點也聽不出他是個七十幾歲的老人，「壺衍鞮單于即位時，匈奴內亂頻仍，加上戰敗和天災，已是強弩之末。老臣多年前就在匈奴王庭中安插死士，專門在諸王間挑撥離間，匈奴內部分裂是遲早的事。一旦分裂，就如一盤散沙，更加不足為患。」

「蒲類將軍此計甚妙，和分化諸羌是同一個道理，匈奴像頭狼，雖然有時候沉沉睡著，卻不得不防牠的利爪，想要剪除牠的爪牙，勢必會激怒牠，一頭被激怒的狼，那可是很瘋狂的。為了避免損耗更多軍事開銷，讓匈奴人窩裡反，我們隔岸觀火，圖個以逸待勞是最明智的。」

慶功宴進行到一半，椒房殿大長秋傅鑫忽然匆匆而來，向劉病已施了一禮，道：「陛下不好了，皇后她……」

劉病已正要飲酒，聞言酒水灑出一半。這個傅鑫，來了總沒好事，果然頭一句就聽他說「陛下不好了」。

劉病已沉住氣，「出了什麼事？」

殿內諸臣全都安靜下來，目不轉睛地盯著中庭這個一臉憂慮的黃門。

傅鑫帶著一絲鼻音道：「皇后突然暈倒了。」

劉病已心一凜，二話不說，大步往椒房殿而去。

註1：匈奴公主。

五十二・藏器

他趕到時，內室只剩下白芷和淳于衍二人。二人神色如常，和傅鑫驚惶失措的模樣大爲不同。他心中掠過一絲納悶，卻無暇多想，只見許平君躺在榻上，雙眼緊閉，一臉蒼白，看上去頗爲駭人。

劉病已道：「皇后怎麼了？」

前來診治的是女醫淳于衍，只聽她道：「陛下不用擔心，皇后有喜了。」

劉病已一呆，隨卽大喜，再一次確認，「皇后有喜了？」

淳于衍恭敬地道：「皇后已懷有兩個月的身孕了，因本身氣血不足，又加上前幾日疲勞過度，所以才會暈倒。臣用熟地黃、當歸、黃芪、阿膠爲皇后調理鳳體，卽可改善此症狀，還請陛下放心。」

劉病已只聽到頭一句，之後淳于衍說什麼都進不去他的耳裡。他整個人深陷在愛妻再度有孕的喜悅中，淳于衍離開後，他仍呆呆地站著不動，直到白芷喊了他兩聲才回神。

他道：「白芷妳先出去。」

白芷離去後不久。許平君便悠悠醒來，喊道：「次卿……」

劉病已盯著她，魂魄卻不知飄到何處。她喊了兩聲才喚回他的神思，只見妻子秀眉微顰，正目不轉睛地看著自己。

劉病已輕輕地攙起她，柔聲道：「妳現在感覺如何？」

她神情迷惘，「我怎麼了？我怎麼會躺在床上？」

「妳暈倒了。女醫說妳氣血不足，服藥調理便能改善。」

她一呆，「我怎麼會暈倒？」

劉病已眼中像是躍入兩顆星星，「妳有喜了。」

「什……什麼？」她本來雙眼無神，忽然像燃起兩簇火焰，顫聲道：「你……你說我有喜了？」

劉病已愕然道：「女醫說妳有了兩個月的身孕，妳是生育過的人，難道自己不知道嗎？」

「近期月事不順，加上此次沒有像之前那樣有種種噁心乏力的症狀，所以我不知道自己竟又懷孕了。」她愛憐地撫著肚腹，「眞是意外之喜，也許那孩子天上有靈，感應到我的思念，才會這麼快地鑽回我的肚子裡。」

劉病已摟著她，像一個母親摟著孩子那樣，臉頰貼著她的額頭，柔聲道：「我希望這胎是個女兒，一男一女剛剛好，女兒定像妳一樣蕙質紈心，善解人意。」

許平君悽然一笑，「若是皇子，長大了要列土封疆，就國離京，一年到頭也才見那麼幾回，還是公主好，將來給她許個好夫家，時時刻刻守著她，也不會有人來害她。」

「我向妳保證，往後不會有人敢再謀害奭兒。奭兒會平平安安長大。再過幾年，我就要把奭兒立爲太子，再給他找個好太傅，把他培養成頂天立地的大丈夫。」

「看你這樣子，似乎心中已經有太傅人選了。」

「此人便是邴吉，邴吉才幹出色，學識淵博，對我亦有大恩。當年我因巫蠱案而入獄，時任廷尉監的邴吉，對我照拂有加，替我找來乳母，又花錢替我治病。倘若沒有邴吉，我肯定活不下來。邴吉絕口不提當年牢獄之事，足見其高風亮節。《詩經》有言：『無德不報。』把奭兒託付給德行兼備之人，我完全能夠放心。」

「照你的說法，邴吉確能擔此大任，只是我擔心奭兒被立爲太子後，會招來更多迫害。雖然奭兒中毒一事已經塵埃落定了，但我明白此事不如表面上這麼簡單，采薇只是代罪羔羊罷了。」

「君子報仇，十年不晚。我如今還沒有足夠的能力可以和霍氏翻臉，只能把這筆帳記下。一個人要想掌控實權，有時候就必須得堅忍，當我一步步後退，實際上就是將藏在身後的利劍，一寸寸向霍氏心臟遞去。然而這把劍去得無聲無息，不留痕跡，一旦時機成熟，就能直取心臟，令霍氏措手不及。」

許平君看著他雙眸蘊著剛毅冷峻的光芒，心神為之一攝，忽然覺得他的臉有些陌生，轉念一想，這大概就是帝王的面容吧！他的沉靜，其實就是一把藏斂鋒芒的利劍，一個人要想成就偉業，有時候就必須隱忍，當他一步步後退，實際上就是握緊手中的利劍，在對方志得意滿時，冷不防出手，予以致命的一擊。

一種殘酷的靜。

一彎弓月如少女初學畫眉，垂下一片溫柔的月光。霍府院子的杏樹下置了一張食案，霍光把盞品酤，芙蕖妙手撫琴。婉轉的琴聲，就像一雙柔滑細緻的手，來回撫挲著他疲憊滄桑的心。

芙蕖長相並不出衆，卻有著與東閭良極爲神似的眉眼，垂眉斂目時頗有一番楚楚可憐的風姿，最惹人注意的是她右眼角下有顆嬌豔的紅痣。自她入府，霍光明顯返家的次數多了，霍光與她日常相處，往往是下朝後一起用飧食，飯後一壺薄酒，撫琴弄曲。她是個不多話的女子，有時安靜得就像枝上的杏花，但即使如此，只要有她在，霍光也能感到一日的疲憊瞬間得到鬆弛，心中盈滿了富足。

疏雨飄然而落，霍光擱下玉盞，道：「下雨了，妳先回房歇息。」

「諾。」芙蕖起身，楚腰一扭，施施然踏上鵝巒小徑，走了兩步，忽然回眸，眉眼盈盈處，漾著若有似無的輕笑。

霍光亦在看她，二人目光輕輕地相撞。

這一瞬間的眼波交會，霍光彷彿回到年少時那段青澀蔥蘢的歲月。彼時他只是一介布衣，當晚也是杏花微雨，淡月朧明，記憶深處那女子回眸淺笑，像要把自己的魂魄勾去。

悸動在胸臆間氤氳開來，喉嚨一陣緊鎖。突然間，他明白自己最深的情緒不是懷念，而是慾念。

他起身追去。

驟雨初歇，深宵良夜，他感到已逝的青春正在靈魂深處湧動。

許平君再度有孕的消息傳遍各宮，昭陽殿的兩個宮女正議論紛紛。

「聽說皇后有喜了呢！」

「當眞？」

「這還有假？太醫們都已經確診過了。」

「皇后眞是好福氣。」

「是啊，皇后極盡榮寵，福澤深厚，能成爲那樣的女子，不知是幾輩子修來的福氣。」

宮女們正嘰嘰咯咯說個不停，沒發覺霍成君正寒著一張臉，緊緊咬著唇，一動也不動地立在廊角。

晴光籠罩整座宮殿，但她立足之處，卻像終年不見陽光似的，陰冷、幽寂，宛如幽冥口。

她被禁足整整三個月，停止俸祿，宮人們慣會見風使舵，眼看霍成君失勢，做事就敷衍多了，要不是她姓霍，早已將她當作罪犯看待了。霍成君身心飽受煎熬，這輩子從來沒有這麼狼狽、難堪、羞辱過。

兩個宮女從皇后有孕又講到故劍情深，帝后在她們眼裡簡直是天造地設的一對。霍成君聽著聽著，耳邊的細語聲突然變成無數人的拌嘴吵雜，就像雷鳴餘韻，轟然一片，胸口煩躁不已，忍不住喝道：「夠了！閉嘴！給我閉嘴！」

兩個宮女嚇了一大跳，轉過身去，見她撫著心口，神色痛楚，隨卽直挺挺地往後倒下。

霍成君暈倒的消息傳到宣室殿前一刻，劉病已剛收到漢駐烏孫使節長羅侯常惠的奏書：「龜茲國曾殺死屯田校尉賴丹，至今元兇尚未伏誅，請准許臣討伐龜茲國。」

這封奏書由霍光親自送來，此刻宣室殿就只有他們二人。

漢武帝在位時，李廣利奉命西征大宛，曾滅了小國輪臺，後來漢朝在輪臺屯田開發。西域扜彌國太子賴丹忠於漢室，出任輪臺屯田校尉長達十餘年，鄰近輪臺的龜茲國對漢軍的屯田部隊開荒闢田感到十分不安，於是龜茲貴族姑翼向國王進諫，言道漢軍屯田的規模日益壯大，終有一朝會影響龜茲的利益。龜茲王於是派人殺了賴丹。此事發生於劉弗陵在位時期，當時漢朝正奉行休養生息的政策，所以沒有對龜茲大動干戈。

劉病已看完常惠的奏書，便擱在一邊，心忖霍光才是眞正決政者，而自己不過是個擺設，不如先問他意見，於是道：「大將軍認爲該出兵龜茲嗎？」

霍光不答反道：「昔日樓蘭王曾受命匈奴截殺漢使，之後被傅介子刺殺，樓蘭自此受到漢朝的控制，改名爲鄯善。傅介子一舉成名，威震西域。西域三十六國中，如今敢與我朝相抗的，便是龜茲，臣認爲應兵伐龜茲，增強對西域諸國的控管。」

劉病已沉吟片刻，指著地圖，揮斥方遒，「朕認爲應讓常惠採取『以夷制夷』的措施。龜茲位在這個地方，就讓常惠調用烏孫軍從北面發動進攻；調焉耆、危須、渠犁等國的兵力，從東面進攻；調姑墨、溫宿等國的兵力從西面進攻，三面圍擊龜茲。」

霍光點點頭，「臣還有事要奏。」

「可奏。」

「車師夾在漢匈之間，爲了自保，不得不採取兩面倒的政策。眼下匈奴勢衰，車師才剛倚向我朝，結果車師王忽然薨了，匈奴立即扶持質子[註1]烏貴回國繼承車師王位，重新控制住車師。車師是進入西域的咽喉要道，失去車師，對我朝在西域發展是一大阻礙，必須乘烏貴繼位民心未穩之際，一舉殲之。」

劉病已沉吟半晌，道：「那麼就讓侍郎鄭吉徵調屯田守軍和西域渠犁等國的兵力，祕密突襲車師交河城。」

「諾。」

劉病已飲了一口茶，忽然心血來潮地問道：「大將軍近來身體可好？」

霍光嘆道：「上了年紀後，身體越發不濟了，時常疲乏無力，就連看奏章，都覺得眼花呢。」

「大將軍是國之棟樑，可要好好保重身體。」

「多謝陛下關心。」

劉病已微笑道：「朕有些乏了，還請將軍先退下吧！」

霍光一禮後離去。

落足聲遠去後，劉病已的笑容漸漸斂去，正打算去椒房殿一起用膳。

這時黃門捎來霍成君暈倒的消息，於是便前往昭陽殿。

「陛下駕到。」

黃門尖銳的嗓音驚破昭陽殿的岑寂。

宮人跪了一地。霍成君側躺在錦繡堆上，面朝內，人已被淳于衍救醒，卻不下床行禮，緊閉雙眼，咬著牙無聲哭泣。

劉病已命淳于衍和宮人退下，緩緩走到榻前，一瞥眼，見香囊被孤伶伶地丟棄在床角，心頭如雷擊般一震。

他本來一臉木然，此刻見香囊被棄置，連忙將香囊拾起，唇貼上她的耳廓輕喚：「成君。」

她心一震，睜開雙眼，悽然道：「你終於肯來看妾了。」

他輕輕地攙起她，「朕最近忙於政事，所以忽略了妳，是朕的不對。妳是不是責怪朕不來看妳，所以把朕送給妳的香囊扔了？」

她垂首，給他來個默認。她清醒後，第一個舉動就是把香囊扯下來，憤憤地擲在床角，然後又摔杯砸盞，放聲大哭，直到劉病已前來。

劉病已將香囊重新繫在她的腰上，語氣如春柳拂面，「以後別再亂扔了，這是朕對妳的心意，妳可得朝夕不離地佩戴，今晚朕就在妳這兒歇宿可好？」

她又驚又喜，更有點不敢置信，隔了半晌，才道：「奭兒的事你不惱妾了嗎？」

劉病已聽她無端提起「奭兒」，心中恨得滴血，神色卻平靜，「奭兒安然無恙，何況采薇已經去了，這件事就這麼過去了吧，別再提起了。」

雖然他打算輕輕揭過，但霍成君仍怕他還抱持著一絲懷疑。她很清楚采薇的死是皇帝對霍氏的警告，但劉奭是母親毒害的，與自己無干。她雖然不能把母親抖出來，但至少一定要向劉病已陳述自己的清白。

她握著劉病已的手，急切道：「奭兒中毒一事，眞的與妾無關。看到奭兒受苦，妾心裡也十分難受。陛下，請您一定要相信妾，妾眞的是清白的。」的確，她從頭到尾都沒有參與毒害劉奭的計畫，都是霍夫人私下一手策劃的。光這一點，霍成君就講得十分理直氣壯。

劉病已死死地咽下一口怒氣，不讓臉上浮現任何情緒，做人最窩火之處，就是明明知道對方滿嘴蜜糖，心如蛇蠍，卻仍要假裝深信，配合她演戲。

他微微一笑，將她摟在懷裡，在她看不到的當下，臉頰終究因止不住內心恨意而微微抽動，但他語氣仍然像被春日融化的雪水，溫柔地湧進乾涸的礫漠，「朕知道妳是清白的，朕忙到方才都未進食，我們一起用膳可好？」

霍成君當然千百萬個好，三個月的拘禁時光，等的就是一個久違的呼喚、一個善意的懷抱、一個溫柔的微笑。

當晚劉病已就宿在昭陽殿。霍成君側著身子，枕著他的胳膊，沉沉地墜入這三個月來最甜美的夢裡。

劉病已雖然閉著眼睛，卻沒有睡著。

下雨了，雨水打在窗外的芭蕉葉上，發出滴答滴答的聲響。他聽著芭蕉夜雨聲，直至曉月墜落，曙色染窗。

一連半個月，皇帝都宿在昭陽殿裡，與霍成君共進晚膳，溫存纏綿。

他一改先前淡漠疏離的態度，對霍成君既是熱情如火，卻又溫柔似水，極盡前所未有的寵愛。霍成君深陷在溫柔鄉中無可自拔，更加篤信母親所說的話：「時間一長，男人眼裡的白月光，就會成為兩條鼻涕痕；心口的朱砂痣，也會變成掌上的一灘蚊子血。」

三個月的閉門歲月，她飽嚐人情冷暖。

昔日與劉病已決裂，也是覺得度日如年，但無論日子再怎麼難過，身邊至少還有個忠心的采薇。雖然霍成君總是對她頤指氣使，但少了她，就像失去左右胳膊，做什麼都不如意。

如今采薇的位置換成一個叫作紅藥的宮女，當霍成君失意潦倒時，一群宮人都冷眼以待，唯獨紅藥仍是畢恭畢敬，不敢過分失禮，所以霍成君十分倚重她。

到了如歌生辰，長信殿設下家宴。

霍成君命紅藥捧著禮物，和霍夫人一同赴宴。

霍夫人像是終於找到一個宣洩口，一路上叨唸不休，說來說去，不是抱怨女兒被幽禁而太皇太后卻置身事外，就是抱怨丈夫和狐媚子芙蕖走得近，還請人教她讀書寫字，簡直將她捧在手掌心上。

她發牢騷到最後，像是在自言自語，霍成君全然插不上話，可見母親壓抑已久，不吐不快。

二人抵達長信殿時，裡面聚集不少女眷，一片鶯啼燕囀，珠翠繚繞。如歌正抱著劉奭，和許平君、王靜姝談笑。

許平君道：「太皇太后，奭兒已能健步如飛了，您別抱了，把他放下來看看。」

如歌乍驚乍喜，將劉奭放下。

劉奭咿咿呀呀地跑了一圈，肥臀扭動，將滿殿的女子逗得笑不攏嘴。

如歌重新抱起劉奭，在他臉頰上啄了一口，讚道：「奭兒眞是了不得，相信很快就會說話了。」

霍成君唇角含著得體的微笑，靜靜地倚門佇望，看著這和樂融融的一幕，沒人發現她的笑容中潛藏著一絲酸澀。

她雖埋怨如歌在她被幽禁時全然置身事外，此刻也不得不堆起笑臉，趨前行禮，對著如歌噓寒問暖起來。

如歌寒暄幾句，目光便落在許平君隆起的肚腹上，「最近胃口可好？」

「謝太皇太后關心，妾胃口挺好的。」

王靜姝插話道：「多虧淳于女醫調理得好，否則前兩個月，皇后吃什麼吐什麼，這一胎沒少折騰。」

「這胎眞是我的小魔星，有時吐得難受，滿腦子只想絕對不要再懷胎了。」許平君目光如水般流過劉奭的面容，「奭兒眞乖，極少讓母親吃苦頭。」

霍成君微微一笑，「能否讓我抱一抱奭兒。」

堂上本來笑語如珠，忽然全都安靜下來。

霍成君臉上閃過一絲尷尬，還是強撐起自然的微笑，「我許久沒見到奭兒了，心裡記掛得緊，可否讓我抱一抱？」

如歌看了許平君一眼。許平君明白自己是一國之母，可不能小家子氣，於是落落大方一笑，「奭兒許久沒看到霍婕好了，正好親近親近。」

霍成君道：「謝皇后。」從如歌懷裡接過劉奭。

所有人都目不轉睛地看著她。

這是霍成君第一次抱劉奭。她雖然十分妒嫉這個孩子的存在，數度想將他像螻蟻般捏死，但抱在手裡時，竟不覺得討厭他。或許她埋在內心根處的母性被喚醒過來，不知不覺沖淡了一腔的惡念妒火。

透過劉奭粉雕玉琢的面容，她看見自己內心深處那個原始的溫柔面貌，目光漾著最純粹最真摯的情感，當下心中流過一個念頭，要是能和陛下有個孩子就好了。

人人都不說話，唯有風拂過櫟下吊扇的細微聲響。

許平君受不了這種迫人的寧靜，忙道：「各位請入席用膳，一會兒該給太皇太后獻禮了。」這句話同時也是提醒霍成君，要她將劉奭還來。

霍成君將劉奭還給她，就在長信殿宮女的帶領下入席。

宴過後，就到了獻禮的時刻。

許平君讓白芷抱著劉奭，離席一禮，「妾恭祝太皇太后福綏安康，歲歲長樂。」語畢將禮品呈給如歌的侍女。

如歌去揭禮品上的紅幔，衆人目光一齊望了過去，要看看一國之母準備了什麼珍寶。

紅幔揭開，是枚彩繪木人。

如歌微微錯愕，霍成君更是心中嗤笑，果然是平民出身的皇后，竟拿一枚木頭敷衍太皇太后！

木人以桂木雕刻成一個女子的形貌，身著上青下縹的曲裾深衣，以絲帶緣邊掩覆住衣領和繡邊，頭上用翦氂蔮飾髮，戴簪和珥，乃是如歌參加親蠶禮的服飾。

雖然雕工不精，卻能看出雕刻者的用心。

如歌握著木人，笑看許平君，「這是妳親手刻的？」

許平君俏臉微紅，「妾手藝不佳，在您面前獻醜了。」

如歌每年生辰收到的禮物均是一些珍品瑰寶，看都看厭了，難得收到一個與眾不同的東西，還是出自皇后之手，一時有些感動，道：「這是妳的一片誠心，我很是歡喜。」

許平君本來有些侷促不安，聞言驚喜不已。她的想法和當初劉病已獻禮給昭帝時一樣，認爲太皇太后出身簪纓，什麼奇珍異寶沒見過？既然要送禮，就要講究心意，最後決定別出心裁，送點與眾不同的禮物，沒想到竟獲得如歌的讚賞。

她眸中喜意漾動，「承蒙太皇太后謬愛，妾回頭就多刻一些。」

如歌對這木人竟是愛不釋手，久久捨不得放下，笑道：「我倒不知妳竟有如此才能，不過妳現在有孕，還是不要動刀了。」

許平君聽到「才能」兩字，臉上飛過一抹紅，「是妾從前在民間時爲了打發無聊才學會的，妾以爲只是雕蟲小技罷了，萬不敢擔當『才能』二字。」

「等妳產子後，再來教我這技藝吧。」

許平君欣然允諾。

接著輪到霍成君獻禮。她的禮物是一幅上等的繡品，無論布料還是繡工均是一流的水準，但這樣的禮物如歌見多了，含笑收下便讓霍成君入席。

王靜姝的禮物是手抄的《詩三百》，厚厚一疊裝在竹筒裡。

如歌將其中一卷攤開，剛好是《詩經》第一篇〈關雎〉，字跡娟雅，墨痕猶新。

她笑道：「妳一首一首把《詩經》抄錄下來，眞是辛苦了。」

「妾只想爲太皇太后盡孝，是以不覺得辛苦。」

如歌含笑著挑出上層的幾卷絹帛，細細地瞧，字字句句都是王靜姝的誠意。她看著王靜姝送的手抄《詩經》，又看著許平君送的手刻木人，覺得既新鮮又喜歡，這樣的賀禮，這樣的感動，她一生中忘也忘不了。

霍成君冷眼看著她此時的反應，與自己獻禮時落差甚大，心中悻悻然十分不是滋味。

霍夫人低聲哂笑，「一枚爛木頭、幾卷臭書，也敢拿來獻寶，眞是少見世面。」

王靜姝正要入席，突然一陣暈眩，胸口煩悶，忍不住彎腰欲嘔。

她的侍女紫菱連忙攙住她，「美人沒事吧？」

如歌、許平君同時踞起身子，「王美人怎麼了？」

王靜姝臉色蒼白，強笑道：「妾沒……」底下一個「事」字尚未脫口，聞到食案上點點葷腥，又是一陣作嘔。

紫菱輕輕拍著她的背脊，替她答道：「回太皇太后、皇后，王美人最近總是頭暈目眩，胃口不佳，聞到葷腥就會反胃作嘔。」

如歌尚未會意過來，正要問紫菱有沒有請太醫診治。許平君雙眼綻放漣漣異采，脫口道：「是不是四肢無力，頭昏嗜睡，格外喜食酸辣？」

衆人聞言一呆，心裡隱隱有了答案。

王靜姝虛弱地頷首，正要答話。許平君衝口道：「王美人肯定有喜了。」

王靜姝一呆，如歌瞪大雙眼，霍成君瞬間變了臉色，握著玉杯的手不住顫抖。

王靜姝呆呆地道：「皇后是說妾……妾有喜了？」

許平君喜不自勝，「妳的種種不適之狀，很明顯就是有喜了，我可是過來人呢！白芷，妳快去請淳于衍過來。」

「諾。」

紫菱將王靜姝攙回座席，許平君又問了一些相關症狀。王靜姝如實回答，許平君心裡更加篤定了，笑道：「看來宮中又添一樁喜事了。」

本來是如歌的生日宴，這時王靜姝反倒成了注目焦點。一會兒淳于衍入殿，替王靜姝診脈。眾人屏息凝神，一致等待著淳于衍接下來的那句話。

「恭喜，美人已經懷有身孕了。」

王靜姝嬌軀微震，人有些怔然。許平君激動地摟著她，道：「妳看，我就說妳有喜了吧！太好了！來人，趕緊將這個好消息告訴陛下！」

王靜姝撫著腹部，兀自不敢置信。如歌和一眾女眷都圍上來賀喜，堂上登時瀰漫著溫馨和睦的氛圍。

註1：質子是指人質，古代派往敵方或他國的人質，多爲王子或世子等出身貴族之人。

五十三・抱負

霍成君渾身虛軟，只有握著玉杯的手還有一股蠻勁，似要將玉杯揑個粉碎。王靜姝侍寢次數比她還少，竟懷了劉病已的骨肉！而這段時日以來劉病已夜夜留宿昭陽殿，結果肚皮竟一點消息也沒有，這聲「恭喜」如何講得出口？

妒恨的種子在她內心萌芽，迅速茁壯成一株爬滿銳刺的花，刺得她胸口生疼，連呼吸都極爲不適，卻無法伸手將它拔除，只能任由它將自己刺得千瘡百孔，潰爛流膿。

生辰宴就在王靜姝懷孕的喜悅中落幕了。

所有人都沉陷在和樂融融的氛圍中，誰也沒留意到霍夫人母女提早離開長信殿。

霍成君回到朝陽殿，立卽捶著肚子失聲痛哭，「皇后和王美人先後有孕，就我肚子一點消息也沒有，爲什麼？老天爲什麼待我如此不公！」

霍夫人溫聲道：「好了好了，最近陛下不是都在妳這兒歇宿嗎？妳儘管放寬心胸，很快就會有孩子的。」

「等多久？我還要等多久？妳沒看到她們小人得志的嘴臉嗎？一有了孩子，馬上就神氣活現了！就連太皇太后的心都向著她們！」

「太皇太后到底是姓上官，不姓霍。只要妳能誕下皇嗣，被立爲儲君，那麼妳在後宮的地位就更加穩固了，連太皇太后都要讓妳三分。」

霍成君激動地道：「廢話！我也想誕下皇嗣，但誕下皇嗣後，又能如何？我上頭還壓著一個皇后呢！再說我誕下的孩子，就一定能被立爲儲君嗎？」

霍夫人冷哼一聲，「怎麼不能？只要妳父親聯合群臣向皇帝施壓，儲君之位絕對輪不到身上流著平民骨血的劉奭！妳父親可是當朝伊尹，翻手廢劉賀，覆手立劉病已的大司馬大將軍呢！」

霍成君悲泣道：「父親權傾朝野又如何？一個故劍情深，就讓許平君那賤婢鳳臨天下，榮登后位了。而我呢？我只是一個小小的婕妤，日日去椒房殿晨省，對著皇后噓寒問暖，我就不委屈嗎？」

女兒沒當成皇后，還要處處仰人鼻息。每每想到這裡，霍夫人便感到有雙手扼住她的咽喉，逼得她難以喘息。

她見霍成君哭得可憐，忽然萌生惡念，皇后再過四個月就要分娩了，倘若設計讓皇后難產而死，那麼女兒不就能順理成章成為繼后了嗎？

她臉上神情變幻不定，驀地一咬牙，「放心，母親一定讓妳做皇后。」

霍成君心頭一凜，覷著霍夫人的神色，心中掠過一絲不祥，試探道：「母親又要做什麼？」

「妳只管放寬心，把身體調理好，才能懷上龍嗣，剩下的事妳不用管，母親會親眼看著妳坐上皇后寶座。」

霍成君兀自不安，雖然采薇之死近在眼前，但她不想阻止母親，反而期待母親能夠再為她放手一搏，是以她又再度選擇用沉默來支持母親的行動。

霍夫人不僅飛揚跋扈，更是個健忘之人。她似乎忘了采薇的死是皇帝對霍家的一點恩德，更忘了霍光疾言厲色的警告。這樣的女人，早已被貪婪占據整個身心，目光只看得到眼前的利益，而沒有意識到劉病已是個不容小覷的角色。

劉病已在民間長大，一路上跌跌撞撞，才走到今日的地位，他絕不會像劉弗陵那樣任人擺布，也絕對不會像劉賀那樣鋒芒畢露。

霍夫人太高估霍家的勢力，太低估劉病已的實力。

在衆人看不到的地方，劉病已像頭潛伏在黑暗中的狼，隱匿流竄於血液中的殺氣，保持冷靜，凝聚畢生之力，準備在對手毫無防範下，奮起一擊。

後宮王靜姝有孕，前線西域戰況也傳來大捷。

常惠率領烏孫、焉耆等西域諸國四萬七千人的兵馬，從三面圍攻龜茲。大軍兵臨龜茲城下，龜茲王嚇得心膽俱裂。常惠遣人進入龜茲城，向龜茲王問罪。龜茲王為求自保，當下交出殺死賴丹的元兇姑翼。常惠立即下令將姑翼斬首，然後從龜茲撤兵，至此龜茲臣服漢朝。

車師方面，侍郎鄭吉發動渠犁等國加上屯田守軍一萬兩千人的兵力，攻破車師都城。車師突然被破，匈奴還蒙在鼓裡。車師王烏貴等不到匈奴援兵，只能向鄭吉投降。此時匈奴如夢初醒，急忙派兵殺向車師。匈奴、漢朝為了爭奪車師，展開鏖鬥。車師王烏貴夾在漢匈之間左右為難，索性棄位而逃，之後繼位的車師王兜莫更是效仿烏貴，舉國遷移。原先的車師國成了一片無人荒土，鄭吉立即派遣三百名士兵入駐屯田。

西域大多數國家均已臣服漢朝，然而距長安九千九百五十里的莎車國卻突發叛變。

解憂公主的次子萬年，深受莎車王喜愛。莎車王膝下無子，死後王位空懸，國人一心向漢，又想倚向烏孫，於是上書漢朝擁立萬年登基。不料萬年暴虐殘忍，前莎車王的弟弟呼屠徵殺死萬年，又殺死漢使奚充國，並自立為王，呼屠徵唯恐漢朝報復，於是挑唆西域諸國抗漢。

這封奏書火速傳到長安，君臣立即召開庭議。

案上攤著一幅地圖。天山將西域分為南北兩部，南北部各是盆地，南部盆地中有大沙漠，西域諸國大多分散在大沙漠的南北兩側綠洲地帶。大沙漠以北稱為北道，主要國家有危須、焉耆、烏壘、龜茲、姑墨、溫宿等國；以南則為南道，主要國家有皮山、扜彌、精絕、且末等國。莎車位於大沙漠西緣、南北兩道交會處。

前將軍韓增指著地圖，道：「莎車勾結匈奴後，遣使到南道諸國，謊稱我朝屯田守軍被匈奴擊破，北道諸國已向匈奴投降；另又遣使到北道，唆使北道諸國叛漢。西域諸國夾在漢匈之間，一直採取騎牆政策，哪兒占優勢便倒向哪一方，被莎車這麼一忽悠，紛紛倒戈叛漢。且匈奴集結大軍，要搶回車師故地交河城，駐兵屯田在城內的鄭吉，既要面對匈奴的猛攻，又要防止莎車諸國的圍剿，處境十分危急，老臣自願領軍前去平亂。」

劉病已沉吟半晌，才道：「朕記得你不久前曾推薦你軍中的軍司空令馮奉世出使西域，護送大宛使者歸國。你曾向朕說此人文武雙全，精通《春秋》，熟習兵法，富有韜略，為人果敢，頗有擔當。馮奉世這時就在西域，與其讓將軍遠赴西域，萬里迢迢，不如讓他調用沒有叛漢的西域諸國軍力，在莎車叛亂擴張之前，擊殺莎車王。只要莎車淪陷，跟隨叛漢的諸國群龍無首，必如一盤散沙，即可不攻自破。」

「吾皇明斷。」韓增恭敬地道：「請陛下即刻下詔，速讓馮奉世徵調西域軍力，兵伐莎車。」

然而馮奉世等不來長安詔書，直接持符節到西域尚未叛亂的諸國，假傳皇帝聖旨，徵調各國軍隊，直接進軍莎車。

消息傳到長安，群臣大驚失色，相顧譁然，假傳聖旨可是欺君之罪，這馮奉世不要人頭了是不是？

韓增更是驚出一身冷汗，馮奉世是他向劉病已舉薦出使西域的，馮奉世假傳聖旨，那自己還不跟著遭殃？

群臣目光不約而同地投向劉病已，本以為皇帝會勃然大怒，不料皇帝一聽，微微一笑，向韓增道：「馮奉世眞如你所言，為人果敢，頗有擔當，竟敢假傳聖旨，徵調西域諸軍，果然有勇有謀，是個曠世人才。」

韓增不知道他說的是眞話還是反話，只能硬著頭皮道：「馮奉世想必見西域情勢危急，若等詔令，怕是覆水難收，因此才擅自矯詔。臣以為馮奉世罪不容誅，請陛下法外開恩。」

「馮奉世擅自矯詔，徵兵諸國，本是死罪，但若他能鎮壓莎車之亂，化解西域之危，就能將功折罪。」

韓增一聽，提到咽喉的一口氣頓時鬆懈下去，道：「謝陛下恩典。」

一直靜看皇帝表現的霍光此刻一錘定音，「鄭吉在交河城受到匈奴圍攻，請陛下下詔，讓常惠率領張掖郡、酒泉郡的騎兵部隊前去解圍。」

許平君到長樂宮問安後，就將劉奭交給阿保照顧，率白芷前來宣室殿。

她來時剛好庭議結束，便走進後閣，見劉病已正臥榻小憩，便搖著他道：「你還沒用膳吧？我做了幾道你喜歡吃的菜，你起來吃一吃再歇息嘛！」

劉病已忽然翻身投入她懷中，以往都是他摟著她，今天換成他偎在許平君胸前，孩子氣十足。

許平君莫名其妙，笑道：「你還在做夢嗎？」

「抱我。」

她啼笑皆非，「你這是怎麼了？令人好不習慣。」

他身子滑下，窩在她的腿上，「幫我掏耳朵。」

許平君哼了一聲，伸出兩根手指夾住他的鼻樑，佯裝生氣，「你最近都宿在昭陽殿，不會請霍婕妤幫你掏嗎？」

他慌不迭地起身，一臉討好，「我的君兒又吃醋了。」

她嗔道：「我要是認眞吃醋起來，那我還不被醋海淹死。」

他在她臉頰上啄了一口，笑道：「就是就是，我的君兒還是那麼善解人意，體貼入微，我都不知道該如何疼妳了。」

許平君轉嗔爲喜，「好了好了，瞧你一臉倦色，滿眼血絲，不知道的人還以爲幾天幾夜沒睡覺了，起來吃點東西，再去午寢。」

「妳餵我可好？」

她白了他一眼，「你便是吃定我會依你是不是？」

他用力地點點頭，像個耍賴後得到糖吃的大男孩。

許平君扶額嘆道：「那些公卿大臣若看到你私下這一面，你這皇帝還不威嚴掃地？」

「不只公卿大臣，王靜姝、霍成君她們都不知我的『真面目』，這一套就專門拿來對付妳。」

她氣結道：「你……罷了罷了，哎，我看你最近從早忙到晚，臉頰都消瘦了，就大發慈悲服侍你用膳吧！哎，誰叫我總是奈何不了你！」

他見她長吁短嘆，心下暗暗好笑，「用膳前，不如先幫我沐浴刷背，就像從前在侯府那樣。」

她橫了他一眼，一把推開他，氣咻咻地道：「得寸進尺，這是誰教你的？」

「肯不肯呢？」

她唧唧哼哼，扭過臉不去瞧他。

「妳倒是拿出一句話，到底肯不肯？」

她背脊微微抖顫。

他笑了，「妳在偷笑，妳肯了！」

她又好氣又好笑，媚眼如波，朝劉病已輕輕一漾，嗔道：「奭兒如果像你一樣無賴，那可苦了我啦！」

他心頭樂得開花，笑道：「奭兒是小魔星，我是大魔星，專門纏著妳。」

桂木浴桶盛滿水後，許平君幫他刷背，然後一起用膳，霎那間恍似回到從前在侯府的那段時光，沒有王靜姝，沒有霍成君，他不是皇帝，她也不是皇后，他們就只是一對平凡的小夫妻。

一頓簡單的晚膳，一席體己的對話，足以聊慰平生。

青銅鼎爐鏤空的蓋中絲絲縷縷吐著乳白色的輕煙，朦朧的煙幕如絮散開，瀰漫在靜室中。

劉病已沐浴用膳後，又恢復精神，於是坐下來看奏章。

許平君見案上奏章堆積如山，驚詫道：「這麼多，你如何看得完？」

他微微苦笑，「霍光、霍山領尚書事，部分不想讓我看到的奏章到了他們那裡就如同石沉大海，我碰也碰不到，否則妳看到的奏章就不只這些了。」

她好奇地道：「什麼是領尚書事？」

「從武帝開始，尚書成爲直屬於皇帝的樞機之職。昭帝年幼繼位，霍光代行天子事，以領尚書事的名義控馭著尚書，自此領尚書事始於此。之後凡當權重臣都援此先例而領尚書事，主持宮廷機要事務。」

許平君對「領尚書事」一職仍似懂非懂，不過她明白一點，就是霍光長期把持朝政，除非是他無法隱匿的奏書才會呈交上來，否則劉病已這個皇帝也不過是個華麗的擺設。

比如馮奉世平西域諸國之亂一事，一切都在霍光認可的範圍內，若皇帝意見與他相左，他就會跳出來持反對意見。

「等時機成熟後，我會下令無論官民，均可採用『密摺』的方式，不必經過尚書，直接上奏到我這兒。」

劉病已目光一凝，「這樣一來，就等於架空霍氏的權力。」

許平君好奇地道：「時機何時成熟呢？」

劉病已嘴角漾起迷霧般的笑，「那就要看看霍光的身體了。」

許平君一頭霧水，一臉認眞地道：「什麼意思？」

「禮法有云，娠婦非正色目不視，非正聲耳不聽。」劉病已捏著她的臉頰，唇邊含著一縷薄薄的笑意，

「我若透露太多，妳肚裡的孩子聽見了可不好。」

她噢了一聲，一臉憨態。

劉病已嘆道：「爲了保護妳和孩子，我不得不步步城府，於霍光如此，於霍成君也是如此，情愛不過只是一種手段，更是一層僞裝。我從一介布衣一路爬到這個位子，萬人中央，萬丈榮光，若是還存著一顆柔仁之心，就會從高處跌落，粉身碎骨不打緊，連摯愛的人都保護不了。」

許平君有些怔然，他的雙眼閃著沉著冷靜的熾芒，就像一隻翱翔萬里的蒼鷹，仔細看，又像一頭盯著獵物不放的狼。

她難得沉默下來，少頃，劉病已一邊翻奏章，一邊道：「很晚了，妳不睡嗎？」

許平君搖搖頭，挽著他的手臂，腦袋倚著他的肩，小鳥依人似的膩聲道：「我想陪著你。」

劉病已微微一笑，不再堅持。許平君信手拿起一篇奏書道：「字好多，像螞蟻一樣，看了都累，都寫了什麼啊？」

劉病已瞥一眼，道：「這裡面寫了關中多數郡國、三輔地區發生嚴重旱災。」

她輕輕一嘆。「我記得小時候在昌邑國曾發生過一次大旱，那時候井泉多涸，種粒皆絕，人多流亡，餓殍載道，那一幕便如熟鐵烙膚，至今記憶深刻。」

「農爲振興道德之本。那些遭遇嚴重旱災的郡國，我打算下詔讓農民不用繳納田租賦稅，三輔百姓淪爲貧戶者，將免除租稅與徭役，並遣使賑濟各地的貧戶；另外我還要讓太官減少膳食，減省宰殺，樂府精簡樂人。丞相以下的高官直至京師各官署的令、丞都要上書報明捐穀的數額，輸入長安的糧倉，救濟貧困的百姓。百姓以車船運穀物入關中者，可以不用符傳。」

她笑道：「有你這個皇帝，是百姓們的福氣。」

他也笑，「我承襲漢家大業，掌握國家大權，被士民尊奉為皇帝，自然要讓百姓安居樂業。鰥寡孤獨、年邁貧困者，尤其令我深感憐憫。孝昭皇帝曾下詔將公田借給他們耕種，並借貸種籽與糧食，如今我打算再賜予他們絹帛，又賜予主婦百戶酒與牛肉，讓各地太守嚴教屬官去照應他們的生計，勿令他們喪失謀生常業。」

許平君雖然對治國一竅不通，不過聽著聽著，倒也聽出興趣來，一臉認眞地看著他，道：「我想聽聽你的治國抱負。」

他一笑，道：「各地的皇家園囿，凡皇族未曾使用過的，都借給貧民使用；設在各郡國的宮館，勿再修飾；流民還鄉者，借以公田，貸以種籽與糧食，並且免除算賦徭役。另外，孝悌是仁德之根本，用孝道引導人民，天下就會安順。曾有百姓家裡有喪，而官吏卻派他們承擔外地的徭役，使他們不能送葬，實在有違孝道。我對此深感哀憫，打算凡是祖父母、父母去世者，都不須負擔徭役，讓他們能夠親自爲親人入殮送終，履行身爲兒孫的義務；父子間的親情、夫婦間的情義，都是天性流露，若兒女隱匿父母的罪行，妻子隱匿丈夫的罪行，兒孫隱匿祖父母的罪行，都不要讓他們連坐；反倒父母隱匿兒女的罪行，丈夫隱匿妻子的罪行，祖父母隱匿兒孫的罪行，均屬死罪，須上報廷尉，並由廷尉上書皇帝。且牢獄多有老者，髮齒脫落，血氣衰微，已無暴虐之心，但這樣的人卻被長期關押，不能善終。我打算下詔，讓八十歲以上，非誣告或是殺人傷人，都可免除罪責……」

洋洋灑灑地說到這兒，忽聽一陣細微的鼻息聲，側目一看，許平君已靠著自己的肩膀墜入黑甜夢了，她的嘴角仍掛著一抹蜜糖似的微笑。

劉病已不禁啞然失笑，「還說要聽治國抱負，才講到一半就呼呼大睡了，可不是催人入眠嗎？」

她含含糊糊地發出一聲囈語：「次卿，你講到哪裡了？人家還要聽啦……」

劉病已凝視著她，眼裡是纏綿徹骨的溫柔、深情、憐愛。

人生如朝露，總要與傾心之人一生廝守，才不算辜負。

他輕輕抱起她，將她放在榻上，掖好錦被，在她眉心烙上一吻，垂下帳帷，又回頭繼續看奏章。

自楚笙離去以後，許平君的孕體主要由太醫令、丞、淳于衍負責調理，由於淳于衍是女子，所以許平君較倚仗她，凡事都先向她請教。

這日太醫令告假，淳于衍連同一眾太醫女醫來椒房殿請脈後，隨即又前往披香殿去。許平君心忖左右無事，便隨他們一道前往。

王靜姝如今懷孕三個月，初期的種種不適把這個嬌小姐折騰慘了，終日病懨懨地臥在榻上，一聞到葷腥油膩就反胃作嘔。

許平君入殿時，見她哆哆嗦嗦地要離榻行禮，忙道：「妳有孕在身，折騰這虛禮做什麼？趕緊躺好。」

王靜姝虛弱地應諾，平常她見到許平君總是手拉手閒話家常，此刻看似無力說話了。

淳于衍上前跪著請脈，少頃，突然攢起眉頭，臉色凝重。餘下太醫女醫分別上前請脈，面色均很難看。

王靜姝見了眾太醫的神色，一顆心直直墜落。許平君看著淳于衍，急切道：「王美人胎象如何？」

「回皇后，王美人體質寒虛，胎氣不穩，恐怕……」

「恐怕什麼？」

淳于衍面露不忍，「恐有滑胎跡象。」

這句話如晴空響了個霹靂。王靜姝一聽，眼淚登時簌簌而落。許平君摟著她，無語凝噎。

「女醫……妳一定要替我保住這個孩子，我……求妳了。」王靜姝緊緊攢著淳于衍的手，哽咽開口。

紫菱也哭了出來，伏地叩首，「女醫，求您想個法子，這個孩子是美人好不容易才盼來的，不能有什麼差池啊！」

淳于衍低眉歛目，不敢迎向王靜姝哀懇欲絕的目光，顯然對保住胎兒一事殊無把握。

「淳于女醫。」許平君齒縫間擠出硬梆梆的四個字，令淳于衍肩上瞬間如壓著巨石。

淳于衍戰戰兢兢地應諾。

許平君道：「把最好的保胎藥送過來，晨昏請脈改爲一日三次，每次都要診察胎位，務必保住美人的龍胎。」牙咬得發酸，竭力不讓眼淚落下。她知道要是淚一落，那就一發不可收拾。

「臣必盡力而爲。」淳于衍把臉轉向王靜姝，「哭泣傷胎，還請美人保持身心愉悅，多臥床休息。」

王靜姝一把抹去眼淚，「好，我不哭……」

她淚雨闌干卻又故作堅強的模樣惹得許平君心尖一陣抽痛。許平君握著她的手，溫聲細語地道：「妳要相信自己一定能平安誕下孩子的，就按照女醫的囑咐好好臥床歇息，千萬別胡思亂想，我每日都來陪妳說話。」

王靜姝抽泣道：「我……好怕孩子保不住。」

「好了好了，別說這些喪氣話。」許平君話鋒一轉，對衆太醫道：「你們去開藥吧。」

「諾。」

五十四・陰謀

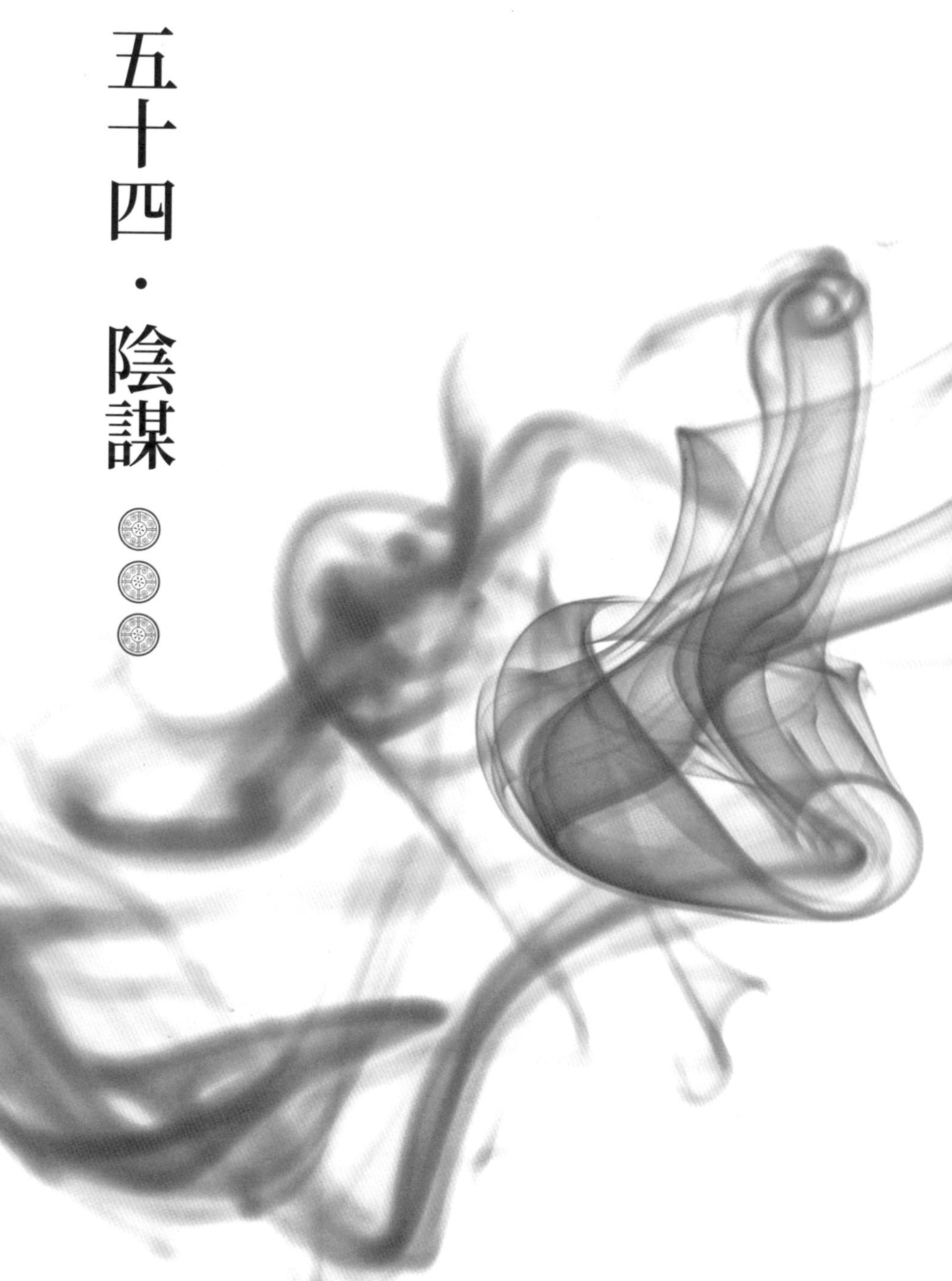

一眾太醫女醫離開披香殿，正要前去官署開藥方。

「這不是少夫嗎？」霍夫人正欲前往昭陽殿，看見淳于衍，便親熱地喚著她的字。

少夫？淳于衍一時懵然。霍府女眷偶有小疾，都習慣請她去診治，這樣被人親暱地喊著「少夫」，倒是生來頭一遭。

她微微走神。霍夫人一臉含笑，施施然走向她，目光淩厲一瞥，餘下太醫女醫識趣地退開。

霍夫人像遇到許久不見的好姊妹般握住她的雙手，「少夫今晚當值嗎？」

「沒……沒有。」淳于衍被她熱情的舉動弄得手足無措，說話虛透了。

霍夫人笑道：「少夫多年來爲霍家盡心盡力，怎麼都該好好設宴款待妳才是。」

淳于衍兀自怔怔地不敢置信。當時醫、巫、商賈、百工之女都是不體面的，她雖然治疾有術，卻不受人重視。霍夫人一連幾聲「少夫」，把淳于衍哄得暈頭轉向，不知身在何方。

少頃，她嘴裡才飄出一句話：「這怎麼敢當？」

霍夫人湊近她耳邊，笑得比黃鶯出谷還要動聽，「其實我有事情要拜託妳，只是宮裡人多嘴雜，不便開口。嗯……妳大概知道我的意思了吧？」

她不是很明白，「什麼意思？」

霍夫人抿唇一笑，神祕兮兮地道：「下了值過來府上一聚，我再告訴妳。」語畢，婀娜去了。

淳于衍出宮後，懷著縹緲的心思前去赴宴，將近霍府時，忽見角門一人閃身而出，暮色沉沉，籠罩在那人身上，正是寒月。

寒月左顧右盼，隨即匆匆離去，像是急著要悄悄與誰見面。

淳于衍心下狐疑，不過赴宴的期待感立刻涮去這分疑心。

馮殷早已候她多時，見她到來，立卽滿臉堆歡，飛步上前迎接。

淳于衍簡直受寵若驚，以往來霍府診疾，都要走角門，還要在門廡靜候通傳，更別說馮監奴會有多慇懃了。

她像置身雲端，一路飄浮至內院。

一株老梧桐樹下置了食案，霞光透過蕭疏黃葉，搖曳著細碎金芒。晚風新涼，葉葉梧桐飄墜，落在霍夫人衣裙上。

她見淳于衍到來，起身親熱地將她挽入對面錦席上。

坐在高大的梧桐下，淳于衍遍體生寒。明明霍夫人笑得明媚如春，卻令她感到如沐霜雪。

案上擺著她從未見過的精緻佳餚，雕花鏤金耳杯裡裝著紅豔豔的瓊液，一縷果香撲鼻，是她從未飲過的西域石榴酒。

「少夫。」霍夫人慇懃地夾了一箸鯉魚放入她碗裡，「嚐嚐合不合胃口。」

禮遇過了，淳于衍油然感到惴惴不安，囁嚅道：「夫人有何事要拜託我？」

霍夫人目光炯炯，「上回妳曾拜託過我，要我爲妳守掖庭門戶的夫君謀個上林苑安池監的職務。這事不難，只不過妳得幫我一個忙。」

淳于衍大喜，「夫人所言，我一定照辦。」

「大將軍素來最疼愛小女成君，一直期望她能夠得到最顯貴的身分，此事還得拜託妳。」

淳于衍一頭霧水，大將軍權傾天下，有什麼事需要自己這個小小女醫幫忙？不解地道：「這話從何說起？」

霍夫人殷勤地握住她的雙手，低聲道：「婦人生產，九死一生。如今皇后快分娩了，倘若在她的藥裡投毒，讓她產後毒發而死，到時候旁人自然會認為是死於難產，只要皇后一死，成君就理所當然地成為皇后了。這事須辦得神不知鬼不覺，到時候榮華富貴、錦繡前程，自然唾手可得。」

淳于衍大驚失色，毒殺皇后，這可是殺頭滅族的大罪！她雙手劇烈顫抖，道：「皇后的藥一直都是眾太醫商議後才能開具的，且事前一定有宮人先嚐過，如何能神不知鬼不覺地在皇后藥裡投毒？」

霍夫人篤定一笑，「如何辦妥，關鍵在於妳。如今大將軍權傾天下，隻手遮天，誰敢說三道四？就算有個萬一，他一定能夠保妳周全。妳夫君張賞如今只是一個掖庭戶衛，要想青雲直上，就看妳的意思了。」

淳于衍瞬間慌到了極點，被她握著的手如被毒蛇死死地纏住，掙脫不開，她沒想到自己竟無意間捲入宮廷權力鬥爭，被霍夫人一下子推到了懸崖邊緣。

霍夫人加重握住她雙手的力道，感到她指縫間滲出滑膩的冷汗。

淳于衍泛起一絲薄寒，驚惶搖頭道：「不，我做不到。」

霍夫人神情瞬間猙獰無比，惡狠狠地道：「那麼，妳就等著看張賞被逐出宮外，一輩子做喪門之犬。」她的語氣沒有轉圜的餘地，絲毫不讓淳于衍說不，淳于衍呆呆地遲疑良久，終於把心一橫，道：「我願盡力一試。」

霍夫人隨即霽然一笑，命人拿來一只金匣打開，裡面流光溢彩，有金丸和各式珠寶。

淳于衍正看得雙眼發直。霍夫人已將匣蓋闔上，推到她面前，笑得和藹可親，「那我就靜候妳的佳音了。」

淳于衍神思不屬，面對案上滿滿的珍饈瓊漿也覺得食不下嚥，於是便起身告辭。霍夫人親自送她出府，將至門廡，便聽一陣喧嘩，霍禹揪著寒月的頭髮將她拖了進來，用力擲在地上。隨後霍雲也被人押了進來，鼻青臉腫，嘴角還滲著血絲。

霍夫人看了這情況，心頭一凜。她老於世故，下意識地知道必有家醜，連忙拉著淳于衍快步離府。

淳于衍正一頭霧水，隱約聽見身後傳來霍禹的斥罵：「賤人，妳竟是這般不知羞恥，我定要活剮了妳。」

馮奉世矯詔調兵，圍剿莎車，逼莎車王自盡，首級送回長安。西域南北兩道叛漢的諸國紛紛上書謝罪，表示受到莎車矇騙，願再次歸順漢朝，於是西域又再度恢復平靜。

劉病已十分欣賞馮奉世，對韓增道：「前將軍推舉之人果然有過人之處。」下詔讓群臣議論封賞馮奉世。不少武將紛紛表示，「《春秋》之義，大夫奉命出疆，凡有可安國家，利社稷，則專之可也。馮奉世功效尤著，應賞賜爵位、封地。」

少府蕭望之卻跳出來反對，「馮奉世擅自矯詔，發諸國兵，雖有功，不可以為後人所效法。倘若今日封賞馮奉世，開啟以後奉命出使的便利，皆以馮奉世為例，競相發兵，邀功於萬里之外，使國家頻頻生事於夷狄，漸進之風不可長，故馮奉世不宜受封。」

蕭望之此人，滿腹經綸，才華洋溢，曾被邴吉推薦給霍光，但由於蕭望之看不慣霍光的倨傲，一直得不到霍光的重用。

武將們見說話的只是一員小吏，紛紛回嘴駁斥，蕭望之也不甘示弱，雙方唇槍舌戰，誰也不讓誰。一直不動聲色的霍光忽然淡淡地道：「蕭望之說得對。」聲音隱有雷霆之力，殿內登時安靜下來。武將們均是同一個念頭，大將軍不是和蕭望之不對付嗎？

霍光含著一縷煙嵐般的笑意，不再多言。

雖然蕭望之與霍光互有嫌隙，但霍光處事公正，也認為馮奉世不宜封侯。劉病已同意蕭望之的意見，以馮奉世為光祿大夫、水衡都尉。

出使烏孫的漢使上書，烏孫昆彌翁歸靡逝世，由泥靡即位。泥靡為烏孫上一任昆彌軍須靡和匈奴夫人所生。軍須靡死後，由於泥靡年幼，於是由其弟翁歸靡繼位，並留下遺囑等泥靡長大成人後再繼承王位。是以翁歸靡一死，烏孫貴族便擁立泥靡。從輩分上來說，解憂公主是泥靡的庶母，但根據胡人習俗，她又再度下嫁泥靡。

泥靡為人暴虐無度，殘忍狠毒，被稱為「狂王」。漢使說解憂公主與他不睦，一場政變轉瞬將至。烏孫貴族立有匈奴血統的泥靡為王，對漢朝極為不利。霍光認為烏孫首鼠兩端，便讓皇帝下詔要常惠譴責烏孫不立解憂之子元貴靡之過。

朝議結束，劉病已回到寢殿，金安上上前在他耳邊嘀咕幾句。

劉病已驚詫道：「竟有這事？消息正確嗎？」

「此事是玄羽衛親眼所見，這不今日兩位中郎將霍禹和霍雲都稱病不朝嗎？」

劉病已輕輕一嘆，嘆息聲如簾捲西風，一縷蕭瑟瀰漫開來。「知道了，讓玄羽衛持續關注霍府，一有動靜就回報給朕。」略頓，又補充道：「尤其是朕的師姊，務必護她周全。」

「諾」。

一會兒許平君盈盈入殿，見他神思悠悠，便道：「哎，你發什麼怔？」

劉病已轉身摟住她，像久別重逢似的，一時沉默不語。

她感覺到異樣，道：「怎麼了？」

他目光一掃，宮人立即退出，只餘帝后二人。

他嘆道：「前幾日我不是告訴妳霍光、霍山領尚書事，部分不想讓我瞧見的奏章都扣留著，不會送到我這兒嗎？」

她嗯了一聲。

「其中就有不少彈劾霍雲在酒樓醉後公然忤逆我的奏章，只是這些奏章如今石沉大海，霍光處事眞是滴水不漏。」

許平君訝然道：「這霍雲怎麼會如此大膽，竟公然忤逆天子？」

劉病已道：「我了解霍雲的性子，此人謹小愼微，亦步亦趨，會公然忤逆實是出乎我意料之外，於是我私下派出玄羽衛調查，結果……」說到這裡，忽然覺得喉頭發澀，難以續話。

「結果如何？」

他目光垂落一縷黯然，須臾，才道：「玄羽衛連日下來一直跟蹤著霍雲，結果意外發現我師姊和他在野外……最後被霍禹逮個正著。霍禹和霍雲當場打了起來，玄羽衛聽他三人的談話，得知霍雲一直暗慕我師姊，師姊又與霍禹不睦，一日霍雲喝了酒，糊里糊塗地和我師姊好上了。我師姊不僅曾煽動霍禹謀逆，又挑唆霍雲，遊走於兩人之間，要他們一齊勸霍光擁兵造反。」

許平君訝得杏眼圓睜，「她是你師姊，還曾救過你性命，爲什麼要唆使別人反你？」

劉病已慨然道：「她這一生爲了權勢富貴汲汲營營，興許是我不肯納她入掖庭，所以乾脆唆使霍家謀反，圖個更顯貴的身分，她簡直是瘋魔了！」

「那你打算如何處置？」

「霍光既然將彈劾霍雲的奏章壓下，我也只能裝作不知，至於師姊，她雖救過我性命，但我也曾捨身護她，我們互不相欠。我只希望她能夠離開霍府，回到明月閣好好過日子，別再執念於權貴，葬送自己一生。」

許平君怔怔地道：「權貴眞的能把一個人變得面目全非，毫無情分可言嗎？」

「從前我不相信，不覺間我慢慢體認到了，那眞是辛酸又沉重的體認。倘若師姊當初沒有選擇霍禹，那麼今日會是什麼光景？我們還會是夫妻嗎？」

許平君柔聲道：「別胡思亂想了，我做了桂花蓮子羹，我們一起享用，把不愉快的事都忘了吧！」

「妳最近倒是勤於下廚。」

許平君甜甜一笑，「奭兒長大了，可以嘗試別的吃食。我這做母親的當然要勤勞一點，能親手做吃食給夫君和孩子，是多麼幸福的一件事。」

劉病已愛憐地撫著她的肚腹，「妳肚子一日一日地大了起來，可別太操勞。」

「正因如此，我才要多多勞動筋骨，活化氣血，眼見再過兩個月就要臨盆了，雖不是頭一胎，但我仍覺得緊張呢！」

劉病已單膝跪下，將耳朵貼在她的腹上，柔聲道：「霜兒啊，妳要乖乖的，妳母親懷妳很辛苦，千萬別折騰她太久。」

她笑道：「你怎麼知道她是女的？」

「猜的，我預感一向很準。」他笑了，眼中忽然漾過一抹異采，「她踢我了。」

「很感動吧？」

劉病已目光溫柔脈脈，低低地嗯了一聲。

少頃，許平君挽著他的胳膊，喜孜孜地道：「來嚐嚐我親手做的桂花蓮子羹，這是我第一次做呢！也不知味道如何。」

他捏著她小巧玲瓏的鼻子，「只要是妳親手做的，哪怕苦如黃蓮，味如嚼蠟，我都喜歡。」

她甜甜地道：「那麼我以後日日做給你吃，永遠都做給你吃。」

霍夫人一早就趕到昭陽殿，見到霍成君後，立即遣退宮人。

「妳說什麼？」霍成君端起一盞金漿，才剛湊近唇邊，便從霍夫人口中聽到一件驚天動地的消息，手一斜，漿水險些灑落。

霍夫人神色鄙夷，「霍禹早疑心她與霍雲有染，親眼看見他們在蘆葦叢裡苟合，難道還有假？這女子當眞恬不知恥，做出那樣的事，簡直令霍府蒙羞。妳父親已經嚴令闔府隱匿此事，我實在忍不住，一定要來告訴妳。」

「那麼她如今怎麼樣了？」

「霍禹拿鞭子抽了她一頓，霍雲見霍禹盛怒，一直垂著腦袋，窩囊無比，眼睜睜地看著她被逐出霍府，屁都不敢放一個。」

霍成君奇道：「霍雲被哥哥壓著慣了，怎麼敢做出這種事？」想了一下，又道：「嗯，必是她存心勾引，霍雲一時克制不住，我早就覺得這狐媚子不是什麼好東西。」

「這賤婢一直煽動著霍禹和霍雲，要他們勸大將軍篡位謀反，誰知她兩位枕邊人話都還沒捎到大將軍耳裡，苟且的事就敗露了，她也只能灰溜溜地被趕了出去。」

霍成君冷笑，「好個工於心計的女子！篡位謀反？她必是一門心思琢磨著父親若榮登大寶，那麼將來就是哥哥繼承大統，怎麼著她也能占了個後宮的位子！哼，可是再怎麼步步心機，也不該勾引霍雲，毀了哥哥和霍雲間的和睦。」

「霍禹和她早已貌合神離，只要不是瞎子，都能看得出來，許是香閨寂寞，又看出霍雲對她心生暗慕，才會做出這等敗壞門風之事。」

霍成君忽然想起入宮前最後一次看見寒月，當時她單衣佇立廊下，說了一句令人摸不著頭緒的話。

「我只是在等一個機會。」

霍成君微微恍惚，難道這就是她留在霍府的目的？

霍夫人撇嘴道：「不說她了，一提起她，我就覺得晦氣。對了，妳肚子可有消息？」

霍成君回過神來，黯然地搖了搖頭。

霍夫人蹙眉道：「前段時日陛下不是都宿在妳這兒？照理說不該如此啊！讓淳于衍開些調理身子的藥方，看看能否順利懷上龍胎，我也會去廟裡替妳祈福的。」

霍成君想到皇后、王美人接連懷娠，就像血液裡生出一叢一叢的細針，流淌全身，泛起戰慄的疼。

她下意識地撫著繫在腰上的珠玉香囊。這個動作是劉病已不在身邊時養成的習慣，撫著香囊上鴛鴦的繡紋，好似劉病已就近在身畔，稍稍緩和她的惆悵與失落。

月色如霜，星影欲墜。

寒月踽踽走在紅蓼香殘的荒道上。

天大地大，何去何從？從金尊玉貴到一無所有，身如斷梗漂萍，顛沛無依，巨大的落差感令她無所適從。

在烏孫作爲棄兒，在長安淪爲棄婦，連天下也厭棄了她。

夜風如泣如訴，聲聲斷腸，心緒如灰。人世間的男歡女愛、煊赫榮華，終究不過是過眼浮雲，她已然成爲失敗者。

從一開始就錯了，她人生中有太多太多悔恨，最悔的還是當初在明月閣的那個選擇。

那個少年一直沉默地站在身後，而她卻狠心不回頭，一步步離他越來越遠。

前面就是渭水了，她凝眸望著水面倒影，像審視自己短暫的一生。

人面還是那個人面，只是神韻分明不同了。

終是走到相離相忘的這一步，也許終南山的幽谷還會記得，曾經有一對少年男女相濡以沫；也許明月閣的梅樹會記得，曾經有少年為她沐雪鑿冰；也許他們昔日一起奔跑過的那片樹林，會記得他和她曾經執手寫下一筆生死相依。

唇畔含著幽涼的淺笑，閉目，縱身投入，夜色籠罩下的渭水漾起一絲水花，少頃消逝無痕。

曙光抹亮宮闕，劉病已正握著錯寶翡翠天子筆，在絹帛上寫字。他寫的正是一個「君」字。

一名郎衛匆匆上殿，向劉病已稽首行禮。劉病已知道玄羽衛衛士以各種身分分散宮廷各地，而此人正是玄羽衛首領，眼尾一掃，所有宮人躬身退出，獨留金氏侍中隨侍。

「起來說話。」劉病已道。

玄羽衛首領不敢起身，「臣有罪。」

劉病已心頭掠過一絲不祥，「如何了？」

「寒姑娘離開霍府後，臣等就一直跟在她身後。誰知竟給她察覺了，她展開輕功，臣等找到她時，她已投水身亡。」

劉病已寫字的手忽然一滯，筆尖壓在帛上，香墨暈開，將那個「君」字糊作一團。

明月閣輕功，天下無雙，也怨不得玄羽衛失職。

他心裡像下了一場大雨，微濕微涼，感到指尖瞬間變得冰冷僵硬，幾乎連筆都握不住。他微微抬頭，語聲沙啞，「找口上等的靈柩把她斂了，送回明月閣。」

「諾。」

劉病已幽然凝眸，蒙塵的舊影恍至心頭，他和寒月共騎浮雲，一起雪仗嬉戲，一起墜入谷底冰潭……

卽便後來與她形同陌路，但仍深埋在內心的，唯有那青澀美麗的一星回憶。

他斂眉，輕輕一嘆：「去椒房殿。」

初綻的梅花在風中裊裊地搖動，雪白的花瓣，翠綠的花萼，苔枝綴玉，暗香浮動。

許平君和劉奭在院子裡玩彈球，嬌脆的嬉笑如天籟之音。

劉病已站在廊上看著這溫馨和諧的一幕。一會兒許平君瞥見皇帝到來，笑吟吟地道：「你何時來的？也不通傳一聲。」

宮人立卽行禮。劉病已大步走入，抱起劉奭，笑道：「奭兒有沒有想念父皇？父皇每天都想你想得緊呢。」

劉奭葡萄般的大眼睛在他臉上滴溜溜一轉，咧嘴一笑，發出稚嫩的童音。

寒月的玉殞讓劉病已內心籠上淡淡的憂傷，但在愛子天眞無邪的笑容中，他的心瞬間被治癒了。

許平君察覺出他眉宇間漾著一絲悵惘，道：「怎麼了？」

「我師姊自盡了。」

她掩口驚呼一聲，知道劉病已是念舊之人，寒月歿了，他心裡一定不好受，要說些安慰的話，腦海千頭萬緒卻不知該如何啟口，又覺不管說什麼，都是蒼白無力。

劉病已輕輕嘆道：「若不是師姊，我早就死於燕蓋叛黨之手了，也不會到明月閣拜師學藝。我曾埋怨她的無情，甚至鄙夷她的貪婪，可是到最後，我才發現師姊一生都被利慾貪念所奴役，渴望太多，也怕失去所有，嚐到衆星拱月的滋味後，再也無法回到從前那淡泊如水的日子，眼睜睜地看著自己盛極而衰，一步步失去，卻又不肯放手。她曾經那麼驕傲，受盡霍禹寵愛，無限春風，結束時卻如斷梗漂萍，身邊只有冰冷刺骨的渭水……從頭到尾，她都只是個可憐人罷了。」

她的嘆息聲如風吹拂，「比起她，我實是幸福太多了，我有你，還有孩子，我們還有一輩子。」

「跟妳說了這會兒話後，我覺得胸口舒坦多了。」

「我理解你對她仍有一絲情分，對你們的過去仍有淡淡的緬懷，但並不影響我們之間的感情。倘若你對她的仙逝毫無知覺，反倒我要覺得你太無情了。」

「也只有妳能理解我，有時候即使我不說，妳也能察覺出我的異樣。」

她嫣然一笑，笑容如凝露芙蓉，挽著他的胳膊，輕輕靠在他肩上，只覺愛到了極處，少頃低低地道：「這叫心有靈犀嘛！」

劉奭忽然哭了起來。劉病已道：「他是不是肚子餓了？」

「半個時辰前才吃了一碗鹿肉芋白羹呢！大概是玩累了。」

夫妻倆便走入寢室裡，劉病已將劉奭放在榻上，掖好錦被。許平君哼著歌謠，嗓音恬靜溫柔，就像沐著朝陽的綿綿春風。劉奭眼皮越發沉重，不一會兒就沉沉睡去。

夫妻倆相視一笑，默契十足地伸手抵在唇上，輕輕地噓了一聲。

劉病已凝視著劉奭的睡顏，眼裡愛意亮晶晶的。

許平君眸中湧起一脈溫柔，「眞希望奭兒永遠不要長大，一輩子被我們呵護在手心裡。」

「一輩子很長。」劉病已執著她的手，「但只要和你們在一起，我怎樣都嫌不夠。」

五十五・夭亡

烏孫千里加急上奏，解憂公主不滿狂王暴戾殘虐，不得民心，與駐烏孫的漢使魏如意、任昌策劃一場酒宴，乘狂王酒酣耳熱之際，派力士刺殺。不料一劍刺偏，狂王傷而未斃，落荒而逃。狂王之子細沉瘦集結兵力，把解憂公主與漢使們包圍在赤谷城。

三公九卿、中二千石、將軍、列侯等諸臣於宣室殿庭議。

劉病已先下詔讓鄭吉發動西域各國的兵力前去解公主之圍，又道：「解憂公主與狂王交惡，令朕十分頭疼，因烏孫乃漢朝在西域最重要的盟友，若因此失去烏孫，勢必壯大匈奴的聲勢，諸卿有何看法？」

霍光道：「依老臣看，我朝不如將狂王遇刺的罪責推到漢使身上，召回漢使處斬，另派特使前往烏孫，賜醫藥、金帛，並審理公主與漢使謀刺案，向狂王展現漢朝願意和解的誠意。」

趙充國不悅道：「何須和解？既然狂王暴虐無度，不得民心，公主又與狂王交惡，不如趁勢推翻狂王，立公主之子元貴靡為烏孫王。」

霍光微笑道：「所謂和解，不過是做個樣子給狂王看，好教他失去防備罷了。狂王體內流著匈奴的血，無論如何都要除之後快，先穩住狂王的情緒，藉由審理謀刺案介入烏孫政局，同時也能保全公主的安危。」

霍光向皇帝一拱手，「請陛下下詔，命中郎將張遵攜傷藥為狂王治療，賜金二十斤，拘捕駐烏孫漢使魏如意、任昌二人。另派車騎將軍長史張翁審理公主謀刺案，若查出狂王倒行逆施，立即格殺。狂王一死，即立元貴靡為昆彌。」

趙充國這才點頭。

一個月後，烏孫來信，車騎將軍長史張翁審理謀刺案有失，與公主發生齟齬。張翁情急下揪住公主頭髮加以責罵，公主憤而上書。劉病已立即召回張翁，下獄處死。跟隨張翁出使烏孫的副使季都接手調查，認為狂王確實對公主不敬，行止偏差，罪當處死。但要對狂王下手時，卻臨陣退縮，被狂王牽著鼻子走，事後返回長安，狂王還偕十餘騎護送。

劉病已大爲光火，見了季都，更是怒不可遏，道：「你明知狂王獲罪當誅卻不見機行事，是爲何故？」

季都伏地哆嗦，硬著頭皮道：「陛下恕罪，臣見狂王虎目熊軀，氣焰高張……臣當時實在害怕。」

「你害怕？」劉病已一聽，火上澆油，「要是人人都如你這般，那還打什麼仗？」

季都帶了一絲哭腔，「陛下恕罪。」

劉病已怒氣難息，「將季都押入廷尉。」

季都嚇得臉都白了，像個破布袋似的被人拖了出去，連求饒都忘了。

許平君本來燉了鯽肉藕巾羹，正和劉病已一起享用，季都來了之後就避到偏殿去。劉病已的喝斥聲充斥整個殿堂，她自也聽得一清二楚。諸臣散去後，她重新回到劉病已身邊，倒了一杯水給他，道：「別氣了，喝口水消消火。」

劉病已見了她，怒火半消，「被妳看到我發脾氣的樣子，可嚇到妳了吧？」

許平君撫著胸口，「天子之怒，四海皆慄，真是嚇死我了，這是我頭一次看你發這麼大的脾氣。原來平時溫潤如玉、風度翩翩的劉次卿，生起氣來是裡外不饒人的。」

「我沒想到長史張翁和副使季都竟如此不堪重用，要他們在審理謀刺案中藉機殺了狂王，結果一個與公主交惡，一個不敢下手。真是可笑，因爲他們的愚蠢，毀了漢朝大計。」

「那麼還有法子力挽狂瀾嗎？」

「上兵伐謀，其次伐交，其次伐兵，其下攻城。」他嘆道：「看來，只能走下策了。」

漢朝決定直接用武力推翻狂王的政權，然而當漢朝欲介入烏孫內變，以武力討伐狂王時，卻傳出狂王遇害身亡。

這一下峰迴路轉，令君臣為之錯愕。原來狂王殘忍暴虐，引發烏孫民怨，不止公主想除掉他，前任烏孫昆彌翁歸靡之子烏就屠也祕密發動政變。烏就屠的母親亦是匈奴人，就在狂王遇刺當日，與各翎侯[註1]避居北山，暗中集結部隊，揚言母族匈奴將發兵討伐狂王。此言一出，不堪狂王暴政的烏孫軍民競相投奔，形成一支精銳之師，公然與狂王分庭抗禮。兩軍鏖鬥，狂王被殺，烏就屠自立為昆彌。

烏就屠比起狂王更得民心，且又是一半的匈奴血統，烏就屠繼位後，烏孫必倚向匈奴那一方，不僅不利於漢朝，公主在烏孫的處境也十分危險。而匈奴經上次漢匈戰役後，元氣大衰，已是強弩之末，根本無力與漢朝抗衡，因此漢朝決定出兵討伐烏就屠。

就在一片出兵討伐烏就屠的壓倒性聲浪中，韓增一直眉頭深鎖，一言不發。

劉病已道：「前將軍是否另有高見？」

群臣立即安靜下來，一齊看向韓增。

韓增緩緩地道：「烏就屠此人，與烏孫右大將是莫逆之交，右大將的夫人為解憂公主的侍女馮嫽。馮嫽知書達禮，精明能幹，口才了得，曾持符節擔任公主的特使，巡行賞賜西域諸國，深得諸國敬重和信賴，被尊稱為『馮夫人』。老臣以為，可以請馮夫人先遊說烏就屠，詳細分析箇中利害，言明漢朝已集結大軍於邊境，若烏就屠繼位，漢軍將進攻烏孫，到時烏就屠性命難保。」

趙充國道：「馮夫人的確口才了得，只不過烏就屠好不容易得到王位，難道肯乖乖屈服嗎？」

趙充國此言也正是群臣的疑慮。劉病已道：「既然兩位將軍都說馮夫人口才了得，就讓馮夫人先去遊說烏就屠，我朝先按兵不動。」[註2]

劉病已卽位後，楚王劉延壽意圖謀反，事發後在獄中自盡謝罪，供詞牽連到廣陵王劉胥，之後便有人彈劾廣陵王在封地私下迎來巫女李女須對劉病已下咒降禍。劉病已方登基時，劉胥便不服上書：「劉據的孫子爲何能被立爲皇帝？」

當時劉病已初登大寶，諸事繁瑣，也就不多加理會。

這日常朝劉胥被彈劾，群臣目不轉睛地看著皇帝，看他打算如何處置。

劉病已心忖妻子再過一個月便將分娩，又是歲末，不宜掀起腥風血雨，緩緩地道：「楚地崇尚巫術，廣陵王受到劉延壽蠱惑，一時昏頭，朕念及他是孝武皇帝唯一在世的子嗣，命其改過自新，送上巫女李女須的首級，朕就既往不咎。」

群臣齊聲道：「陛下寬容，臣等佩服。」

劉病已又道：「《尚書》言：『雖休勿休，祇事不怠。』公卿大夫以此互相勉勵。減徵全國口賦，赦免死罪以下的囚徒，賜予平民爵位一級，主婦百戶賜予牛肉和酒，賜予鰥寡孤獨年邁者絲帛。全國大酺五天。」

臘日前三日，宮中開始除塵。

婦人分娩和喪事一樣屬於不吉，民間妊婦須離家分娩，一月方可回。宮中風俗亦然，許平君產期是在正月，那時朝廷正是諸侯朝請的繁忙時刻，所以臘日祭祀後，她就要離開長安，前往三百里外的甘泉宮苑裡的長定宮待產。

離宮前一日，許平君神色匆匆地來到宣室，彼時趙充國正與皇帝彙報匈奴消息。

「陛下，北方匈奴壺衍鞮單于薨逝，由左賢王繼位，爲虛閭權渠單于。虛閭權渠卽位後，依照胡人父死可妻后母，兄死可妻長嫂的習俗，再娶已故的壺衍鞮單于寵愛的顓渠閼氏。但虛閭權渠與顓渠閼氏不睦，不久便廢黜了她，顓渠閼氏的父親左大且渠因而心懷不滿，之後被廢的顓渠閼氏與右賢王屠耆堂私通，此事在匈奴王庭已非祕密。屠耆堂此人野心勃勃，一直密謀叛亂，想取代虛閭權渠……」

劉病已笑道：「這些你上回說過了。」

趙充國一怔，隨卽笑道：「老臣倒忘了上回已經跟陛下說過了，上了年紀後記性越發糊塗了。」

「繼續說。」

「自上次討伐匈奴後，匈奴元氣大傷，沒有能力入侵漢朝邊境，是以陛下下令撤除邊塞以外諸城的戍守以休養百姓。虛閭權渠聞訊後十分歡喜，召集權貴庭議，想與我朝和親。左大且渠對單于不滿已久，有意破壞和親計畫，道：『從前漢使到來，漢軍緊隨其後，此時我們也效仿漢朝，先遣使者到長安。』左大且渠自動請軍，尾隨在匈奴使者後方，打算瞞著單于偸襲我朝邊塞。」

「他們有多少兵力？」

「據探子回報，左大且渠、呼盧訾王各率一萬騎兵南下塞獵，兩軍會合後一齊入塞。」

「匈奴必定想不到我們會這麼快就知道他們的計畫，立卽出動邊郡騎兵屯駐各要害處，再派人率領五千騎兵，兵分三路，出塞數百里，務必殺他個措手不及。」

「諾。」

趙充國離開後，劉病已便回到後閣，見她候在窗邊，驚詫道：「妳下肢水腫，怎麼還跑這一趟？遣人通知我去找妳便是。」

許平君眸光楚楚，粉淚盈盈，抿唇不語，似乎眼淚會隨著她脫口的話語泉湧而出。

「皇后怎麼了？」劉病已看了她身後的白芷一眼。

白芷正要答話。許平君命她將一只黑漆描紅長匣置於案上，自己去啟釦鎖，匣中，淑女劍斷成兩截。

許平君悶悶地道：「你把這柄劍送給我後，我每日起床都會拿起來看，今早發現時，劍身已經斷了。」

「好端端地怎麼斷了？」

「我也覺得納悶，這柄劍我一直仔細收藏，沒摔著也沒碰著，突然間就斷成兩截了。」

「斷了就斷了，瞧妳這楚楚可憐的模樣兒，我還以爲是什麼大事呢。」

「這柄劍對我而言彌足珍貴，你不在我身邊的時候，我就把劍當作是你。」許平君歛眉，聲音越來越低沉，「我抱著淑女劍睡覺，度過沒有你的夜晚。」

「君兒，我……」劉病已又憐又愧，一時不知該說什麼。

許平君仰起粉面，目光漣漣，「我明日就要離開長安了，一個月都見不著你。」

「君兒乖，我這裡一忙完元日朝賀祭陵的事，便會去甘泉宮泰時，到時無論如何，一定抽空去長定宮見妳。」

許平君點點頭，「我們去滄池邊走走吧。」

劉病已目中含著一縷憂色，「妳就要分娩了，這樣到處走動可好？」

「女醫說行走益於分娩，何況我們只是到滄池邊賞雪而已，又沒有跑太遠。」

「妳下肢水腫的症狀可有改善？」

「宮人們每日逼著我喝茯苓水、紅豆水，又幫我揉捏，又要我抬足，水腫的症狀倒是改善不少。」她似怪非怪地嗔了白芷一眼，「白芷一張嘴總勸我要臥床靜養，我整天躺著，寸步不得動彈，像個食罐子似的進補沒完，沒病也快悶出病來了！」

白芷嘟囔道：「奴婢是怕您走路不小心摔跤，動了胎氣。」若非皇帝在側，肯定要數落她不安分了。

「我又不是第一次懷胎，哪有這麼不仔細。」

劉病已笑道：「好了好了，我帶妳去賞雪，這下妳歡喜了吧。」

許平君挽住他的胳膊，笑道：「天下就你最疼我了！」

劉病已低頭在她耳邊呵氣，「我不疼妳，還能疼誰？」

周圍的宮人都垂首偷笑，不敢多瞧帝后一眼。

白雪皚皚，如絮飛舞，滄池的河面上結了一層薄薄的浮冰，冰層下，隱約可見錦鯉悠游，岸邊停著舫舟，枯萎的敗草從積雪中扎出一叢，顯得有些蕭索。

劉病已扶著妻子站在池邊。

許平君心情愉悅，忍不住輕聲唱起歌來：「蒹葭蒼蒼，白露為霜，所謂伊人，在水一方。溯洄從之，道阻且長，溯游從之，宛在水中央……」

劉病已替她繫好鹿皮裘衣，道：「入宮後就不曾聽妳唱歌了，可惜我沒把玉簫帶出來，不然臨景一曲，別有一番意境。」

許平君笑了，「我回長安後，已是冰雪消融，春回大地，到時候，我們在一起泛舟吧。」又繼續唱道：「蒹葭萋萋，白露未晞。所謂伊人，在水之湄。溯洄從之，道阻且躋。溯游從之，宛在水中坻……」

歌聲澄澈，不染塵埃，像一劑能撫平一切憂傷的良藥。

唱到最後，劉病已也跟著低聲吟和。

許平君忽然喜道：「孩子在踢我呢！」

劉病已伸手撫著她的腹部，果然感受到一陣強而有力的胎動，驚喜浮上眉眼，「定是聽到妳的歌聲，所以在裡面手舞足蹈起來了，等孩子出世後，我帶妳去平樂館跑馬，去昆明池泛舟，再帶妳去驪山溫泉宮沐湯。」

許平君笑了，「好啊，不過奭兒這麼小，不知能不能沐湯，回頭我再去問問淳于衍。」

劉病已唇邊飄出苦澀的笑意，「自從有了奭兒，我們獨處時間就變少了，到了溫泉宮，妳就不肯把全部都留給我嗎？」

許平君笑道：「難道你在跟奭兒吃醋？」

「奭兒越來越黏妳，我哪裡還能與妳親近。」

「孩子會長大，而我們往後的日子還很長。」

劉病已見她頰邊烏雲垂落，秀眉微歛，心一動，伸臂摟住她，軟玉在懷，情不自禁喊了聲：「君兒。」

二人身影相偎，聽著彼此細微的呼吸聲，似乎時光也將人世間的美好都凝駐在這一刻。

劉病已心中柔情萬縷，不禁低聲吟道：「宜言飲酒，與子偕老。」

許是即將分別，許平君心中突然掠過一絲不祥，好似只要自己一走，就再也見不到他。

「君兒啊。」他眼裡的愛意藏都藏不住，像破雲而出的和煦陽光，「我們往後的日子還長，願時時刻刻都能琴瑟在御，歲月靜好。」

正月十三，許平君在長定宮產下一女，母女平安。彼時劉病已忙碌完元日朝賀和祭拜先帝陵廟，收到長定宮發出的喜訊，便欲提前趕去甘泉宮泰時殿舉行祭天儀式。

許夫人早已隨女兒一道去了長定宮，此刻她滿面春風，連眼角的摺子都蘊滿笑意，望著女嬰的眼神像快要沁出蜜來，「孩子生得十分標緻，尤其那兩條腿蹬得可有活力了，等長大了，還不天天跑給人追。」

許平君微微一笑。她因失血過多，一張臉白得駭人，全身香汗淋漓，體內一陣一陣發寒，身上密密實實地裹著厚厚的棉被。

她細聲道：「白芷，讓我看看孩子。」

白芷將女嬰抱給她看，笑道：「若將來也像皇后一樣蕙質蘭心，那可招人疼愛了。」

許夫人道：「可不是？都說女兒像母親，妳看這櫻桃小嘴，多愛笑呢！笑起來就像珠珠一樣可愛，來，讓我抱一下。」

三人說說笑笑，許夫人逗弄著嬰兒，十分愛不釋手。

女嬰忽然嚎啕起來。白芷道：「小公主大概是餓了。奴婢先命人將小公主抱給乳母，要是皇后想看，奴婢再去乳母那兒抱回來。」說罷將女嬰交給一名阿保，自己留在寢室內服侍。

許夫人將許平君露在被子外的手重新塞回去，柔聲道：「妳這胎生得又快又順利，沒太折騰，坐月子能吃就吃，能躺就躺，千萬別跑出去見了風。」

許平君點點頭，毫無血色的唇虛弱地扯出一個甜美的弧度，「陛下要來了吧？」

白芷一邊用絹帕替她拭去額頭滲出的汗珠，一邊道：「皇帝出行，事事總得先安排上，不會那麼快的，皇后先闔眼歇息吧，等陛下來了，才有精神說體己話呢。」

「好，我也是累極了。」許平君神色萎靡不堪。

白芷望了眼寢室外，「淳于女醫拿澤蘭丸去兌蜂蜜水，怎麼這麼久還沒回來？」

許平君道：「許是要加多一點蜂蜜吧？不然那藥丸這麼苦，難為妳了，其實，這種事交給一般宮女即可，妳不必親自嚐藥的。」

白芷握著她的手，誠摯道：「奴婢要親自嚐過，才能安心。」

許平君嘀咕道：「我應該直接吞下去的，也不必這樣一來一回地折騰女醫，讓她為我兌蜜水，減少苦味……」

白芷嘆道：「您眞是好皇后，萬事都要替人著想，連個小小女醫也不例外。」

這時淳于衍端著一碗湯藥走了進來，道：「皇后，藥來了。」聲音像被狂風吹散的雲絮，細聽下還能察覺出像咬著牙關說話。

許平君點點頭。白芷上前，用小勺子舀了一口湯藥服下，半晌，才將藥碗奉至榻前。

淳于衍戰戰兢兢地看著，一顆心劇烈跳動，冷不防脫口道：「慢著！」

白芷愕然道：「怎麼了？」

淳于衍額際沁出一層冷汗，支支吾吾地道：「澤蘭丸雖然兌了蜂蜜水，但還是有一點苦澀味，白芷姑娘先將水奉至一旁，等皇后喝完藥後，立卽漱口壓苦。」

白芷笑道：「還是女醫細心。」

許夫人扶著許平君起身，讓她靠在自己身上。白芷恭聲道：「皇后喝藥了。」

許平君嗯了一聲，就著白芷的手將湯藥飲盡，隨卽皺眉道：「苦死啦，水，給我漱漱口。」

白芷遞去水，「這藥頓服呢，良藥苦口，爲了鳳體著想，皇后可得忍耐。」

許夫人輕輕放下女兒的身子，道：「產褥期間，妳多多歇息，一會兒小公主喝完奶，再抱來給妳看。」

許平君忽然問道：「母親覺得霜兒像誰？」

聲音似有若無，許夫人要豎起耳朵才能聽仔細，笑道：「嬰兒都還沒長開，哪看得出像誰。」

許平君倦倦地嗯了一聲，閉上雙眼，腦海立卽浮現劉病已溫煦如春的笑顏，在這疲軟無力的時刻，她最需要一個寬厚的肩膀、一個溫暖的擁抱。

「次卿……」

呢喃如風嘆息，聲音細微，卻是蘊盡一腔的綿綿情意。

突然間她胸口似被人狠狠擊了一拳，心跳驟緩，呼吸艱難，雙眼瞬間睜大，本已虛脫無力，不知哪來的力氣，緊緊攢著胸口衣衫，發出痛苦不堪的呻吟。

白芷、許夫人就在她身側，見狀均嚇了一跳，齊聲道：「怎麼了？」

許平君道：「我……我頭好暈。」眼前無數人影飄忽來去，整個世界如玉碎瓦裂般迅速崩塌，渙散的目光落在淳于衍身上，喘如離水之魚，費盡力氣地道：「藥……藥是不是有毒？」

「沒有！」淳于衍一直默默地站在角落，目睹許平君把藥喝完，精神緊繃到了極致，此刻像踩到火似的跳了起來，猛道：「沒有！絕對沒有！」

許夫人緊緊摟住許平君哆嗦不已的身子，聽見她急劇紊亂的呼吸聲，一顆心慌到極處，急道：「女醫，女醫快過來！」

淳于衍呆若木雞，充耳不聞。

白芷急道：「皇后不適，妳何以杵在那兒不動！」見淳于衍仍毫無反應，當下顧不得斥責，對一側呆若木雞的傅鑫大聲道：「傳太醫。」

「次卿，你怎麼還不來……」許平君想吶喊，咽喉卻像被火灼燒過，發不出聲音，呼吸越來越艱難，眼前景象朦朧一團，然而腦海裡劉病已含情脈脈的笑顏卻越來越清晰，耳邊飄來他說過的每一句話。

「我心似絲網，中有千千結。無論我在哪，我的心都與妳綁在一塊兒。」

「妳是我的結髮妻子，我這一生一世只為妳篦髮。」

「宜言飲酒，與子偕老。」

然而最刻骨銘心的還是那一句。

「我們往後的日子還長，願時時刻刻都像這樣琴瑟在御，歲月靜好。」

這句話不斷在耳邊迴盪，宛似劉病已就在耳邊深情絮語，依稀還能感覺到他說話時的心跳與呼吸。

意識越來越模糊，心口的不適感也越來越強烈，涼意從骨髓裡漫出肌膚，一層一層地將她淹沒。

她努力地想著他，能在這生死邊緣的痛苦時刻裡給予一星力量的，唯有那個人。

她強撐著最後一口氣等著他到來，但死亡像是霧霾似的從四面八方將她的身體一絲一縷地吞噬。她的手在虛空中握了一個圈，想要抓住人世間最後的一絲眷戀，然而無論她如何垂死掙扎，卻什麼也抓不住。

「次……」她的手軟軟垂下，無聲的吶喊像一朵破碎的霜花凍結在唇邊，化作這一生中最深最深的不捨。

註1：烏孫大臣官號。

註2：馮嫽遊說烏就屠，見番外《劉解憂》。

五十六・附子

皇帝出行的大駕，由公卿奉引，太僕御駕，大將軍驂乘，六馬玉輅之後有八十一輛屬車，馳道兩側稍後跟隨的各國諸侯藩王的儀仗，千乘萬騎，華蓋如雲，數萬人浩浩蕩蕩地駛出長安。

甘泉宮和長安的驛報是一日一報，劉病已早先得到許平君平安產女的消息，心中喜不自勝，恨不得立即飛往甘泉宮。

才剛出城，隨即有驛者攔道。

作爲驂乘的霍光蹙眉道：「再怎麼重要的驛報也須層層通報，哪有驛者當道攔駕的？何人如此無禮？」

少頃，儀仗前方起了騷動，隨後便匯聚成一股聲浪：「皇后崩了。」

劉病已聽得不眞切，「外面嚷嚷些什麼？」

「陛下！」內謁者連滾帶爬地跑到玉輅前，用哭喪的聲音喊道。

霍光卻是聽清楚了，久經滄海的他此刻卻是呆呆地望著皇帝，嘴唇哆嗦，一句話也說不出來。

劉病已唇邊那抹因愛妻產女的笑意微微凝滯，本能地有不好的預感。

「甘泉宮驛丞六百里加急奏報——許皇后娩身……崩！」內謁者抖著聲音稟報。

劉病已呆住了。

似乎過了很久，又彷彿只隔片刻，他才訥訥地道：「你……你說什麼？皇后怎麼了？」他聽得不是很眞切，明明內謁者近在眼前，卻像隔著數重山壁，聲音模糊而渺遠。

內謁者壯著膽子，道：「皇后產下小公主後不久，突然鳳體不適，太醫們入內時，已沒了呼吸，還望陛下以社稷爲重，保重龍體，節哀順變……」語畢重重叩首。

他的聲音尖尖的，細細的，像剪子似的一下刺穿劉病已的心，當他聽到「沒了呼吸」四個字，只覺得內謁者的聲音越來越小，越來越沉，就跟死了沒什麼兩樣。

四周靜得只有寒風淒厲的嗚咽，許平君的身影忽然浮現在眼前，她唇邊掛著蜜糖般的微笑，眸光如春水悠悠，溫情無限，彷彿找到一生一世的冀盼。

「平君──」劉病已突然像從沉睡中醒了過來，眼裡像要沁出血來，「去甘泉宮。」

皇后崩逝，泰畤祭典不得不取消。大駕行到此處，下一步必須返回長安，儘快舉國發喪，料理後事。

霍光瞅一眼皇帝幾乎瘋魔的樣子，當下按捺住這念頭，由著他，讓車隊前往甘泉宮。

長定宮的哭聲像漫天雨雪般無盡漫延，劉病已遠遠地便聽見了。他呆了一瞬，腳步不由得一滯。這一路上一直神思恍惚，直到聽到哭聲，才覺得有那麼一絲真切。

明明宮門就在眼前，此刻他卻覺得腳下的路怎麼也走不完。

因事出倉促，宮人尚未披麻服喪，匍匐一地，聽聞皇帝駕到，哭聲越發哀悽。

劉病已怔怔地聽著，哭聲像是一條生滿倒刺的鞭子狠狠地抽著他的心，劇痛之餘，還有無盡的驚恐。長長的通道，重重的殿門，鄰近她的寢居了，他腳步卻停了下來，遲遲不敢入內。

不會的，絕對不會的，平君，平君……

白芷膝行上前，伏地啜泣，「陛下，您終於來了，皇后一直在等您……」

劉病已彷彿受了拳擊，身子一晃，被身後金安上一把攙住，茫然片刻，猛地掙開他的攙扶，踉蹌入內，似是沒看到眼前屏風，碰一聲，撞個正著。

所有人都驚呼一聲，簇擁上前。

劉病已厭惡地掙開所有伸向他的手，隨即衝向她去。

她平躺在榻上，雙眼緊閉，身上的白衣如同她的臉一樣蒼白，雙手交握於胸前。

她像是睡著了，正跌入一個酣甜的鴛夢裡，這麼美麗的睡顏，他是最熟悉的。但他此刻只覺得惶恐，死亡的色澤茫茫地覆蓋著她的臉，使她沉靜的麗色中又泛著一絲荼蘼萎謝般的灰敗，有絕望的氣息，有彌留的香。

他緩緩地伸出手，顫抖不已的指尖拂過她的臉頰。

觸手冰冷，他的手指也瞬間僵住。

似有極鋒利的刀一片一片地剜著他的心，劇痛侵蝕著骨髓血液，有一股灼熱感竄上眼窩，但雙眼卻是乾涸如荒漠。

他猛地抱起她，用力摟入懷中，像要把她揉進骨血裡，唇貼近她的耳廓，道：「君兒，對不起，我來遲了。」沉靜的聲音幾乎不像他此刻的心境，和周遭漫天覆地的哭聲形成強烈的對比。

血色殘陽沒入山巒，有風吹入，拂過他的耳畔，一個恍惚，彷彿聽見她輕輕唱著小調。

面頰抵著她的額心，他雙目眨也不眨地望著案上一盞蘭燭，燭淚滴滴，眼裡卻像被死灰覆蓋，一點濕意也沒有。

「快！」

霍成君催著肩輿，逃命似的返回昭陽殿。

一入寢室，瞬間像洩氣似的癱坐在錦絨地毯上。紅藥上前相扶，換來她一聲怒斥，「滾出去！」

紅藥唬了一跳，躬身退出。

霍夫人從幽微燭光中悄無聲息地走了出來，霍成君嚇得發出一聲尖叫。

霍夫人也被她嚇了一跳。霍成君瞅著母親，驚魂稍定。霍夫人將她扶到榻上，倒了杯水讓她飲下，平靜的嗓音下透著一絲緊張，「如何了？」

霍成君嘴角抽動幾下，用顫慄卻又痛快的口吻道：「她死了！」

「眞的？」

「我方才向太皇太后請安，從她那兒聽來的。」霍成君說著說著就笑了，眼中淚光隱約，「她終於死了，終於……」

霍夫人壓在胸口的大石驟然崩散，笑道：「淳于衍果然沒讓我失望。」

霍成君咬牙冷笑，「淳于衍膽氣不足，又無心計，若非我在她前往長定宮前教她把附子粉藏在指甲裡，趁機摻入皇后的飲食中，只怕成事不足，敗事有餘，到頭來還要拖累咱們。」

「皇后新產，氣血虧虛，附子對她來說是見血封喉的鴆毒，這一招眞是高妙。她一死，接下來後宮就輪到妳做主了。」霍夫人鳳目帶著狩獵人的笑意，輕拍她的手，「成君，妳的福氣在後頭呢。」

霍成君盯著母親的眼睛，臉上殊無笑意，「一不做二不休，淳于衍必須滅口，永絕後患。」

「妳放心，待她回到長安，我必讓她安安靜靜地消失在這個世上。」

星月無華，夜如墨染般深沉幽黑。

長定宮哭聲漸漸微弱下來。

劉病已抱著許平君，眼皮久久才眨動一下，四肢麻木僵硬，怎麼都不肯放下，整個人好似已凝固成一道無生命的剪影。

金安上叩首道：「陛下，求您放下皇后吧！您這樣會傷龍體的。」

「安靜。」劉病已輕輕啟唇。

他不只形如遊魂，聲音也像游絲。金安上瞥了眼金賞和金建，兩人均是一臉不忍，他們不知勸了幾回，劉病已都不為所動。

金安上一咬牙，膝行到傅鑫身旁，低聲道：「命人把殿下和小公主抱來。」

不一會兒兩名阿保抱著劉奭和劉霜進來。襁褓中的劉霜睡得倒是香甜，劉奭被滿殿的哭聲浸染，一路從門外哭到室內。

劉病已聽到劉奭的哭聲，眉頭微微一動，聲音像注入甘霖的涸井，「奭兒？」

阿保抱著劉奭、劉霜上前，訥訥地喊了一聲：「陛下……」

劉病已睜著一雙空洞的眼茫然望去，喃喃地道：「奭兒、霜兒……」愛子愛女在前，他僵冷的心似有一道溫煦的風拂過。

劉奭哭得直打嗝，無論阿保怎麼哄都哭不止，似乎他小小的心靈中，也感受到母親已經永遠離去了。

劉霜卻絲毫不受劉奭的哭聲干擾，好眠正酣，撒金紅軟緞裡，她粉嫩圓潤的小臉蛋兒洋溢著滿足的微笑，嘴角還沾著一絲晶涎。

「霜兒還這麼小，她……她都還沒來得及好好地抱她一抱……」劉病已嗓音暗啞，一日下來滴水未進，喉嚨跟火灼過似的。

「陛下，您好歹喝口水吧。」金賞奉上一杯水。

劉病已目光呆滯，恍若不聞。

金建帶著一絲哭腔道：「陛下，求您了。」

劉病已回過神來，這才順從地就著金賞的手飲了一口，入口苦澀，原來心如死灰，嚥下去的東西都是苦的。

金安上見他終於有了一絲活氣，忙道：「陛下是要抱殿下還是公主？」

劉病已道：「奭兒在哭，朕先哄他。」雖這麼說，卻無動作。

金安上殷殷地道：「陛下，先把皇后放下吧。」

劉病已這才順從地放下許平君的屍身，但與其說他在動，不如說他是被人撥一撥才動一下的木偶。他身體維持同一個姿勢太久，此刻四肢麻木，動作艱難。金安上忙上前一把攙住他，同時金建從阿保手上接過劉奭放入劉病已懷中。

劉病已望著劉奭，茫然的雙眸漸漸凝聚一絲神采，「奭兒，你母后睡著了，你要安安靜靜的，不要吵她睡覺……」

劉奭一到他懷裡就不哭了，眨著淚汪汪的一雙眼，一臉似懂非懂。

劉病已深深地看著劉奭和劉霜，語氣幽咽，「是父皇對不住你們，父皇沒能照顧好你們的母后……」

白芷忽然膝行上前，大聲道：「陛下，皇后死得蹊蹺，請陛下明察。」

劉病已全身一震，半晌才吐出完整的一句話：「妳說什麼？」

白芷揚起下巴，用堅決不容質疑的語氣道：「皇后娩後鳳體正常，並無絲毫不妥，直到飲下太醫一同開立的湯藥後，就開始呼吸困難，頭暈不適。奴婢和昌城君夫人、傅鑫都能親眼證實！請陛下爲皇后做主！」說著重重地磕頭。

白芷說話向來輕聲細語，這番話聲量大到人人都聽得見。

淳于衍忽然尖叫起來，厲聲道：「陛下，皇后之死實因分娩之故，且服藥之前，皆有宮人試藥，試問如何在湯藥裡投毒陷害？」

劉病已聽到「毒」這個字，腦海一道白光炸裂，瞬間目光如電，一瞬也不瞬地盯著她，冷冷地道：「白芷方才並沒有說過在湯藥裡投毒。」

淳于衍一怔，滿殿的哭聲瞬間靜止，只襯得蠟燭芯嗶剝嗶剝的聲響清晰可聞。

「這……白芷是沒說過，臣只是心急口快，一時……」淳于衍慌慌張張地想掩飾，額際細汗淋漓，殊不知她已自亂陣腳，落在劉病已眼裡，越發欲蓋彌彰。

白芷憤憤地道：「皇后喝了湯藥後，就立即覺得頭暈，還問湯藥是不是有毒，當時不只奴婢一人在場，陛下可以問問傅鑫。」

淳于衍急切道：「當時妳就是試藥之人，若在藥裡摻毒，妳何以會平安無事？」

白芷一時語塞。劉病已曾和楚笙朝夕相處，又在令居被人設計下毒，對毒不是全然懵懂，冷冷地道：「白芷身強體健，而皇后剛產女，血虛津虧，元氣大損，如何能與常人身體相比？且宮人試藥都是淺嚐即止，並非大量服用。那碗藥極可能對常人無害，對產婦卻是大傷。身為醫者，若熟知毒藥藥性，即可殺人於無形，妳以為朕沒有這個見識嗎？」

這話紋絲不錯，句句入理，淳于衍瞬間面如死灰，皇帝質疑的目光如餵毒的刀，刮得她遍體生寒，一句話也無法辯駁。

劉病已見她神情，越發肯定自己心中所想，胸口掀起巨浪，冰冷的浪花打得他身心俱碎，他深深吸了一口氣，厲聲道：「來人，將所有侍奉皇后的太醫女醫乳醫全都押入廷尉審問。」

許平君崩於正月十三，原本定於十五日的泰畤祭典取消，棺柩從長定宮運回未央宮前殿。

未央宮哭聲不絕，自也瞞不過王靜姝的雙耳。因太醫千叮萬囑要她臥床安胎，所以皇后死訊人人都瞞著她，能挨一刻是一刻。

因她怕冷，門窗都掩得密密實實不露縫隙，但斷斷續續的嗚咽聲還是滲了進來，淒風苦雨似的漫延至每個角落。

她起初還以為是貓在叫，聽了一會兒，又覺得不太像，奇道：「是誰在哭？」

紫菱知道她必有一問，頓時支支吾吾說不出話來。

王靜姝窺她神色，心知有異，「怎麼回事？」

紫菱慌忙跪下，緊抿嘴角。

「妳不說，難道我不會問別人嗎？來人……」

紫菱忙道：「美人別嚷，仔細動了胎氣。」

「那妳告訴我出了什麼事。」

紫菱頭皮發麻，「是……是皇后……」

王靜姝心一突，「皇后怎麼了？」

紫菱重重磕頭，「皇后……崩了。」

王靜姝瞬間呆住，四下哭聲忽然消失了，只聽見自己的聲音如潮水般漫出咽喉，「妳說……妳說皇后崩了？」

紫菱哽咽道：「還請美人節哀，以龍嗣為重。」

王靜姝由於太過震驚，片刻間一句話也說不出來，心中一個嗓音絮絮地喊著：「平君……平君……」猛力掀開錦被，急急下床。

紫菱大驚，「美人不可，太醫叮囑您不能下床……」

王靜姝充耳不聞，繞過紫菱往門口衝去，「不可能，你們不是說皇后平安產女嗎？怎麼忽然崩了？妳騙人！我……我要去問問陛下，親耳聽他說沒有……」忽然腹部劇痛，發出一聲慘叫。

她按著肚腹，咬牙又奔了幾步，忽有一道熱流滑過雙股，在絨毯上拖出一道蜿蜒的血痕。

「美人——」披香殿眾人一窩蜂地圍上前去。

王靜姝只覺得下腹有如千刀萬剮，幾乎可以想像腹腔內已血肉模糊一團，她像蝦子般蜷曲著身子，素白的綾裙暈開一片赭紅血漬。

一聲幽咽，一滴灼淚，眼前人影飄忽，意識漸漸模糊，身子如殘花萎絮般墜落，一聲尖銳的吶喊「太醫——」成了她昏迷前最後一點知覺。

劉病已像泥胎木偶似的靜坐在一旁，看著梓宮裡已綰髮撲妝、一身金縷玉衣的許平君，至今仍有個錯覺，彷彿妻子只是睡著了，隨時都會跳起來抱住自己，嘟噥一聲：「次卿。」

當皇帝後，只有她會喊「次卿」，但這聲「次卿」以後再也聽不到了。

王靜姝小產的消息傳到劉病已耳裡時，只見他雙眼一絲一絲佈滿紅雲，一雙紅黑分明的眼死死地盯著上空，似在埋怨上蒼的殘忍。

「陛下要不要去趟披香殿？」開口的是中郎將兼任侍中的張彭祖，聽聞皇后崩逝，便過來陪他。

「不必。」

張彭祖微微愕然。

劉病已淡淡地道：「你是不是覺得我很無情？」

張彭祖忙道：「臣不敢。」

劉病已澀然道：「她和平君情逾姊妹，平君驟然離世，她必定傷心不已。我此時過去她那兒，兩個傷心人獨處一室，也只是徒增傷情，未必能彼此取暖。你讓人把我的話帶去，要她好好臥床靜養，別走動見風，我過兩日再去看她。」

「諾。」

皇后崩逝、王靜姝小產，霍夫人得知後樂得手舞足蹈，不過很快宮中捎來另一個消息——所有侍奉許平君的太醫、女醫、乳醫全被投入廷尉詔獄。

她當下有如五雷轟頂，驚得目瞪口呆，皇后剛死，淳于衍都還沒來得及返回長安，事情這麼快就敗露了？心口像有一團燎原之火，將她的恐慌、驚懼、不安、膽怯全都逼了出來。

在這火燒眉毛的關頭，她急得六神無主，忙遣馮殷去承明殿把霍光叫回來。

馮殷連去三次，直說是十萬火急的要事，終於把忙得焦頭爛額的霍光請了回來。

「怎麼回事？」霍光這幾日身體抱恙，又逢皇后停靈，諸侯王在京，他忙得身心交瘁，此刻見霍夫人哭哭啼啼的模樣，更是心生反感。

霍夫人已是大禍臨頭，早已失去昔日的跋扈驕矜，咚的一聲跪下，執著他的手，像墜落懸崖之人拽住一根繩索似的，嗚咽道：「君侯救我，救救成君，救救霍家……」

霍光蹙眉道：「沒頭沒尾，說什麼來著？」

霍夫人銀牙暗咬，少頃，鼓起勇氣，道：「皇后並非死於娩身，而是我讓淳于衍投毒害死的！」

宛如有數百道雷霆貫穿霍光的身體，他首先耳畔嗡嗡作響，跟著全身劇烈震動，呆了良久，只聽見自己縹縹緲緲的聲音道：「什……什麼？」

霍夫人死死咬著牙根，彷彿豁出去了，大聲道：「皇后是我讓淳于衍毒死的。」

霍光呆了半晌，才回過神來，甩開她的手，一記重重的耳光將她打得飛撲在地。

他氣得胸口劇烈起伏，牙關簌簌發顫，指著她厲聲道：「蠢婦，無知蠢婦！妳知道自己幹了什麼好事嗎？竟敢謀害皇后！那可是抄家滅族的大罪！」

霍夫人撫著紅腫的臉頰，悽然道：「我這麼做也是爲了成君，爲了霍家的前程！」

霍光額際青筋浮起，乍看之下宛如蜿蜒的小蛇，聲嘶力竭地道：「住口！妳這哪是爲了霍家！妳分明是給霍家招來滅族大禍！我霍家從孝武皇帝開始，歷經四任帝王，好不容易才有今日的輝煌，眼見就要毀在妳這無知蠢婦的手裡！我再三告誡過妳，要安分守己過日子，別一門心思琢磨著去害人！妳有幾條命可以填進去？上次采薇的死還沒讓妳長記性？妳自己死了倒也罷了，連累霍府一家老小，家族基業毀於一旦，妳簡直百死莫贖！我若不是太縱容妳，焉得令妳如此倒行逆施，不思悔悟……」

霍夫人聽到這裡，忍不住厲聲截斷他：「你此刻教訓我有什麼用？大錯已鑄，再難挽回！如今淳于衍被投入廷尉詔獄，要是捱不了刑，很快就會把一切都抖出來，到時候霍家全完了！」

霍光一口氣噎在胸口，鼻翼煽動，噴出兩道濁氣，顯然氣惱至極。

霍夫人抱住他的小腿，這回軟了語調，可憐兮兮地道：「君侯，我再也不敢了，你想法子把淳于衍弄出來，只要把她弄出來，一切都會沒事的。君侯，我求你了，我往後都聽你的……」

霍光攢眉瞅著眼下哭得妝容狼藉又難得卑躬屈膝的她，想起自己從孝武皇帝開始，謹小慎微，步步爲營，從未行差踏錯，從郎官、曹官、侍中一路爬到今日一人之下，萬人之上，霍家聲勢如日中天，中間歷經無數風雨，均屹立不搖，沒想到枕邊人竟屢屢不聽勸誡，犯下這等彌天大罪，含辛飲血建立的基業聲名就要因爲一個無知蠢婦而毀於一旦！

此刻霍夫人宛如從獸口逃生的小鹿般驚恐不已，素日的飛揚跋扈一絲不剩，那細細的哭聲像三尺白綾，勒住霍光的咽喉，令他有股窒息感，身體染恙的不適再度襲來，幾乎無法立足，然而他的耳邊不斷響起一個聲音，要他在這個節骨眼上不能倒下。

若是淳于衍招供了，那麼往日出入霍府的所有人，就會成爲明日斷頭台上的冤魂。

他忽然想起巫蠱之禍，曾經如日中天的衛氏外戚，一個一個灰頭土臉地被押赴刑場，有的還是不懂事的稚兒，嚎啕大哭著找尋親人。彌天漫地的尖叫啜泣聲中，所有人都是一臉絕望，只眉梢猶帶一絲驚恐。

曾經高門朱戶、賓客雲集的博望苑，喧鬧過後，也不過是人丁凋零，散如煙雲。

衛氏的晚景歷歷重現，霍光閉上雙眼，攢緊拳頭，指節發出清脆的聲響，心中一個念頭越來越強烈——

絕不讓霍家就此衰落！

五十七・恭哀

皇后驟逝，全國舉哀發喪。

皇后的梓宮停在未央宮前殿，宮人著素服跪了一地，望過去一片雪白霏霏，窸窸窣窣的哭泣聲瀰漫成一片淒風苦雨。

許平君斷氣的那一刻，許夫人受不了喪女的打擊，當場暈厥。許廣漢一面忍住悲痛，一面照料妻子，彈指間彷彿老了十歲。

楚堯得到消息後，立即趕到宮內，只見劉病已守著烏沉沉的梓宮，那模樣就像靈魂出竅，一息尚存而已。張彭祖跪在他身旁，眼裡蓄著淚水。

楚堯一瘸一拐地走來，挨著梓宮坐在劉病已身前。

「你來了。」劉病已目不斜視，甚至連睫毛眨也不眨，沉靜得一絲生氣也沒有。

「病已……」楚堯面對他的反常，一時怔然，口齒生疏起來，「我……我不知該如何安慰你，你還撐得住嗎？」

劉病已嗯了一聲，語氣淡若浮雲，「什麼都不必對我說，我只想一個人靜一靜。」

「那……那好吧。」楚堯怔怔看他，嘆了口氣，膝行到張彭祖身邊，壓低聲音道：「他一直都這般冷靜嗎？」

張彭祖雙眼泛著稀薄的淚花，「他分明傷心到了極處，卻一滴眼淚都沒掉，這般壓抑著，我……我實在是擔心極了，生怕他的身子會承受不住。」

「一點眼淚都沒掉啊……」楚堯怔怔地道，側目向劉病已望去，心中一陣悽楚，「平君是他的髮妻，髮妻驟逝，豈能不傷心？若非無情，便是用情至深，欲哭而無淚。」

劉病已忽然想到什麼似的，扶著梓宮起身一路跌跌撞撞往寢室衝去。金安上、楚堯、張彭祖喊了一聲「陛下」，隨即跟了過去。

見劉病已在榻上胡亂摸索著，張彭祖便問：「你找些什麼？」

劉病已恍似沒聽見他說話，不一會兒翻出兩只描金黑漆長匣。他將長匣置於案上，打開匣蓋，看著其中一柄裂成兩截的劍，喃喃地道：「她出事前劍就不明緣由地斷了，如今看來，竟是上蒼的預警。我當時怎麼這般大意，竟沒有察覺出不祥，要是我一直陪在她身邊，或許她就不會被奸人害死了。」

張彭祖垂淚道：「毒害平君之人用心險毒，防不勝防，你又日理萬機，如何能夠察覺到奸人的陰謀詭計？莫要自責了。」

劉病已嘴角含著一絲悲涼的笑，恍恍惚惚地道：「如果知道她這一去卽是今生緣盡，我說什麼也不會讓她離開長安，可是遲了，這一切都遲了……」

張彭祖也不知該如何安慰，含淚凝視著楚堯，要他說點什麼，楚堯搖了搖頭。

劉病已輕撫著斷劍，絮絮地道：「平君，對不起，我應該寸步不離地守在妳身邊，對不起……」忽然拿起君子劍，抽出劍鞘，手掌緊緊握住劍身。

張彭祖和楚堯都是驚呼一聲，金安上道：「陛下流血了，太醫，太……」

劉病已喝道：「別喊！」

金安上伏地道：「陛下這是何苦？您心裡不痛快，只管發洩在臣身上，臣絕不會有任何怨言，求您別自殘龍體，您的一舉一動，皇后在天上都瞧著呢。」

劉病已語氣悲灼，傷感不已，「我心裡的血已經流乾了，這點皮肉之傷又算什麼？」

楚堯正色道：「我知道你傷心，但平君已經走了，你再這樣，卽使活著，也跟死了無異。」

劉病已喃喃地道：「你說得是，她都走了，我的確跟死了無異。她的劍都斷了，我還留著另一把劍做什麼？不如跟著殉了……」一咬牙，手掌施力，一聲輕響，君子劍應聲折斷。

他隨手將劍拋在案上。兩柄斷劍淒冷冷泛著微光，就像夫妻訣別的淚光似的，他一眼也不多瞧，彷彿多瞧一眼就是在心上多添一抹傷痕，沉聲道：「將斷劍找地方掩埋了，我永遠都不想瞧見。」

金安上道：「這劍是您的珍愛之物，您日日都要瞧一眼的，要不臣先找個地方收著，過幾日若陛下還是想埋再吩咐臣埋……」

楚堯沉沉打斷他的話，「劍都斷了，留著只是徒增傷心罷了，埋了就埋了。」

金安上望著劉病已，遲疑了片刻，終究不再開口，自己捧著兩柄斷劍去了。

楚堯目光炯炯，在劉病已臉上流連半晌，道：「你是皇帝，當以天下爲己任，以江山社稷爲重，切莫因爲兒女私情而任性妄爲，淪爲劉氏不肖子孫。」

劉病已苦澀地道：「我不只是皇帝，還是奭兒、霜兒的父親，正因爲如此，我才沒有隨她一起去……」

楚堯神色轉柔，長嘆一聲，捧起他受傷流血的手，道：「我去把太醫找來，看看有沒有傷到筋骨，血一直流不停，也是不妥……」

劉病已聽到「太醫」兩個字，眼中蒙上一層刻骨的寒意，「不必，我此刻最不想看到的就是宮裡的太醫，血流一流，我心裡反而好受一點。」

楚堯嘆道：「我是你兄長，看要找我喝酒還是幹什麼都行，就是別把痛苦悶在心裡。」

劉病已含著一抹悽然的笑意正欲開口，小黃門忽然來報：「陛下，大司馬大將軍求見。」

劉病已面色一整，「請他進來。」

楚堯瞅了張彭祖一眼，道：「我和彭祖先出去了。」

霍光入內向劉病已行了君臣之禮，見他手掌鮮血淋漓，一驚，道：「陛下流血了，可宣太醫了？」

「一點小傷，不礙事。」

霍光憂心忡忡地道：「陛下龍體干係著江山社稷，寸髮寸膚都是萬民的，還望陛下牢記這一點。」

劉病已目中流露一絲倦色，「過一會兒朕會宣太醫，大將軍有何事？」

霍光面色一整，旋卽目光如炬，映得劉病已的臉熠熠生光，「陛下，淳于衍無罪，請您下令將她放了。」

劉病已面不改色，「廷尉都還沒開始審理，大將軍何以認定她無罪？」

「臣很早就認識淳于衍了，因爲信得過她的爲人，所以這幾年府上家眷有恙，一直由她上門診治。淳于衍仁心仁術，斷不會做出傷天害理之事，還請陛下別牽連無辜。」

劉病已冷冷地道：「這女醫好大的面子，竟勞動堂堂大司馬大將軍來爲她求情。」

霍光勉強撐住一口氣，他此刻如踏在一根浮木上，隨時都會傾倒，知道自己必須保持屹立的姿態，要是不支倒地，那麼霍家也就跟著垮了。淳于衍在廷尉詔獄一刻，等同把霍氏一族推近懸崖一步，是以無論如何都必須把她救出來。

霍光生怕劉病已不肯放人，正準備拿出「漢朝伊尹廢劉賀」的威勢，將腹中所有可以脅迫他屈服的文墨滔滔不絕地搬出來，冷不防聽見他淡淡的嗓音悠然響起：「那就放了吧！」

不知爲何，這一句明明就是霍光最想聽見的，也是此趟的目的，但他卻覺得有股涼意逼入骨髓，猛地一陣哆嗦。

他怔怔地抬頭，但見劉病已含笑以對，那笑淡淡的，落入眼中，卻比雷霆之怒還要令人無措。

「大將軍還有事嗎？」

霍光突然像被抽了底氣，聲音有些虛了，「沒……沒有了。」面容一整，行禮道：「臣，謝陛下。」

劉病已懶洋洋地揮了揮手，「朕乏了，您先出去吧。」

霍光行禮後，慢慢退出寢室。

正當他轉身之際，劉病已忽道：「聽說大將軍近日身體欠安。」

霍光回頭道：「回陛下，老臣已病了半個月，一直不見好。」

劉病已含著如霧的微笑，凝視著霍光溝壑縱橫的面容，「朕還是那句話，大將軍保重。」

霍光應諾，轉身而出。

他憋著一口氣，努力把步伐邁得四平八穩，可一顆心始終懸著，明明這就是他最渴望得到的結果，且不費吹灰之力就讓皇帝應允了，但他總覺得腳下像踩著薄冰，稍一不慎就會陷入深淵。

劉病已那抹淡淡的微笑一直浮現在腦海裡，就像幽魂般纏了過來，身上沒有一處是暖和的。

張彭祖、楚堯候在門外，霍光退出後才入內。

只見劉病已身軀劇烈打顫，嘴邊鮮血殷然，雙眸燃著兩簇火焰，狠戾地盯著霍光離去的方向，像要穿透重重門牆，把霍光燒得屍骨無存。

張彭祖嚇得魂飛天外，正要高呼太醫，嘴唇才剛動了一下，就被劉病已喝住：「別嚷！霍光剛走，朕就吐血，傳出去不知會釀出什麼風波。」

張彭祖哭了出來，雙膝跪下，牽著他的衣袖道：「平君已經去了，求你善待自己，我不能失去你。」

劉病已淒涼一笑，「你起來，我把胸口的瘀血吐出來就會沒事了。」

張彭祖哭著不肯起身，楚堯扶起他，道：「你和他從小一起長大，應該很清楚他韌性十足，不會這般輕易被擊潰。」

張彭祖忍了一下沒忍住，瞪著他，氣沖沖地道：「冷心冷肺，一句安慰也沒有，光我一個人磨破嘴皮，病已不也是你的兄弟嗎？」

楚堯一笑，目光投向劉病已，道：「霍光跟你說了些什麼？」

劉病已咬牙道：「霍光要我釋放淳于衍，不要殃及無辜。」

此時金安上埋劍回來，聽了這句話，忍不住憤然道：「許皇后崩逝前，就是服用淳于衍送來的湯藥，且淳于衍當時受到陛下質詢時，目光閃爍，支吾其詞，大有心虛之狀。淳于衍是毒害皇后的首號疑犯，若淳于衍無辜，那其他太醫何辜？皇后又何其無辜？」

劉病已道：「我何嘗不明白？但我還是不得不釋放淳于衍，若是堅決徹查此案，那麼結果就是魚死網破，朝堂上霍光的黨羽一人一口唾沫就足以把我淹沒，我極可能會重蹈廢帝劉賀的覆轍，也保不住奭兒和霜兒……」說到最後，語氣低迷得只剩痛苦的顫音。

金安上嘆道：「陛下心裡的苦，臣都明白，孝昭皇帝……從前也是如此……」

「我終於深刻體會到孝昭皇帝的苦了。安上，你瞧朕此刻的樣子，是不是和孝昭皇帝有幾分相像？」

金安上鼻頭一酸，不敢說是，只道：「當年孝昭皇帝欲禪位給陛下，是深信陛下有一顆堅忍卓絕的心，高瞻遠矚，能謀定後動，不做一時之爭。現今陛下的所作所爲，臣都看在眼裡，陛下果然不負昭帝厚望。」

楚堯道：「那麼淳于衍當眞就是害死平君的元兇嗎？」

劉病已道：「霍光一來，倒是替朕解了心中的疑惑。果然朕想得不錯，平君的死與淳于衍脫不了干係。安上，傳朕口諭，釋放所有侍奉皇后的相關太醫、女醫、乳醫，讓他們各復其職。」

金安上忍不住道：「淳于衍委實可惡，難道陛下要任由這麼一個喪失醫德之人繼續逍遙法外嗎？」

「當然不是，你另外吩咐玄羽衛，等淳于衍一出廷尉，立即將她縛了，別讓霍氏搶在前頭殺人滅口。」

「諾。」

「昭帝仁心，他做不到的，不忍心做的，朕替他做！」劉病已目光如暗夜蟄狼，幽幽地道：「霍氏，總有一日朕會連根拔除。」

許平君出身平民，在位兩年有餘，勤儉謙恭，平易近人，深受宮人愛戴，命婦尊從，被皇帝尊諡爲「恭哀」，依《諡法解》，尊賢讓善曰「恭」，早孤短折曰「哀」。許平君成爲西漢第一位擁有雙諡號的皇后。

霍光對皇帝逾矩的行爲並沒有反對意見，本始三年二月，許平君葬於長安城南鴻固原，因整座陵邑內爲劉病已修築的主陵在北，恭哀皇后陵按制不可大於帝王主陵，所以百姓便將這座陵墓稱爲「少陵」，鴻固原漸漸地被世人遺忘，改稱爲少陵原。

恭哀皇后出殯後，劉病已換上常服，帶著金安上一人前來少陵原。

彼時春寒料峭，冰雪初融，萬物將醒未醒，劉病已站在封土下仰望血色殘陽，身體紋絲不動，彷彿已融入這靜到深處的春景中。

風拂葉落，恍惚間，疑似許平君輕輕唱歌。

「蒹葭蒼蒼，白露爲霜，所謂伊人，在水一方。溯洄從之，道阻且長，溯游從之，宛在水中央……」

似有雨絲落入心湖，他僵硬的身子微微一顫。

金安上垂手靜立在劉病已身後，恭聲道：「陛下……」

劉病已不吭聲。

金安上簡直懷疑他沒有聽進去，沉默片刻，又道：「陛下，淳于衍已被玄羽衛擒住了。」

劉病已這才慢慢地轉身，這一幕令金安上當下打了個寒噤。

依依斜陽籠住皇帝的臉，看得不是很眞切，依稀能辨認出那張臉凝聚著蝕骨焚心的恨意，偏偏他眉宇間又殘存著一絲對髮妻的脈脈溫情，兩種互相衝突的至烈情感同時交織在面上，金安上一顆心突突狂跳，震撼莫名。

少頃，劉病已道：「朕去見她。」

口吻依舊淡定，彷彿遠山悠然飄來的一抹閒雲，但金安上卻能嗅到字語間的烈烈殺機。

淳于衍被幽禁在少陵原一間廢棄的茅屋裡。

自從在許平君的湯藥裡摻入附子粉後，短短幾日經歷入獄、獲釋，又被擒住，終日惶惶不安。她此刻就像一隻卑微的老鼠，抱膝瑟縮在陰暗的角落，心裡只想要活著，哪怕活得苟延殘喘也好。

吱呀一聲，虛掩的門扉從外面被人敞開，清冷的月光流瀉一地，一抹頎長的身影飄然而入。

看守她的兩名玄羽衛衛士見到皇帝，行禮後就掩門退出，和金安上一起守在廊下。

室內只有一盞殘燭，燭淚滴垂，像是劉病已心中那道不可癒合的傷口，血流不絕。

淳于衍哆哆嗦嗦地抬起頭，燭火搖曳間，劉病已慢慢逼近，面容陰狠噬人，宛如催魂奪命的鬼域使者。

淳于衍嚇得放聲大叫，涕淚縱橫的面上又添兩痕新淚，像隻受盡驚嚇的老鼠，不斷往後瑟縮。

劉病已停步道：「妳害怕嗎？」

聲音淡淡的，與他狠戾的面容不太相符。淳于衍驚惶至極，本能地點了點頭。

劉病已坐在她身前，凝視著她的臉，平心靜氣地道：「爲什麼怕朕？」

淳于衍哪敢回答，垂首不敢迎視劉病已緊迫盯人的目光。

劉病已又問：「爲什麼不回答？」

淳于衍支吾道：「臣……」

劉病已淡淡地道：「告訴我，妳是怎麼毒殺恭哀皇后的？」

淳于衍猛然抬頭大叫：「沒有，沒有，不是臣做的，臣沒有毒殺恭哀皇后！」

劉病已雙手摁住她的肩膀，「到了這步田地，妳還想隱瞞什麼？是霍成君還是霍顯指使妳的？」

淳于衍泫然道：「臣……臣沒有毒殺恭哀皇后，也沒有人指使臣，陛下……是誤會……」突然肩膀一陣劇痛，忍不住大聲慘叫：「啊……好痛……」

劉病已十指用力，深深掐住她的肩膀，像要嵌入骨髓裡，對皮嬌肉嫩的她來說就像酷刑一樣。

「說不說！」劉病已厲聲喝道，像暗夜裡閃過一道驚雷。

淳于衍痛得大叫：「臣說就是了……」

劉病已放輕力道，但十指仍緊掐著不放。

淳于衍悲泣：「是……是霍顯，是霍顯要臣這麼做的，臣若不照做，她就要拔了拙夫的職，臣實在沒辦法，只能聽她的……」

劉病已靜靜地問：「那麼妳是怎麼毒殺恭哀皇后的？」

淳于衍嚇得淚水如潰堤洪流，不知該如何向皇帝啟齒。劉病已十指用力，像蓄滿全身之力掐入，連他指尖也絲絲發疼。

淳于衍又發出一聲慘叫。「臣說就是了……」

劉病已淡淡地道：「快說，朕不是很有耐性。」

淳于衍顫聲道：「臣……臣在恭哀皇后的湯藥裡下了附子粉，附子本身是藥材，入藥有益於產婦補血，緩解痠麻暈疼，但若過量，就……」

聲音很輕，但聽在劉病已耳裡，卻像石錘一下下敲進心裡，他聲線像緊繃的弓弦，一字一字帶著穿雲裂石的力道：「過量就會怎樣？」

「就……就會變成劇毒。」

「所以，產婦服用大量附子後會如何？」

淳于衍不是很明白，又怕一時回答慢了會受到「酷刑」，忙道：「會死。」

劉病已冷冷地道：「朕知道會死，朕的意思是怎麼死。」

淳于衍一呆，心中浮起一個念頭，死了就死了，還問這麼詳細是要如何？驀地一陣錐心刺骨的痛覺又從肩膀蔓延開來，劇痛之下，話語竟變得流暢了。「產婦服用大量附子後，會頭暈腦脹，呼吸艱難，胸口悶痛，最後心臟麻木而死。」

劉病已聽著眼前這卑微膽怯的女子親手毒殺愛妻的過程，十指忽然鬆了。他怔怔地瞅著淳于衍，想像著許平君臨死前又是驚懼惶恐，又是痛苦不堪的面容……

彼時她才剛誕下一個鮮活的小生命，和自己有著天長地久的盟約，有著對未來的憧憬期許，一碗毒藥下肚，死亡如千萬隻蟲蟻般噬咬著她的體膚，將她推入那永恆的黑暗深淵。她當下該是多麼恐懼死亡！該是多麼恐懼見不到自己最後一面！

他眼前似乎看見許平君垂死掙扎的模樣——她的手在虛空中握了一個圈，想要抓住人世間最後的一絲眷戀，然而無論她如何垂死掙扎，卻什麼也抓不住。

「次……」她的手軟軟垂下，雙眼闔上，無聲的吶喊像一朵破碎的霜花凍結在唇邊，化作這一生中最深最深的不捨。

一瞬間他心痛欲裂，捂著胸口，紅了雙眼，血絲密佈的眼像是有血淚隨時噴薄而出，聲嘶力竭地道：「她才十九歲，人生還很漫長，妳怎麼忍心下手！」

淳于衍哭得難以呼吸，伏地不斷磕頭，額心一片殷紅，「是臣錯了，臣犯了滔天大錯，臣罪該萬死，臣不該去毒殺皇后，對不起，都是臣的錯……」

劉病已只覺得全身脫力，身子一晃，幾乎快要摔倒，淒涼地道：「妳的確該死，可卽使妳死了千萬次，也換不回她的性命。」

他悽楚哽咽，喃喃傾訴：「妳知道嗎？朕和她約好了，要去平樂館跑馬，要去驪山溫泉宮沐湯，還要去昆明池泛舟，我們原本還有千萬個往後，還有無數個晝夜寒暑可以相守，我們還要看著孩子們一起長大……」說到這裡，驀地聲色俱厲，「就因爲妳！就因爲妳犯下的錯，我們一起編織的夢再也無法實現了！」

淳于眼哭得腦袋發暈，懊悔得說不出話來。

劉病已沉默良久，明明有灼熱感撲上眼眶，卻一滴淚也淌不下，這種感覺很奇怪，他明明就想放聲大哭一場，卻一直沒有眼淚。

他睥睨著眼下這個令他切齒痛恨的女子，突然腦海一片空白，只覺得身心交瘁，只想好好躺下來睡個三天三夜。

他手掌撐地，慢慢起身，踉蹌至門口。

淳于衍匍匐上前，哭道：「陛下，陛下，臣罪該萬死，不敢奢望陛下饒命，只求陛下饒恕臣的家人……」

劉病已頭也不回，語氣又恢復最初的淡定，「妳知道妳犯的是滅族之罪嗎？」

淳于衍連連點頭，「臣百死莫贖，但是臣的家人什麼都不知道，他們是無辜的……」

劉病已悲涼一笑，「他們無辜？那我的平君又何其無辜……」

淳于衍聽他自稱「我」而非「朕」，語氣淡漠如煙，驀地感受到他灰敗的心境，一時無語凝噎，只見劉病已敞門而去，凜冽如冰渣子的聲音隔著一束月光靜靜響起，「朕不想髒了雙手，立卽送她上路。」

「諾。」

淳于眼忽然放聲大笑，三分笑，七分哭，詭異莫名，「一步錯，步步錯，滿盤皆輸……」一抹銀光沒入體膚，鮮血飛濺，哭笑聲戛然而止，四下又恢復令人壓抑的沉靜。

劉病已蹣跚走了幾步，他的指甲因施力過度而崩裂，正汩汩流血。

金安上見了又是一聲驚呼：「陛下！」

劉病已恍若不聞，就這麼茫然往前走著，也不知自己該走去哪，能在這清冷孤寂的夜裡溫暖人心的，唯有那個秀靨如花、蕙質蘭心的她。

她的陵墓就在前方，他想走向她，但是他肩上壓的是江山社稷，背後是蒼生萬民，最重要的是，首惡霍氏仍然活在他眼皮底下，呼吸著同一片土地上的空氣，他們仍持續驕狂、跋扈、不可一世……

他仰望著夜空，稀疏的星子垂下幾絲光亮，柔和得幾乎可以療癒人心，初春的風帶著一絲寒意，撲在他面上，好似要冷卻他內心烈火般的悲傷怨憤。

他實在是疲乏欲死，但只要一闔眼，那死前不得相見的憾恨就會襲上腦海，心口又是密密匝匝的疼。

「安上。」他語氣輕得像是浮雲，不帶著一絲人間溫度。

「諾。」

「去藥王島。」

五十八・綠衣

馬車裡，金安上替劉病已受傷的十指上藥包紮，見他雙眼睜得大大的，眼裡一片空茫，面色蒼白如雪，渾然失去昔日的俊逸神采，心微微一酸，勸道：「您好歹闔眼歇一會兒，這段時日您都沒睡，再這樣下去，身子會撐不住的。」

「我睡不著。」劉病已沉默片刻，又道：「正因爲我睡不著，所以我才要去藥王島，姑姑研製的安神香可厲害了。」

「即使您睡不著，那也不妨闔上眼，至少會有養神的作用。」

「我一闔上眼，就是她死前的畫面。」

金安上猶疑片刻，嘆道：「臣不明白，您何必問淳于衍問得這般詳細？」

「我要知道她是怎麼毒殺平君的。」劉病已雙眸閃過一絲雪亮的恨意，「每個細節我都要知道得很清楚，然後夜夜磨刀，把這恨意一刀一刀刻在我心裡。」

金安上愴然道：「這樣您的心傷如何能夠癒合？」

劉病已含著悽惻的笑，「我心裡的那道傷，永遠都不會癒合。」

「臣會一直陪伴在您左右，您若是過不了心裡的那道坎兒，一時找不到人傾訴，別忘了還有臣。」

劉病已目光微瀾，「我都沒哭，你怎麼又哭了？」

金安上一抹臉頰，才發現手心都是淚水，便道：「您沒流出來的眼淚，臣先替您流，等到哪一日您想哭時，再痛痛快快哭一場。」

劉病已微笑道：「跟我出來這兩日，你也一直沒闔眼，藥王島離這裡還有一段距離，你先歇會兒吧。」

金安上殷殷地道：「臣不累，陛下若不歇息，要不要先吃點東西？您從昨晚到現在都一直沒進食，連一滴水都不喝……」說著拿出食盒與水。

劉病已搖了搖頭，掀開車帷，任涼風拂面。

金安上重重地嘆了口氣。

到了蓮勺後，天空開始飄起細雨。

金安上從包袱裡取出一件蓑衣，要為他披上，卻被他揮手拒絕。

登舟入島，劉病已走了幾步，一縷熟悉感立即迎面撲來，時光彷彿倒回當年，那笑靨如花的少女就在身後，好奇地眨著眼睛東張西望，指著一叢叢沒見過的藥草嘰嘰咯咯嘮個不停，像鄉下人初進城似的。

心一陣悸動，驀然回首，只見金安上恭敬地立在自己身後，身子凝立不動，此外便是漫天灰濛濛的雨絲，似泣如訴。

心裡那個洞越裂越開，冷風不斷灌入，絲絲縷縷的寒意漫延周身，最後連呼吸都是冷的。

「陛下……」金安上低聲喊道。

劉病已失神片刻，才道：「走吧。」

到了藥王莊，楚笙正坐在一張香蒲席上翻閱竹簡，一旁小几上烹著一壺菊茶，正散發著氤氳水氣，刻花案上擺著兩只雙耳杯，杯中一泊清澄的茶湯，仍保有一絲餘溫。

「你來了。」她像是知道劉病已會來，指了對面的蒲席，「坐。」

劉病已使了一個眼色，金安上躬身退出，他連日未眠，此刻正打算守門打盹兒。

劉病已坐下道：「姑姑……」語氣帶著一絲淡淡的哀傷。

楚笙擱下竹簡，輕輕嘆了一口氣，凝視著他那雙密佈血絲、憂傷繾綣的眸子，道：「我都聽說了。你看起來比我想像中還要憔悴，這段時日一定很難熬。我知道你會來，一方面是睡不著，一方面是這裡有你和她的回憶……」

「我的確睡不著，明明身體疲乏欲死，但是腦袋卻依然靜不下來，一闔眼，腦海裡都是她的音容笑貌。姑姑，我好倦，能否讓我好好睡上一覺，哪怕是一個時辰也好。」

楚笙心頭捻出千絲萬縷的酸楚，端起他面前的耳杯，緩緩地道：「菊花明目平肝，疏熱祛火，具凝神靜思之效，又以去年初秋拂曉時菊花瓣上的露水泡製，嚐起來清新順口，是特別為你準備的。」

劉病已舉杯飲盡，道：「入口微微苦澀，入喉清新滑順，舌尖上留有一絲甘甜，令人回味無窮。」

楚笙微笑道：「人生如此，豈能事事盡如人意，一切都會苦盡甘來的。」

劉病已悽然道：「我從一介庶民，一路跌跌撞撞，終於從谷底爬到頂峰，得到九五至尊的榮耀，可……可我卻連心愛的女子也保護不了。」

「她的性子，的確不適合待在宮裡，我從一開始就清楚這一點了，但你們鶼鰈情深，若是各奔東西，倒是於心何忍……」楚笙一邊替他斟滿菊花茶，一邊幽幽地道：「她的死怪不得你，你只要把仇人的模樣烙在腦海裡，記得住恨，沉得住氣，藏得住淚，匿得了怨，忍得下一時不平，禁得起千揉百挫。記住，時機尚未成熟時，千萬不能展露鋒芒，也千萬不能心慈手軟……」

劉病已看著杯裡的茶湯映著自己一半的面容，恰似他殘缺破碎的心。他眸心有深翳的悲憤，像咬碎牙齒，一字一字狠狠地磨出話來，「您放心，我絕對不會心慈手軟，我只要想到她們是如何步步心機，毒害奭兒，毒殺平君，我就恨不得將她們挫骨揚灰。」

「我給你找的那女子，跟東閭良長得有七成相似，不僅面容相像，連談吐舉止都是刻意養成的，最要緊的，是她右眼角下那一顆殷紅的淚痣，那是撓心的爪子，也是記憶的一道疤。陰溝裡翻船，霍光大概作夢都想不到。」

劉病已唇角含著冷戾的微笑，「他要是知道自己是如何一頭栽下的，大概下了黃泉都不能瞑目。」

「倒是霍禹，他是你師弟，你當眞下得了手？」

劉病已聽到這個名字，雙眼浮現雪亮的恨意，「早在他派人羞辱平君時，他就不是我師弟了。」

「那件事是他幹的？」楚笙一怔道：「東閭良怎麼會生出這個不肖子。」

「隨著霍氏權勢步步攀升，浮華虛榮已將霍氏一族的良知都啃得點滴不剩，人命在他們眼裡賤如豸蟲。爲了達到目的，哪怕喪盡天良，他們也幹得出來！霍禹、霍成君、霍顯，這些人……這些人……我遲早會咬住他們的咽喉，再慢慢、慢慢地咬破他們的皮肉、血脈、筋骨，看著他們在驚恐絕望中嚥下最後一口氣。」

楚笙靜靜地看他，「平君死後，鳳位非霍成君莫屬。」

劉病已淡淡一笑，笑容有如出世的野雲，不帶一絲人間氣息，「當然，這就是她們害死平君的理由，她想要中宮權柄，想要顯貴榮寵，我一定會滿足她。我要她爬到至高無上的地位，正是人生最得意、最順遂之時，再讓她重重地跌入谷底，盛極而衰、風光不再的淒涼滋味，我要她好好地體會。」

楚笙忽然想到一人，「一個月前我到過山陽郡……」

劉病已眉尖一挑。

「劉賀的癲狂症一直持續復發，將他折騰得生不如死，一條腿瘸了，整個人頹廢不已，與從前那恣肆驕狂的樣子簡直判若兩人。」

劉病已淒涼一笑，「他還算幸運，小梅去的時候，他就在一旁，陪她走完人生最後一程；平君去了，我卻連最後一面也見不到。姑姑您說，是不是上蒼覺得我對劉賀太殘忍，所以才要這般懲罰我？」

「我從不相信什麼天譴報應，我只相信事在人爲，劉賀的結果，是他自己造成的。」

「劉賀這一生最愛的女子就是小梅，小梅走的時候，我看著劉賀哀慟欲絕的模樣，我就明白了。小梅不在了，他也被廢爲庶民，軟禁起來，非死不得出，還瘸了一條腿。他這個人卽使活著，也是一具行屍走肉，倒也不必多加挫磨。姑姑，勞您得空親自去一趟山陽郡，解了他的狂症之毒，算是我格外對他的施恩。」

楚笙微微詫異，「我還以爲你不肯放過他，連一絲一毫的喘息餘地都不留給他呢。」

劉病已淡淡地道：「我終於切身體會到失去畢生所愛是什麼滋味了，當眞活著跟死了無異，哀莫大於心死，心字已成灰，身體髮膚承受的任何折磨都不算什麼。」

楚笙眸色轉深，「若讓心徹底死去，那麼卽使活著，也離死期不遠。」

「霍氏未滅，就是一帖良藥，逼著我自己快點振作起來。」

楚笙伸手搭住他的脈搏，「憂勞過度，腎水虛枯。一會兒我親自替你熬藥，你好好睡一覺，等你睡醒了再服下。」

「我實在是累到骨子裡了，只想好好地睡一覺。姑姑，您幫幫我，讓我一閉上眼，不會胡思亂想就馬上睡著。」

楚笙嘆道：「當年給江充的安神香都還留著，我給你薰上一爐，你很快就會睡著了，而且不會夢魘。」

楚笙看著他躺好，替他撫平被角，以一個母親的姿態輕輕摸著他的頭，柔聲道：「好好睡吧！」將一把挽著他的手來到臥室。

安神香寧和的氣息氤氳開來，劉病已眼皮越來越沉重，漸漸意識模糊，最後人事不知。

安神香屑丟入博山爐中，掩門離去。

他這一覺睡得極爲舒適，身體輕飄飄彷彿徜徉在雲中，從卯時一直睡到天黑方醒，醒來後神清氣爽，四肢盈滿活力，見金安上守在床邊打盹兒，鼻息正酣，顯已睡沉了。

他不願吵醒他，悄聲下床，斂足掩門而出。

繞廊過院來到大堂，三個孩子正圍著几案讀書寫字，嘰嘰喳喳，十分吵鬧，見了外客，連忙行禮，又繼續用功去了。

劉病已怔怔地看著這些陌生的面容，一瞬間想起了青兒，彼時他倚著窗兒，認眞習字，才過六年，卻是景物依舊，人事全非。

「綠兮衣兮，綠衣黃裡。心之憂矣，曷維其已。綠兮衣兮，綠衣黃裳。心之憂矣，曷維其亡……」一個女孩興高采烈地讀詩，尚未讀完，手中竹簡忽然被人抽了去。

楚笙瞪著她，「不許讀這首。」

女孩嚷道：「爲什麼不許讀這首？今日正好學到呀！」

「不許就是不許，去去去，用飧食去。」

孩子們聽到有飯吃，哪還管讀《詩》？一窩蜂往食堂跑去，片刻就不見蹤影。

劉病已苦笑道：「姑姑虎著臉，孩子會嚇著的。」

楚笙故作輕鬆地道：「不扮黑臉，遲早給慣壞。」

「她方才唸的《綠衣》，是悼念亡妻之作，看她喜孜孜地讀著，肯定體會不到詩中的傷感。綠衣綠衣，平君喜著綠衣，第一次在許家見她時，她一身嫩綠襦裙，就像春日渭水邊的蒹葭一樣……」劉病已愴然不已，絮絮呢喃：「如今我心如荒漠，再也不會有綠衣……」

楚笙喟然道：「管他綠衣黃裳，你眼下最要緊的，是把身體調養好，湯藥熬好了，等涼一點再喝。」將一碗藥擱在案上。

劉病已端藥便飲。

楚笙急呼道：「小心燙……」

她心尖一陣抽痛，才剛熬好還冒著蒸騰熱氣的湯藥，連盛湯的碗都是燙手的，他竟毫無知覺地將湯藥飲盡。

她忽然想起他睡前講的一句話：「心字已成灰，身體髮膚承受的任何折磨都不算什麼。」

楚笙滿眼都是心疼，捧著他的手，見他手掌發紅蛻皮，手都這樣了，那他的唇舌、他的喉嚨還能好到哪去？心中氣急，道：「你便喜歡這麼糟蹋自己，那還來找我做什麼！」

她雖然氣惱，但還是拾來醫藥箱，一邊上藥，一邊唸叨：「你要是不心疼自己，那也別指望人家會心疼你。」

劉病已心裡一陣慚愧，「在這世上我能倚靠信賴的人不多了，姑姑便是其中一個。對不住，我保證以後不會再這樣了。」

楚笙正色道：「你的一舉一動，平君都在天上瞧著，你要她死不瞑目，到了天上也不能安心嗎？」

劉病已心猛然一抽，「姑姑教訓極是，我的心已經給了她，卽使她離開人世，她也一定在天上看著我。她見到我自哀自殘，會無法安心的。」

「卽使她人不在了，但只要你覺得她沒死，她一定用某一種方式繼續存活著。」

劉病已微微動容，「姑姑的話大有哲理，病已明白了。」

「安神香、安神藥我都會爲你備妥，但是如何不靠藥物入眠，還得看你自己的心態。我能幫你的，不過只是一時。」

「霍成君的香囊已佩戴一年有餘，是否可以換掉了？」

楚笙頷首，「她一年來朝夕不離地佩戴，藥力日積月累侵入肌理，這輩子是絕對不可能有孕了，之前叫你命人備下的另一枚一模一樣的香囊，趁日後召幸她時悄悄替換了，雖然舊香囊裡的香屑都是縫死的，不過凡事總要提防萬一，若是讓她得知香囊的祕密，那麼宮中又要掀起三尺浪了。」

「如此心如蛇蠍的女子，若是生下孩子，只怕會教出一個魔鬼。」

「看霍顯就知道了，有其母必有其女，一樣都是為了達到目的而不擇手段，霍氏之惡，到霍成君這裡就終結了吧。」

劉病已心中忽然浮起一個念頭，這個念頭從內心深處如月牙般緩緩爬升上來，在他唇邊凝結成薄霜般的笑意。

楚笙一向敏銳，「想些什麼？」

「霍禹若知道他生母是如何死的，不知霍府會鬧得多麼厲害。」

楚笙挑眉，「你打算現在放出風聲？」

「不。」劉病已蹙眉沉思，「計畫變了，請姑姑給她下那道指令，待霍光『真病了』，我便讓他在家靜養，不必上朝，到時我再悄悄放出風聲。霍府若鬧得雞飛狗跳，估計這病也好不起來了。」

「霍光當初用什麼手段剷除異己，現在也只是自食惡果而已。」

「權力傾軋，生死相拚，一報還一報，姑姑等著看就是了。」劉病已瞥眼見金安上立於廊外，微微一笑，「你醒了，正是飯點，一起去吧。」

金安上驟然見到皇帝久違的閒和笑容，一時恍惚著不敢置信，還以為自己身在夢裡，偏偏皇帝走了過來，親手挽著自己前去用膳，這樣的轉變，這樣的待遇，從未有過。

他腳步略微虛浮，似踏著自己起伏不定的心潮，怎麼一覺醒來，皇帝竟脫胎換骨似的？

君臣當晚就在藥王島用膳，金安上見劉病已大口大口地扒飯，驚喜不已，兩痕清淚簌簌落下，好幾個孩子都捧著碗，張著嘴，呆呆地看著他，不解他為何傷感。

食畢，君臣返回長安。

金安上從寥寥幾句閒談中便察覺出劉病已似乎變得不一樣了，他雖然大多數時候仍沉默著，一雙眸子依舊漾著淺淺的憂傷，卻比往日還要多出幾分朝氣，像是從雲翳中一點一點透出的稀微日光，那光雖然淺淺的，薄薄的，卻已能夠照亮他人。

劉奭、劉霜自許平君崩逝後，便養在如歌的長樂宮裡。劉霜整日好吃好睡，倒也不令人煩惱；劉奭時常睜著烏溜溜的大眼四處張望，嘴裡喊著「母后」，發現這裡不是熟悉的椒房殿，抱著自己的女子也不是最依戀的母親，小小的心靈還以爲母親不要他了，嚎啕不止，哭累了就睡，睡醒後又繼續哭，把長樂宮人折騰得慘了。

「可憐的孩子，這麼小就沒了母親。」如歌抱著劉奭，忍不住黯然嘆息一聲。她眼下氤氳著兩痕青墨，看樣子是被劉奭吵得整晚不能眠。

她溫聲細語哄著劉奭，身旁的侍女勸道：「太皇太后都抱了許久了，手會痠麻的，讓奴婢接手吧。」

「奭兒認生。」如歌喟然道：「從前許皇后時常抱著奭兒來找我，我也算看著奭兒長大的，從會仰脖子，到會坐，會爬，會走，會喊人，對我而言，奭兒就像我親生孩子一樣，如今奭兒心靈受創，我自然要擔下這個責任好好安撫。不然，這孩子會覺得自己被天下遺棄了。」

侍女應諾。

如歌長嘆一聲，她年僅六歲就被送入掖庭，離開父母的懷抱，離開熟悉的家，身旁只有阿保侍女，儘管這些人照料得無微不至，個個百般奉承，但當時年幼的她，所渴望的不過只是最平凡的親情而已。她被拘在這寂寂深宮中，像折了翅膀的鳥兒，失去自由，失去童年，又不能時時見到親人，眞覺得自己被天下人遺棄了。

她悠然望向窗外，又問：「陛下怎麼還沒來？」

侍女道：「陛下剛回宮，奴婢已遣人去請了，估計就快到了。」

如歌摸著劉奭的頭，柔聲道：「奭兒，你聽見沒？父皇回來了，等會兒就能見到父皇了。」

過不多時，劉病已來到長信殿，行禮道：「太皇太后辛苦，奭兒、霜兒養在您這兒，朕便無後顧之憂了。」

如歌謙道：「能蒙陛下信任，也是我的榮幸。」

劉奭聽到劉病已的聲音，忽然止了哭泣，眨著淚眼瞧著他，小小的身體想要掙脫如歌的懷抱，爬到劉病已身上。

如歌彎了眉眼，「瞧，孩子雖然還不大會說話，心裡卻一直惦記著你。」

劉病已眼眶發熱，伸出雙臂，「朕抱一抱他。」

如歌將劉奭輕輕地放入劉病已臂彎。劉病已緊緊摟著兒子，眼波溫柔，「奭兒，父皇在這兒，父皇以後每天都來看你好不好？」

「奭兒驟然喪母，一時還不習慣，除了哭便是睡，不過小孩子適應力強，我想過幾日便會好轉的。」

「霜兒呢？」

「霜兒吃飽睡，睡飽吃，倒是不必頭疼。」如歌幽幽一嘆，「都是可憐的孩子。」

「太皇太后同時照料兩個孩子，可還忙得過來？」

「陛下不是已撥了一些人過來幫忙了嗎？說是託養在我膝下，其實大多數時候都是阿保乳母在照顧，我只是在一旁打下手而已，沒什麼忙不忙的。」

「往後的日子，還請太皇太后多費心思，朕再一次謝過太皇太后。」

「我平日也無聊，整個長信殿冷清得很，多了這兩個孩子，我謝你都來不及了。」

劉病已心中感激，皇后驟逝，幼兒失依，他第一個想到可以託付的對象就是太皇太后，所以立卽命人將皇子公主移到長樂宮，遠離未央宮的是是非非。

然而如歌對他也是不勝感激，作爲劉弗陵的皇后，雖然沒有經歷宮妃的明爭暗鬥，在掖庭過的是古井不波的生活，但入宮久了，自然多了幾分敏銳的心思。她能察覺到許平君死得蹊蹺，也能察覺到侍奉許平君的宮醫十分可疑，若論許平君死後誰受益，那麼答案就十分明顯了。

她每每想到這個層面，都驚出一身的冷汗，夢魘連連，心中浮起一個姓氏，壓都壓不住，那個姓氏和她帶著一絲血緣關係，至死都抹不去。

她心忖自己都起了疑心，那麼懷著一顆七竅玲瓏心的皇帝怎麼可能不懷疑？皇帝下旨將侍奉許平君的宮醫都投入詔獄，尙未審問又全部釋放，更顯得蹊蹺。

她一步步像踩著浮木，戰戰兢兢，一不小心就會失足跌入眞相的泥潭裡，但最後當劉病已下令將皇子公主交給她扶養時，她心中的大石瞬間落了下來。

光這一點，她就明白皇帝心中是信任自己的。

劉病已與如歌閒談幾句後，便離開長樂宮，前往披香殿探望靜養中的王靜姝。

五十九・霍后

他望著披香殿宮門，神思恍惚，心中浮起一絲難以形容的感觸，竟令他雙足生根似的，難以移動寸步。

少頃，衫袖微有涼意，他才回過神來，走入殿內。

一聲「陛下駕到」，披香殿宮人跪了一地，王靜姝不願失了禮儀，硬是從床上爬下來要行禮。

劉病已輕輕攙住她，溫聲道：「身子沒好，別急著下床。」

王靜姝聽見他殷殷的口吻，本已平靜的心，驟然被攪得泛起朵朵漣漪，淚水潰堤於一瞬。她的眼淚是爲了芳華早逝的許平君而哭，也是爲自己意外喪子而落，更是爲了眼前憔悴到形容難辨的他……

她心中一酸，哽咽道：「陛下，妾有罪，沒能保護好我們的孩子。」

劉病已輕輕擁住她，「我們以後還會有孩子的，朕答允妳，一定不會讓妳白白失去這個孩子。」

王靜姝抬眸，最後一句話她不是很明白，什麼叫作「一定不會讓妳白白失去這個孩子」？她沉浸在許平君驟逝、痛失骨肉的悲傷中，加上身體羸弱，精神萎靡，只當許平君死於娩身，而自己因悲傷過度導致滑胎，一切都只是個意外。

劉病已看著她黛眉輕蹙下那雙蒙著水色的眼眸，帶著動人心魄的無辜，尤其眉宇間的神韻極似……

他的心忽然像被一雙手用力地擰了一下，一瞬間終於明白爲何自己躑躅著不敢踏入披香殿，眼前佳人本就病得憔悴，這時哭得梨花帶雨，更是別有一番楚楚動人的風姿，簡直像極了那個刻骨銘心、活在內心深處不會遠去的她。

因爲王靜姝與許平君有幾分神似，尤其凝眸顰眉、淚雨闌干時，令他逐漸沉寂的心再度隱隱作痛，是以觸景生情，不敢踏足披香殿。

那一刻他神智有些懵了，還是王靜姝的淚把他喚了回來，「陛下，太醫說妾這次滑胎對身子損害極大，極可能……極可能再也無法……」她掩住檀口，悲傷如水四溢，一時哽咽難言。

劉病已整了整心神，道：「妳還年輕，慢慢調理，總能懷上的。」

王靜姝緊緊握著他的手，像是要藉此獲得力量，「陛下，您不會騙妾吧？」

「只要心存希望，凡事都有可能。」

王靜姝一張俏臉泛起珊瑚紅暈，令她淚漣漣的模樣多出幾分婉轉嬌態，「妾幼時與人結親卻總喪夫，最終無人問津，名聲不甚好聽，蒙陛下不棄，納入後宮，妾很是感激……」

她聲音低到不能再低了，「陛下和平君對妾有恩，只可惜，她去得太早，連最後一面都不得相見……」

劉病已胸口如遭重擊，雙眸浮起一痕淺淺的哀色，「以後，別再提起平君了。」

王靜姝心一凜，這才意識到自己說錯話，急忙跪下，道：「陛下恕罪，妾失言了。」

劉病已眸心閃過一絲幽光，像流星的尾巴沒入深沉的夜色裡，再也無跡可循，淡淡地道：「不要緊，妳好好歇息，朕過幾日再來看妳。」

王靜姝怔怔地看著他頭也不回地離去，心中懊悔不已，悽惶喊了聲：「陛下……」

劉病已大步離開，紫菱絮絮寬慰王靜姝幾句，就大著膽子追了上去，跪下道：「陛下，奴婢斗膽，有話要說。」

劉病已回頭看了她一眼，靜靜不說話。

紫菱心中怦怦直跳，鼓起勇氣，道：「請陛下別生王美人的氣，王美人只是太思念恭哀皇后了，所以才會不知不覺對陛下說了那樣的話，王美人不是有心的。」

劉病已聽她提及許平君，心中微微不耐，靜了片刻，才道：「妳很忠心。」

紫菱重重叩首，「奴婢冒犯陛下，甘受任何責罰，還請陛下別遷怒美人。」

劉病已道：「關於恭哀皇后的真正死因，宮裡已是謠言四起，但是妳記著，恭哀皇后是死於娩身，無論妳聽到什麼謠言，心裡只要裝著這一句。若是妳家主子聽到任何一絲風聲，問起了妳，妳只消照朕的話去回覆，別讓她再受到任何刺激。」一語畢大步離去。

劉病已走得很急，似乎急著離開這裡，回到溫室殿，便叫來掖庭令濁賢，道：「把從前侍候恭哀皇后的宮人全都打發到甘泉宮去，朕的後宮已是無風三尺浪，斷斷容不得再有人嚼舌生事。」

濁賢應諾，跨出殿門前，似聽見身後皇帝輕輕一嘆：「朕再也不想看見她傷心掉淚的樣子了……」

本始四年三月十一，立大將軍之女霍成君為后，赦天下，又封霍山為樂平侯，霍雲為冠陽侯。

劉病已幾乎夜夜宿在椒房殿，在所有人眼中，他似把對許平君的一腔情意都轉移到霍成君身上，霍氏尊榮因霍皇后而到了無以復加的境界。

許平君做皇后時，從官車服甚為節儉，霍成君做皇后後，一改原先椒房殿的簡樸作風，金堆玉砌，鏤花錦繡，她身上的飾物全用赤金打造，宮服也選用一品的鮫文萬金錦緞，再以金線繡花，以上等的珠翠綴飾，觸手的杯盞碗勺皆以泥金漆器。入冬後天候轉寒，她身上時常披著墨色玄狐斗篷，皮料油光水華，輕而保暖，帽沿上鑲著數顆鴿蛋大的東海夜明珠，即便滅了燭火也能看見一排珠子在黑暗中熠熠生輝。

霍成君身上的飾物，比起許平君在世時足足多出兩倍有餘，蓮步姍姍間，曳翠銷金，令人目眩神迷，椒房殿的侍女個個也都華服麗飾，如此奢靡華貴，蔚然成風。

霍成君的輿駕侍從甚盛，賞賜屬官的錢財均以千萬計算，與許平君的節約簡樸相差懸殊，使少府錢與水衡錢揮霍如流，日子一久，不免遭人非議。她聽了後反而變本加厲，似乎對平民皇后許平君的勤儉極為不屑。

霍成君封后，同時王靜姝從美人晉升為容華，之後廣招采女，掖庭又多了良人華氏、衛氏。

這日王靜姝和兩位良人到椒房殿晨省問安。

霍成君看著身形豐腴、打扮妖嬈的華良人，不禁嫌惡地蹙起眉頭，又聽見她嗲聲嗲氣的說話，更是打從心裡膩歪至極。

霍成君閒閒地飲了一盞梅漿，含著一縷薄笑睨了華良人一眼，慢聲道：「這幾日陛下都宿在妹妹那兒，妹妹的鳳凰殿可真是越發熱鬧了，都快趕上王容華的披香殿和我的椒房殿了呢。」

王靜姝聽她提到自己，只是低頭把玩著衣角，黯然不語，心忖許皇后在位時，何曾這般含針帶刺地說話？

華良人的父親在霍光手下當差，一門榮辱全繫在霍光手中，自己又只是個小小的良人，心忖這個「霍」字千萬得罪不起，聽出皇后話語間漫延的酸意，連忙陪笑道：「皇后說笑了，雖然陛下這幾日都宿在妾宮裡，但妾時常聽他提起皇后，言語中流露關切，可見他心裡從來只有皇后呢。」

雖然一聽就知道是諂媚話兒，到底聽了也舒服，霍成君面色稍霽，笑道：「陛下說我什麼？」

華良人是口舌伶俐之輩，笑吟吟地道：「陛下最常說的一句話就是皇后為人愼勤婉順，有關雎之風，母儀之德，當為後宮之楷模。」

霍成君笑了，「嘴巴抹蜜了嗎？你就是這麼哄陛下的吧。」

華良人越發諂媚起來，「妾說的是實話，陛下即便宿在鳳凰殿，夜裡入夢時總會絮絮喃喃地喊著皇后的小名兒，可見陛下的心，始終都在椒房殿呢。」

霍成君哼了一聲，「我不信。」

華良人急道：「皇后千萬信妾，妾至少聽陛下喊過兩回『君兒』……」

霍成君笑容一僵，重重地擱下鑲金錯玉盞，一聲悶響，如一棒敲在華良人心頭。

「君兒？」霍成君聲音有一絲切齒的意味，心中恍悟，敢情先前華良人說的「愼勤婉順，有關雎之風，母儀之德」都是在緬懷許平君？

華良人明顯感受到氣氛迅速變僵，卻不知自己錯在哪兒，怯怯地向王靜姝投了一記求救的眼神。

王靜姝看不起她這般阿諛諂媚，離席欠身道：「皇后，妾略感不適，若沒別的吩咐，妾就先告退了。」

霍成君笑道：「妳滑胎後身子一直不見好，一會兒我讓人送紫參乳鴿湯過去給妳補補身體，瞧妳，整個人瘦成一脈枯竹，塗脂抹粉也遮不住膚色的蠟黃，如何能討陛下歡心？須知身爲嬪御，若不能取悅陛下，那也是跟一件尋常擺設無異。」

王靜姝聽她左一句「滑胎」右一句「擺設」，只聽得心如針錐，強笑道：「多謝皇后恩賜。」扶著紫菱快步離去。

椒房殿空氣像膠纏似的，透出令人窒息的沉悶。

華良人臉上堆歡，恨不得眼角也擠出笑意來活化氣氛，「哎呀，王容華一走，妾倒是才想起那小食還沒拿出來請諸位姊妹嚐鮮。」

衛良人奇道：「什麼小食？」

「是我母家送來的醃漬蜜釀綠梅干，配上皇后宮裡的巴蜀香茶最合適了。朱朱，把東西呈上來。」

霍成君對她的綠梅干毫無興趣，倒是聽到一個敏感的字眼，眉一挑，道：「朱朱？」

朱朱正將密封起來的綠梅干遞給紅藥，冷不防聽到皇后喚自己的名字，恭聲應諾。

霍成君卻不看她，笑吟吟地對華良人道：「妹妹方才喚她朱朱，我沒聽錯吧？」

華良人不知皇后爲何對自己婢女感興趣，還是恭謹地道：「回皇后，這丫頭就叫朱朱，是妾的家生丫鬟。」

霍成君興致勃勃地道：「哪個朱？」

「是朱色的朱。」

霍成君嘖了一聲，「這個字不好。」

華良人心中一突，怯怯地道：「敢問皇后，這字有什麼不妥嗎？」

霍成君橫了她一眼，「我說不好就是不好，需要理由嗎？」

華良人醒悟，「還請皇后賜名。」

霍成君笑意款款，「不如改成珍珠的珠，喜氣多了。」

珠珠忙跪下道：「奴婢謝皇后賜名。」

一番閒聊，兩位良人就退出椒房殿。

霍成君含著狡猾的笑意目送她們款款離去，才低咒一聲：「狐媚！」

紅藥納悶道：「皇后為何突然幫華良人的侍女改名呢？」

霍成君橫了她一眼，閒閒地道：「你知道許平君小名叫什麼嗎？我親耳聽到那瘋婦一個勁兒地喊呢。」

「瘋婦？」

「許平君一死，她母親就瘋了，看到別人家的女兒，就不斷喊著自己女兒的小名，要是陛下知道華良人的侍女取了一個這樣的名兒，那可有熱鬧看了。」

紅藥不安地道：「倘若陛下動怒，問起華良人，華良人將您抖出來怎麼辦？」

「她不敢的。」

紅藥惴惴地道：「您肯定嗎？」

霍成君慢條斯理地道：「只要她父親還在大將軍麾下做事，她就不敢在陛下面前胡亂嚼舌，再說我也是好意啊，區區婢女能讓我起名嗎？倘若把我的一片冰心當作算計，那未免也太狼心狗肺了。」

紅藥笑道：「皇后睿智。」

「我也只是看不慣她狐媚惑主的那副模樣！我的衣裳都沒用薰香，她不知安了什麼心眼兒，薰得一身甜膩膩的，成天只想招蜂引蝶，叫人倒足了胃口。」

「皇后消氣，可要嚐嚐華良人送來的綠梅干嗎？」

霍成君嫌惡地道：「不必了！通通拿出去倒了！」

後宮暗湧著一絲陰謀的味道，西陲也不甚平靜。

幾日前，光祿大夫義渠安國出使巡行西羌，西羌最大部落先零羌的酋豪向他提議，希望讓羌人返回湟水一帶放牧，義渠安國答允羌人的請求，之後上報朝廷。

漢武帝在位時，曾遣十萬大軍討伐西羌，將羌人逐出湟水流域，切斷羌與匈奴的聯繫，遷部分漢人至此墾田，隨後朝廷設護羌校尉，監視羌人的動靜。

趙充國得知義渠安國竟輕易把肥沃富饒的湟水谷地許諾給了羌人，怒不可遏，立即上書彈劾義渠安國失職。另一廂羌人根據義渠安國的許諾，大批大批地度過湟水，郡縣官吏難以遏制，紛紛上書告急。

劉病已看完各地奏書，面含憂色，道：「羌人雖然分布極廣，卻一直是一盤散沙，然而此次湧進湟水谷地後，卻一改往昔鬆散的局面，朕擔心羌人極可能卸仇結盟，進犯漢朝，不知將軍有何看法？」

趙充國道：「羌人之所以容易控制，是因為羌部落極多，每個部落都有一個首領，部落間經常互相攻擊，不能精誠團結。三十多年前的那一役，諸羌也是化解舊仇，交換人質，訂立盟約，聯合進攻抱罕、令居，六年後方始平定。到征和三年，先零羌首領封煎和匈奴互通使節，匈奴派人到小月氏，轉告羌族各部落：『漢朝貳師將軍的軍隊十多萬人投降匈奴，羌人以前被漢軍強迫服役，吃盡苦頭。張掖、酒泉本來是我們的地盤，土地肥美，我們可以聯手進攻占領。』由此可見，匈奴企圖與羌人聯合，已經不止一代了。不久之前，匈奴軍事受挫，由盛轉衰，極可能藉此機會聯軍羌人。老臣擔心羌變不止於此，他們還會聯合更多部落，我朝定要提前做好準備，防患未然。」

劉病已道：「如此看來，一動不如一靜，請將軍祕密監督羌人的動向。」

不久後邊陲傳來消息，羌人祕密遣使到匈奴借兵，企圖襲擊鄯善、敦煌以阻斷漢朝與西域的通道，事實證明趙充國推測極為正確。

趙充國道：「如今實力最強的先零羌、罕羌、開羌均解仇結盟，叛亂迫在眉睫，還請陛下速速遣使巡視邊防部隊，並設法瓦解羌族內部同盟，趁羌人叛亂之前一舉挫之。」

必須派人巡視諸羌部落，並瓦解羌族結盟，以和平的方式解決羌人叛變。在趙充國上奏後，霍光連同丞相、御史大夫紛紛又推薦義渠安國。義渠安國原來就是霍光黨羽，霍光聯合群臣舉薦，是要給他一個將功贖罪的機會。趙充國本屬意酒泉太守辛武賢，奈何一張嘴抵不過群臣眾口一詞，只能悻悻作罷，於是義渠安國再度出使諸羌部落。

庭議畢，群臣散，劉病已略感疲乏，金賞奉上一盞茶，道：「陛下喝茶消火吧。」

劉病已神色複雜地看了他一眼，「方才你老丈人的氣焰你也看到了，硬是要義渠安國再次出使諸羌，朕縱使屬意辛武賢，還不是得由他去？這些老臣，個個成精似的，眼裡簡直沒有朕這個皇帝。」

金賞垂眸，「陛下，大將軍雖是臣的岳丈，但臣的心，始終向著陛下。」

劉病已凝視著他，不說話，金建忙將茶遞給他，笑道：「陛下口渴了吧，這是上個月進貢的巴蜀香茶，最回甘了。」向金賞揮了揮手，示意他退下。

劉病已接過茶飲盡，氣消了大半，喃喃地道：「朕胸口這口氣，瘀了這麼久，總是散不去。」

金建驚呼一聲，「臣去傳太醫。」

「不必了，這口氣遲早會散的，快了！」

金建應諾，又笑嘻嘻地倒了一盞茶給他。

劉病已看了一旁默不作聲的金安上一眼，道：「你注意到方才霍光的氣色了沒？面如金箔，走路都要人攙扶，說幾句話便要來口參湯吊著，你覺得和誰十分相似？」

金安上一臉恭謹，「臣只管盡心侍候陛下，餘事一概不知。」

劉病已眼中隱隱透出狡黠的寒光，意味深遠地道：「定侯田千秋。」

金安上是金氏兄弟裡最了解皇帝的，聞言神色一動，靜靜不說話。金建沉吟道：「陛下這麼一說，倒是有七成相似，那時定侯也是久病不癒，百官公車門聚議後，女婿徐仁被捕下獄，經此打擊，一病不起了。」

「一病不起……」劉病已細細咀嚼著這四字，一瞬間想到了什麼，臉上流露出異樣的神采，少頃，才道：「今晚去華良人那。」

「陛下，妾不行了，陛下……」身下的麗人雙手緊緊拽著他的胳膊，新生的指甲掐進肉中，隨著他的掠奪連連嬌喘，肌膚上沁著一層薄薄的汗珠，宛如芍藥凝露，明豔不可方物。

在劉病已眼裡，她們都是一樣的，不管是妖艷的華良人，還是端麗的霍成君、清婉的王靜姝，對他來說，都只是發洩慾望的工具而已，只有與她們纏綿溫存，才能暫時填補內心的缺失。

宿在宣室時，金安上都會為他燃上一爐安神香，到了各宮後妃居處，睡前便來一顆安神藥，如此迷迷糊糊便能一覺無夢，醒來後，卻總有一股莫名的悵惘。

自她去後，安神香、藥已經與他形影不離了。

他曾試著不靠外物入睡，結果換來一夜無眠。

夜深人靜時，同時也是靈台最澄澈的時候，這時心思格外敏銳，許多不願想起的往事舊影也會浮上眼簾。

那人已沉入他的心湖裡，不再泛起一絲漣漪，可當他不經意地想到她時，他仍然會感受到強烈急遽的心跳。當她的影子快要在心中浮現時，他便會找事情轉移注意力，夜裡就靠著安神香、藥入睡，如此一日復一日。

雲雨過後，華良人累得橫陳在緋紅色繡褥上，玉體如同被衾的顏色正泛著誘人的薄紅。

劉病已看都不看她一眼，恍似方才的事從未發生，逕自穿了寢衣，一時還不想睡，便坐在案前挑燈看書。

華良人緩過一口氣，便下床穿衣，扭腰擺臀走了過來，道：「這麼晚了還要看書，仔細傷眼。」

劉病已橫她一眼，「妳擋到我的光了。」

華良人悻悻地挪動身子。

劉病已淡淡地道：「妳先睡吧。」

「陛下不睡，妾也不睡。」

「隨妳。」

他永遠都是這般拒人於千里之外的口吻，只有纏綿時才會熱烈一些，而這熱情猶如煙花，短暫的絢爛過後，就四散無痕，一旦穿上衣裳，便又像隔了千山萬水，渺不可及。

華良人噘起粉唇，膩聲膩氣地道：「陛下……」見皇帝不理，仗著連日的恩寵，大膽將他手上的竹簡抽走。

「還來。」他不冷不熱地開口。

「妾只是好奇陛下看得這般認眞，讓妾瞧一眼嘛！」

劉病已不再理她，起身走到金絲木窗旁，看著窗外細雪霏霏，如誰剪了鵝毛一把撒在空中。站在窗邊，絲絲縷縷的寒氣透過輕薄的寢衣沁入肌膚。他夢囈似的呢喃：「昔我往矣，楊柳依依。今我來思，雨雪霏霏。行道遲遲，載渴載飢。我心傷悲，莫知我哀。」

華良人哎呀一聲，「陛下站在窗前，仔細著了風寒。」

劉病已一動也不動。

「今年這雪下得早，但我估計明日一早便都化了。」華良人絮絮叨叨：「珠珠真是粗心，走之前也沒關緊窗，風都漏了進來，回頭定要好好罵她幾句。」

劉病已充耳不聞，兀自靜靜地站在窗邊，沐著滲入窗隙的寒氣，單薄的身子冷如堅冰。

「陛下早點就寢吧！」華良人挽著他的胳膊。

「嗯。」

華良人扶他坐在榻上，瞥眼看到一旁的火盆，又是一聲哎喲。

「又怎麼了？」劉病已蹙眉，實在不喜她咋咋呼呼的樣子。

「火盆的炭都燃盡了，難怪妾覺得房裡越來越冷。」

「那就命人進來處置，不必這般大驚小怪。」

「一定是炭放得少了，珠珠最近不知道是怎麼了，沒一件事做得令人順心。」

劉病已心頭微微一動，「珠珠？」

「是妾的陪嫁丫鬟，名叫珠珠。」華良人高聲呼道：「珠珠！珠珠！」

珠珠在外面聽到呼喚，急忙進房。劉病已怔怔地看著華良人，道：「妳說她叫珠珠，哪個珠？」

華良人笑道：「是珍珠的珠。」

劉病已內心的傷口瞬間裂開，痛得呼吸困難，面色如罩寒霜，語氣有如窗外的雪花般稀薄清凜，「誰說可以取這個名字？」

華良人一怔，戰戰兢兢地道：「陛下……」

「誰說可以取這個名字！」

清冷的語氣漾著一抹哀音，他雙手攢著胸前的衣衫，想要緩和心痛的感覺，但是痛楚一點一點如雪瀰漫，迅速侵蝕著體膚。

珠珠……

平君……

這名字在他耳邊縈繞不去，聲音不斷放大，彷如一根釘子鑽入耳裡，要刺入腦仁深處。

華良人看著他面色由灰白轉爲鐵青，嚇得不知所措，在她心中，他一直是沉靜如水的姿態，何曾如此動怒？急切道：「陛下您怎麼了？」

只見眼前的女子一臉焦灼，嘴唇翕張，卻聽不見她說什麼。他像跌入沉沉的夢淵裡，夢裡一團迷霧，尋尋覓覓，冷冷清清，什麼也看不到，什麼也抓不著，只有一個溫柔恬靜的嗓音像隔著千山萬水一下又一下撼動著他的心。

次卿……

她在尋找他，他也在尋找她，夢裡，他用力撥開迷霧，想要挽留那抹深深牽動他心跳的倩影。迷霧撥開後彌合，彌合又撥開，撥開彌合，彌合撥開……

次卿……

聲音逐漸渺遠，好似有什麼人帶走了她。她的聲音帶著細碎的嗚咽，帶著濃濃的不捨與眷戀，最後在劉病已凝眸望穿的目光中消失無痕，靜得一絲聲息也沒有。

眉心緊緊攢起，眸中有深邃的痛楚，像是被誰插入一刀，那刀還沒拔出，一直翻攪著他的臟腑。

劇痛令他如夢初醒，陰鬱的眼眸倏地一亮，臉上的傷感如被烈日蒸發的雨水，轉瞬消失無痕。

他像是不曾經歷方才的痛楚，冷冷地道：「這名字不好，改了。」

華良人一呆，心想這可是皇后賜名，如何不好？待要分辨，劉病已已穿上外衣，邁步離去。

「陛下！陛下！」華良人追了上去，劉病已卻沒有要回頭的意思，她扶門而立，既驚愕又迷惘。

六十・替身

出了鳳凰殿，一陣風夾著雪意迎面撲來，候在門外記錄時辰的掖庭丞急忙拿了件狐皮大氅替他披上，「陛下怎麼出來了？」

劉病已沉默，只是輕輕伸出手，讓一片雪花飄落在掌心。雪花碰到他的肌膚，竟不消融，頑固地在他手心打旋，像是他此刻一味逞強卻又懸浮不定的心。

「陛下別一直站在風口上，若不回鳳凰殿，那麼去張容華的披香殿吧，那兒離得較近。」掖庭丞小心翼翼地道。

劉病已忽然握住拳頭，將雪花掐成雪水，淡淡地道：「回溫室殿。」

掖庭丞雖不知鳳凰殿裡發生什麼事，卻也明白此刻還是不要說話來得好。

皇帝儀仗迤邐朝溫室殿而去。

劉病已抬眸，一勾曉月似墜非墜，幾顆星蕊吐著微光，如墨的夜空像帳子罩住整座未央宮，不留絲絲孔隙，令人難以喘息。

御苑裡一樹梅花開得正嬌，宛似一群緋衣少女在雪中嬉戲。梅花清雅的香伴著凜冽的雪意隨風而來，依稀聽聞有人在風中唱歌。

「蒹葭蒼蒼，白露為霜，所謂伊人，在水一方。溯洄從之，道阻且長，溯游從之，宛在水中央……」

聲音極輕，偶爾被風颳得破碎不可辨識，卻像在劉病已心中響了一道春雷。

一瞬間，他幾乎聽見髮妻的心跳聲，強烈地感覺到她活著回來了，正在某一處唱著熟悉的歌。

「停下！」他大叫。

御輦稍停，劉病已便一腳踩在雪中，險些滑了一跤，掖庭丞急忙扶住他，「陛下當心。」

劉病已呆呆地道：「你聽見沒？是不是有人在唱歌？」

掖庭丞一怔，凝神傾聽片刻，「似乎在梅園那，陛……」

一語未畢，劉病已發狂似的往梅園奔去。

掖庭丞忙不迭喊道：「陛下！陛下！雪地濕滑，您別跑啊！」

隨侍皇帝的一群人霎時都慌了手腳，急匆匆地踏雪追去。

劉病已衝入梅園，歌聲越來越清晰，唱歌的人就近在咫尺。他按住幾乎快要跳出胸腔的心，臉上有著難得一見的溫柔。那溫柔像是被春水化開的冰雪，柔和得令人甘願深陷其中，無可自拔。

「蒹葭萋萋，白露未晞。所謂伊人，在水之湄。溯洄從之，道阻且躋。溯游從之，宛在水中坻……」

歌聲近在眼前，他停下腳步，鼓起勇氣，撥開梅樹一瞧。

王靜姝一身湖水綠，正一邊唱歌，一邊和侍女紫菱剪著梅枝。

那張臉如花樹堆雪，新月生輝，含著柔婉的笑意，有那麼一霎那，他恍惚覺得她似乎不曾離去，一直活在這寂寂深宮中，等著自己歸來。

一片雪花落在面上，寒沁沁的，喚醒他紛亂的神思。

「是妳。」他嘶啞著嗓音。

王靜姝不想這雪夜中還會有人前來，一驚，忙和紫菱擱下剪子和梅枝，斂袖行禮。

「這麼晚了，妳怎麼還在外面逗留？」劉病已道。

「妾傍晚貪喝一壺濃茶，此刻仍無睡意，左右無事，見梅花盛開，便想剪梅枝回去插瓶，閒暇時可賞心悅目。」

劉病已怔怔地問：「怎麼會突然想唱歌？」

王靜姝抬眸，剛好觸及皇帝陰鬱幽寂的目光，心頭一陣悸動，道：「妾也只是心血來潮，不知是否冒犯了陛下，還望陛下恕罪。」

「沒有。」

劉病已緩緩走向她，將身上的狐皮大氅褪下，披在她身上，替她拉緊兜帽，「朔風凜冽，別逗留太久。」

王靜姝眼圈兒一澀，沁出晶瑩的淚珠，大氅還留有劉病已的氣息與體溫。她的心如春拂大地，緊緊攢著狐皮大氅，像是攢住難得眷顧的幸福，語聲哽咽，「陛下垂憐，妾十分感動。」

劉病已眼中含著淡淡溫情，「朕先回溫室殿了。」

王靜姝行禮，「恭送陛下。」

劉病已走了幾步，忽然回頭，露出一抹雲收雨歛的霽然微笑。

王靜姝癡癡望著，一霎那，彷彿月光透出雲翳，照亮了大地，溫煦了人心，只聽他道：「朕喜歡聽妳唱歌，以後妳天天唱給朕聽，別的不要，只要〈蒹葭〉。」

王靜姝心中狂喜，聲線竟哆嗦了，有如在朔風中瑟瑟飄零的雪花，「俗音能入陛下聖聽，是……是妾的榮幸。」

劉病已不再多言，緩步離開梅園。

楚笙的話忽然輕輕地在耳邊響起。

「即使她人不在了，但只要你覺得她沒死，她一定用某一種方式繼續存活著。」

華良人驟然失寵，皇帝又開始夜夜留宿椒房殿，只是去椒房殿前，他會先去披香殿逗留半個時辰。霍成君問起王靜姝，王靜姝總說皇帝只聽她唱歌，翻翻書簡就走，此外倒也沒其他的。

霍成君聽了後嗤笑，「到底是身子大不如前了，侍寢不夠周到，空留一副嗓子，也只能是歌伎的料。」

皇后權勢滔天，霍氏一族比起漢朝歷代外戚都要顯赫尊貴，王靜姝心知得罪不起，面對皇后的奚落，只能隱忍不發。

義渠安國出使西羌一月有餘，便傳出先零羌發兵侵略漢朝邊塞，攻奪城邑，殺死官吏的消息。

原來安國抵達諸羌部落後，便設宴款待先零羌部落三十多位酋豪。正當羌豪喝得暈乎乎的，一隊手持槍戟的郎衛突然闖了進來，羌豪們糊里糊塗地便成了俘虜。安國大罵羌人勾結匈奴，意圖反叛，當下殺了幾名羌豪示威，接著又派兵突襲先零羌部落。先零羌在毫無防備下，被斬一千餘人。

先零羌內部並非人人都想叛漢，但安國先是使詐俘虜羌豪，後又突襲先零羌部落，挑起羌人對漢朝的仇火，才會提前引發羌人的反叛。

狼煙起，安國以騎都尉的身分率領三千騎兵抵擋羌人的進攻，結果大敗而歸，輜重、糧草、兵器被掠奪一空，只能灰溜溜地率軍退回令居，將事情奏聞朝廷。

然而，安國的奏書卻被壓在霍光手裡，關於羌人反叛的那些事，劉病已還是透過玄羽衛才知道的。擺在他案上的簡牘，無非是哪裡發生旱情，損害如何，百姓傷亡數字，真正他想知道的這會兒卻被壓在承明殿裡，胸口一團火，覺得自己窩囊透了。

一日後，霍光拿著一封帛書來溫室殿面君，內容是讓趙充國快馬馳赴金城郡觀察形勢，制定作戰計畫應付諸羌叛變。

劉病已不用看，也知道霍光的詔書擬本已加蓋「皇帝行璽」的印章，紫色印泥分外刺眼。他沉住氣，道：「後將軍如今已經七十多歲了，沙場辛苦，大將軍就不擔心他身體撐不住？」

霍光緩緩地道：「後將軍久經沙場，一輩子金戈鐵馬，無論是行軍經驗還是對羌人的了解，後將軍都是不二人選，陛下只管在長安靜候捷報吧。」

劉病已道：「就這樣吧。」待霍光離去後，這才深吸了口氣，再緩緩地吐出胸中鬱氣。現在的情況便是如此，各級官吏上陳的所有奏書都會先送到承明殿，由中朝尙書閱覽後挑出緊要的，然後抄錄副本呈給皇帝過目。霍光長期把持朝政，除非是他無法隱瞞或是有意讓皇帝看到的奏書，才會擺到皇帝案頭。

想來霍光所謂的「捷報」，大體不過是籠統的報告，有關朝廷上各級官吏對此次西羌戰事的看法和評價，皇帝根本無從得知。

卻說趙充國趕赴金城郡後，集結一萬騎兵西渡黃河，經過一番長途跋涉，抵達西部都尉府。他判斷羌人部落雖然解仇結盟，但經年累月的仇恨是無法一朝平息的。漢軍若不分別對待，就會把所有羌人全部拖入戰役中，使諸羌同仇敵愾，反而促進他們的團結。他計畫用威信招降罕羌、開羌等被脅迫反叛的部落，分化他們與先零羌的關係，再全力打擊實力最強的先零羌。

當玄羽衛將趙充國的戰略計畫匯報給皇帝後，劉病已面上浮現一絲平和之色，不戰而屈人之兵，趙充國果然雄才大略，胸有甲兵。

金安上遞了一盞香茶、一碟糕點，道：「陛下心情似乎不錯。」

「朕一直擔心羌人結盟反叛，導致生靈塗炭，結果看到後將軍的戰略主張，朕就相信他一定能用最和平的方式驅退羌虜。」

「陛下福澤庇佑，這一役必能旗開得勝。」

「後將軍的戰略，其實和朕的思維不謀而合。諸羌的仇隙日積月累，根深蒂固，即使結盟，也不能精誠團結，後將軍就是看破這一點，所以才這般胸有成竹。」

金安上見他難得愉悅，當下也由衷歡喜，道：「有後將軍在邊關擋著，陛下可省心了。」

「大興干戈，必定勞民傷財，苦的還是天下百姓，後將軍以謀略取勝，將傷害降到最低，朕感到很欣慰。」

「陛下仁厚，後將軍一定不負君命。」

劉病已微微一笑，瞥眼見案上的玉瓶裡插著幾枝白梅，道：「王容華眞是有心，外面天寒地凍的，還天天給朕換新梅。」

「陛下面前這碟糕點，叫作糖蒸梅花酥餅，也是王容華親手做的。」

劉病已捻起一塊酥餅，淺嚐一口，道：「她滑胎後身子一直不好，總這般忙前忙後的，也不知愛惜自己。」

「臣多嘴說句實在話，王容華確實對您一片癡心呢。」

劉病已笑容澹澹，「但是朕也只能辜負她一生的癡心，把她當成替代品，眞是委屈了她。」

華良人失寵後，沒多久就傳出有喜，估計便是最後一次侍寢時懷上的，也眞是天無絕人之路，華良人復寵，皇帝賞賜不斷，鳳凰殿又開始熱鬧了起來。

消息傳到披香殿，王靜姝心口一緊，難言的辛酸湧上眼眶。

對她來說，男歡女愛，終究只是肌膚相親，聖眷再濃，也不過是君恩流水，唯有骨血才是與他不可分割的連結。

她低頭撫著平坦的小腹，努力將臉上的失落斂去，抬頭時露出一抹落落大方的微笑，「良人眞是有福。」

紫菱安慰道：「只要陛下常來，那麼容華遲早也能懷上的。」

王靜姝嘆道：「但願如此。」

霍成君得知這個消息時，震怒不已，將手上一盞剛要入喉的香片茶嘩啦啦地潑在前來通報消息的小黃門身上。

那小黃門淋了一頭熱茶，卻不敢呼痛，只能咬牙忍耐，暗認倒楣。

紅藥忙使了一個眼色讓他退下，偷偷覷了霍成君的神色，小心翼翼道：「皇后把手伸來，奴婢瞧瞧有沒有燙傷。」

霍成君寒著一張臉，貝齒咬脫了下唇的胭脂，「不必了。」

紅藥見她神色不善，戰戰兢兢地垂首不敢說話。

霍成君靜不下也坐不住，握著拳頭在殿內走來走去，心忖自己比王靜姝、華良人侍寢還要多，幾乎可說寵冠後宮，肚子卻一點動靜也沒有，坐胎藥一碗一碗喝下去，連帳帷枕褥都繡滿了麒麟、葫蘆、石榴等吉祥圖案，連床前也掛了一串象徵多子的花椒，霍夫人更時常去廟裡祈福，偏偏就是沒能懷上。

霍成君走來走去，嫌一張橫在殿中的金漆點翠琉璃圍屏礙事，踢了一腳，暴怒道：「華良人才侍寢幾回就懷上了！連王容華都曾經有過孩子，偏偏我的肚子就這般不爭氣！」

紅藥安慰道：「皇后息怒，王容華曾經有孩子又怎麼了？還不是沒能保住。」

霍成君怒道：「我一肚子火，怎麼息怒？換作是妳能沉得住氣嗎？華良人小門小戶出身，憑什麼搶在我之前懷上龍裔！」

紅藥嚇了一跳，「皇后別說了，這話傳到陛下耳裡，怕是會惹陛下不快。」

霍成君深深地剜了她一眼，「關上殿門都是自家人，怕什麼？我平日賞賜也算闊綽了，難道他們能把椒房殿給賣了？」

紅藥乖覺地道：「是，奴婢們對皇后都是忠心不二，日月可鑑。」

霍成君目光透出一絲戾氣，又道：「我一定要想個法子，否則華氏這賤婢要是生下孩子，指不定哪日就爬到我頭上了。」

紅藥垂首聽著，不敢吱聲。

劉病已睨著伏在地上的小黃門，語氣毫無起伏，「她當眞這麼說？」

小黃門抬起頭，「奴才不敢欺瞞陛下。」

「下去吧。」

「諾。」

「慢著。」劉病已奇道：「你的臉怎麼紅紅的？」

小黃門咬著嘴唇。

「不要緊，跟朕說。」

小黃門遲疑道：「是……是被皇后的熱茶潑傷的。」

劉病已眸光一沉，緩緩吐出兩個字：「毒婦。」側首對金安上道：「讓太醫令看一看他的傷，記住，不可驚擾了皇后。」

小黃門連連謝恩，金安上才領著他去了。

華良人有孕，劉病已遣太醫令和幾個女醫晨昏把脈，無論衣著飲食都格外小心。

霍成君得知華良人受到如斯寵遇，氣得暴跳如雷，少不了又是一番咒罵。她的一舉一動，自然傳到劉病已耳裡。

轉眼已至仲秋，宣室殿後閣燃著一爐紫檀香，輕煙一絲一縷擴散淡開，整個居室透著一絲不苟的肅穆。

一重重煙幕將劉病已的身影籠罩得若隱若現，依稀可見他獨坐在棋枰前，手拈白子，莞爾不語。

金安上恭謹地道：「陛下，太醫令到了。」

「嗯。」劉病已將黑子置入一處死路中，唇角飄著如煙似霧的微笑，「時機就快到了，這一次，再也沒有機會翻身了。」旋即起身，隨金安上走到外堂。

太醫令行禮如儀。

「說吧！」劉病已道。

「陛下，大將軍的身體，大概拖不過明年春了。」

劉病已皺眉道：「上次你才說今年入冬已是極限，怎麼這會兒又改口了？」

太醫令小心翼翼地道：「大將軍素來多疑，因此芙蕖姑娘每回都是少量的用藥，不敢太過。臣也按照您的吩咐，開了讓大將軍服用後症狀會減緩，其實是元氣大傷的方子。只是臣跟芙蕖姑娘一樣，用藥不敢太猛，就怕大將軍有所察覺。」

「辛苦你了，照這樣繼續進行著，記住，管好自己的嘴。」

「諾。」

劉病已沉默片刻，突然不經意地道：「你知道朕為什麼繼續留你在宮裡嗎？」

太醫令一頭冷汗不敢抹，「臣愚鈍。」

「當年你受到鉤弋夫人的指使，又貪杯將孝昭皇帝的祕事抖出，朕本不該留你這樣的人在宮裡。可當關內侯楚堯傷重欲死，是你把他從鬼門關救回來的，朕念著這一點，才保留你太醫令的頭銜。」

太醫令勉強維持聲線的平穩，「臣已戒酒，再也不敢貪杯了。」

「這回把朕交代你的差事辦好，朕會給你關內侯爵位，賜你金帛，你年紀也大了，就告老還鄉，頤養天年，不必在宮裡熬了。有了食邑，你的後代子孫算是衣食無憂了。」

太醫令乍驚乍喜，掩不住唇角滿溢的笑意，叩首謝恩。

「朕乏了，退下吧。」

這日劉病已去鳳凰殿探視華良人後，又繞去披香殿看王靜姝。

一如往常，劉病已靜坐於案前，凝神閉目聽她唱歌。

王靜姝撫瑤琴，啟朱唇，發皓齒，輕輕唱起〈蒹葭〉。

琴音潺潺，歌聲嫋嫋。劉病已沉浸在樂聲中，面色平和。

曲畢，劉病已睜眸，目光微瀾，「在這宮裡，只有聽妳慢歌一曲，朕才會有反璞歸真的感覺。」

王靜姝姍姍地走到他身邊坐下，「陛下喜歡，妾願隨時爲陛下彈曲，但就怕哪一日陛下聽厭了，再也不要妾御前賣弄了。」

劉病已淺笑，「不會有這一天的。」

他說完立即起身，王靜姝急切地握住他的手，「陛下要走了嗎？」

「嗯。」

王靜姝緩緩起身，雙臂環住他的腰，臉頰熨貼著他的肩，手從下腹游移到胸膛，輕輕地道：「陛下，妾看著華良人有孕，心裡不勝歡喜，但妾總有個小小的心願，要是能跟陛下有個孩子就好了……」

劉病已按住她的雙手，不讓她繼續摸下去，淡淡地道：「太醫說妳體質虛寒，不易有孕，即便有孕，也會像之前那樣……」

王靜姝走到他面前跪下，愴然仰首，「妾這回會小心的，一定乖乖臥床，不再隨意走動，妾只盼陛下垂憐。」

劉病已扶她起身，凝視著她，「朕已讓太醫盡心盡力為妳調理身體，等妳身子養好，朕答允妳，一定會讓妳懷上孩子，懷上我們的孩子。」

王靜姝垂淚道：「陛下，對不起，是妾見到華良人有喜，一時心急了。」

劉病已見她粉淚瑩瑩、黛眉鬱鬱的模樣，心頭隱隱抽痛，別過臉道：「別哭了。」

王靜姝抹淚道：「妾不哭，太醫要妾保持身心愉悅，妾怎麼能哭呢。」

劉病已的語氣宛如三月風，拂過她的雙耳，輕柔而暖融，「看來太醫的話妳都有聽進去，妳只要乖乖聽話，放寬身心，按時服藥，把身體調養好，那麼不只一個孩子，兩個、三個都不是問題。」

王靜姝破涕一笑，「有陛下這一句，妾就放心了。」

「妳早點歇息。」

王靜姝恭送他離去，終於沉沉地嘆了一口氣。

紫菱奇道：「陛下對容華極為看重，容華卻為何嘆息？」

王靜姝不勝悽楚，「陛下之所以看重我，只是因為我有幾分神似平君罷了，我如何不懂？每當我撫琴時，看到他的神色我就明白了，那是屬於平君的帝王溫柔，於我，不過是奢侈。」

紫菱忍不住道：「陛下怎能如此？對您真不公平！」

「不要緊。」王靜姝淺淡一笑，「我燃燒自己的心去照亮陛下，只要能博得他展顏一笑，縱使我作為平君的替身又如何？我只希望陛下能夠開心就好。」

紫菱安慰道：「您對陛下一片癡心，陛下最後也必以眞心相許。」

「但願如此。」王靜姝轉眸望著豎在角落的紫檀木龍鳳紋立櫃，喃喃細語：「劍雖斷了，被陛下下令掩埋，但我相信，總有一天陛下會想找回它們的，只要陛下心裡的窗扉敞開……」

「您默默地做了這些事，陛下都不曉得，說句實話，奴婢眞替您不值。」

「眞心無價，沒有什麼值不值的，凡事若只求回報，那就不是眞心了。」

六十一・羌平

西北戰事方面，趙充國一直按兵不動，引起西部邊境將領的不滿。

首先酒泉太守辛武賢上書：「如今漢朝六萬大軍已經駐守在祁連山以南，而祁連山以北兵力空虛，這種情況不利於邊防。臣以爲大軍應從酒泉、張掖兵分二路，先合擊鮮水周圍的罕羌、開羌。這兩部落已如一盤散沙，我軍立卽分兵出擊，卽便不能全殲，也能掠奪他們的牲畜，俘虜他們的妻兒。」

奏書傳到長安，霍光立卽轉交給趙充國。趙充國看了後上書駁斥：「辛武賢欲草率地帶領一萬騎兵，分二路進發，迂迴遠行千里。一匹馬馱負三十天的口糧，計有米二斛四斗、麥八斛，又有衣裝兵器，難以追逐敵寇。千辛萬苦趕到那裡，敵人必會計算我軍的行進速度而逐漸撤退，尋找有水草的地方，潛入山中躲藏。若隨敵人深入，敵人就會據守前後險關要隘，切斷我軍的糧道，如此必有傷亡之虞，爲敵寇哂笑。辛武賢認爲可以掠奪他們的牲畜，俘虜他們的妻兒，這是空口說白話，不是絕佳上策。再者，武威、張掖的日勒縣都地處北方邊境，有通達外地的山谷水草。臣唯恐匈奴和羌人互通陰謀，準備大舉進攻。我們幸而能守住張掖、酒泉，切斷他們去西域的通道，二郡的常備軍尤其不能調動。先零羌首先發動叛亂，其他部落是受其脅迫而隨從的。所以臣認爲，不計較罕羌、開羌的愚昧盲從之過，不公開他們的罪行，先討伐首惡先零羌來震懾他們，他們必能悔過向善。我們再趁勢赦免他們的罪過，選派熟悉羌人風俗的賢明官吏去安撫，這是保全軍力、穩操勝算而安定邊境的計策。」

趙充國奏書傳到長安，群臣七嘴八舌地討論：「先零羌部落兵力最強，且又有罕羌、開羌支持，若不攻破罕開部落，恐怕無法擊潰先零羌。」

「今五星聚在東方，象徵漢朝大勝，蠻夷將敗。太白星高高地出現在天空，預示用兵深入敢戰者大吉，弗敢戰者大兇。」

「請大將軍任命辛武賢爲破羌將軍率兵進攻罕開部落。順應天意，討伐不義。」

承明殿群臣的意見透過玄羽衛之口隻字不漏地傳到劉病已耳裡，劉病已沉吟片刻，問：「大將軍如何決斷？」

玄羽衛士正要開口，劉病已忙道：「別說，讓朕猜猜。」

「諾。」

劉病已想了一下，道：「兵法有云：『攻不足者有餘』『善戰者致人，不致於人』，罕開部落雖與先零羌關係緊密，然而到目前爲止，並沒有主動出擊，而我軍卻將首惡先零羌擱在一旁，反而去攻擊罕開部落，豈不是釋有罪，誅無辜？先零羌雖然與罕、開結盟，但百年來的仇恨非一朝可解，必不會鬆了防備。若在這個時候，我軍率先進攻罕開部落，先零羌必會派兵支援。如此一來，就是使先零羌有恩於罕開部落，鞏固他們的結盟，正中先零羌下懷。一旦先零羌與罕開部落齊心協力，必會使更多中小部落依附其中，力量就如雪球般越滾越大，到時漢朝更要出動數倍的兵力，歷經一場曠日廢時的大戰。」

「陛下英明。」玄羽衛士道：「大將軍的意思是，必先擊破先零羌，罕開部落卽可不戰而勝。」

趙充國果然不負衆望，集中力量對付先零羌。先零羌圍攻西部都尉府失利後，數度挑戰，趙充國均置之不理，堅壁清野，不肯應戰。先零羌屯兵時間長了，開始懈怠鬆弛，士氣低落。趙充國察覺時機成熟，引兵出擊，一舉將先零羌打個措手不及，被迫丟棄車輛輜重，欲渡湟水逃走。

道路狹窄，趙充國便道：「窮寇不可逼之太急，逼急了就會反撲拚命，我軍慢慢追趕，引得他們不顧一切地逃命，以最小的代價去取勝。」

漢軍從後方慢慢追擊先零羌，致先零羌渡水淹死數百人，投降、斬首五百多人，俘獲馬牛羊十萬多頭，車四千多輛。漢軍渡河西進，到了罕羌部落，嚴令軍隊放火打劫，也不許損及苗草，此舉獲得罕羌感激。罕羌首領親自前來歸順，並向趙充國承諾退離湟水谷地。

在漢軍步步進逼下，先零羌喪失水草肥沃的土地，被迫逃到貧瘠荒寒之地，缺乏牲畜輜重，忍饑挨餓，骨肉心離，潰不成軍，投降人數高達一萬零七百人，剩下七八千人苟延殘喘，內部瓦解指日可待。

趙充國又上書請求將騎兵撤走，只留下一萬多名屯墾步兵部隊，準備在湟水谷地進行屯田，長期坐等先零羌的瓦解。

奏書傳到長安，群臣卻希望儘速以武力解決先零羌，帛書擬本此刻已由霍光承至皇帝案頭。

劉病已看了眼奏書，又看了眼霍光。後者還道皇帝會像往常那樣毫無異議，點頭答允，不料皇帝不以爲然地道：「諸羌間關係非常微妙，失之毫釐，差以千里。先零羌固然不足爲患，然而若不妥善處理，反叛勢力將不斷擴散到其他羌人部落，到時候豈不覆水難收？軍隊中的牛馬所耗糧食極大，必須從其他地方調度，時間一長，百姓負擔沉重，恐會激發民變，所以後將軍才會罷除騎兵，留下步兵屯墾。羌人剽悍，以武力相拚難，以智謀瓦解易。《孫子兵法》有云：『百戰而百勝，非善之善者也；先爲不可勝以待敵之可勝。』良將制敵，並不損傷自己的實力，而是以謀略取勝爲上策。」

霍光反駁道：「騎兵撤退，先零羌會不會集結兵力，對屯墾部隊進攻，導致全軍覆沒？請陛下慎重考慮，斷不能撤除騎兵。」

「這話倒是糊塗。先零羌的精銳部隊，所剩不過七八千人。失去水草，散落荒山，忍饑受凍，已是強弩之末，如何能組成強大的騎兵？即便勉強湊合起來，失去牲畜，卻如何能跋山涉水與大漢一萬多名屯墾部隊拚命？朕認爲先零羌將不攻自破，就地瓦解。」

霍光一怔，顯然很不習慣皇帝持反對意見，道：「草原上的部落，向來如野草一般，燒不盡，吹又生，老臣認爲若不儘速殲滅，極可能令羌虜死灰復燃。」

劉病已淡淡一笑，「若當初採納趙充國的意見，派辛武賢出使諸羌，一定能和平解決羌亂，但大將軍認爲還是由義渠安國出使較爲妥當，結果提前引發羌亂。你雖掛著大將軍的頭銜，然而，見識卻遠不如後將軍。」

這話如狠狠地搧了霍光一記耳光，殿內金安上、金建相顧駭然，霍光也勃然色變，以往劉病已對霍光都是謙遜有禮，何曾如此公然申飭，又是如此言詞犀利？

霍光早已是虛透的人了，每日服下劑量極重的提神藥，又以大補血參提氣，才能支持他日漸油盡燈枯的身體上朝理政。

霍光面如金箔，寬袍下的身體抖如朔風枯葉，氣得說不出話來。

劉病已眼角淡淡地向霍光一瞟，「大將軍看起來十分疲累，還是儘早回去歇息，若是上朝吃力，就好好在家靜養，朕會請太醫令每日去府上醫診的，西北戰事，大將軍顯然力不從心，神智昏瞶，還是別插手了。」

說罷頭也不回地入了內室。

金安上眉含憂色，「陛下，您方才申飭大將軍，大將軍的臉色極爲難看，臣擔心……」

劉病已冷笑道：「擔心什麼？一個行將就木之人，還有什麼可忌憚的？且朕方才說得一點也不錯，要不是霍光等人堅持舉薦義渠安國，羌亂何以會鬧到這步田地？你沒看見平素尾大不掉，又愛倚老賣老處處掣肘朕的他，方才被朕一句話堵得啞口無言了嗎？」

金安上微微頷首。

劉病已見金賞不在，便問：「巫女找到了嗎？」

「找到了，就待陛下一聲指令。」金安上知道他因霍家的緣故不待見金賞，所以有些話還得避開金賞說，事實上，自那次金賞奉茶碰了一鼻子灰後，只要霍光面君，他就會避開，省得受皇帝猜疑。

「朕要你交代她的話，都一字不漏轉交了嗎？」

「臣都打點好了。那巫女口齒伶俐，臣聽她一口朗朗說來，險些被她矇住了，顯然此女是招搖撞騙慣了，想必不會出什麼紕漏。」

「很好，你辦事果然利索。」

「陛下，方才椒房殿遣人傳話，皇后請您過去用膳。」

劉病已目光如深淵，「知道了。」

自從霍成君住進椒房殿後，椒房殿已面目全非，昔日的簡樸作風絲毫不存，各種器物描金鏤珠，陽光透入，一室絢爛，幾欲迷花了眼。

劉病已每回踏入這裡，都像踏入一個光怪陸離的世界，明明是他最熟悉的地方，卻找不到任何昔日的影子，心中有一絲淡淡的悵惘，彷彿無形中有股力量，將他的靈魂牽引到過去那段兩情相依的歲月，正當他幾乎懷疑時光倒流，冷硬的珠光寶氣又無情地將他與那段回憶拉開了距離。

他不喜椒房殿的奢華鋪張，不喜椒房殿總是薰著濃烈的蘅蕪香，不喜院落總是擺著一盆盆牡丹、海棠、玉蘭、迎春等名貴花卉，更不喜椒房殿裡住著的那位日漸飛揚跋扈的女子。

總之，如今的椒房殿，他樣樣不喜，卻是樣樣都得虛與委蛇。

佇立在椒房殿門口，緩緩地吸了一口氣，再吐出，似要沖散滿腔的厭惡，少頃，邁步而入。

霍成君剛沐浴完，身穿燕居的米白色素緞襯衣，一頭青絲鬆散地挽了一個垂雲髻，盈盈地插著一根水晶釵子，鬢角別著一朵嵌珊瑚珠粉色絹花，比起往日華服麗飾的打扮倒顯得煥然一新。

「陛下。」霍成君盈盈行禮。

劉病已扶著她起身，「妳身上好香。」

霍成君抿唇一笑，「妾剛沐浴完。」

劉病已伸手摟了她一把，「有梔子的清新。」將臉埋在她雪頸上，輕輕地嗅了一口，「彷彿還有荳蔻的甜膩，秀色可餐也。」

霍成君輕顰嬌嗔，「陛下別光顧著逗妾，先塡飽肚子要緊。」

「好，瞧妳爲朕準備了什麼佳餚。」

霍成君唇角蘊著一絲笑意，挽著他的手坐在案前，「陛下最近忙於政事，許久沒有到妾這裡用膳了，妾特地備了幾道您愛吃的菜，這會兒還熱著呢。」說著開始如數家珍，「妾的嘴十分挑剔，這豆[註1]裡的小菽鹿脅白羹，妾讓太官試做了好幾次，只有這一次做出來才符合妾的味蕾，陛下一定會喜歡的；還有這道鯉魚膾是楚國名菜，特地請了當地魚師前來宮裡製作，魚片輕如白雪，薄如蟬翼，最考驗刀工；另外這道明蝦以陳年醇酒調味，佐以西域胡椒粒，嚐起來甘芳可口，令人回味無窮……」

劉病已微笑道：「這些菜製作起來頗爲費工呢。」

「還沒完呢，最後這一道是妾親手熬煮的銀耳蓮子湯，吃完葷腥後最適合去油解膩了。」

「皇后眞是賢慧體貼，朕會記得妳對朕做過的一切的。」劉病已含著意味深遠的笑。

霍成君笑道：「爲陛下分憂解勞，是妾的本分。」

「這陣子爲漢羌戰事忙得焦頭爛額，連頓膳食都不能好好坐下來享用。」

「那麼陛下用完膳後，就留在妾宮裡……」霍成君輕輕在他耳邊吹了一口氣，「別走。」

如麝似蘭的氣息絲絲縷縷地挑逗著劉病已的神經，彷彿身體裡有簇火焰騰地一聲向上燃燒起來，灼灼的目光映著她豔若桃李的面容，「朕原本就打算宿在妳這兒。」

霍成君低眉順眼一笑，「妾服侍您用膳。」

「有勞皇后了。」

「陛下歡喜，妾挖心掏肺也是情願的。」

劉病已拄著腮子斜斜地睨了她一眼，似笑非笑，「是嗎？朕也想看妳挖心掏肺呢。」

霍成君宛如賢妻般挽起衣袖，替他夾菜，笑吟吟地道：「陛下先嚐嚐這道釀扒鮮筍，清爽又開胃。」

劉病已嚐了一口，「皇后這裡的膳食果然讓人回味無窮。」

霍成君喜道：「那麼陛下再嚐嚐這道鹿炙……」

劉病已笑道：「皇后別顧著替朕夾菜，和朕一起用膳，就像朕第一次去霍府見妳那樣。」

霍成君一呆，想起初見時的青澀嬌羞，只覺恍如隔世。

劉病已輕喚：「皇后。」

「諾。」霍成君回過神來，和他一起用膳，看著他一口一口津津有味地吃著，心中一陣甜蜜，一陣滿足。

自從升了后位，劉病已比以前還要寵她，在外人眼裡，幾乎已超越他對髮妻的寵愛，可她心裡總覺得不踏實，就像夢遊似的，醒了後，這份寵愛就會如雨後長虹般消散無痕。

淳于衍獲釋後旋即杳然無蹤，就連她的親眷也在一夕間人間蒸發。她一顆心始終懸著，希望不要是被皇帝派人擒住才好。

雖然心存忐忑，但劉病已對她輕憐蜜愛，恩寵萬千，又不禁讓她一分一分地沉陷下去，陷入溫柔朦朧的綺夢中，忘了在心中深深扎根的疑慮，讓她相信他已忘了許平君，已不是從前那個眼裡只有髮妻的他。

這般談笑用膳的時光維持不久，殿外忽然響起倉促慌亂的腳步聲，一個尖細如絲的嗓音道：「陛下，陛下……」

劉病已眉頭輕蹙，正欲發話，霍成君搶著喝道：「毫無規矩，陛下好好用膳，也不得清靜！」

一個小黃門連滾帶爬地撲入椒房殿，道：「陛下，大事不好了……」

劉病已認出他是鳳凰殿的人，心頭一沉，道：「怎麼回事？」

小黃門嗚咽道：「良人，良人小產了……」

劉病已臉色一變，霍然起身，險些掀翻菜餚。

霍成君驚詫道：「好端端地怎麼會小產了呢？」

劉病已不動聲色地橫了她一眼，相較之下，倒是比霍成君沉穩許多，拂袖道：「去鳳凰殿。」

鳳凰殿宮人跪了一地，太醫女醫圍在榻前忙碌，錦被華衾中露出一張素白無血色的臉，昏昏然不醒人事，看上去就像開敗的一株芍藥，被錦繡堆一映，越發顯得單薄憔悴。

劉病已環顧著跪了一地的宮人，沉聲道：「良人怎麼會小產？」

華良人的侍女，從朱朱被皇后改成珠珠，又從珠珠更名爲株株的侍女嚇得牙關相撞，費盡千辛萬苦才把話拼湊完整，「回陛下，良人小產前是和奴婢在一起的，後來良人覺得冷，吩咐奴婢去取披風來，誰知奴婢回來一看，良人已摔倒在階下，身下拖著一攤血。」

霍成君斥道：「妳是良人的貼身侍婢，明知良人懷著皇家骨血，一絲顛簸也禁不起，還放著良人獨處！良人叫妳去取東西，妳就這般聽話順從？」

株株哭道：「皇后息怒，奴婢不是有意的，奴婢實在想不透爲什麼一眨眼就出了意外，這真的不關奴婢的事……」

「不關妳的事？」霍成君冷笑，笑聲如生鏽的鐵片相互摩擦，尖銳刺耳，「難道妳的意思是良人小產是自找的，與旁人無尤？」

「皇后言重，奴婢不是這個意思。」

霍成君冷笑，「身為良人貼身侍婢，不時時跟著，導致良人摔倒小產，殺了也不為過。來人，把這賤婢拖出去，杖、斃！」

最後兩個字像是含著刀片吐出來的，株株一聽，連連磕頭，「陛下恕罪，皇后恕罪，饒了奴婢一命。」

劉病已道：「罷了，說到底也是華良人讓她去取物才沒隨侍在側的，這丫頭平時侍奉也算上心，杖責二十，再貶去織室當差。」

霍成君憤憤地道：「陛下這般慈心，以後奴才們侍候都不懂得上心了。」

劉病已淡淡地道：「那就讓人看著她受刑，以儆效尤。」

霍成君見狀，知道此事只能到此為止，當下也不再堅持，狠狠地道：「都還跪著幹嘛，要一起挨打嗎？」

眾宮人巴不得抽身離開，諾諾起身，潮水似的退了出去。

院中響起一下又一下杖擊皮肉的聲音夾著女子淒厲的呼號，漸漸呼號聲化作破碎的嗚咽，到最後只剩沉沉的杖擊聲。黃門來稟，說株株捱不住疼，已暈了過去。

「到此為止。」劉病已道。

霍成君蹙眉道：「才打了十下就暈倒了？陛下，應以一盆冷水潑醒，繼續杖刑才是。」

太醫令忽道：「良人醒轉了。」

劉病已一聽，立即轉入內室，只見華良人掙扎著要起身行禮，忙道：「都這時候了，乖乖躺著。」

「陛下！」華良人撲入他的懷中，嚶嚶啜泣，「都怪妾自己不小心，才保不住我們的孩子。」

劉病已聽到最後一句，心頭泛著窒息般的沉痛，「別自責了，眼下最要緊的，就是好好臥床靜養。」聲音沉穩如一帖良藥，華良人含淚答應，反應卻比尋常女子滑胎還要鎮定。

劉病已心下微微起疑，卻是不動聲色，絮絮安慰了幾句。

華良人雖然偎在他的懷中，臉卻朝向霍成君，一臉怨憤不甘，貝齒在乾燥褪皮的下唇咬了一個深深的印子。

霍成君深深地剜了她一眼，唇邊漾著幸災樂禍的笑。

一晚喧騰，華良人體力不勝，不一會兒便沉入南柯。

劉病已回到宣室後，心緒漸漸平定，道：「華良人得知自己有孕後，飲食起居皆格外留意，無論走到哪兒都有兩三名從人跟隨，爲何今日會放任自己獨處？又怎麼會跑到幽暗偏僻的院落？」

金安上小心翼翼地道：「陛下的意思是……」

「朕只是覺得奇怪，華良人小產後不同尋常婦人哀痛欲絕，反而十分冷靜。」

「許是華良人不願哭得太傷心，牽動陛下的心緒。陛下若傷心過度而傷了龍體，她們哪裡還有主心骨呢？」

劉病已笑道：「這話你哄哄三歲小兒倒還說得過去，還敢搬到朕面前嚼舌。」

金安上訕訕一笑。劉病已又道：「去查一下華良人小產前曾經見過誰，尤其她的貼身侍女，指不定可以問出什麼線索。」

金安上訝然道：「原來陛下留她一命，是有這層打算。」

「不全然是，也不全然不是。朕只是覺得她也算無辜，罪不致死。」

「諾。」金安上道：「臣即刻就去辦。」

註1：古代盛肉或其他食品的器皿，形狀像高腳盤。

六十二・光蘉

霍光自被劉病已當庭申飭後，回去就一病不起，由著芙蕖和太醫令親侍湯藥，從不間斷。

霍成君雖然知道霍光這兩年一直抱恙在身，但父親給她的形象就像泰山一樣屹立不搖，禁得住風刀霜刃，因此也不以為意。直到這次返家探視霍光，見父親雙頰深陷，面色蠟黃，整個人瘦如一脈枯竹，雙眸毫無昔日的神采。

直至此刻，她才知道霍光病勢沉痾，不禁大慟，潸然淚落。

霍光伸出嶙峋的手，顫巍巍地撫著她的頭髮，「別哭，父親不想見到女兒的最後一面，還是這般哭哭啼啼的，教我如何安心到泉下。」

霍成君聽到這一句，哪還忍耐得住，眼淚落得更兇了，「父親別說喪氣話，您積福積德，上天垂憐，一定會平安無事的。」

霍光虛弱地扯出一抹微笑，「我自己的身體自己清楚，大概真的不行了。」

「太醫令不是已住進府裡了嗎？有他在一旁親自侍奉，父親一定會康復的，您要相信自己，才能夠撐得下去。」

霍光知道自己已成了蛀空的腐木，撐不了多時了，喟然道：「我如今只擔心我死後，霍氏一族的榮光就會跟著我進了黃土，想到這裡，我心裡著實發慌，便是死也不得瞑目。」

「父親忒也多慮，哥哥會承襲父親的爵位，延續霍氏的榮光。」

霍光想到霍禹，便欲搖頭嘆息，但他實是虛到骨子裡了，這點力氣也使不上來，良久吐出一句：「只怕霍禹鬥不過皇帝。」

霍成君心裡的忐忑疑慮又重新被霍光的話挑了起來，勉強一笑，「陛下待我們一家極好，何來鬥不鬥的，父親這話倒是嚴重了。」

霍光緩緩地道：「若說妳沒有疑心，我才不信。淳于衍被釋放後隨即不見蹤影，連她的親人也一夕消失，除了陛下，誰有如此通天本事？坐在皇位上的那人已非初見時一點不痛快就轉身離去的魯莽小兒了，亦不是妳能妄自揣測心思的人物，我只怕我屍骨未寒，他轉眼就會對霍氏一族動手了。」

這一語如山石崩落，震動霍成君的心，她雙手緊緊攢著霍光身上的錦被，上面浸染著霍光病重宛如朽木的氣息，聞久了令人喉嚨發毛，反胃欲嘔。

她竭力壓著胸口的滾滾雷霆，硬逼著自己不去深思探究，有時候人會陷入自己編織的夢裡，入夢太深，就會深信不疑。

霍光兀自絮絮不已，霍成君已無心傾聽，一瞥眼，見芙蕖一身素雅，姍姍而入，手上小圓盤呈著一碗粥。

霍成君每次回府，見到她免不了一通奚落，此刻只覺得渾身虛軟無力，懶得和她多費口舌，便道：「父親好好歇息，女兒去廟裡爲您祈福。」說著對芙蕖淡淡一瞟，快步而去。

芙蕖扶著霍光起身，在他背後墊了檀枕，又把粥端到他面前，「這是奴婢熬了三個時辰的雞粥，米粒都熬得極爲軟爛，方便您食用。」

霍光苦笑道：「我沒胃口。」

芙蕖殷勤地道：「奴婢一番心意，就是嚐一口也好。」

霍光凝眸視她，目光愛憐盈溢，少頃，才道：「妳一心爲我，那我斷不能辜負妳的心意。」

芙蕖低眉順眼一笑，用小勺舀粥，吹得稍涼，小心翼翼餵入霍光口中。

霍光看著眼前這張肖似東閭良年輕時的面容，心中一陣悸動。他身體抱恙，對任何飲食都失去胃口，但只要是芙蕖端來的，哪怕五內不適，都不願辜負她的心意。

芙蕖道：「您這般盯著奴婢，仔細噎著了。」

霍光正憂思恍惚，冷不防被她打斷心思，一個吞嚥不慎，被粥水嗆著，躬著身，撕心裂肺地咳嗽不已，將滿嘴的粥水都噴了出來，無比狼狽。

芙蕖連忙擱下碗替他拍背。霍光這般劇咳下，突然一口氣喘不過來，兩眼一翻，暈了過去。

芙蕖顯得不慌不亂，慢慢地將他平放在榻上，蓋好錦被，又扶了扶鬢角略爲歪掉的絹花，用絲帕拂去身上沾到的粥水，再若無其事地走了出去，把太醫令請來。

霍光臥病數日，一直由芙蕖、太醫令親侍湯藥。這日精神顯得較好，不料霍府門口起了騷動，隱約聽見前方傳來東閭良、巫蠱、病逝等關鍵字。

他本來喝了藥昏昏欲睡，這幾個字鑽入耳裡，像有道白光在腦海炸裂開來，全身顫慄如秋風掃落葉。

他顫顫地扶著芙蕖要起身，「帶我去瞧瞧發生什麼事。」

芙蕖道：「太醫令吩咐，主公不宜走動，奴婢去瞧吧。」

霍光急切道：「不成不成，我躺在這裡，什麼事都做不了主，比死了還難熬，快扶我去！快！」

芙蕖不再堅持，喚來另一名侍女半攙半抱將霍光帶下了床。

夕陽如血，暮雲合璧，正是霍禹返家時。霍光心中掠過一絲不祥，要是霍禹剛好聽到什麼，那就棘手了。

事情正如他料想的那樣，他才剛被扶到穿堂，便見霍禹鐵青著臉，像要殺人似的迎面而來。

父子倆停下腳步，不再前進，雙眼直視對方，形成對峙的姿態。

空氣似纏膠，靜極了。

霍光看了他的神色，就知道事情難以善了。他無暇多想今日事變的來龍去脈，只能想方設法先安撫兒子的情緒。

他動了動口唇，正要出聲，霍禹的聲音像是一條荊鞭狠狠地抽在他的心頭，一瞬間令霍光皮開肉綻。

「母親真是給霍顯害死的？」

霍光明知他必有此一問，然而最不願聽到的也就是這一句。他身子一晃，眼前發黑，幾欲暈厥，勉強鎮定下來，道：「你聽誰說的？」

霍禹額際青筋浮起，面目猙獰，「方才來了一位巫女，說是曾受過霍顯的好處，施蠱下咒害死母親，好讓霍顯由婢扶正……」

一句話還沒說完，霍光扯著嘶啞的嗓音叫了起來，「不可能，那巫女已經被我殺了，怎麼可……」驀見霍禹臉色大變，他才驚覺自己失言，暗惱自己久病不癒，短了心智，才會失口說錯話。

也是，霍光已到了油盡燈枯之際，又被今日的變故一逼，方寸大亂，換成往日身強體健、心思靈敏的他，是絕不可能犯下這種低級錯誤的。

霍禹死死地咬著牙根，目中竄起兩簇烈焰，「這麼說來，真是霍顯害死了母親，是不是？」

霍光緊繃著一口氣，忍著一個「是」字不溢出齒間。兒子眼中的火焰已經燃成燎原，任何人深陷其中，都會被燒得屍骨不存。

到了這個地步，霍光已明白這是有人暗中使詭，存心利用霍禹將家裡攪得天翻地覆，而那人一定是高高在上，一直藏器於身的他。

霍禹冷嗤：「父親不願告訴兒子也行，兒子這就去找霍顯問個明白。」

霍光大驚，霍顯張狂犀利慣了，什麼心思都擺在臉上，不屑掩藏，這樣的人可藏不住祕密。霍禹這般直截了當去逼問，一定會露出馬腳，到時候會發生什麼事，他不敢想像，眼見霍禹殺氣騰騰地繞過自己，往霍顯寢室中走去，情急下一把拽住他的胳膊，道：「禹兒別去……」

霍禹重重地甩脫他的手，力道帶著隔閡與厭惡，「到了這節骨眼，你還想包庇她！你自問對得住枉死的母親，對得住自幼失了母愛的我嗎？」

霍光悽然道：「你母親故去已久，便是這時候清算舊帳，又能挽回什麼？」

霍禹語氣像含著冰錐，「那是你一廂情願的想法，我可不這麼想！有恩報恩，有仇報仇，誰害死母親，誰就要填命！」說著頭也不回地離去。

霍光心如火焚，急忙喚來馮殷道：「快跟過去，不能讓霍禹鬧出什麼事來……」

砰的一聲，霍夫人房門被霍禹踹開，裡面空蕩蕩的，一個人影也沒有。

霍禹怒不可遏，掣出佩劍，劍光幾閃，將霍夫人房中器物斬得碎裂，料想這惡婦必定聽到風聲跑了，尚未走遠，當下衝出房外，率了幾名親從，將霍府裡裡外外搜了一遍。

「賤人出來——」霍禹紅著雙眼，顯然怒到了極點，「躲得了一時，躲不了一世，有本事就別回來，等妳踏進府門的那一刻，就是妳的忌辰。」

趕來的霍光看到這一幕，一顆心一分一分地沉了下去。

霍禹的親從忽然拽了一個女子過來，朝她膝蓋一踢，迫使她跪在霍禹膝下。霍禹一看，登時認出她是霍夫人的貼身婢女。

霍禹目光森森，「霍顯呢？」

婢女嚇得抖衣簌簌，哭道：「奴婢不知……」

霍禹用劍尖抵住她的下巴，迫使她的臉抬起，「當眞不知？」

婢女抽噎道：「奴婢出外採買，回府時主母已經不在了。」

霍禹哼了一聲，不再多問，正當那婢女鬆了一口氣時，突然白光一閃，長劍穿過她的胸口。

婢女雙眼睜得大大的，彷彿不知道發生什麼事，下一瞬，霍禹抽回長劍，飛足在她身上一踢，像是踢掉什麼穢物似的。

婢女胸口鮮血狂噴，身體直挺挺地倒下。

霍府僕從見了這一幕，都是呆了片刻，下一瞬，放聲尖叫，抱頭潰逃。

霍禹猶不解氣，一邊憤怒咆嘯，一邊揮劍朝廊柱一陣亂砍，像是砍在霍夫人身上似的，一點也沒有停手的意思。

霍光只見僕從競相奔走，婢女抱頭尖叫，兒子又失去理智，形跡癲狂，喃喃地道：「完了完了，霍家這下子眞的完了……」眼前一陣天旋地轉，就此不省人事。

霍府的變故自然傳到了宮裡。

宣室殿後閣，剛沐浴完的劉病已換上常服，一身清爽，一邊飲著金安上遞來的松香酒，一邊盯著眼下涇渭分明的棋盤。

這一局，白子全盤獲勝，黑子全軍覆沒。

金安上在一旁靜靜看著，知道這一局是延續上林苑春獵的那一局，當時劉弗陵執白子，霍光執黑子，雙方鬥得如火如荼，未見分曉。當時的劉弗陵處處仰人鼻息，如今的劉病已已不可同日而語，可以替昭帝下贏人生最後一盤尚未結束的棋。

金安上眼角沁出一滴晶淚，劉病已終於不負昭帝期望，劉弗陵在天之靈，也能欣慰了。他悄悄地彈去淚珠，靜靜地覷了劉病已的神色，沒有太多得勝的喜悅，這樣的人煙籠霧罩，如隔關山，難以捉摸他的心思。

也許就是要維持著喜怒滴水不漏的原則，使敵人鬆懈心防後再奮起一擊，才能一舉扭轉乾坤。

正思量間，只聽劉病已輕輕地喚了聲：「安上。」

金安上應諾。

「霍府那邊動靜如何？」劉病已頭也不抬，語氣毫無起伏。

「霍府經霍禹這一鬧，人心惶惶，大將軍當場暈倒，病得連話都說不清了，太醫令說撐不過這一個月了。」

「那巫女做得很好，該打點的都打點妥當了吧？」

「陛下放心，玄羽衛送她返回苗疆，這一世再也不得踏入長安。」

「很好。」

金安上遲疑片刻，道：「那巫女並非當年被霍夫人收買的當事者，且事隔多年，證據已全被銷毀，陛下怎麼能肯定她的話會有人深信呢？」

劉病已輕笑，「有些事根本不需要證據，就會有人深信。從來疑心生暗鬼，世人慣會捕風捉影，只要心中存著疑念，有沒有實證，都不是最要緊的，要緊的是你願不願相信。霍顯既然害了人，就算沒有證據，也不能抹去她害人的事實，朕以彼之道還施彼身也不爲過。」

「陛下英明。」

「如今霍顯躲到何處？」

「躲在椒房殿不敢出去。」

劉病已冷笑，「讓她繼續躲，眼下她不是最要緊的。大將軍病入膏肓，朕該親自去『探視』了。」最後「探視」兩個字，咬重了力道，像飽弦的弓。

霍光從政四十餘年，前後歷經武帝劉徹、昭帝劉弗陵、廢帝劉賀，最後則是劉病已，四任君王，他的時代也將落幕。

這日劉病已帶著金安上一人，親自登門探望霍光。

漢朝丞相病重，皇帝必須親臨問疾，並遣使送藥。但自從霍光病後，劉病已不僅讓太醫令親自侍疾，此刻又到府探視，在外人眼裡，顯然皇帝十分重視這位朝廷肱骨之臣。

霍府衆僕烏泱泱跪了一地，劉病已目不斜視，踏著平穩的步伐，每一步像踏著往後平坦無阻的道路，緩緩來到霍光房中。

芙蕖服侍完霍光喝粥，端著漆盤走出，正好與劉病已迎面而遇。二人眼波交會，沒有太多表情，各自而去。

「安上。」劉病已回頭瞅了金安上一眼，「你守著門，別讓任何人靠近，朕要單獨與大將軍說話。」

「諾。」金安上掩上房門，也掩住了逶迤而入的日光，室內透著衰敗的昏暗。

霍光知道他來了，勉強倚著憑几，端坐在榻上，維持著泰山屹立的姿態。他的面色蠟黃，像是一片枯葉，孤零零地懸在岑寂的枝頭上，隨時都會飄然委地。

「老臣行動不便，無法行禮，請陛下恕罪。」他的聲音像烏鴉啼血，一聲一聲訴盡生命走到盡頭的絕望，面容枯槁，令人心生惻隱。但落在劉病已眼裡，卻是激不起心湖一絲漣漪。

此刻的霍光，已不是威風不可一世的大司馬大將軍，只是一個行將就木的老人罷了。

「大將軍好好躺著，朕只是想單獨跟您說說話。」劉病已語氣淡漠。

「陛下想說什麼，老臣大約心裡有數，也知道那來路不明的巫女是陛下找來的，目的就是爲了離異老臣與霍禹的父子之情，惡化老臣的病情。」

劉病已微微一笑，「大將軍雖然重病，腦子一點也不糊塗。朕知道大將軍須要靜養，霍禹這麼一鬧，無疑就是一帖催命藥，一點一點吞噬大將軍僅剩的半條命。」

霍光勉強擠出一絲慘澹的笑容，「陛下來探望老臣，落在別人眼裡，眞是一幕君臣情深，動人肺腑，可老臣知道，陛下恨毒了我，恨毒了霍氏一族。」

劉病已緩緩地道：「大將軍最愛惜名聲，朕又何嘗不愛惜名聲呢？大將軍雖然做了對不住朕的事，但不影響你對漢朝的貢獻，若不是你輔佐年幼的昭帝，休養生息，吏治清明，恐怕武帝末年的亂象還會延續至今，那麼朕又拿什麼對羌人和匈奴用兵？拿什麼去震懾西域諸國？大將軍功不可沒，在你死後，朕會下詔褒揚你的功德，還會讓人繪製你的圖像，供於麒麟閣爲後世追思。」

「老臣就算死，也有臉去見孝武皇帝了。」霍光雙眼瞇成一條狹窄的縫隙，帶著一抹淒涼的笑意，「孝武皇帝一定不知道，他有這麼一個攻於謀算的曾孫啊……」

「朕攻於謀算？」劉病已劍眉微微一挑，面容蒙上一層陰翳，「比起大將軍，朕的步步心計，只能算是兒戲。大將軍爲剷除異己，拿徐仁開刀，直接加速田千秋的死亡，這樣您在朝堂上便能高枕無憂了，卻不想我會以彼之道還施彼身，大將軍也算步了田千秋的後塵。恨朕嗎？其實，我本沒打算要你死，我只想讓你的身體呈現出不適的假象，令你主動放下權力，退出朝堂，含飴弄孫，安度餘生，但自恭哀皇后去了後，我就改變想法了……」

霍光心一驚，顫聲道：「你……你這是什麼意思？你給我下毒了？」

劉病已微笑道：「你心裡大概已經聯想到是誰了，只是不敢說出口而已，要不要朕替你說出來？」

霍光死死地盯住他的雙眼，胸口劇烈起伏，如一波一波的狂潮，切齒道：「你……竟利用我對良兒的舊情，你怎能如此？你……好狠毒……」

「狠毒？」劉病已唇角勾起不屑的弧度，將身子往前傾，貼近他的面，「要比狠毒，朕怎麼比得過霍禹？

怎麼比得過霍顯跟霍成君？」

他的目光鋒利如刀，似要將霍光千刀萬剮，語氣帶著森森寒意，「你可知霍禹對平君做過什麼事？」

霍顯與霍成君也就罷了，霍光聽到他提起霍禹，心中掠過一絲顫慄，未知的事向來最令人惶恐不安，尤其他又是一個病骨支離的老人。

「霍禹……霍禹怎麼了？」霍光彷彿覺得聲音不像是自己的。

劉病已狠狠地道：「你當然不知道！就算你知道，你也一定無所作爲！就像淳于衍毒殺平君一樣！」

夕陽餘暉透過窗牖斜入，映在劉病已的面上，帶著幾分縹緲與不切實。他緩了緩語氣，閉上雙眼，陳述一個遙遠又沉痛的事實：「當年，霍禹和霍成君找了兩個醜陋粗鄙的男子，把天真善良的平君羞辱了一頓。他們是要利用平君來打擊朕，他們……他們……」

他帶著一絲哽咽，一字一字地吐出這句話，像是有極鋒利的刀子淩遲著他，每個字都是錐心泣血，帶著深沉不可化解的悲憤。

最終他這句話沒有說完，眼前浮現她被兩個男人欺辱後，瑟縮在床角，不哭不鬧，不言不語，安靜得宛如破碎支離的陶俑。

那是他夜夜磨刀，一痕一痕地刻在心上的，至死不能忘的畫面。

霍光不知道有這件事，胸口掀起驚濤駭浪，一時說不出話。

劉病已緊緊地掐著床欄，手指幾乎要掐出血來。他深深地吸了一口氣，努力平和內心的狂潮，「對一個弱女子做出那種事，他們根本不是人。之後，霍顯指使淳于衍毒死平君，你明明知道，卻不聞不問。你們姓霍的，全都是披著人皮的惡狼，令人髮指！」

霍光由於太過震驚，聲線也顫了，「所以，你才派了芙蕖……」想到她，心中一陣痛惜，聲音堵在喉嚨。

劉病已冷笑，「一個芙蕖如何夠力？自然還要加上太醫令。」

「太醫令……太醫令……」霍光驚得險些暈去，身體一滑，如一坨爛泥般委頓在榻上，強撐著一口氣，突然仰天長笑，厲聲道：「好好好，果然是孝武皇帝的曾孫，青出於藍而勝於藍，連老夫都折在你手裡。老夫作夢也想不到，自己機關算盡，一步步走到顛峰，到頭來竟是栽在陰溝裡！」

劉病已冷冷地道：「朕是大將軍一手扶立稱帝的，朕必不會忘記大將軍的恩情。朕向來恩怨分明，大將軍薨後，朕會給您延續生前的尊榮，但是您的家人，朕一個都不會放過。」

霍光早知道會有這一天，嘴角一動，牽起一抹黯淡的笑，像是一個走入鬼門關的人，回頭瞅了一眼後半餘生，感慨自己一生過失的笑容。他方才聲色俱厲地說話，此刻已氣若游絲，「老臣早料到會有這一天，自許皇后崩逝後，老臣如履薄冰，時時刻刻提防這一天的到來，卻也終究難逃這一刻。」

劉病已冷冰冰地道：「有因必有果，霍氏一族只是自食惡果罷了。朕若不動手除去你，恐怕霍顯這對母女，就要對奭兒動刀了。大將軍是人夫也是人父，大將軍愛護家人，朕當然也愛護自己的家人，你與我，都是一樣的。」

霍光眸光漸漸暗了下來，像是火燼後的殘灰，混著血與淚，化作一坯冰冷的黃土。曾經權傾天下、不可一世的他，生命走到盡頭，也只是個平凡的老人罷了。

劉病已木然瞧了他片刻，目光隱隱有一絲悲憫，語氣卻不肯有一分鬆動，「大將軍乏了，好好歇息，您的後事，朕會比照皇帝喪儀，置辦得風風光光的。」

霍光經過這一番折騰，已是向死亡更迫近了一步。他是經歷過大風大浪的人，此刻倒是顯得十分平靜，緩緩地道：「老臣行動不便，就不恭送陛下了。」

劉病已再也不多瞧他一眼，緩步而出。

暮靄蒼茫，缺月低懸。

梧桐一葉初凋。

驀地，身後傳來重物落地聲。

金安上向內瞅了一眼，驚道：「陛下，大將軍他……」

劉病已充耳不聞，緩緩地踏著長廊，像是什麼事都沒有發生似的離開。

身後的霍府傳來陣陣悲聲，隨著他一步步遠去，聲音渺不可聞。

六十三・哭陵

霍光的薨逝，他沒有太多的歡愉，反而像被拔去一根扎入背肉許久的刺，前所未有的輕鬆。

他踽踽涼涼地走在街上，兩側的街景越來越熟悉，不知不覺前方便是昔日的陽武侯府。

他的心劇烈一震，停步，目光像生了根似的，片刻也移不開那面熟悉的碧瓦高牆，也許就是所謂的近鄉情怯，他不敢靠近那裡。

曾和她在裡面度過一段兩情相依的悠悠歲月，彼時他還不是榮光萬丈的九五之尊，他們的世界只有彼此。他回到家中，就能看見妻子溫柔脈脈的笑靨，聽著妻子關切殷殷的絮語，妻子服侍他沐熱水浴，然後一起煮酒用膳，最後相擁而眠。在他們的溫柔鄉中，沒有霍成君，沒有王靜姝，沒有宣室殿和椒房殿的距離，沒有一群隨侍在側的宮女黃門，沒有深宮波雲詭譎的消磨周旋。他們執手相看，眉眼間洋溢著平凡而幸福的微笑。

世事漫隨流水，算來一夢浮生。

金安上跟在他身後，看著他背脊簌簌顫抖，像是在哭泣，卻又不太像。

須臾，劉病已像是鼓足勇氣，緩緩地踏入楚堯的府裡。

楚堯的僕從都是昔日陽武侯府的舊人，驟見皇帝，先是一呆，跟著嘩啦啦地跪地叩拜。

劉病已恍若不見，逕自往昔日自己的寢居步去。

楚堯、桃夭正在院子裡陪楚桑蹴鞠，猛地見到他，都是一驚。

桃夭拉著楚桑過來行禮。

楚桑還不太會說話，見到皇帝，歪著小腦袋，一臉憨態可掬。

劉病已怔怔看她，驀地想起楚桑這名字是許平君起的，心猛地一撞。

「快叫陛——下——」桃夭拖著長長尾音教她說話。

「陛——下——」楚桑學著母親唸道，咬字不清，如含著一枚雞蛋。

桃夭笑道：「孩子初學說話，陛下莫怪。」

劉病已淡淡一笑，「不要緊。」彎腰盯著楚桑，柔聲道：「桑兒眞乖。」

楚桑奶聲奶氣地道：「桑兒乖，桑兒要吃糖。」

桃夭笑睨了楚堯一眼，「這孩子，都給她父親慣壞了。」

楚堯到底和劉病已是莫逆之交，一眼便看出他心事重重，忙道：「小夭，帶桑兒去吃糖。」

桃夭拉著楚桑的小手，「走吧，母親拿糖給妳吃。」

她一走，劉病已也不跟楚堯敍話，當下疾步前往舊居，彷彿誰在那裡等他似的。

他登基後，寢居便空了下來，他緩緩推開門，一縷久無人居的淸冷氣息迎面撲來。室內闃黑幽寂，金安上連忙拿燧石點亮一盞青銅連枝燈。

燭影搖曳，劉病已單衣佇立，似是不敢前進。

室內的几案床櫃鏡奩全都維持舊時的陳設，只是燕子樓空，碧落黃泉，早已渺渺。

一股巨大的空虛感如濤天巨浪般打了過來，將他渺小的身體打得支離破碎。

他深深吸足一口氣，緩緩地走進室內，走到一張紫檀案几旁，伸手觸摸，潔淨異常，知道楚堯不忍舊居蒙灰，日日都派人打掃。

他怔怔地睇著案上的硯台，彷彿能看見妻子笑吟吟地坐著援筆濡墨，紅袖添香，接著走到一張屏風榻邊，見妻子正在假寐，嘴角漾著若有似無的微笑，似乎正做了個甜夢。末了，他走到菱花鏡台前，只見妻子正描眉梳妝，回眸淺笑，甜甜地喊了聲「夫君」。

昔日鏡子裡人成雙，影成雙，如今鏡中只見青鸞，欲終宵奮舞而絕。

一瞬間有灼熱感撲上眼眶，分明是想哭的感覺，卻一滴眼淚都流不出來。

自她玉殞後，他一滴眼淚都沒落，曾經懷疑是否自己不夠傷心，不夠深情，直到夜深人靜時，他反覆舔著舊傷，才漸漸體會到原來一個人傷心到了極處，連眼淚都流不出。

這裡有太多太多她的影子，過了許多年，他彷彿還能聞到她身上幽蘭般的香澤，就連她躺過的床榻，用過的案几，都殘留著她的體溫。

「君兒……」他似乎聽見自己嘴裡絮絮呢喃。

楚堯和金安上站在他身後，不動也不語，聽得出那是充滿渴望懷念的聲音，像是要把泉下的她給喚回來似的，心猛地一酸，有時心酸比心痛還要難受。

這時候誰也不知道該如何安慰他，也許無聲就是最好的陪伴。

劉病已茫然地不知道自己是如何走出寢居，走出侯府的，就連楚堯喚了他好幾聲都懵然不知，彷彿他的靈魂早已飄到了鴻冥大荒，只剩下千瘡百孔的形體繼續游移在人世，繼續活在他一個人的鏡花水月裡。

他回到未央宮後立即前往披香殿，此刻他極需要一個溫柔的眼神、一抹恬靜的微笑、一縷動人的歌聲來慰藉他觸景生情過後被蛀蝕空洞的心。他身體寒沁沁地像被冰水浸泡許久，急須摟著一個嬌軟溫熱的身體溫存蜜愛，他迫切地想要抓住什麼，來找回活著的真實感。

王靜姝正在繡花，宮人來不及稟報，劉病已便風風火火而入。

她微微愕然，見他的面色陰沉得宛如即將落雨的薄暮昏暝，正欲相詢，便被他一把摟住。她尚未反應過來，劉病已的唇已經熨了上來，緊密地糾纏在一起。自她落胎後，他對她，很少有如此親暱的舉動，她心裡一半歡喜，一半緊張，只能憑著身體的本能熱烈地回應著他。

宮人們識趣地退下，吱呀一聲，掩上宮門。

劉病已激吻一陣，感受到薄如蟬翼的寢衣下那溫香軟玉的身體，正散發著窒息般的誘惑，越發難以自持，將她抱入榻上。

燭影搖紅，一室旖旎。

她再度看見他背上那道猙獰的疤，每看一次，都是心疼一次，他的內心，是不是也是這樣滿目瘡痍。

平素的他是瓊枝玉樹，舉止沉穩，風姿迢迢，而今卻像發了癲似的，帶著陌生的神情，急欲找個發洩的地方。

她許久沒承歡了，這般激烈的動作下，一陣撕裂般的痛楚如浪潮般襲來，起初還能忍受，到最後痛得拚命掙扎，咬牙道：「陛下，不要了，陛下，妾……妾消受不住……」

他恍若不聞，絲毫沒有停下的意思。

她實是痛得難熬，嗚咽道：「妾痛極了，求你停下，痛……我好痛……」也不知哪裡迸發的勇氣，猛地脫口道：「次卿……次卿哥哥……」

劉病已心中巨震，猛地停下動作，顫動著嘴唇，道：「妳……喚我什麼？」

王靜姝這下倒變成啞巴了，哪敢再喚一聲？「次卿」這兩字，是她在夜裡孤枕寒衾時，默默喊在心裡的，絲毫不敢在他面前喊出，就怕戳痛他的心，方才實在痛極，才會情不自禁地脫口而出。

「妳方才喚我什麼？」劉病已顫聲道。

王靜姝神情怯怯，帶著一絲啜泣，囁嚅道：「次卿……」

日積月累的傷口徹底裂開，有熱流撲上他的眼眶，淚水潰堤，撲簌簌地落在王靜姝胸前。

「妳再喚一次。」劉病已哭著，聲音帶著一絲乞求哀憫，「再喚一次，再喚一次給我聽……」

王靜姝嚶嚶抽泣：「次卿……」

劉病已眼淚更加不可抑制，俯下身體，緊緊摟住她，哭道：「對不起，君兒，我在這裡，對不起，別哭了……」

王靜姝聽到「君兒」兩字，心中湧起酸楚。他是她的夫君，她的唯一，她的生命，只要能得到一刻眞心相許，便勝卻人間無數，可是到頭來，他仍是把她當作另一個人。

很快地她的心酸就被憐惜取代，是的，她深深憐惜著眼前這個男人，只要他心裡的創傷能夠癒合，自己成爲替代品又如何？

「次卿，別傷心，我會一直陪著你，永遠不會離開你。」她柔聲道。

劉病已哭得聲嘶力竭，許平君死後，他一直沒哭，此刻只覺得似乎找到一個出口，眼淚落得又急又兇，很快地在她身上匯聚成汪洋。

王靜姝愛憐地撫著他背上的傷疤，像要撫慰他內心的傷痛似的，見他哭得像個孩子，就知道他的心已經傷痕累累了。

案上燭火即將燃盡，珊瑚燭淚累累，像是他積蓄已久的淚。

他哭得筋疲力盡，靜靜地坐在榻旁，緊緊地抱住自己的手臂，像是支撐不住似的，眼神空洞迷惘。

王靜姝怔然凝視著他，曾經溫潤如玉的無雙公子，何以會變得如此玉碎斑駁。她伸手拭去眼角一滴淚，遞了一盞茶給他，「陛下，喝點桑菊茶潤潤喉。」

劉病已搖了搖頭，一聲不吭。王靜姝長嘆一聲，將茶盞擱在小几上，遲疑一會兒，轉身從床前架子上拿出兩只長匣，走到他身前坐下，輕輕地喊了聲：「陛下。」

劉病已茫然地瞧著兩只長匣，眸心漸漸燃起一絲漣漣光采，顫顫地道：「這是……」

王靜姝啟開匣蓋，抽出劍鞘，柔聲道：「妾以爲，這是平君留給陛下的一點念想，不該長埋於地下，所以請巧匠黏合，盼有朝一日陛下想起雙劍時，不至於殘缺不全。」

劉病已顫顫地伸手撫著兩柄劍，宛然新生，若不細看，根本察覺不出中間有裂痕。霎那間，他淚水又漫上眼眶，急雨般落了下來，洇沒他痛惜沉鬱的臉龐。

王靜姝第一次見到他哭，又是哭得這般厲害，忍不住攬臂摟緊了他，像一個母親摟著孩子那樣，以一側臉頰貼著他的額頭，柔聲道：「哭一哭也好，自平君仙逝後，就不曾見陛下掉淚，但妾知道陛下是哀莫大於心死，才會欲哭無淚。」

劉病已一開始無聲啜泣著，後來哭得聲嘶力竭，此刻只覺得哭是一件極爲痛快的事，要將深積在內心許久的悲傷思念全都一股腦兒宣洩出來。

「容華沒事吧？」門外紫菱擔憂地道，就怕主子又說錯話惹陛下傷心惱怒。

「沒事，陛下有我伺候著。」

劉病已撫著兩柄劍，像是撫著情人的肌膚，冰冷的劍身，彷彿終於有了人的脈動體溫。他悽楚哽咽：「君兒，君兒……」突然大叫一聲：「不行，我要去找平君，她在那裡等著我。」起身搖搖晃晃地往殿外衝去。

王靜姝大驚，「陛下，這麼晚了，您要上哪裡去？」

門外宮人全都嚇了一跳，慌張地跟在他身後，滿口喊著「陛下」。

劉病已充耳不聞，如癡如狂，展開輕功，很快地將所有人遠遠拋開。

衝出披香殿，一口氣奔到宮門，守門的郎衛分明看出他神情有異，卻哪裡敢攔阻？恭敬地送他出宮。

他出宮不久，雨傾盆而下，也許欲澆熄他內心瘋狂的火焰，也許是爲了陪伴他好好地痛哭一場。總之，這場大雨來得極合時宜。

宏偉的陵墓矗立在無邊無盡的黑暗中，一任風雨無情地鞭笞。

大雨模糊了視線，守陵郎衛見了一身素服、被雨淋得無比狼狽的他，哪知道是皇帝？紛紛喝斥：「擅闖皇陵，乃是死罪，還不站住！」

劉病已哪肯理會？身法如煙似霧，避開郎衛們的攔阻，逕自要奔向陵園。

「反了反了，哪來的瘋子！拿下！」

郎衛紛紛持劍上前，劉病已冷笑一聲，翻手間便將三人撂倒在地，餘下的郎衛知道厲害，發了狠勁，劍去得又快又猛。

金氏兄弟趕到時，劉病已已奪去一名郎衛的長劍，與眾郎衛鬥得正酣。金賞嚇得魂飛魄散，厲聲喝道：「住手！住手！那是皇帝！」

眾郎衛一愣，停下動作，金安上幾乎是用爬的上前，跪在劉病已腳下，悽惶道：「陛下，您這般淋雨，會損傷龍體的，求您跟臣回宮吧！」

眾郎衛聽了這一句，才知道自己原來和皇帝交上了手，只嚇得面無人色，跪地叩首，「臣罪該萬死，不知陛下親臨，冒犯聖駕，請陛下恕罪。」

劉病已冷冷地道：「都滾出去！」

金建道：「陛下，臣知道您此刻誰也不想見，那好歹也讓臣替您擋雨吧。」

劉病已發了脾氣，厲聲道：「全都滾得遠遠的，沒有朕的旨意，誰敢上前叨擾，朕就摘了誰的腦袋。滾——」

眾郎衛還擔心自己人頭不保，聽到這一句，如獲大赦，急忙退得遠遠的。金安上仍不肯走，劉病已冷冷地橫了他一眼，再也不肯理他，邁入門闕。

他看到梓宮時，全身力氣突然一絲一絲被抽了去，身子一軟，癱倒在地，雙臂緊緊抱著梓宮，灼熱的眼淚又傾瀉而下。

腦海浮現她臨去前那一幕，宜言飲酒，與子偕老，琴瑟在御，莫不靜好，這麼平凡的心願，如今看來，竟是奢望不可求。她成了自己懷中一具冰冷的遺體，再也不會哭，再也不會笑，曾經活蹦亂跳的花漾少女，永遠沉睡在兩情相依的靜好歲月裡。

他嘴裡囈語似的喃喃傾訴：「君兒，我來看妳了，沒有我的陪伴，妳不會孤單嗎？這麼黑的夜，妳一向是最害怕的，所以我來陪妳，我們再也不分開了。」

他的臉貼著冰冷的梓宮，好似回到她死亡的那一刻，她的臉也是這般令人絕望的冷。「對不住，是我沒能保護好妳，若能重來，我願放棄一切，只與妳相守一生……」

金安上放心不下，跟了過來，欲拿乾衣給他披上，剛好聽到這一句，忍不住輕嘆。

「你走開，我想一個人陪著她。」劉病已冷冷地道。

金安上聽他不是自稱「朕」而是自稱「我」，顯然心如死灰，動容道：「陛下……」

劉病已不耐煩了，厲聲道：「要是不想掉腦袋，就給我滾！」

金安上無奈，只能默默退開，每走兩步就回頭望一次，皇帝的背影在空曠的墓室中顯得極爲單薄脆弱，好似一隻翅膀碎裂、筋疲力竭的蝶在風中苦苦掙扎。他一咬牙，心想此刻只有一人能夠勸得動他，連忙喚來一名郎衛，要他快馬去請那人過來。

楚堯趕到時，劉病已抱著梓宮溫言絮語，彷彿對著活生生的情人。他心一酸，道：「病已，別這樣，她已經死了，聽不見的。」

劉病已身體明顯抽搐了一下，像被誰捅了一刀，隨即笑道：「不會的，我說的話，她都聽得見。」

楚堯大聲道：「她都離去這麼久了，你還沒看破嗎？你認清事實吧！她已經死了，活不過來了，再也聽不到你說話了！」

傷心憤怒一齊逼上心頭，劉病已回頭狠狠地剜了他一眼，「你走開，誰要你在這裡嘮叨，我要一個人陪著她，你們誰都不要過來。」

楚堯知道他神智已昏，想也不想，伸手在他腦後一劈，劉病已眼前一黑，當卽暈了過去。

金氏兄弟看了瞠目結舌，心想果然找他來是對的，天下有誰敢這麼冒犯皇帝？

楚堯要將劉病已抱走，誰知他的手臂仍緊緊地抱著梓宮，怎麼分也分不開，連忙道：「快來幫忙。」

金安上離得較近，聞言連忙彎下腰，一起和楚堯將劉病已的手臂掰開，雖然皇帝已暈厥，但手臂像是扎了根似的，費了他們不少力氣。

金安上心一酸，「陛下是眞的不願離開這裡，不願離開恭哀皇后。」

楚堯道：「眼下不是說這話的時候，快將陛下帶回宮裡。」

劉病已回宣室殿後，不久王靜姝、張彭祖也聽到消息趕來了，眾人七手八腳地將他濕透的衣衫剝除了，再挪入浴桶裡泡熱水。

劉病已感到滾燙的熱水逼入孔竅，悶哼一聲，醒了過來。

王靜姝抹淚道：「陛下醒了。」

劉病已瞧了她一眼，眼神渙散，分明認不出她來，不一會兒又暈了過去。

金氏兄弟不停在浴桶裡加了薑片、石菖蒲、黃酒。王靜姝挽起衣袂，用薑片搓揉著他的身體。劉病已泡了半個時辰，才換上乾淨的衣裳，又被灌了濃濃的薑湯。

折騰一會兒，劉病已恢復了意識。楚堯見他一張臉白如素帛，眼裡無光，既生氣又心疼，忍不住道：「你這般作踐自己，倒是累得我們人仰馬翻，連覺都不得安睡。」

這樣斥責的話，全天下大概只有楚堯敢說。金氏兄弟又一次目瞪口呆。

張彭祖白了他一眼，「陛下好不容易清醒了，說這個也沒有意義。」

劉病已目光微斂，默然不語。楚堯看他這樣子，也不忍再苛責。

當值的太醫過來替劉病已把脈，道：「陛下淋了雨，著了風寒，須仔細調養。眼下最要緊的是防著高熱發作，臣回去立即熬藥，儘快讓陛下服下。」

太醫說完後就退出了，王靜姝跟了過去，仔細詢問太醫風寒後須注意的相關保健事宜。

劉病已看了面露倦色的金氏兄弟一眼，溫和地道：「你們辛苦了，去歇息吧，這裡有兄長和彭祖就好。」

「諾。」

「病已，我知道你傷心，可你再怎麼傷心，日子還得過下去。這般自賤自殘，別人看在眼裡，可好受嗎？」楚堯軟了語氣。

劉病已怔怔地道：「是我不對，我當下像是魔怔了，糊塗了心智，我還有奭兒霜兒，還有江山社稷，我肩上扛著重責大任，就不該如此胡來。」

楚堯欣然道：「想通就好，我真怕你邁不過這道坎兒，落在心頭生了根，成了魔障，日日挫磨你的心智。」

劉病已道：「哭一哭後，我覺得心裡舒坦多了，最要緊的是，霍光死了，接下來我要慢慢地跟霍氏一族清算舊帳了。」

楚堯冷笑道：「自作孽，不可活，霍氏一族遭到報應前，你一定不能先倒下，要親眼看著仇人一個一個死在你的面前。」

張彭祖看看楚堯，又看看劉病已，猛地一跺腳，道：「哎，雖然我父親是霍光的親信，但霍家那對母女害死平君，心如蛇蠍，這次我一定站你這邊。」

這一晚劉病已讓楚堯、張彭祖留宿宣室，劉病已心緒平復不少，喝完藥後，便迷迷糊糊睡了去。

六十四・削權

他一覺醒來後，開始著手於霍光後事，由於風寒未癒，加上一整晚只睡一個時辰，守陵郎衛也都被下令封口，因此皇帝深夜哭陵這件事倒也沒鬧得衆所周知。三公九卿見到皇帝憔悴蒼白的臉、紅腫密佈血絲的雙眼，還以爲他對霍光的死太過悲痛，而皇帝在霍光病重時便遣太醫令入府親自侍疾，皇帝也曾登門親臨，群臣都暗中稱讚皇帝有情有義。

霍光病逝，謚號爲宣成侯。皇帝與太皇太后親臨典喪，太中大夫任宣和五名侍御史持節護喪事。中二千石級官員在墓地設置辦理喪事的幕府。皇帝賜予金錢、繒絮、繡被百領。衣五十篋、璧珠璣玉衣、梓宮、便房[註1]、黃腸題湊[註2]各一具，樅木外藏槨十五具、東園溫明[註3]祕器等隨葬物品，一切比照皇帝葬禮。用輼輬車[註4]運送霍光的靈柩，黃緞覆蓋，左轅上插上羽飾纛旗[註5]。徵發材官、輕車、北車五營士兵列隊直至茂陵，爲霍光送葬。又徵調河東、河內、河南三郡士卒爲霍光掘土築墳，蓋起墓塚祠堂，安置園邑三百家，守陵的正副長官按照舊例守護奉祀陵墓。

霍光的葬儀規格堪比帝王之制，然而霍夫人卻不滿意，她一改霍光在時所定的墓冢規格，肆意加以擴大，建三道山闕，修築神道，使整個墓地範圍北臨昭靈館，南出承恩館。另又大肆修飾祠堂，輦車行駛的道路直接修到墓穴中的永巷之地，霍夫人將霍光生前寵幸的良人、婢妾統統趕到陵寢，幽居永巷奉守光冢。

但早在此之前，芙蕖便消失了，除了皇帝和楚笙，沒有人知道她的去向。

霍禹承襲侯爵爲博陸侯，被封爲右將軍。劉病已下詔：「大司馬大將軍博陸侯宿衛孝武皇帝三十數年，輔佐孝昭皇帝十數年，遭大難，躬秉義，率三公諸侯九卿大夫定萬世冊以安社稷，天下蒸庶，咸以康寧。功德茂盛，朕甚嘉之。復其後世，疇其爵邑，世世無有所與，功如蕭相國。」

楚堯得知詔書內容時，嗤了一聲，冷笑道：「世世代代不出租賦，不事徭役，功勳比照蕭何，眞是一頂高帽子。」

劉病已道：「將欲廢之，必固興之，一切才正要開始。按照舊例，所有人上書皇帝都須經由尙書之手，尙書若認爲內容不妥，便擱置一旁，不會呈交給我。霍光薨逝後，我便取消舊例，改以密摺方式上書。御史大夫魏相今日便給我上了兩道密摺，一是舉薦張安世接任大司馬大將軍的位置，以免軍權落入霍氏家族手中；第二道摺子是勸我削弱霍氏集團的勢力。」

楚堯奇道：「這個魏相和霍光昔日有結下樑子嗎？」

「魏相原來是濟陰郡定陶縣人，後來遷居平陵，曾任職茂陵縣令、河南郡太守，現爲御史大夫。這話要從車丞相田千秋薨世說起，田千秋的兒子田順擔任洛陽武庫令，父親死後，認爲失去靠山，而魏相治郡又嚴，生恐日久獲罪，就棄官逃走。魏相派掾吏追拿，他始終不肯復職。魏相當時便道：『大將軍聽說武庫令棄官而去，必定認爲我是因爲車丞相不在而斥逐其子，我將招人非議，事情可棘手了。』果然田順跑到長安，霍光便以此事譴責魏相，說：『朝廷認爲函谷關是京城之固，武庫是儲存精銳兵器之所，是以讓車丞相之弟擔任關都尉，其子擔任武庫令。如今河南郡太守不深惟國家大策，丞相薨後更容不下其子，心胸何等狹窄！見識何等淺薄！』當時朝廷氛圍已達到了只要霍光稍微露露口風，底下便有一群人刻意迎奉的地步，果然後來有人告發魏相草菅人命，濫殺無辜，此事便交付廷尉審查。」

「後來呢？」楚堯聽得津津有味。

「當時在長安有河南卒戍中都官三千人，攔住霍光的車駕，言道願意留守一年來贖魏相的罪。河南郡老少一萬餘人欲入函谷關上書朝廷，請求赦免魏相。」

「萬民請命，這般轟動，魏相頗得民心啊。」

「霍光不予理會，以武庫令之事將魏相押入廷尉詔獄。魏相受了一年多的牢獄之災，恰逢特赦出獄。朝廷又命魏相代理茂陵縣令，再調升爲揚州刺史。魏相考察郡國守相，多人被降職免官。他在揚州任職兩年，又被徵召擔任諫大夫，後來又做回了河南郡太守一職。大司農田延年死後，他就接替大司農的職位，後來又調升爲御史大夫。」

楚堯奇道：「照理說霍光和魏相曾有嫌隙，怎麼會同意讓他升官？」

「這就是魏相的過人之處。君子藏器於身，伺機而動。他把對霍光的不滿深藏於心，對霍光謙恭有禮。而霍光只是因爲武庫令的事對他略施懲處，也談不上深仇大恨，是以很快地便鬆懈了心防……」

楚堯接口道：「殊不知魏相一直耿耿於懷，沒忘記入獄的奇恥大辱。」握住劉病已的手，「能得萬民請命，魏相確非泛泛之輩。你一定要重用他，他將會是打擊霍氏一族的一道力量。」

「如今丞相的位子是韋賢擔任。韋賢年紀大了，數次向我提起要告老還鄉，我還沒答允，他下回提起時，我便順了他的意，讓魏相擔任丞相的職位。」

楚堯笑了，「是了，霍光一死，魏相又擔任丞相一職，霍氏一族將盛極而衰了。」

劉病已冷笑，「我要用一面大網，將霍氏一族牢牢套在裡面，再一點一點慢慢收緊，看著他們自亂陣腳，最後犯下大錯。」

楚堯道：「霍氏一族飛揚跋扈，作威作福慣了，最是沉不住氣，只要拿到錯處，便能替平君報仇了。」

霍光薨逝後，劉病已便再也沒踏入椒房殿。霍成君數度求見他，都被金安上擋在門外。

這日霍成君端來親手做的百合蓮子羹，佇立在清涼殿門廡上，要見劉病已，卻被金安上冷冷地回絕。

百合意味百年好合，蓮子意味連心，她一夕失去寵愛，終日惶惶不安，只能在飲食上費些巧思了。

「臣已經跟您說過了，陛下此刻正和少府議事，分身不暇，您手上的百合蓮子羹，不如就讓臣替您端進去吧。」金安上知道霍成君爲了表現誠意，執意自己親手端著，「快要下雨了，您還是趕緊回去，免得受了寒，傷了您尊貴的鳳體。」

他說得客氣，沒有絲毫不妥。但霍成君聽在耳裡，卻像一把鈍刀似的，來回刮著耳朵，說不出的不適。夏日炎炎，蟬鳴一聲聒噪一聲，彷佛在嘲諷她此刻的處境尷尬。

霍成君銀牙暗咬，擠出一個比哭還難看的笑容。「不要緊，等陛下忙完，再勞你替我通傳一聲。」

金安上面無表情，「皇后好歹是後宮之主、一國之母，這般站著，日曬風吹，給人見了，還以為陛下苛刻了皇后，皇后何必跟自己過不去，又替陛下招惹非議呢？」

霍成君面色一寒，「哪個奴才膽敢非議天子，那就立即拔了舌頭，叫他這輩子再也不得亂嚼舌根。」

「皇后這麼做，的確能達到以儆效尤的效果，卻也傷了闔宮陰騭，恐怕陛下最不樂意見到的，就是宮中再掀波瀾，沸反盈天，尤其是皇后掌管的後宮。」

金安上的話毫不客氣，霍成君氣得臉色發白，忍不住道：「別以為你在陛下面前得臉，就可以這般跟我說話，不過是匈奴雜種，若不是孝武皇帝賞你們金家一塊骨頭，恐怕你們現在還人模狗樣地替人養馬呢！」

金安上心中惱怒，勉強沉住氣，眼觀鼻，鼻觀心，垂手靜立，彷佛當皇后是空氣似的。

霍成君看他這死樣子，只覺一拳打到空氣裡，更是窩火，自封后以來，皇帝專寵椒房，別說奴才，就連太皇太后也得另眼相看。無論她走到哪，都是眾星拱月，何曾受過如此冷遇？金安上的態度就是皇帝的態度，一介臣子都敢藐視自己，何況清涼殿裡那個已和自己漸行漸遠之人！

她捧著漆盤的手顫抖不已，連帶著盤中的玉碗、玉勺也發出微微顫響，每一響都像鎚子悶悶地敲在心頭，心也一層一層地沉了下去。

自從劉病已絕跡椒房後，起初還以為皇帝政務繁忙，直到從掖庭令口裡得知劉病已經常流連於披香殿和鳳凰殿，還頻繁召先前一直不得寵的衛良人侍寢，這才驚覺皇帝變心了。

她不敢置信，幾次在椒房殿設宴，欲請劉病已，卻被金安上擋在門外，連皇帝一面也見不著。好幾次在掖庭不期而遇，劉病已連看都不看她一眼，彷彿當她是空氣。霍成君上前請安，他也只是懶懶地擺手，一句話也不多說，便繞過她去了，態度冷漠疏遠，令霍成君無所適從。

這陣子，宮人們看她的眼神，都帶著一絲幸災樂禍。

曾經風光一時、煊煊赫赫的椒房殿，驟然變得門可羅雀，以往椒房殿的人在宮裡行走，都是趾高氣昂，自霍成君失寵後，個個垂眉順眼，唯恐被人拿到了錯處，少不了一通斥責。

少府踏出清涼殿時，已是向暝時分。夕陽餘暉流淌在宮牆上，像是誰打翻了絢金的顏料，暮雲時捲時舒，幻化出萬千色彩，宛如霍成君此刻的心，凌空懸浮，縹緲無依。

雨終於淅瀝瀝地落了下來。

「皇后，讓奴婢替您端吧。」紅藥抱恙，此刻跟隨霍成君的是另一個婢女。

霍成君端得手都麻木了，心想早知道就不要逞強，這種下等事，奴婢們做起來可得心應手了，於是不再堅持，讓她把漆盤端了去。

待少府向自己行禮走遠後，霍成君才硬梆梆地道：「現在可以替我通傳了吧？」

「皇后稍等。」金安上仍是不鹹不淡的態度。

霍成君忍著氣，少頃他走了出來，躬身一揖，「陛下說等會兒要和王容華一起用膳，皇后的百合蓮子羹，怕是吃了就用不下王容華親手做的膳食了，還請皇后把羹自個兒吞了，儘快回椒房殿吧。」

霍成君聽到最後一句，身體簌簌顫慄，「陛下當眞這麼說？」

金安上笑意盎然地頷首，彷彿很滿意她此刻倉皇失措的反應似的，「臣可不敢欺瞞皇后。」

霍成君嘶聲尖叫：「不可能！一定是你騙我，陛下不可能這般對待我！不可能！絕對不可能！」

金安上含著一縷耐人尋味的笑，「皇后慢走，天雨路滑，您可得仔細腳下，別給什麼絆著了。」說著轉身入殿，掩上殿門。

霍成君再也顧不得禮儀，發了狂似的要衝進去，卻被兩個黃門攔下。

霍成君一怔，隨卽厲聲道：「走開，我要見陛下！你們不要命了是不是，膽敢攔我的路！」

黃門如木雕泥塑，霍成君見了，知道討不了好，忙放開嗓子，帶著一絲嗚咽悽然道：「陛下，陛下，妾要見您一面，一面就好，就讓妾見您一面吧……」

殿門從裡面忽然被人敞開，吱呀一聲，沉沉悶悶地滑過霍成君慌亂的心頭。

夕陽西斜，劉病已面上蒙著薄薄的日影，帶著幾許如夢似幻的恍惚。

然而他的目光在薄暮下，卻格外清晰，如幽潭、如深淵，陌生的徹骨嚴寒。

霍成君心頭泛起一絲懍慄，一直以爲自己的身分是皇后，是妻子，和他舉案齊眉，並肩垂範天下，不想在這樣的目光下，她竟像個罪人似的，連個宮婢也不如。

她雙膝一軟，伏在劉病已足邊，悽悽惶惶地道：「陛下。」

劉病已不冷不熱，「吵吵鬧鬧，成何體統。」

霍成君仰起螓首，粉淚潸潸，「陛下，您何以對妾疏遠至此，何以這一個月都不來椒房殿了？」

「皇后又何必執著於從朕口裡得到眞相，時候到了，自然就會水落石出的。」

霍成君心虛不已，勉強鎭定下來。「陛下，是不是妾做錯了什麼，您才會厭極了妾，連妾一面也不想多見，還請陛下憐憫妾對您的一片眞心，坦然相告，別讓妾不明不白。」

「眞心？」劉病已彎下腰，托住她的下巴，目光灼灼直視著她，語氣輕誚，「一個讓朕痛不欲生的女人，竟然在朕面前提到眞心。」拂袖冷笑一聲，森然睥睨著她，「妳第一句話就問得不對了，妳不應該問自己做錯了什麼，而是捫心自問自己做對了什麼。妳對朕做了多少錯事，當朕都懵然不知嗎？」

霍成君驚出一身虛汗，口齒不覺顫抖了起來，「妾……妾不敢。」

劉病已冷笑道：「妳不敢？妳有什麼不敢的？有些事雖然不是妳親手做的，但也和妳脫不了干係。對了，妳的長御紅藥偷了東西，此刻已被押入掖庭獄候審了，偷盜之事可大可小，但若她嘴裡不牢不靠，吐出什麼事兒來，那就不是填上她一條命那麼簡單了。」

霍成君驚詫道：「紅藥偷了東西？怎麼可能！紅藥是妾的長御，妾信得過她的爲人，知道她斷斷不會偷盜東西的。陛下，這中間是不是有什麼誤會？就算要拿人，也該先知會妾一聲啊！」

劉病已含著霧嵐般的淺笑，「有些事要取得答案，過程如何都不要緊，最重要的是能否達到預期的結果。」

霍成君一時不明白。劉病已嗤了一聲，輕笑，「妳平素倒也算是心思玲瓏，工於心計，爲什麼此刻卻昏聵了？」

霍成君忽然心下雪亮，尖叫道：「難道……難道……」

劉病已俯身將唇湊近她耳邊，輕輕地道：「織室裡的株株說，華良人滑胎前，曾單獨見過紅藥，二人談了大約一炷香時分。朕十分納悶，華良人會和妳的長御談些什麼，朕不便去問她，怕戳著她的隱痛，只好勞紅藥到掖庭獄走一遭了。」

霍成君面如冷灰，不敢置信地瞪著劉病已，悽然道：「所以陛下才會先給紅藥冠上一個罪名，目的是爲了從她口中問出什麼話來，陛下，陛下你……」忽然想到什麼似的，急切道：「陛下，無論紅藥說了什麼，陛下千萬不能深信，掖庭獄刑罰如爐，紅藥細皮嫩肉，禁不起拷問，吐出來的話不值得深信的。」

劉病已冷笑，「眼下都還沒開始審問呢，皇后就急著撇清關係，朕倒是十分好奇，紅藥究竟會供出什麼祕密。」

霍成君急道：「難道是因爲華良人曾經單獨見過紅藥，所以陛下才覺得滑胎一事跟妾有關？陛下，華良人自己也說了她滑胎是失足造成的，且也罰過她的侍女了，這件事不是早已塵埃落定了嗎？不能因爲華良人見過紅藥，就將紅藥打入掖庭獄，屈打成招啊！」

「皇后的意思是朕這件事做得太過了？」

「陛下，掖庭獄那種地方，進去後不死也會脫層皮的，紅藥是妾的長御，陛下若要問話，也該由妾來問，否則陛下要是冤枉了好人，賠了宮奴的命是小，損了陛下的聖譽是大。」

「看皇后一心維護紅藥的樣子，讓朕越來越覺得，紅藥一定掐著皇后的把柄，所以皇后才會急著要將她從獄中撈出來。」

霍成君還要分辯，劉病已冷冷地道：「朕要去披香殿了，皇后回去吧。」

霍成君如被抽了骨架似的癱軟在地，身子瑟瑟發抖，牽動滿頭珠翠琳瑯晃動，一直到身後皇帝儀仗逶迤而去，她仍無法從惶惶不安中平復心神。

她不知自己是如何回到椒房殿的，睜著空洞的一雙眼，環顧整座椒房殿，瓦冷牆寒，宮人們幹起活來都是有氣無力的。

她忽然渴了，急忙給自己倒了一盞茶。茶水裡少了冰塊，換作平時她肯定是要大發雷霆的，但此刻只覺得心已涼透，又是惶恐，根本提不起怒斥的勁兒。

紅藥入獄後不出一日，便已招供。供詞內容是霍成君仗著霍光是華良人父親的上屬，以父親前程作爲要脅，要她自行找機會摔倒，否則華良人的父親便會丟了官職。華良人被逼無奈，只能照做。

供詞遞交到劉病已手中，紅藥立卽被杖斃，霍成君則跪在清涼殿前脫簪請罪。

她一連跪了一天一夜，膝蓋都不是自己的了，惹來不少宮奴指點哂笑。華良人來給皇帝送青梅羹，見了她冷冷地丟了一句：「倘若做錯事就下跪抵罪，那陛下跟前還不擠成一片了？」

霍成君惡狠狠地剜了她一眼，正要怒斥她「放肆」，轉念一想，此刻自己是待罪之身，只能硬生生咬著牙抿下這口氣。

霍成君心裡明白，自霍光死後，自己在後宮的地位岌岌可危，前朝後宮往往一榮俱榮，一損俱損，她本能地感覺到末路將至。

霍成君的失寵只是霍氏一族衰敗的初始。劉病已命魏相為丞相，並頻繁召見，首先削奪霍氏的兵權。霍光的女婿范明友由度遼將軍兼任未央宮衛尉調為光祿勳；鄧廣漢由長樂宮衛尉調為少府；任勝由中郎將羽林軍總監調為安定郡太守；孫女婿王漢由中郎將調為武威郡太守；霍光姊姊的女婿張朔由給事中光祿大夫改任蜀郡太守。

最後透過明升暗降的方式，改任霍禹為大司馬，小冠無印綬，罷其為右將軍統領的屯兵和部屬，僅僅讓霍禹徒有虛職，而無兵權。

緊接著又收回范明友度遼將軍的印綬，另外霍光的女婿趙平任散騎騎都尉光祿大夫統率屯兵，也被收去了騎都尉印綬，所有率領胡越騎兵、羽林軍和東西兩宮衛尉常備軍的職務，全都改由許廣漢的親屬許氏子弟和已故祖母史良娣的史家子弟取代。皇帝此舉，很明顯地就是要剪除霍氏外戚的羽翼，建立自己的親信黨羽。

霍氏一族的權力不斷流逝，霍成君自那日脫簪請罪後，就被幽禁於椒房殿，只留下兩名宮婢侍候，中宮地位搖搖欲墜。霍府上下瀰漫著一縷山雨欲來的氣氛，眾人惶惶不可終日。

霍禹對劉病已透過明升暗降、削奪兵權的手段十分不滿，一日單獨面君，劈頭便道：「倘若不是我父親，你根本不會得到今日的地位，如今我父親屍骨未寒，你就對我們霍家趕盡驅絕，又奪我印綬，豈不是太忘恩負義了！」

金安上立即斥道：「大膽，見了陛下不行君臣之禮，又不稱臣，更對陛下不敬，三樁加起來，就是死罪也不為過！」

霍禹正要反唇相譏，劉病已冷冷地開口：「你們霍家對朕犯下諸多令人髮指之事，朕早就不欠你們了，又何來忘恩負義一說？」

霍禹到底曾對不住許平君，此刻聽到「令人髮指」四個字，不禁心虛。

劉病已面無表情。「倘若你是來替你們族人求情的，那朕送你兩個字，晚了。」

霍禹有些急了，眼下霍氏權力散如流沙，本能地感受到大禍臨頭，向來目下無塵的他再也顧不得顏面，低聲下氣道：「師兄，我好歹是你師弟，你就不顧往日同門的情分嗎？」

「師弟？」劉病已冷笑一聲，目光緊緊地迫向他，「別以為朕不曉得你和霍成君對恭哀皇后做過什麼事，光這一點，朕與你就沒有什麼情分。」

霍禹在他迫人的目光下，一股寒意直逼心頭，那件事已經死無對證了，他怎麼會曉得？霍禹舌尖微微麻木，一句話也說不上來，涼意透背，才知冷汗已濕了一身。

劉病已毫不掩飾眉目唇角流露出來的濃濃厭惡，「倘若沒別的事，你可以出去了。」

霍禹心中恐懼已極，當下只想趕快逃離此地，匆匆出了宣室殿。

註1：便房：古代帝王、諸侯王等墓葬中象徵生人臥居之處的建築，棺木卽置其中。重臣死後，亦有受賜而享此殊遇者。

註2：黃腸題湊：指的是黃心的柏木，「題」指題頭，卽木材接近根部的一端，「湊」指向內聚合。黃腸題湊就是用黃心柏木在棺槨外壘疊起來，全部題頭向內。到了東漢，黃腸石逐漸取代黃腸木，黃腸題湊逐漸絕跡。

註3：東園溫明：葬器名，放在屍體上的漆方桶，內置鏡。

註4：轀輬車：原是有遮蓋的臥車，有窗可調節溫度，故稱轀輬。

註5：羽飾纛旗：帝王乘輿之制。

六十五・傾塌

金安上看著霍禹倉皇而逃的模樣，忍不住鄙夷，「陛下，方才大司馬冒犯天威，狂妄悖逆，您就該立即將他下獄，何必和他多費唇舌。」

劉病已微微一笑，「朕正等著看一條狗被逼急了，是如何躍過高牆，反咬主子呢……」

金安上愕然不解，「陛下的意思是……」

劉病已目光凜凜，「立即將恭哀皇后被霍氏毒死的消息散播出去。」

金安上雖然一時不解，卻還是照做。

不久後許平君被毒死的傳言開始在長安城不脛而走，罪魁禍首指向霍氏一族，百姓都在議論，以往霍府奴僕在長安還算氣燄高張，唯恐別人不曉得他們是從霍府走出來的，此刻一個個耷拉著腦袋，就怕被人認出來。

到了這節骨眼，霍府眾人便如火燒眉毛，一刻也不得安寧。

霍光薨逝後，霍禹身為獨子，先是忙於奔喪，後來又歷經皇帝連番削權打擊，早就顧不得對霍夫人清算舊帳，也暫時捨卻和霍雲的宿怨。在毒殺皇后謠言滿天飛的當下，找來霍夫人、霍雲、霍山聚在書房商議對策。

霍山道：「如今魏相當權，深得皇帝信任，徹底改變大將軍在位時的法令，不僅把公田分給貧民，還到處宣揚大將軍的過失。現在長安城裡有許多儒生出身貧苦，從偏鄉來到長安，終日衣食不飽，滿嘴胡言，肆無忌憚。大將軍從前視他們如仇讎，如今陛下卻與之親近，導致人人可以自行上書對答政事，其中不乏對霍家不利的言論。從前不少人上書彈劾霍氏子弟違法亂紀，奏章都先被扣了下來，如今上書者狡猾如狐，全都改密封奏章，不通過我這個尚書，也不知道陛下究竟看到了什麼，朝政之事不必通過尚書來決策，總之一句話，陛下越來越不信任咱們了。」

霍禹冷哼一聲，「即便父親扶持他登基，他可從來沒有把我們霍家當作他的恩人。」

霍山道：「可我印象中陛下還是陽武侯的時候，雖然他設計擺了我一道，害我被家法處置，也因此事與他產生嫌隙，但我從來不覺得他是一個忘恩負義之徒，難道霍氏真的做了對不住他的事？」

話音方落，霍禹、霍夫人均是心虛不已，一時靜得彼此呼吸聲清晰可聞。

霍雲忽道：「傳聞霍氏毒死許皇后，是否真有此事？」

霍夫人的心跳幾乎快要停止，面無人色，嘴唇顫動幾下，似乎想說什麼，卻又提不起勇氣。

霍禹看了她的神情，心頭一沉，「是妳做的？」

霍夫人又急又怕，囁嚅道：「是……是我……」

霍禹、霍山、霍雲大驚，呆了一瞬，齊聲道：「什麼？」

霍夫人怯怯地落下淚來，緊握著一只玉杯，雙手微微顫抖，險些打翻杯裡的水。在霍禹三人的連環逼問下，才不得不說出實情，承認許平君是被自己暗中收買淳于衍毒死的。

一席話娓娓道來，霍禹、霍山、霍雲駭然失色。霍山嚇得魂飛天外，喃喃地道：「想不到傳聞竟然是真的，怎麼辦？接下來該怎麼辦？陛下會如何對付我們？」

霍禹率先從極度震驚中冷靜下來，恨恨地望著霍夫人，「既然這是實情，妳怎麼不早點告訴我們？陛下離散斥逐諸女婿，顯然就是衝著這一點。妳害死了許平君，陛下絕不會善罷干休，不是拿妳一命抵一命就能解決的。」

霍夫人急得一點主意也沒有，連席子都坐不住，顫聲道：「那……那你說該怎麼辦？」

霍禹咬牙道：「毒殺皇后是滅族大罪，眼下我們都踏在同一條船上，脣亡齒寒，禍福相依，爲今之計，只能鋌而走險。效仿當年父親借如歌之手廢黜劉賀，發動政變，廢黜劉病已！」

這席話比方才霍夫人毒殺皇后的陳述還要令人震撼。霍夫人、霍山驚得舌頭都快打結了，一個字也吐不出，還是霍雲勉強鎮定心神，道：「發動政變，廢黜皇帝，憑我們幾個，成嗎？」

霍禹道：「天家富貴險中求，不試試怎麼知道？眼下陛下的劍已經指向我們了，與其坐以待斃，倒不如放手一搏，也許還有活命的機會。」

霍夫人憂心忡忡，「如歌肯幫我們嗎？她到底不姓霍。」

霍禹道：「妳是如歌的外祖母，我們個個都是她的親人，打斷骨頭連著筋，眼下霍氏遇劫，難道她還能坐視不管，胳膊肘向外拐嗎？」

霍夫人道：「成君當年還是婕妤的時候被幽禁在昭陽殿，那時我可沒見過她出面，如今成君的情形更不用說了，她還不是悠悠哉哉地待在她的長樂宮，整日哄著劉奭和劉霜，也沒聽說她向皇帝求情，到底不是我親外孫女，肯不肯聽我的話，我實在一點把握也沒有。」

霍禹不耐煩了。「還是那一句話，不試試看怎麼知道。頭頂利劍，懸而將斬，禍在旦夕，我們只能殺出一條血路，搏個安身立命，除此之外，我們別無選擇。」

他見三人點點頭，又對霍夫人道：「妳讓如歌安排酒席宴請陛下，另外請如歌召集魏相陪宴。我會祕密傳話給范明友、鄧廣漢，讓他們潛伏在外，假稱奉太皇太后懿旨將魏相拉出去斬了，然後趁勢廢黜皇帝。」

霍雲漸漸聽出他話中的企圖心，識相地道：「廢黜皇帝，我們便擁立你登基。」

霍禹嘉許地橫了他一眼，又對如坐針氈的霍夫人道：「明日趕緊進宮，動之以情，曉之以理，務必說服如歌與我們同心。」

霍夫人戰戰兢兢地答應了，顯然毫無把握。昔日霍光廢黜劉賀，她也是親身經歷過的，那時她跟霍光一樣成竹在胸，只待風雲變色，皇位易主，如今廢帝之計卽將重現，她心裡剩下的，只有一縷日益沉重的不安。

書房外，一個人影動也不動地立在廊柱陰影間，然後安靜地離開。

一場風暴轉瞬將至。

劉病已走出宣室，正欲前往披香殿和王靜姝共近午膳，忽然天邊飛來一隻金鵰，在蒼穹盤旋，撞入他的視野。

「天眼！」他脫口喊出金鵰的名字，隨卽面色一凜，「師父來了。」

昔日見到師父，都是滿心歡喜，而今一顆心卻沉沉如石。

金安上道：「東閭閣主來到長安，怎麼陛下似乎不是很歡喜？」

「大約師父聽到平君被霍氏毒死的傳聞，本能地察覺到長安卽將發生變故，且還是同門手足間的自相殘殺，才會下山，怕是有心化干戈為玉帛了。」

「霍氏一族犯的罪，就是族誅也不夠，如何能輕饒？這不明擺著為難陛下嗎？」

劉病已斬釘截鐵地道：「無論何人到來，朕都不會心慈手軟，朕是絕對不會放過霍氏一族的。」

「陛下所作所為，天下萬民無不信服，東閭閣主是知事明理之人，一定能夠理解的。」

劉病已唇角飄出一絲透徹的微笑，「未必，凡事扯到血緣，只要是凡人肉胎，都會變得不理智，何況……」

隔了須臾，又道：「霍禹是師父的親外甥，師父當然不願他鑄下大錯，遭來殺身之禍，眼下必定是先到霍府見霍禹去了。安上，你出宮一趟，安排朕與師父的會面。」

「諾。」

黃昏時金安上安排他們師徒在一家安靜的酒肆裡會面，金安上目光巡視一會兒，卻是東閭琳先看見二人，起身招了招手，道：「師弟。」

他的口吻依舊流露著師兄弟之間的親暱，絲毫不因為劉病已是天子而透出敬畏，彷彿在他內心深處，劉病已仍是當年那個天真純善、胸無城府的稚氣少年。

然而今日劉病已是以徒弟的身分赴約，自然東閭琳見面便喊他一聲「師弟」。

劉病已上前，對東閭殊父子行了一禮，「師父，師兄。」

東閭殊指著身前座位，「坐。」

二人端詳著劉病已的面容，比起陽武侯時期的他，更多了一分沉穩剛毅，雙眸神光內蘊，眉宇間流露著飽經世事顛沛的滄桑，隨著歲月的洗禮，天家的貴胄氣度與生殺予奪的果敢意態在他面上越來越清晰。他像是危崖上的一株蒼松，孤清而挺拔，毅立而不搖，雖生於草木，卻獨立茁壯，可經風刀，沐霜刃。

東閭琳笑著遞了一杯酒給他，「松香酒，從前咱們在明月閣釀過的，記得嗎？」

「多謝師兄。」

三人靜默，少頃，東閭殊道：「你越來越像個帝王了。」

劉病已反問：「不知在師父心裡，帝王是什麼面貌？」

「為師也形容不上來，只能說，你有武帝的霸氣，也有戾太子的寬和。最重要的是，百姓們對你的評價很好，遠勝孝文、孝景、孝昭三代仁君。」

「寬嚴並濟，是弟子的治國作風。」

東閭殊旁敲側擊道：「一場巫蠱之禍令長安掀起腥風血雨，生靈塗炭，你出身民間，知道百姓一心只想著國泰民安，既然如此，你必不願再看到百姓們惶惶不安地過日子。」

劉病已直截了當地道：「師父想替霍禹求情是吧？」

東閭殊臉色陣陣發白，知道此事太過強人所難，但爲了妹妹唯一在世的子嗣，還是說了出來：「民間傳聞恭哀皇后被霍氏毒死，我先去見了霍禹，當面問了他此事，霍禹說這件事是霍太夫人幹的，與他無關。我知道你怨毒了霍氏，但許皇后的死怪不得霍禹，我只盼你能法外開恩，饒恕霍禹一命。」

劉病已面無表情地聽完這一席話，冷靜地道：「那麼霍禹有沒有告訴師父，他對許皇后做過什麼事。」

東閭殊一呆，「什麼？」

劉病已臉上閃過一絲沉痛的陰翳，隨即漣漪不興，端起酒杯飲盡，也抿去一腔怨毒悲憤。

金安上立在他身後，看著他端起酒杯的指尖微微發顫，知道他不願提起霍禹的惡行，每提及一次，就是狠狠地撕裂他的心一次，每一次都需要很長一段時日才能夠復原，他實在禁不起再一次的傷害。

劉病已淡淡地道：「霍禹是大司馬，卻稱病不上朝，彷彿沒有這個人似的，我倒是好奇，師父去找霍禹時，他在幹什麼呢？」

東閭殊面有難色，訥訥不語。

劉病已露出通透的微笑，不知爲何，東閭殊面對自己的幼徒，竟感到背脊發寒。

劉病已眸光深深。「師父沉默，是不敢說，也是不能說，因爲霍禹正計畫著謀反。」他的言語太過驚悚，然而他的面容無比淡定，彷彿事不關己，「師父，徒兒說的對嗎？」

東閭殊震驚不已，「你……」口頰麻木，終究說不出一句話。

劉病已緩緩地道：「師父一定很好奇，我爲什麼會知道這件事。很簡單，霍氏權力被削，民間又傳出恭哀皇后被霍氏毒死的消息，兩件事加起來，足以讓霍氏一族惶惶不可終日。霍禹向來做事衝動，沉不住氣，卻又沒有縝密的心思，一定想著與其坐以待斃，倒不如鋌而走險，效仿霍光廢黜劉賀的手法，借太皇太后之手把我廢黜，再取而代之。」

東閭殊看見他如此篤定的神情，突然心念一動，脫口道：「我便覺得納悶，為何許皇后崩逝三年，一直風平浪靜，如今卻突然傳出皇后被霍氏毒死的消息，且又剛好發生在霍氏被削權後不久。難道……難道是你故意散播傳聞，好讓霍禹坐立不安，才會鋌而走險，密謀叛變？」

劉病已冷冷地道：「正是。」

東閭殊倒抽一口涼氣，「許皇后被毒死，如今已無鐵證，所以你就利用謠言，逼著霍氏謀反，好替髮妻報仇是不是？」

「是。」

東閭殊臉色一變，不敢置信地道：「是你！真的是你！你為什麼要算計你的師弟？」

劉病已眸色沉沉，「我的師弟叫東禹，可不是霍禹。」

東閭殊一臉沉痛，「究竟霍禹犯了什麼罪，竟讓你恨他入骨，一點也不念及同門情誼。」

「倘若霍禹從來就只針對我，那麼我或許還能念及舊情，格外對他施恩，即便霍氏毒殺許皇后將族誅，我也會想方設法保全霍禹一命，讓他遠離長安，隱姓埋名，但……」劉病已臉色如罩嚴霜，咬牙切齒，字字如刀，「但他對平君犯下的罪，我一輩子也無法原諒。」

東閭殊從來沒有看過一個人的眼神可以如此怨毒狠戾，像是化作一把利劍，足以將霍禹刺得千瘡百孔，一時怔然。

「平君被毒殺的唯一鐵證淳于衍已經死了，也就是我無法單憑傳聞就向霍氏一族大開殺戒，霍禹要是沒有被逼謀反，我還找不到理由誅滅霍氏一族。」劉病已目光沉靜如琥珀，語氣沒有一絲鬆動，「總之，徒兒令師父失望了。霍禹，我是肯定要殺的。」

東閭殊怔怔地道：「你當眞變得面目全非了。」

「不是我變了，而是從前的劉病已早已經死了，是霍氏一族親手殺了他。」

「一個人的本質，是不會輕易說變就變的。」

劉病已緩緩地道：「那是因爲師父您沒有站在我的角度，去俯瞰整個天下。我所站的地方是無人之巔，我看著腳下人來人往，川流不息，而身邊沒有人與我平行，只有絲絲縷縷、無孔不入的寒氣。一路從山腳爬到峰頂，就算有著赤子之心，也已是殘缺不整，正如師父您看我是萬人之上，萬丈榮光，但因爲霍氏一族，我失去了摯愛的妻子，失去往後與她相伴的美好年華，我得到的，遠不及我失去的。」

東閭殊又是一陣沉默，彷彿找不到說詞可以保全霍禹，頹然道：「罷了罷了，我早就知道自己提出這個要求，是太強人所難了，但我還是不得不見你一面，因爲霍禹是我親外甥，也是良兒唯一的子嗣。」

「徒兒理解。」

東閭殊心頭一酸，喃喃地道：「就這麼幾個徒弟，一個一個先我而去，白髮人送黑髮人，教我情何以堪……」

劉病已心頭觸動，起身一揖到底，殷切道：「徒兒不能長伴師父膝下，是徒兒不孝。」

東閭殊扶他就坐，喟然道：「我早就對你說過了，你的天下在長安，明月閣不是你落根之地。罷了罷了，你要殺霍禹，我也無力阻止了。」

「徒兒有一定要殺霍禹的理由，還望師父見諒。」

東閭殊頹然道：「我知道你是個賞罰恩怨分明之人，你既不願告訴我霍禹的罪行，想必霍禹犯下的是難以啟齒的彌天大罪。罷了罷了，霍禹從來就是個不學好的頑劣性子，我管不了那許多了。」

言及此，師徒二人再無言以對。兩廂靜默，彼此都覺得生疏。劉病已當下便起身告辭。

金安上走在劉病已身後，明顯感受到劉病已怏怏不樂，便道：「東閭閣主算是知事明理，沒有強迫陛下放過霍禹，倒也沒傷了師徒之間的和氣。」

劉病已淡淡地道：「師父再怎麼知事明理，朕這一刀斬下去，送了霍禹的性命，既是替平君報了仇，也是斷了師徒之情。」

金安上納悶道：「會嗎？臣覺得東閭閣主不是那樣的人呢！」

「師父會來找我，就代表他不忍心看霍禹送命。他方才沒有強迫我，是因爲他找不到說服我也說服他自己的理由，不代表我殺了霍禹，就不會傷了師徒之情。師父到底是凡人肉胎，我殺了他的親外甥，他心中多少會有疙瘩。」

「怎麼能埋怨陛下？若人人做錯事都可以赦免，那還需要律法做什麼？」

「朕站的這個位置，從來不會有人與朕平行，世人當然不能理解朕，也不能苛責他們。」

金安上不是很明白，又怕問得太細，會挑起他的心事，默默咀嚼他話中含意，似乎漸漸懂了。高處不勝寒，當眞只有站在無人之巔的人才能夠切身體會。

劉病已的聲音極輕，像是疲倦極了，費盡好大的力氣才吐出，「到最後，朕還是算計了師父。」

金安上忙道：「陛下別往這方面想，若是東閭閣主今夜在霍府，豈會坐視霍禹被捕？陛下藉此引開他們，也是爲了防止事情鬧得一發不可收拾。」

劉病已語氣惆悵，「朕之所以決定族誅霍氏，是因爲過去在霍氏一族的庇蔭下，朝廷出了不少貪官汙吏，犯下諸多惡事。朕要藉由剷除霍氏，順便將那群蠹蟲連根拔除，並非單純爲了報仇而已。但願師父能夠眞正理解朕，在這世上，能夠理解朕的人已經不多了。」

酒肆內，東閭琳扶著東閭殊的胳膊，殷切道：「陛下已經知道霍禹密謀叛變，我們還是儘快去一趟霍府，勸霍禹及時收手，以免釀成不可挽回的大錯！」

東閭殊收斂心神，立即站起，忽然想到什麼似的，又頹然坐倒，面色一分一分地灰敗下去。

東閭琳道：「父親怎麼了？」

東閭殊一臉沉痛，「晚了，晚了……」

東閭琳愕然不解，「什麼晚了。」

東閭殊黯然道：「他既然對霍禹的動靜瞭如指掌，來見我們之前，必定早已派兵包圍霍府，否則若讓我們去給霍禹通風報信，他族滅霍氏的計畫還不胎死腹中？等我們趕到霍府時，霍禹早就被押入詔獄了。」

他委實痛心疾首，仰面長嘆：「好厲害的皇帝，到最後竟連我們也算計了。若是我們身在霍府，以我們的身手，必不會讓羽林軍這麼輕易地就拿了霍禹。」

東閭殊想的果然不錯，就在劉病已與東閭殊父子會面同時，羽林軍大批出動，以迅雷不及掩耳的速度包圍霍府。彼時霍禹正和范明友、鄧廣漢、霍山、霍雲等人商議廢帝大計，几案上全是謀逆的筆墨證據，霍夫人倉皇欲逃，被當場擒住。在一片驚叫哭喊中，霍府一家老少全被押入廷尉詔獄。

霍家大勢已去！霍雲、霍山、范明友在獄中絕望自盡，霍夫人、鄧廣漢等霍氏子女兄弟被斬首棄世，霍禹被判腰斬，受霍家株連族滅的達幾千家，長安城內一片腥風血雨，獄滿爲患，猶如回到了巫蠱之禍衛氏覆滅的那時候。

劉病已族滅霍氏的手段雷厲風行，一時朝廷民間人人自危，唯恐跟這個「霍」字扯上一絲半點的淵源，曾經權傾朝野的霍氏一族，落了個萬古淒涼的下場。

張安世自昭帝起便一直奉霍光為馬首，與霍家有著千絲萬縷的連繫，女兒張敬更是霍家婦，本該在連坐之列，卻意外地獲得皇帝赦免，當張安世來宣室殿謝恩時，卻碰了個軟釘子。

「你當朕是為了你嗎？」劉病已冷淡地道：「朕是為了張公和彭祖。」

張安世心中湧起一股複雜的滋味，自己曾經不待見他，深恐因張賀的緣故給張家招來禍患，又不喜小兒子與之親近，沒想到卻托這兩人之福，換來後半輩子的平安。

劉病已道：「張公兒子早亡，朕打算讓彭祖過繼為張公子嗣，封陽都侯，追謚張公為陽都哀侯。」

「老臣……謝陛下。」張安世深深叩首，抬首時，眼角依稀有痕清淚。

待張安世退下後，金安上才提醒道：「陛下，金賞還跪在殿外呢。」

劉病已揉揉眉心，走出去，看著跪在陛階下的金賞，道：「沒有你的告密，朕也能把霍家捏在手裡。」

金賞平靜地道：「臣不敢妄想。」

「你是金日磾的兒子，朕會饒你一命。」

「謝陛下。」

「另外，朕準你休妻。」

金賞沉沉閉眼，清淚無聲落下，本就是一樁政治聯姻，既然霍家倒台，也就沒有縈繫的必要了。

正如椒房殿那個女子，她的榮光也隨著霍氏權傾到了盡頭。

六十六・昭宣

霍成君被廢，將幽禁於上林苑昭臺宮。

她披頭散髮，脫簪素服，脂粉未施，被兩名黃門半扯半拖地帶出椒房殿，臉上的淚水早已乾涸，唯有唇角仍維持著一縷倔強的弧度。

劉病已也許是有意來送她最後一程，也許是想記住她此刻狼狽不堪的模樣，他靜靜佇立在椒房殿門廡等她出來。

霍成君看到他，心中湧起一股難以言喻的滋味，她心中的良人滅了自己一族，害得自己家破人亡，本來滿腔悲憤苦楚，卻在看到他一眼後，化作融雪涓涓而流。

她全身的力氣一絲一絲被抽乾，像是失去喬木的絲蘿軟軟地癱下，嚶嚶啜泣：「陛下。」

劉病已揮手命她身後的兩名黃門退下。「朕本來想讓妳和妳那蛇蠍心腸的母親到泉下作伴……」俯下身，捏著她的下巴，平靜地道：「可後來想想，冷宮，是妳最好的去處。」

霍成君的眼淚又泉湧而出，臉上分明帶著一絲不甘，轉瞬間卻又被懼怕淹沒。她凝視著眼前這一張熟悉卻又帶著一絲狠戾的陌生容顏，悲切地道：「爲了許平君，你恨毒了妾，是不是？妾知道，你所做的一切都是爲了替她報仇，可你有沒有仔細想過，爲什麼妾要害她？若不是她，妾根本不會淪落到如此地步。」

劉病已冷笑道：「妳的意思是妳自己的所有惡行，都是平君造成的？」

霍成君哭得聲嘶力竭，「難道不是嗎？在你還是陽武侯的時候，我與你出雙入對，人見人羨，若不是許平君從中介入，何以你我會走到分崩離析的地步！」

劉病已道：「所以，妳就找了兩個相貌粗鄙的男子去欺辱她，碾壓她的心，是不是？」

像是有萬壑驚雷碾過霍成君的腦門，她全身劇震，張大了雙眼，一眨也不眨地瞪著他。他神情平和，就連語氣也是毫無跌宕起伏，偏偏那句話的內容與他的反應極度不符。霍成君只覺得像是跌入冰窖，寒意颼颼，一時間駭得忘了哭泣。

劉病已迫向她的臉，幾欲與她的鼻子相貼。這般近的距離，是夜晚兩人歡好時的親暱，只是霍成君此刻卻感受不到一絲濃情蜜意，只有蕭蕭的殺意和濃得化不開的怨毒。

劉病已道：「妳知道嗎？她被妳找來的人狠狠羞辱後，那一晚她不哭不鬧，不言不語，唯有張大一雙眼，一眨也不眨地盯著床頂承塵。對對對，就像妳現在這樣，那一晚一點風吹草動都會讓她受驚，她像隻驚弓之鳥，又像個被蹂躪到支離破碎的偶人。她那個樣子，每每一閉上雙眼，就會在我的腦海浮現，像鈍刀子似的時時割著我的心，忘都忘不了……」

聲線毫無起伏，就像一條被扯直的弦，不知道何時會繃斷。霍成君只覺得恐懼無比，恨不得地上有個裂縫可以鑽進去，顫聲道：「原來你……你早就知道了？你是什麼時候知道的？」

「就是在朕第一次寵幸妳的時候，妳離朕那麼近，對朕毫無防備，朕多想掐死妳！可是朕知道自己不能衝動，妳對朕還有利用價值，因爲妳，霍光才會扶持朕登基，讓朕得到今時今日的地位。朕不能這麼輕易地送了妳的命，也腌臢了自己的手，因此，朕費了好大的力氣，生生地忍下來了。」

霍成君呆呆地道：「所以說……所以說你之後對我的一切，都是……都是假的？你對我笑語晏晏，對我溫情脈脈，你摟著我，吻著我，甚至我們夜裡纏綿悱惻，難道都是……都是假的？」

「當然是假的。」劉病已凝視著她，一字一字從肺腑中緩緩吐出：「與妳相處的每一刻，都是漫長的煎熬。」

霍成君整個人呆住，少頃，悽然一笑，感覺到身心一點一點的碎裂，再也無法彌合，「第一次被你騙，是我無知；第二次仍被你騙，那就是我太蠢。若非我對你用情太深，便是你作戲的功夫委實了得，毫無破綻，否則我怎麼會一次一次地上當受騙，一次又一次地活在你的虛情假意之中？」

劉病已的笑容淡如遠岫，「人生如戲，左右大家不過是逢場作戲而已，而妳也在這場戲中享受到朕的寵愛，也得到皇后的尊榮。說實在的，世人所艷羨的一切妳都享盡了，妳還有什麼不如意的？」

霍成君大慟，「就算我身在鳳位，身膺榮光，說到底我也只是一個平凡的女子，我當然希望能夠得到夫君的真心。」說到這裡，像是承受不住打擊似的，緊緊地抱著自己的身體，淒楚呢喃，「我還以爲自己一心待你，你最終待我也會有幾分眞心。卻原來是錯的，都是錯的……」

劉病已只覺得從她嘴裡吐出來的「眞心」，都像是刮骨的利刃，聲聲刺耳，冷笑道：「朕的眞心已給了平君，似妳這般蛇蠍女子，不配擁有朕的眞心。」

「我心如蛇蠍？」霍成君像被人狠狠地抽了一鞭，身體悚然抽搐一下，厲聲道：「那麼你的心又有多乾淨？你這般虛與委蛇，步步心機，又良善到哪裡去！」

「是你們霍氏一族讓朕知道，若是還存著一絲良心，那麼如今跌入萬丈深淵的，就是朕了。」劉病已唇邊忽然浮現一絲森冷的笑意，湊近她耳邊，輕輕地道：「知道妳爲什麼一直不能有孕嗎？」

「難道……」霍成君本能地感覺到似有什麼驚天動地的話語將從他嘴裡吐出，身體慄慄顫抖，她的身心已經玉碎斑駁了，實在禁不住任何打擊，急忙掩住雙耳尖叫：「我不聽！我不要聽！」

劉病已低頭看著她腰間繫著的香囊，雖已按照楚笙的叮囑換成另一枚了，但她即使被廢位並除去所有華服麗飾，自己送她的香囊，卻一直形影不離地繫著，足見她極爲珍惜。

他忍不住快意盈胸，「朕給妳的香囊，裡面有使女子不孕的藥物，妳繫了一年有餘，藥性已侵入肌理，自然不能受孕。可憐妳拚命地喝坐胎藥，還讓妳母親去廟裡求神祈福。呵，眞是可笑，似妳這般把人命視如草芥之人，朕倒是好奇哪個神明會庇佑。」

碎冰般的話聲撞裂霍成君的心，她震驚到了極處，亦不可置信到了極處，雙手軟軟地垂下，整個人處於彌留般的呆滯狀態。

須臾的靜默，靜得如死亡一般。劉病已嫌惡地橫了她一眼，像是看待一塊骯髒的破布，「朕無話可說了，這輩子與妳的孽緣，就到此為止。」

她宛如從夢中清醒過來，一把扯落香囊扔了出去，慘然厲聲道：「你怎麼可以這般對待我？怎麼可以這般踐踏我的真心？」

她的身心一霎那似飛回到從前，雪花般的記憶紛至沓來，拼湊成完整的一幕。那年她遇險，是劉病已捨命相救，他束髮的玉冠被刀鋒削斷，瀑布般的長髮迤邐而下，他的臉和自己相貼，那雙宛如朗月明星般的眼眸，正深深地凝視著自己，一絲一絲地慢慢勾去自己的魂魄……

她從來不相信人世間有「一見鍾情」這回事，然而那一刻，她便對劉病已傾心相許，至死不渝了。

霍成君的心像是碎裂一地的鏡子，尖銳的聲音從喉嚨裡劃出，帶著刻骨的憤恨痛楚，「劉病已，我恨你——恨你——」

須臾，她忽然膝行上前，拾起地上的香囊，緊緊地握在手中，像是握著一縷情絲，再也不肯鬆開。縱然他自始至終都是虛與委蛇，表面文章，但這枚香囊已經與她朝夕不離了，就像自己一部分的身體，往後在冷宮孤苦清冷的歲月裡，只有這香囊，是她人生唯一的寄託。

縱然恨他入骨，也是離不開這唯一的，寄託。

霍成君將香囊緊緊地貼在胸前，滾燙的淚水湮沒她的臉頰，揉進了深邃的悲痛與無言的恨意，淚眼模糊中，劉病已的身影漸行漸遠，終於消失在沉沉的暮色下。

而她錦繡般的一生，也隨著夕陽的殞落，慘澹地落幕。

霍成君大受打擊，就此瘋瘋癲癲。看守冷宮的人回報，霍成君雖然神智昏昧，手中卻緊緊地握著一枚香囊，絲毫不肯鬆開，一直到十二年後的某一日，劉病已下詔將她從昭臺宮遷至雲林館，她突然如夢初醒，想起自己醉夢迷離的人生，只有無言的冷笑，三尺白綾，一別當歡……

劉病已踏著蒼茫暮色緩緩而行，只覺得心很空，像被蠶食過似的，原以爲族滅霍氏，替髮妻報仇後，會有痛快淋漓的感覺，但他此刻內心只有難言的惆悵。

興許是親眼看著最後一個仇人倒下，失去重心，失去復仇的目標，他只覺得身體輕飄飄的，每一步邁出，都彷彿游離在雲中，望出去的一切，都如夢迷般不眞實。

他漫無目的地踱在掖庭永巷裡，一時不知該往哪個方向，彷彿腳下的路走也走不盡，忽然一縷稚嫩的兒啼歡笑聲悠悠蕩來。

「父皇，父皇。」

劉病已回過神來，兩個嬌小柔軟的身軀已經撲了過來，一人一邊，抱住他的雙腿。

「奭兒！霜兒！」劉病已神色黯然，在看見愛子愛女後，便如春風化雪，轉瞬無痕，面色祥和恬靜，語聲柔得快要掐住水來，「你們怎麼來了？」

如歌施施然上前，「孩子們說想念父皇了，我便帶他們過來。」

劉病已微微一笑，「您辛苦了。」

「去見廢后霍氏最後一面嗎？」

「是，霍氏卽刻便要前往上林苑昭臺宮，到底夫妻一場，朕心想總是要見上一見的。」

如歌眸心有一痕淡淡的憂傷，隨卽波瀾不興，霍氏獲罪族誅，死的都是她的親人。但她從六歲就養在深宮，其實也說不出大悲大慟，何況霍氏的確犯了大罪，皇帝要動手剷除也是合乎情理。

一朝弄權，萬古淒涼。

她不著痕跡地轉了話頭，「陛下，霜兒最近話很多呢，整日就愛問爲什麼。」

劉霜奶聲奶氣地道：「父皇父皇，爲什麼今天的月亮是缺的？被玉兔啃掉了嗎？」

劉病已看著劉霜粉雕玉琢，像極了生母的笑面，心緒突然飛到從前，那個宛如空谷芝蘭般清新婉約的女子，笑起來也是這般動人，一時不由痴了。

還是劉霜稚嫩含糊的牙語喚醒他的神思，他微笑道：「霜兒是聽了嫦娥奔月的故事吧？是太皇太后說給妳聽的嗎？」

「父皇猜對了，太皇太后可喜歡說故事啦。」

「霜兒眞聰明。」劉病已見劉奭小臉脹紅，氣咻咻的，似乎在吃味拈酸，便笑了，「當然奭兒也一樣。」

劉奭才展顏一笑，「兒臣已經開始學《論語》了，一會兒兒臣背給父皇聽。」

如歌道：「有一日奭兒看我在讀《論語》，吵嚷著也要讀，我拗不過他，便讓他翻來玩玩。」

劉病已輕輕地摸著劉奭的頭髮，「那麼，父皇立卽安排太傅爲你啟蒙。」

劉奭還不知「太傅」意味著什麼，咧嘴一笑，「奭兒有太傅，奭兒有伴了。」

如歌卻是知道太傅背後的涵義，就是要立劉奭爲太子了。她並不驚訝，劉奭既是長子，又是嫡子，太子之位落在他身上並不奇怪，當下微笑道：「不知陛下找了誰當奭兒的太傅？」

劉病已微微一笑，「光祿大夫邴吉。」

月餘後，一帛詔書，立劉奭爲太子，邴吉擔任太子太傅，並由光祿大夫調任爲御史大夫，又封博陽侯，食邑一千三百戶。

這一日，劉病已單獨召見邴吉。

案上烹著一壺香茗，正散發著氤氳茶香，淡淡煙霧隔在君臣之間，使二人面廓都有著朦朧的祥和。

劉病已道：「朕落難時，若非邴叔叔悉心照料，恐怕朕也活不到今日。」

邴吉謙恭地道：「陛下有天命祖德庇佑，即便沒有臣，陛下也一定會洪福齊天的。」

劉病已莞爾一笑，「邴叔叔忒謙，您對朕有恩，卻又絕口不提，朕都念在心裡，一直想找機會報答。」

邴吉嘆道：「當年陛下入獄時還不足滿月，獄中環境惡劣，別說一個初生嬰兒，這般日月煎熬，就是連壯漢都吃不消。陛下在獄中大病小病不斷，幾次九死一生，眼見是不成了，卻又靠著頑強的意志力挺了下來，就連醫者們都十分驚訝。病已病已，那時候大家都這麼稱呼陛下，就是期望陛下能夠從此無病無災。」

劉病已眼中微微濕潤，「您不僅找乳母哺育朕，還自掏腰包為朕延醫問藥，您對朕恩重如山，朕這一生如何能夠償完這份恩情！」

「臣清楚戾太子的為人，知道戾太子是受到江充構陷，所以十分同情陛下的處境。說來慚愧，因為臣當年人微言輕，無法替陛下陳情，只能找獄中剛生產完的女犯作為陛下的乳母，讓陛下住在較為乾淨明亮的牢室裡，臣能做的，也僅有如此而已。」

「當年朕只是襁褓嬰兒，只要有奶水飽食，有醫藥治疾便足夠了。您雖覺得是舉手之勞，對朕來說卻是莫大之恩。《詩經》有云：『無德不報。』朕一直想交給您一項任務。」

「陛下這話客氣了，只要臣能力所及，自當效勞。」

「當年獄中的乳母，朕曾派人尋訪，也許世隔久遠，一直尋不著。」

「陛下是要臣去尋訪當年的乳母嗎？」

劉病已輕輕頷首，「有您在，一定能順利尋著的。」

邴吉長長地嘆了一口氣，「當年餵哺陛下的乳母胡組和趙徵卿，均已在數月前過身了。」

劉病已一怔，有酸楚掠過心頭，「那麼朕便重賞她們的子孫，也算是報了恩，了卻朕一樁心願。」

「陛下不忘舊恩，實是千古楷模，臣欽服。」

如此君臣敍話，均是從前獄中發生過的事，直到斜暉籠罩，邴吉才告退。

劉病已族滅霍氏後，開始著重於整肅吏治，加強皇權。爲了維護法治，設置治書侍御史以審核廷尉量刑輕重；設廷尉平至地方鞫獄，規定各郡國呈報獄囚被掠笞瘐死的名數，由丞相御史統計上奏皇帝，重視民命之餘又加強中央對地方的控制。此外劉病已又召集著名儒生在未央宮講論五經異同，目的是爲了鞏固皇權，統一思想。其餘還蠲除了某些苛法，又採取另一項重要措施，就是招撫流亡，在農產發展上延續霍光的政策，下詔令假郡國貧民田。流民還歸鄉里者也假公田，貸種、食。此外還屢次蠲免和削減田租、算賦、口錢以及罷榷酤官，令民得以律占租，減天下鹽價。還設立常平倉，平抑物價，保證物價的穩定。

元康二年春，赦天下。

二月廿六，立王靜姝爲皇后。

五月，因「病已」兩字過於通俗，爲方便百姓避諱，天子更名劉詢。

時光流水逝，彼時北方匈奴的虛閭權渠單于薨逝，顓渠閼氏與其弟左大且渠都隆奇合謀，立右賢王屠耆堂爲握衍朐鞮單于。握衍朐鞮單于卽位後，由於本性殘暴，又因爲是靠著裙帶關係上位，匈奴大部分的臣民均不服，一部分的貴族轉而立虛閭權渠單于的兒子稽侯珊爲呼韓邪單于，匈奴內亂終於爆發。

握衍朐鞮單于兵敗自殺，然而此時匈奴群雄並起，除了呼韓邪單于之外，還有其他四人自立爲單于，便是史上赫赫有名的「五單于時代」。經過三年的內戰，呼韓邪單于力壓群雄，擊殺其他四位單于，結束五單于時代的紛亂。

匈奴和平維持不久，又冒出一位單于與呼韓邪單于逐鹿爭雄，是爲郅支單于，二人是親兄弟，爲了爭奪王位，自相殘殺，呼韓邪單于不敵，被迫撤出王庭。郅支單于占據匈奴王庭以北，史稱「北匈奴」；呼韓邪單于撤到大漠以南，史稱「南匈奴」。

郅支單于通曉兵法，軍事力量遠超出南匈奴，呼韓邪單于自知無法與之爭鋒，於是下了一個重大決定——率臣民南下歸順漢朝。

此言一出，南匈奴臣民震驚不已。匈奴作爲北方強國，與漢朝一樣擁有一百五十多年的歷史，是唯一足以與漢朝分庭抗禮的泱泱大國。而今居然要向漢朝俯首稱臣，對於剽悍血性的匈奴人來說，無疑是奇恥大辱！但是匈奴經過漢朝輪番打擊，加上天災內亂頻傳，早已是強弩之末，不足以和漢朝爭雄，南匈奴唯有歸順漢朝，藉由漢朝強大的後盾，才不會被北匈奴吞滅，才能夠保全南匈奴臣民的身家性命。

呼韓邪單于親自抵達長安陛見劉詢，自稱北方藩臣。劉詢賜予呼韓邪單于最高級的待遇，接待規格盛況空前。這是漢朝史上最爲光輝的一刻！歷經一百五十多年的漢匈漫長之戰，匈奴終於歸降，雖然北方還有一個郅支單于，卻已是漢朝空前的勝利！

當劉詢與呼韓邪單于一起走到渭河大橋時，早已恭候多時的百姓們，遏制不住激動的淚水，高呼「萬歲」！慷慨激昂的「萬歲」聲此起彼伏，響徹雲霄。這是舉國若狂的一刻！也是大漢朝威名遠播的一刻！

呼韓邪單于歸順漢朝後，北匈奴的郅支單于驚駭不已，自知無力對抗強悍的漢帝國，彼時冒頓單于時代尚有四十萬雄兵，歷經天災人禍，匈奴大勢已去，如今郅支單于手裡只有五萬兵力，於是郅支單于做出一個重大決定——舉國向北方遁逃。

由於南匈奴臣服，北匈奴遠遁，僵持一百多年的漢朝與匈奴終於走向和平，這是漢朝史上最令人振奮的一刻！

漢朝從武帝開始便積極對匈奴用兵，武帝窮極一生，始終沒有讓匈奴臣服，一直到劉詢登基後，不只匈奴歸順，甚至平定羌亂，威震西域諸國。劉詢功勳光宗耀祖，業垂後嗣，可謂中興，漢朝臣民皆認爲劉病已侔德殷宗、周宣[註1、2]。

漢朝在劉詢的治理下，官吏清明剛正，百姓安居樂業，國勢超越漢朝歷代君王。

然而四海昇平，劉詢的心卻絲毫不得放鬆，太子劉奭漸漸年長，性格柔仁好儒，看見劉詢任用明習法律的官吏，用刑法繩治臣下，曾有大臣因說了幾句譏刺朝政的話而獲罪被誅。

劉奭看不下去，一次向劉詢進諫：「父皇持刑太深，應重用儒生。」

劉詢道：「漢家自有制度，本以霸道攻伐、王道仁義雜之，怎麼可以單純以仁德治國？難不成還要搬用周朝那套制度？你聽好了，俗儒不合時宜，喜歡厚古薄今，不知所云，這種人，怎麼可以委以重任！」

劉奭既沒有劉詢少年時顛沛流離的坎坷命運，也沒有受過霍氏專權的荼毒迫害，又深受「獨尊儒術」的風氣薰習，自幼崇尚儒學，當然對劉詢的話不以爲然，當下便出言反駁。

劉詢和他你一言我一句，忍不住勃然動怒，指著他道：「亂我家者太子也！」

劉奭嚇了一大跳，記憶中父皇從來不會這般疾言厲色，只見劉詢雙眸流露出悲痛失望不已的神采，急忙伏地道：「父皇息怒，兒臣知錯了。」

劉詢怔怔地睇著他，劉奭那雙靈動會說話的眼睛像極了許平君，他的眸心浮起一痕水霧氤氳，依稀看見髮妻站在劉奭身後，一臉焦灼悽惶，似是要替劉奭求情。他的胸口如受重挫，痛得幾欲窒息，彷彿又回到了她被毒死的那一刻，正承受著她嚥氣時的痛苦。

知子莫若父，劉奭一味柔仁好儒，若以仁治國，很快地就會被權臣玩弄於股掌中，勢必會將漢朝推向衰亡。

劉詢幾次動了廢黜太子的念頭，卻又想起劉奭是他這一生摯愛的女人所生下的孩子，而狠不下心腸，遲遲不下詔廢了他的太子之位。

末了，他長嘆一聲，默默地繞過他走了出去。

暮色蒼茫，寒聲悽咽，恰如他此刻的心境。

劉詢率著金安上來到少陵。

這裡不單是她的陵邑，也是他未來的陵邑。

他兩年前替自己選擇陵邑，陵址就在少陵周圍，稱作杜陵。少陵位於杜陵以南十八里，又稱杜陵南園。

他站在草坡上，一動也不動，偶有風拂身，將他的袍角輕輕帶起，翩躚如蝶，宛若將御風而去。

無論晴雨霜雪，他得空時便到許平君陵前，吹簫以抒胸鬱。

少陵封土長滿了茵茵碧草，每當風吹過，彷彿看見她從沉睡中醒來，伸了一個懶腰，蓮步輕移，笑靨流光，姍姍朝著自己走來。

來的次數越多，越覺得似乎她的消失也是另一種生命，變成眞正的天荒地老，讓一片蒼涼從此橫臥於大地上。

而他總有一日也會用消失這樣一種方式繼續存活著，與她陵邑相對，一起走向永恆，一起度過靜好歲月。

劉詢駕崩後，諡號「宣」，依《諡法解》，「善聞周達」曰宣，史稱漢宣帝。史書對宣帝大爲讚賞，曰：「孝宣之治，信賞必罰，文治武功，可謂中興。」漢宣帝與漢昭帝的統治並稱爲昭宣之治。

註1：高宗武丁。

註2：周宣王，周代中興之君。

番外一・海昏侯

元康三年三月，皇帝下詔：「蓋聞象有罪，舜封之，骨肉之親，析而不殊。其封故昌邑王賀爲海昏侯，食邑四千戶。」

侍中衛尉金安上上書言：「賀天之所棄，陛下至仁，復封爲列侯。賀嚚頑放廢之人，不宜得奉宗廟朝聘之禮。」

劉賀被封爲海昏侯，其封地位於豫章郡內[註1]。這年春，劉賀率家人僕從過長江，沿著豫章江[註2]、彭蠡澤[註3]而上，千里迢迢從山陽郡至豫章郡。

豫章郡乃南蠻之地，偏遠至極，內有彭蠡澤，常發水患，彭蠡澤畔有海昏縣，寓意水之西，而劉賀的山陽郡寓意山之陽，水之西與山之陽相對，這位新任海昏侯隱隱意識到皇帝有意折其運勢，一面以封侯彰顯皇帝仁德，一面又將他遷至蠻荒之地弱其心志。

儘管劉賀對生活了三十年的故國昌邑懷著一絲深深的眷戀，尤其劉詢詔令自己在海昏侯任上不得進京行宗廟朝聘之禮，更令他的心沉重無比。十年了，皇帝仍未放鬆對自己的警惕，也未忘記自己曾經犯下的罪孽。自被廢爲庶民，昌邑國除，劉賀幾乎足不出戶，過去常常來往的王公貴戚個個避之唯恐不及，就怕招皇帝猜忌，曾經煊煊赫赫的王宮靜如孤墳，一夕炎涼，命運跌宕，令他一下子彷彿老了十歲，眼角猶帶滄桑，兩鬢已見霜色。

這十年他常常在深夜裡回首過往，默默反思，也許自己不該覬覦皇位，不該利用莫翥，一步錯，步步錯，他折了近臣，賠了昌邑，如今，故國已無歸期。

冰冷的悔意時時逼上心頭，一切卻已成覆水。

故土越來越遠，一番舟車勞頓，海昏國都城紫金城就在前方。

在海昏國安定下來後，劉賀開始爲自己尋覓一塊風水寶地，用來給自己修築墓地。原來在昌邑時，他就把自己的墓地選在泰山餘脈金山，與昌邑哀王墓地相對，當初滿心以為自己會在昌邑終老，沒想到造化弄人，從王至帝，短短二十七日，又被廢為庶民，再到封侯，十年峰迴路轉，他選了彭蠡澤西、背靠飛鴻山[註4]作為長眠之地。

一轉眼過了三年，偏安一隅的生活，完全陌生的地方，讓他暫時忘卻故國不堪回首的痛楚，只偶爾會在不經意的時候，窺見那從記憶深處走出來的，曾經意氣風發、目若朗星的少年。

而少年身畔亭亭立著一個雪膚花貌的她，那是此生唯一一個敢與他並肩而行的女子，她在淡淡疏影間喊他「阿賀」，哪怕當時的她虛與委蛇，但他的心早已為她深深陷溺。

她死了，不曾一次入他的夢裡。

有次，親信為他獻上一株草，說這種草名叫「懷夢草」，本為當年東方朔獻給漢武帝之物，漢武帝懷揣此草而眠，當夜便夢見故去的李夫人。劉賀半信半疑，還是執草入睡，半夢半醒間，依約見紗帳中姍姍走來一少女，巧笑嫣然，玉容隱約，她是那樣熟悉地喚著自己的名字，正當他激動難抑地欲追向她去，隨即一陣霧起，待看清時，少女已消失不見。

「小梅別走！」他一驚醒來，身邊空蕩蕩，只一縷熟悉的香氣縈繞枕席，雙眸兀自怔怔，良久悵然不已。

其實，那不過是親信找來一個與她相似的女子施以的障眼法，為的就是一解他的相思寂寥。他睡夢中神智恍惚，睏倦不已，又思念成疾，一時片刻又怎能細細辨識？

佳人香消，故國難歸，成了他心中不可癒合的傷口，只要輕輕一碰，便會血流不止。

一日，他在彭蠡澤湖邊見成群的大雁從北方飛來，捎來一絲故地的氣息，心念一動，便將自己封邑的一個地方改名叫南昌邑，以表故國之思。

秋風起，黃葉落，又到了各地王侯赴京敬獻酎金、祭祀太廟的時候，劉賀的心卻籠罩著淡淡的愁霧，自己雖貴為列侯，身上流淌著皇族血脈，卻連祭祀宗廟的資格也沒有，這可比殺了他還要難受。

南方潮氣令他足疾頻頻復發，身體狀況也大不如前，自忖三年過去了，皇帝說不定改變心意，會同意他前去祭拜宗廟的請求了吧？

懷著這一絲期望，他隨即找來冶煉師鑄就一批分量極足純度極高的金餅、金塊，並親自刻上「南海海昏侯臣賀酎金」，又提前寫封奏摺呈交皇帝，言道自己欲祭祀宗廟之心。

奏書遞交到皇帝案頭時，揚州柯刺史正好向皇帝奏報揚州民情，皇帝便給柯刺史下了道密令，讓他去面見豫章故太守的卒史孫萬世，了解劉賀的動向。

孫萬世是皇帝安插在劉賀身邊的眼線，亦是玄羽衛一員，知道皇帝一直沒對劉賀放鬆戒心，得了密令，暗忖皇帝這是要敲打一下劉賀，使其安分守己待在海昏縣，勿靠近政治權力中心，便和柯刺史通氣兒，欲設計給劉賀冠上一個謀反的罪名。

一日，孫萬世至海昏侯府拜見劉賀，劉賀知道他是皇帝安插在自己身邊的眼線，不敢怠慢，當晚便以青銅火鍋宴款待。待到酒酣耳熱時，孫萬世故作中酒，醉眼朦朧，大著舌頭問道：「侯爺之前被廢時，明明可以堅持不出宮，直接下令斬了霍光，何以任憑他人奪去璽綬？」

這一語隱隱觸動劉賀的心痂，他也有幾分薄醉，脫口道：「是啊，往事不堪回首。」

孫萬世進一步道：「如今侯爺把侯國治理得很好，想來陛下遲早會恢復您的王位的，東山再起，指日可待。」

劉賀到底沒喝糊塗，聞言酒意全消，「雖如此，但賀全無此心，這話可別對外說。」

孫萬世暗暗冷笑，回頭就向柯刺史稟報，先是將劉賀「往事不堪回首」這句話後面補上一句「可嘆錯過了機會」，後一句又直略過「賀全無此心」，一補一略，細品下來就變味了，不軌之心昭然若揭。柯刺史將二人對話寫成奏書，上報皇帝，皇帝密令有司徹查，果然屬實。自然了，誰都知道皇帝眼裡揉不進沙子，而劉賀正是那粒扎眼的沙，徹查結果當然是劉賀有罪，接著，群臣奏請逮捕劉賀，打入廷尉詔獄。

皇帝本意也不是真要了劉賀的命，而是使其再無恢復皇族權力、祭拜宗廟的念頭，思量再三，最終下令削去劉賀三千食邑，以示懲戒。

劉賀本在海昏侯府望眼欲穿地等著朝廷同意他獻金的詔令，卻萬萬沒想到等來的卻是削去食邑的消息，而那孫萬世竟如此構陷自己，簡直欲加之罪，何患無辭！自己百口莫辯，悲憤至極！

他憋著一口氣，策馬奔至豫章江邊，對著浩浩蕩蕩的江水發出一聲聲泣血的怒號，彷彿要把這十餘年來深積在心中的悲憤鬱悶全都宣洩出來！然而回應他的，卻只有滾滾東逝的濤聲。

故國之思、伊人杳杳與失去皇權的打擊日日折損著他的心智，此後，劉賀身體便如日暮殘陽，每況愈下。次年，即神爵三年，劉賀鬱鬱而終，結束了荒唐又蒼涼的一生，年僅三十四。

註1：豫章郡：今江西南昌。
註2：豫章江即今贛江。
註3：彭蠡澤也稱彭蠡湖，為鄱陽湖古稱。
註4：飛鴻山：後稱梅嶺。

番外二・劉解憂

甘露三年，劉解憂向劉詢上書，言：「年老土思，願得爲骸骨，葬漢地。」字字流露思鄉之情。劉詢心生惻隱，遣人迎歸。在西域待了半輩子、歷經四朝三嫁的劉解憂終於回到長安，這個令她魂牽夢縈的地方。

劉詢在宮裡親自設宴接見，之後比照公主通例賜以劉解憂田宅、奴婢，奉養甚厚，朝見儀比公主。

彼時的她已近七十高齡，紅顏出國，白髮歸來，故鄉的一切熟悉得彷彿只隔一宿清夢。

她深深感念劉詢，讓她得以落葉歸根。

說來，他們有著相似的成長經歷。

劉解憂，漢武帝遠方姪女，楚王劉戊之孫。這楚王劉戊，就是七國之亂的諸王之一，平亂後，楚王一族不可避免地衰落下去，人人避之唯恐不及。

作爲皇室子孫，劉解憂一出生，就注定以一個尷尬的身分飽受這炎涼的世態。她就像絕地裡的一株藤蘿，即便先天環境惡劣，也要向上攀爬。因此，對於漢武帝的和親詔令，她欣然從命。

正如她的名字一樣，解憂，解漢朝之憂患。

烏孫王都赤谷城，距長安八千九百里，此一去，長路漫漫，歸期渺渺，且不說水土不服，語言不通，巨大的生活落差、迥異的胡人風俗，便足以將一個深受儒家禮教薰陶的貴族女子推入絕望的淵谷。

臨行前，她無數次想起了江都公主劉細君。

劉細君是江都王劉建之女，漢朝第一個遠嫁烏孫的公主。

她的花期尚未綻放，便已凋零。

在烏孫，劉細君因語言不通，適應不良，又極度思念故土，曾作《黃鵠歌》表露一腔哀思：「吾家嫁我兮天一方，遠托異國兮烏孫王。穹廬爲室兮旃爲牆，以肉爲食兮酪爲漿。居常土思兮心內傷，願爲黃鵠兮歸故鄉。」

這首歌謠，曾令漢武帝動容，每年遣使攜帶草原所需之物遠赴烏孫，聊表慰問。

但細君要的，從來不是這些身外之物。

眼看丈夫獵驕靡年老，依照胡人「父死子尙」的風俗，細君必須嫁給岑陬。岑陬，官號也，名軍須靡，是獵驕靡的孫子。嫁給繼孫，這在中原是禽獸不如、違背倫理的行徑，令她無法接受！她懷著一絲希望，上書漢武帝，盼能回歸漢朝，結果武帝回覆：「從其國俗。」細君徹底絕望，嫁給繼孫軍須靡五年後，便不堪受辱，鬱鬱而終。

「願生生世世，勿生帝王家。」這是細君生前的最後一句話，也是回顧自己短暫一生的沉痛控訴。

有了細君的悲劇在前，劉解憂一開始就很清楚，擺在她眼前的是什麼。然而，和親的背後，是巨大的國家利益，是罪臣楚王的後代得以抬頭做人。

她只能拋下私情小愛、日常瑣碎，逼得自己成爲一個眞正的烏孫人，去接受那些能夠顚覆自我的東西，只有這樣，才不會走上細君的末路。

細君死後，解憂續嫁軍須靡，爲右夫人。

而軍須靡的左夫人，是匈奴公主。

烏孫尙左，匈奴公主又已生子，爲泥靡，初至異鄉的解憂一開始就處於下風。

由於泥靡年紀尙幼，因此軍須靡臨終前，將國家權力交給叔父大祿的兒子翁歸靡，並留下遺囑：「泥靡大，以國歸之。」

翁歸靡卽位後，號稱「肥王」，按胡人風俗，再娶楚公主劉解憂。和肥王相處的這段時日，是她在烏孫最美好、最溫柔的時光。她和他，一共生了三子二女，長子名元貴靡；次子名萬年，後爲莎車王；三子名大樂，爲烏孫左大將；長女弟史爲龜茲王絳賓夫人；小女素光爲烏孫小王若呼翎侯之妻。

倚著肥王這株參天大樹，她在烏孫站穩了腳跟，影響力從後宮慢慢地向前朝延伸出去。

直到肥王薨逝，泥靡依照軍須靡的遺囑，繼承烏孫王位。

泥靡號狂王，爲人暴戾，喪失民心，又與解憂不和。解憂於是與衛司馬魏如意、副侯任昌策劃一場鴻門宴，待狂王酒酣耳熱之際，遣力士拔劍伏殺。不料力士一劍刺偏，狂王傷而未死，上馬逃之夭夭。狂王的兒子細陳瘦爲報父仇，集結兵力，將魏如意、任昌與解憂圍困在赤谷城。雙方僵持數月，直到都護鄭吉發動西域各城國兵力前來救援，才解赤谷城之圍。

後來，狂王死於烏就屠的討伐中。烏就屠，肥王翁歸靡與匈奴夫人所生。烏就屠殺死狂王後，自立爲昆靡——一個身上流淌著匈奴血液的烏孫王勢必是漢朝的臥榻之患，於是，漢朝遣解憂的侍女馮嫽曉以厲害，對烏就屠進行遊說。她舌燦蓮花，僅用三句話，便說服了烏就屠：「昆彌如今萬人之上，我本來要向你賀喜的，但轉念一想，這喜還是別道出口了，免得昆彌喜個幾天，轉眼就樂極生悲。」

烏就屠驚詫道：「此話從何說起？」

「漢朝大軍壓境，你打得過嗎？」

烏就屠倒有自知之明，「當然打不過。」

「你做了昆彌，漢朝轉眼就要來打你，那麼你連命都保不住，還不樂極生悲嗎？不如退而求其次，讓位給元貴靡，你向漢朝歸順，求個封號，既享有尊榮，又能保全性命，豈不兩全其美？」

烏就屠也是識時務之人，思忖如今匈奴大勢已去，非漢軍對手，爲了保命，不得不聽命漢朝，於是道：

「我願棄昆彌頭銜，得漢朝小王封號。」

馮嫽簡單的三句話，便使漢朝烏孫免於塗炭。

消息傳回漢朝，皇帝對馮嫽的才智欽佩不已，將她召回長安後，命其爲正使，並派遣掌禮賓的竺次、掌朝廷護衛的甘延壽護送她回烏孫。

馮嫽乘華車持符節，以皇帝詔命立解憂公主之子元貴靡為大昆彌，烏就屠為小昆彌，均頒賜漢朝印綬，漢朝不費一兵一卒，和平解決烏孫內亂。

至此，漢朝號令行於西域，結束匈奴長期以來在西域的控制影響力。

作為叛臣之後，她在西域闖出了另一片天，既是烏孫國母，也是漢朝公主。

因為她，多少戰爭得以避免，多少戰士不再拋顱灑血，因為她，楚王後代從此得以揚眉吐氣，因為她——劉解憂。

漢宮賦（下）

作　　者：納蘭採桑
執行編輯：郭正偉
裝　　幀：烏石設計
內文排版：烏石設計

出　　版：愛文社 https://www.facebook.com/lrwinsaga/
發 行 人：黃柏軒
地　　址：106 台北市大安區溫州街 16 巷 14 之 2 號四樓
電　　話：0922983792
總 經 銷：白象文化事業有限公司
電　　話：04 2496 5995

I S B N：978-986-97298-9-5
定　　價：400
版　　次：一版一刷
裝訂方式：平裝
出版時間：2023 年 2 月

國家圖書館出版品預行編目 (CIP) 資料

漢宮賦 / 納蘭採桑作 . -- 一版 . -- 臺北市 : 愛文社 , 2023.2
2 冊 ; 21X15 公分
ISBN 978-986-97298-8-8(上冊 : 平裝). --
ISBN 978-986-97298-9-5(下冊 : 平裝). --
ISBN 978-626-95744-0-7(全套 : 平裝)

863.57　　111000888